ANTOLOGÍA DE NOVELAS
DE ANTICIPACIÓN

ANTOLOGÍA DE NOVELAS DE ANTICIPACIÓN

(SEGUNDA SELECCIÓN)

EDITORIAL ACERVO
BARCELONA

Selección de
ANA Mª. PERALES

Versión española de
JOSÉ Mª. AROCA

© EDITORIAL ACERVO

I.S.B.N. 84-7002-101-X

INDÍCE

MEMORIA PERDIDA

Peter Phillips

Establecí la conexión para hablar con Dak-whirr, que abrió y cerró los ojos varias veces en señal de inquietud.

—¿Qué es lo que quieres, Palil? —me preguntó en tono quejoso.

—¿Acaso no lo sabes?

—No puedo darte permiso para examinarlo. Lo han dejado aparte para que lo inspeccione el Consejo. ¿Qué garantía tengo de que no vas a estropearlo?

Palmeé confidencialmente una de las planchas de su cuerpo.

—Me debes un favor —le dije—. ¿Te acuerdas?

—De eso hace ya mucho tiempo.

—Sólo hace dos mil revoluciones y una reunión. De no haber sido por mí, te estarías oxidando en un hoyo. Lo único que deseo es echar un vistazo a su mecanismo pensante. Te aseguro que no notarán nada.

El cuerpo de Dak-whirr empezó a vibrar a pequeñas sacudidas, demostrativas del conflicto que había estallado entre el recuerdo del favor que me debía y lo que consideraba su deber.

Finalmente, dijo:

—De acuerdo, pero no dejes de mantenerte conectado conmigo. Si te aviso de que llega un miembro del Consejo, márchate rápidamente. De todos modos, ¿cómo sabes que tiene un mecanismo pensante? Puede ser una simple estructura de metal.

—¿Con esa forma? No seas tonto. Es un producto de fabricación, desde luego. Y no soy tan engreído como para creer que nosotros somos la única forma inteligente fabricada que existe en el Universo.

—Esto es pura tautología —dijo Dak-whirr, pedante—. No puede concebirse un producto fabricado que no sea inteligente. No puede existir una conciencia que no sea fabricada, ni puede fabricarse nada sin inteligencia. Por lo tanto, no puede haber ninguna conciencia sin inteligencia. Ahora bien, si lo que deseas es discutir...

Desconecté bruscamente su frecuencia y me marché apresuradamente. Dak-whirr es un imbécil y un pelmazo. Todo el mundo sabe que su circuito lógico tiene un defecto, pero él se niega a que puedan localizárselo y repararlo. Una actitud muy estúpida, por cierto.

La cosa había sido llevada a uno de los cobertizos del museo. La contemplé con admiración durante largo rato. Era muy hermosa, no había sufrido más que unos ligeros desperfectos en su exterior y evidentemente no se trataba de un simple conglomerado de metal cósmico.

En realidad, inmediatamente pensé en la cosa como en un "él", y le conferí mentalmente los atributos del conocimiento de sí mismo, aunque, desde luego, su consciencia no estaba funcionando, ya que, en caso contrario, hubiera tratado de ponerse en comunicación con nosotros.

Deseé fervientemente que el Consejo, después de haberlo desmontado y estudiado cuidadosamente, pudiera reparar su consciencia a fin de que pudiera decimos de qué sistema solar procedía.

¡Figúrense! Había realizado nuestro sueño de muchos millares de revoluciones —el vuelo espacial—, sólo para ser fundido, o algo peor, en el instante de su triunfo.

Experimenté una intensa simpatía hacia el solitario viajero que ahora estaba allí, inmóvil, silencioso... De todos modos, pensé, aunque no consiguiéramos reparar su consciencia, un análisis de su construcción podía revelarnos el secreto de la energía utilizada para producir la velocidad necesaria a fin de escapar de la gravedad de su planeta.

Su forma y tamaño no diferían mucho de los de Swen. Pero, en el lugar en que Swen había colocado sus tubos, el extranjero tenía una extraña estructura helicoidal, tachonada a intervalos irregulares de pequeños cristales. Por otra parte, Swen había fracasado en su intento de alcanzar nuestro satélite, utilizando combustibles químicos.

Tenía treinta y cinco pies de altura y era un cilindro elegantemente ahusado. Examiné su cabeza y no pude ver ninguna señal de células de visión externas, de modo que supuse que disponía de algún otro sistema sensorial. En su exterior no había ninguna marca, a excepción de las incisiones que en su piel había dejado el choque contra la dura superficie de nuestro planeta.

Soy un periodista con corriente cálida en mis hilos, y no un frío científico, de modo que vacilé antes de utilizar mis facultades ultrasensoriales. Aunque el extranjero no estuviera en condiciones de darse cuenta, me parecía una invasión de su intimidad. Aunque, desde luego, yo no podía obrar de otro modo.

Empecé a emitir mi fluido ultrasensorial, suavemente al principio, con más intensidad después, hasta que todo mi cuerpo se puso incandescente a causa del esfuerzo. Era increíble; su piel parecía absolutamente impermeable.

La súbita comprobación de que el metal podía ser tan duro casi fundió algo en mi interior. Me encontré a mí mismo retrocediendo horrorizado, con mi relé de instinto de conservación funcionando a pleno rendimiento.

Imaginen que están contemplando uno de los hermosos montajes a base de conos, cilindros y varillas que bailan la Danza de los Siete Velos, que es para lo que han sido construidos, y que de repente se queda parado, sin querer moverse, negándose obstinadamente a contestar. Esto podrá darles una idea de lo que yo sentí en aquel terrible instante.

Luego recordé las palabras de Dak-whirr: no puede concebirse un producto fabricado que no sea inteligente. Y un producto tan hermoso no podía ser, evidentemente, obra del diablo. Dominé mi repugnancia y me acerqué de nuevo.

Me detuve al oír a través de mi abierto receptor que alguien decía:

—¿Quién le ha dado permiso a ese chirriante periodista para andar por aquí?

Había olvidado al Consejo del museo. Cinco de sus miembros estaban de pie, en el umbral de la puerta del cobertizo, irradiando furor. Reconocí a Chirik, el presidente, y me dirigí a él. Le expliqué que me había introducido allí por mi cuenta y riesgo, y le rogué que me permitiera ser testigo de sus investigaciones acerca del extranjero, en nombre de mis suscriptores. Tras una breve discusión, me autorizaron a quedarme.

Contemplé, en divertido silencio, cómo trataban, uno a uno, de penetrar con sus facultades ultrasensoriales al ser del espacio. Todos tuvieron la misma reacción que yo había tenido al fracasar en el intento.

Chirik, que está montado sobre ruedas —y que se muestra estúpida- mente engreído en lo que respecta a su sistema de suspensión—, se inclinó hacia atrás en sus soportes y fingió que estaba pensando.

—Esto es cosa de Fiff—fiff —terminó por decir—. Ese ser puede estar aún consciente, pero encontrarse incapacitado para comunicar con nosotros en nuestras frecuencias normales.

Fiff—fiff puede detectar a cualquiera en cualquier frecuencia. Afortunadamente, aquel día estaba trabajando en el museo y no tardó en llegar en respuesta a la llamada. Permaneció en pie junto al extranjero unos instantes, en silencio, reajustando su receptor una y otra vez, y luego hizo correr la banda electromagnética.

—Está emitiendo —dijo.

—¿Por qué no podemos llegar hasta él? —preguntó Chirik.

—Emite unas señales muy raras en una frecuencia insólita.

—Bueno, ¿qué es lo que está diciendo?

—No entiendo absolutamente nada. Espere, voy a grabarlo y a traducirlo al lenguaje *standard*.

Como buen periodista, hice también una grabación directa por mi cuenta.

"... después de caer en el planeta —estaba diciendo el extranjero—. Me he quedado sin energía. Me llamo Entropy, por si alguien recoge este mensaje. Los otros instrumentos han quedado hechos polvo, el mecanismo de la cámara reguladora de la presión está estropeado y me encuentro demasiado débil para abrirla a mano. Creo que estoy delirando. Me han llegado unas ultraondas sin dirección, en inglés, y me consta que mi nave es la única que hay en este sector. Si recogen este mensaje cuando sea demasiado tarde para socorrerme, saluden de mi parte a los muchachos del rancho. Seguiré emitiendo señales durante un par de horas, manteniendo abierto este canal, y esperando...

—El golpe le ha trastornado —dijo Chirik, contemplando al extranjero—. ¿Puede vernos u oírnos?

—Antes no podía oírle a usted, pero ahora puedo hacerlo, a través de mí —dijo Fiff—fiff—. Dígale usted alguna cosa, Chirik.

—Hola —dijo Chirik en tono dubitativo—, Ejem... bienvenido a nuestro planeta. Lamentamos el daño que se ha producido en su caída. Le ofrecemos la hospitalidad de nuestros talleres de montaje. En cuanto haya sido reparado y recargado de energía, se sentirá mejor. Si quiere usted indicarnos cómo podemos ayudarle...

—¿Quién diablos está hablando? ¿Qué nave es ésa? ¿Dónde está usted?

—Estamos aquí —dijo Chirik—. ¿No puede usted vernos ni detectarnos? ¿Acaso se ha estropeado su circuito de visión? ¿O depende usted por completo de las facultades ultrasensoriales? No hemos podido encontrar sus ojos, y suponemos que los mantiene cubiertos de algún modo durante el vuelo, o bien que está provisto de otras células de visión.

Chirik vaciló y luego continuó, en tono de disculpa:

—Pero no comprendemos cómo puede usted ejercer sus facultades ultrasensoriales. Mientras creíamos que restaba usted inconsciente, e incluso completamente fundido, tratamos de penetrarle con nuestras facultades ultrasensoriales. Sin embargo, su piel es absolutamente impermeable para nosotros.

El extranjero dijo:

—No sé si están ustedes locos, o lo estoy yo. ¿A qué distancia se encuentran de mí?

Chirik midió rápidamente.

—Hay un metro, dos—punto—cinco centímetros desde mis ojos a su punto más próximo. De hecho, puedo tocarle a usted —Chirik alargó cautamente su mano—. ¿Puede usted sentirme, o se ha estropeado también su sentido del contacto?

Era evidente que el extranjero había quedado terriblemente trastornado por el golpe. Reproduzco sus palabras fonéticamente de mi grabación, aunque algunas de ellas no tienen sentido. Los signos de admiración, los puntos y comas, y la ortografía de los vocablos desconocidos están escritos a bulto, desde luego.

El extranjero dijo:

—Por lo quemasquiera. Ombre deje de decir tonterías, quienquiera que sea. Si está usted fuera, ¿no ve que la cámara reguladora de la presión está estropeada? No puedo abrirla. Estoy malherido. Sáquenme de aquí, por favor.

—¿Que le saquen de dónde? —Chirik miró a su alrededor, intrigado—. Le llevaremos a usted a un cobertizo abierto, cerca de nuestro museo, para un examen preliminar. Ahora que sabemos que es usted inteligente, le llevaremos sin pérdida de tiempo a nuestros talleres de montaje, para su reparación. Tenga la seguridad de que le serán dedicados los mejores cuidados.

Se produjo una larga pausa antes de que el extranjero hablase otra vez, y sus palabras fueron lentas y deliberadas. Su aturdimiento era comprensible, creo yo, teniendo en cuenta que no podía ver, detectar ni sentir.

Preguntó:

—¿Qué clase de ser es usted? Descríbase a sí mismo.

Chirik se volvió hacia nosotros elevándose significativamente la mano a su zona pensante, para indicar que el trastornado extranjero tenía que ser disculpado.

—Con mucho gusto —contestó—. Soy un producto manufacturado de estructura *standard*, bípedo y no especializado.

Últimamente me he adaptado a mí mismo un sistema de tracción a ruedas de mi propia invención, que estoy seguro que le interesará a usted en cuanto hayan sido reparados sus circuitos sensoriales.

Se produjo un silencio todavía más largo.

—Son ustedes *robots* —dijo finalmente el extranjero—.

Cualquiera sabe cómo han llegado ustedes aquí, o por qué hablan inglés, pero deben ustedes intentar comprenderme. Yo soy un ombre. Soy un amigo de su dueño, de su constructor. Tienen que llevarme junto a él inmediatamente.

—No está usted bien —dijo Chirik en tono firme—. Lo que dice es incoherente y no tiene sentido. Es evidente que la caída le ha producido graves averías. Le ruego que disminuya su voltaje. Vamos a llevarle a nuestros talleres en seguida. Guarde su fuerza para ayudar a nuestros especialistas a localizar sus desperfectos.

—Espere. Tiene usted que comprender. Es usted... odiósno esto no serviría de nada. ¿No tiene usted memoria de ombre? Las palabras que utiliza ... ¿qué significado tienen para usted? *Manufacturado*... hecho por mano mano mano. *Reparación*... el metal no puede ser reparado. *Piel*. Piel no es metal. *Ojos*. Ojos no son células de visión. Ojos crecen. Ojos son blandos. Mis ojos son blandos. Mis ojos han visto la gloria... el sol. Abran la cámara. Con cuidado. Y sáquenme de aquí.

—¿Sacarle de dónde? —preguntó Prrr—chuck, vicepresidente del Consejo.

Sacudí la cabeza compasivamente. Todo aquello no tenía sentido, pero, como buen periodista, seguí grabando. Fluían las palabras extravagantes.

—Ustedes me llaman él. ¿Por qué? Ustedes no tienen enfermedades. Ustedes son más nuevos. ¡Ustedes son *ello, ello, ello!* Yo soy él, el que les ha hecho a ustedes, surgido de ella, nacido de mujer. Qué es mujer, quién es Silv-ia, qué es ella. Recuerden. Piénsenlo bien. Esas palabras han sido hechas por el ombre, por el ombre. Herida, hospitalidad, horror, muerte por pérdida de sangre. *Muerte sangre*. ¿Comprenden estas palabras? Son palabras de ombre, que ha hecho esclavos de sus máquinas Y recorre toda la Galaxia y ve las maravillas de un millón de mundos, pero este desdichado representante tiene que morir en solitaria desesperación en un lejano planeta, oyendo extrañas voces en la oscurldad.

Aquí, mi aparato de grabación reproduce un sonido más raro, como si el extranjero estuviera utilizando un antiguo tipo de vocalizador molecular vibratorio en un medio gaseoso para reproducir sus palabras antes de transmitirlas, y el aislamiento de su diafragma se hubiera estropeado.

Era un sonido espasmódico, agudo y muy desagradable.

Pero inmediatamente fue corregido el defecto, y el extranjero reanudó la transmisión.

—¿Significa algo para ustedes la palabra sangre?

—No—respondió Chirik.

—¿Y muerte?

—No

—¿Y guerra?

—Absolutamente incomprensible.

—¿Cuál es su origen? ¿Cómo adquirieron ustedes el. ser?

—Existen varias teorías —dijo Chirik—. La más popular y que, en mi opinión, no es más que una burda leyenda anticientífica—, es la de que nuestro fabricante cayó de los cielos, envuelto en una masa de metal primario de la cual formó el primer taller de montaje. Cómo obtuvo el ser El mismo es pura especulación. Sin embargo, mi propia teoría...

—¿Menciona la leyenda la forma de aquel metal primario?

—De un modo vago, sí. Era cilíndrico, de tamaño muy grande.

—Una nave interestelar —dijo el extranjero.

—Ese es también mi punto de vista —dijo Chirik, muy complacído. Y...

—¿Qué aspecto se le atribuye a su ... fabricante?

—Se dice que era de magníficas proporciones, armónicamente basado en un plan cúbico, estático en Sí mismo, pero equipado con una amplia gama de sentidos.

—Un calculador automático —dijo el extranjero.

A continuación emitió otros sonidos raros, menos espasmódicos y no tan agudos como los que había emitido anteriormente.

Corrigió el defecto y continuó:

—Esto es la mar de divertido. Una nave cae, desaparecen los ombres y un calculador automático tiene cachorros. Oh, sí, encaja perfectamente. Un calculador y piloto automáticos, operando a base de órdenes verbales. Aprende a escuchar por sí mismo y llega a saber para qué sirve, y a absorber el conocimiento. Llega a odiar a los ombres... o al menos a sus malas cualidades... de modo que estrella deliberadamente la nave, en un choque perfectamente calculado para que los ombres mueran y él mismo no sufra daños irremediables. Luego lleva a cabo un minucioso trabajo selectivo, conservando únicamente en su memoria lo bueno que encontró en los ombres, borrando por completo el recuerdo de ellos. Borrando incluso todo su vocabulario, a excepción de la terminología científica. Y eso es lo que ha traspasado a sus cachorros. El aceite es más espeso que la sangre. De modo que viven sin la carga de saber lo que son... odiós tienen que saber, tienen que comprender. Ustedes, los de ahí fuera, ¿qué fue lo que ocurrió a ese fabricante?

Chirik, a pesar de su cacareada incredulidad en lo que hace referencia a los aspectos supernormales de la historia antigua, hizo maquinalmente un signo visual de pesar.

—Según la leyenda —dijo–, después de completar Su tarea, se fundió a Sí mismo sin posibilidad alguna de reparación.

El extranjero volvió a emitir aquellos extraños ruidos que había dejado oír en último lugar.

—Sí. Eso es. Así evitaba que cualquiera de sus cachorros adquiriera los olvidados conocimientos y un komplejo de infariríedad probando sus circuitos mnemomcos. El perfecto autosacrificio materno. ¿Qué clase de medio ambiente les dio a ustedes? Describan su planeta.

Chirik volvió a mirarnos, aturdido, pero respondió cortésmente, dando al extranjero una descripción de nuestro mundo.

—Desde luego —dijo el extranjero—. Desde luego. Rocas estériles y metal sólo aprovechable por ustedes. Pero, tiene que existir algún medio...

Permaneció silencioso unos instantes.

—¿Saben ustedes lo que significa crecer? —preguntó finalmente—. ¿Tienen ustedes algo que crezca?

—Desde luego —se apresuró a contestar Chirik—. Si suspendemos un cristal de alguna substancia en una solución saturada del mismo elemento o compuesto...

—No, no —le interrumpió el extranjero—. ¿Tienen ustedes algo que crezca por sí mismo, que fruktifique Y aumente sin su intervención?

—¿Cómo podría existir una cosa así?

—Lo que había supuesto. Si tuvieran ustedes una brizna de hierba, sólo una minúscula brizna de hierba capaz de crecer, podrían comprenderme a mí, partiendo de un término conocido. Cosas verdes, cosas que se alimentan de la rica ubre de la tierra, células que se dividen y multiplican, una fresca arboleda en un cálido verano, con minúsculos capullos de sangre cálida asomando entre las hojas; una corriente de agua viva donde los peces nadan y luchan y se alimentan y procrean; el patio de una granja donde los animales gruñen y cloquean y saludan al nuevo día con un emocionante latido de vida, con una oleada de sangre. Sangre...

Por algún motivo inexplicable, a pesar de que la intensidad de su onda permanecía casi constante, la transmisión del extranjero pareció hacerse cada vez más débil.

—Sus circuitos están fallando —dijo Chirik—. Avisen a los transportistas. Debemos llevarle inmediatamente a un taller de montaje. Me gustaría que ahorrara su energía.

Mi presencia en el museo fue aceptada ahora de un modo implícito por el Consejo. Les acompañé mientras el extranjero era conducido al taller de montaje más próximo.

Observé ahora una señal circular en aquella parte de su piel sobre la cual había estado descansando, y supuse que era algún orificio que debía permitirle extender su mecanismo de tracción planetaria en circunstancias normales.

Le colocaron suavemente sobre un soporte de desmonte.

El doctor de guardia aquel día era Chur-chur, un viejo amigo mío. Había estado escuchando a través del receptor de dos fases y estaba ya al corriente del caso.

Chur-chur paseó pensativa mente alrededor del extranjero.

—Tendremos que cortarlo -dijo-. No le producirá ningún dolor, ya que su presión intra-molecular y sus sentidos de contacto están estropeados. Pero, dado que no podemos ejercer en él nuestras facultades ultrasensoriales, sería conveniente que nos dijera dónde está ubicado su cerebro principal, a fin de que no lo lastimemos.

Fiff-fiff seguía manipulando en su receptor, pero no había manera de que la voz del extranjero llegara más clara. Ahora era muy débil, y hay espacios en mi grabación que resultan completamente ininteligibles.

—... perdiendo fuerzas. No puedo ponerme en pie... tengo que decirles que necesito oxígeno...

—Está muy estropeado —le dije a Chur-chur, que estaba preparando su soplete—. Ahora quiere envenenarse a sí mismo con una oxidación.

Me estremecí al pensar en aquel horrible y corrosivo gas que el extranjero había mencionado, y que produce el indescriptible efecto que todos nosotros tememos: la herrumbre.

Chirik habló en tono firme a través de Fiff-fiff.

—¿Dónde tiene situada su parte pensante, extranjero? ¿Su cerebro central?

—En mi cabeza -respondió el extranjero-. En mi cabeza odiós mi cabeza... ojos todas las cosas borrosas... muchachos... ir a la solitaria pradera... abrid esta condenada cámara para que puedan verme... pero ellos me verán... alguna clase de atmósfera con esta gravedad... me verán morir... son unos condenados condenados... ombre... dueño... ¡YO SOY VUESTRO FABRICANTE!

Por espacio de unos segundos la voz, surgió fuerte y clara, salpicada con aquella combinación de los dos extraños sonidos que he mencionado anteriormente. Por algún motivo que no puedo explicar, encontré el sonido combinado muy desagradable a pesar de lo débil que era.

Luego llegaron palabras, muy incoherentes y entrecortadas por una especie de oleaje parecido a las vibraciones sónicas producidas por las variaciones de presión en un cuerpo lleno de gas que tiene un escape.

—...lo hayan hecho... arrastrarme hasta la cámara, acercarme más... tienen que estar locos... me encontrarán, de todos modos... pero todo habrá terminado para mí... quiero verlos antes de morir... quiero que me vean... vivir unos segundos... verlos... una abertura...

Chur-chur había ya preparado su soplete, el cual emitía una ancha llama de color blanco-azulado. Me estremecí ligeramente mientras acercaba la llama a la señal circular que yo había visto en la piel del extranjero. Casi pude sentir el intenso calor en mi propia piel.

—No te preocupes, Palil —me dijo amablemente Chur-chur—. No puede sentir nada, puesto que carece del sentido de contacto. Y ya le has oído decir que tiene su cerebro central en la cabeza. —Aplicó el soplete a la piel— Debí suponerlo. Tiene la misma forma que Swen, Y Swen concentró lógicamente su principal elemento pensante lo más lejos posible de sus cámaras de explosión.

Los chorros de metal empezaron a caer en una bandeja que un ayudante había colocado en el suelo con aquel objeto. Cerré rápidamente los ojos. La profesión de ingeniero-cirujano o de técnico en montaje no se han hecho para mí.

Pero tuve que mirar de nuevo, fascinado. Toda la zona recorrida por el soplete empezaba a ponerse incandescente.

De pronto, volvió a oírse la voz del extranjero, muy fuerte, agudísima, horrible.

—No, no, no... odiós mis manos... están abrasando la nave y no puedo salir paren esto si me están oyendo... voy a morir abrasado aquí en la cámara... el aire empieza a arder... me están quemando vivo...

Aunque las palabras tenían poco sentido, pude sospechar lo que había ocurrido y estaba horrorizado.

—Pare, Chur-chur —supliqué—. El calor ha restablecido su sentido del contacto. Le están lastimando.

Chur-chur dijo, tratando de tranquilizarme:

—Lo siento, Palil. Suele suceder a veces durante una operación... probablemente un efecto termo-eléctrico local. Pero aun en el caso de que sus sentidos del contacto hayan vuelto a funcionar y no pueda interrumpir su acción, no tendrá que soportar esto durante mucho rato.

Chirik compartía mi intranquilidad. Alargó una mano y palmeó la piel del extranjero.

—Resista un poco más —dijo—. Desconecte sus sentidos, si puede hacerlo. Si no le es posible, la operación terminará pronto. Entonces le recargaremos a usted de energía, y no tardará en encontrarse como nuevo, completamente reajustado.

En aquel momento, la actitud de Chirik me gustó mucho.

Se mostró casi tan cordial como cualquier periodista. Creo que incluso podía llegar a apreciar a mis estrellas azules favoritas, a pesar de su fría exactitud científica en muchos aspectos.

Mientras yo estaba entregado a estos pensamientos, el aparato de grabación seguía funcionando.

Desde que había oído las palabras "me están quemando vivo", la charla del extranjero se había hecho ininteligible. El tono de su voz había ido aumentando hasta alcanzar la nota más alta de la escala sónica.

Aquello no era ya una voz.

Aquel estridente sonido se convirtió repentinamente en palabras, imposibles de transcribir, como podrán comprobar. Esta es su expresión fonética más aproximada:

—¡Meeeeeeetaaaan cocleeeendo viiiiiiivo akiiiiiideeeeentro! La nota se elevó más y más hasta alcanzar un tono supersónico, o poco menos, casi por encima de mis posibilidades de percibirla directamente o de grabarla.

Luego se interrumpió tan repentinamente como un contacto que se desconecta.

Y aunque el sistema de transmisión del extranjero siguió funcionando sin aparente disminución de su intensidad, indicando que existía algún grado de consciencia, en aquel momento experimenté una rara sensación, uno de aquellos relámpagos de intuición que sólo pueden tener los periodistas:

Tuve la sensación de que nunca podría saludar al extranjero del cielo en el pleno uso de sus sentidos.

Chur-chur estaba murmurando algo acerca de la dureza y del espesor de la piel del extranjero. Tuvo que dar cuatro vueltas completas con el soplete antes de que la masa de metal incandescente pudiera ser desprendida por unas pinzas magnéticas.

Una tufarada de humo salió del orificio. A pesar de mi repugnancia, pensé en mi deber de periodista y me obligué a mí mismo a mirar por encima del hombro de Chur-chur.

El humo procedía de una masa de algo que estaba tendido al lado mismo de la abertura, una masa muy extraña.

—Algún tipo de material aislante, sin duda —explicó Chur-chur.

Arrastró hacia fuera el ennegrecido montón de material y lo colocó cuidadosamente sobre una bandeja. Una pequeña porción de la masa se desprendió, mostrando una sustancia roja y muy viscosa.

—Parece una substancia compleja —dijo Chur-chur—, pero espero que el extranjero podrá decirnos el modo de restaurarla o de fabricar un sucedáneo.

Su ayudante barrió cuidadosamente el resto del material que había quedado dentro del cuerpo del extranjero, y lo colocó en la bandeja con el otro; y Chur-chur empezó a examinar el orificio.

Si lo desean, pueden ustedes leer el informe técnico de Chur-chur acerca del descubrimiento de la doble piel del extranjero, de la increíble complejidad de su mecanismo de tracción, a base de unos principios que aún no han sido comprendidos actualmente; del fracaso del museo de tratar de definir la exacta naturaleza Y la función a que estaba destinado el material aislante que se encontró únicamente en una parte de su cuerpo; y de otros misterios científicos relacionados con él.

Pero esto es un relato personal, y no un informe científico; y nunca olvidaré la impresión que me produjo el oír hablar del mayor misterio de todos, un misterio acerca del cual ni siquiera se ha intentado una explicación aproximativa, ni olvidaré el aturdimiento que mostró Chur-chur aquel día, al anunciar lo que había descubierto.

Chur-chur se había reducido a sí mismo a un tamaño conveniente que le permitiera entrar de un modo físico en el interior del cuerpo del extranjero.

Cuando salió, guardó silencio por espacio de unos minutos.

Luego, muy lentamente, dijo:

—He estado examinando el "cerebro central" en la parte delantera de su cuerpo. No es más que un simple mecanismo calculador auxiliar. Un mecanismo que no posee el menor rastro de consciencia. Y en todo el resto del cuerpo no he conseguido descubrir ningún otro elemento que pueda ser concebido como un centro de inteligencia.

Hay algo que me gustaría poder olvidar. No puedo explicar por qué me trastornó tanto. Pero siempre interrumpo la grabación en el punto en que la voz del extranjero se elevó más y más, hasta pararse en seco.

En aquel sonido hay algo que me hace temblar y pensar en la herrumbre.

CURSILLO DE SUPERVIVENCIA

Philip E. High

Crichton era un brillante químico, que tenía una obsesión: la creencia de que podía verse abandonado a sus propios recursos.

Había estudiado, me dijo, las técnicas de la supervivencia en las condiciones más primitivas.

—No estoy dispuesto a morir sin luchar —añadió, en tono firme—. Si naufragamos, sabré cómo arreglármelas.

Ninguno de nosotros esperaba naufragar, y, en el peor de los casos, una nave de rescate no tardaría más de dos años en recogernos, pero Crichton no estaba dispuesto a correr ningún riesgo.

Se compró un arco y un montón de flechas («La munición puede escasear, ¿sabes?») y había aprendido a encender fuego frotando dos trozos de madera.

—Todo el mundo debería de seguir un cursillo de supervivencia antes de enfrentarse con un trabajo como éste —dijo—. No trato de establecer un precedente, sino de apuntar un dedo acusador contra la autoridad: los cursillos de supervivencia deberían ser *obligatorios*. Si la base fuera destruida y necesitáramos comida y fuego...

Cuando llegamos a Venus, me hubiera gustado ver a Crichton tratando de encender fuego.

La anterior expedición nos había advertido de las condiciones que íbamos a encontrar, y planteó la discusión de si el planeta era una bola de polvo, o todo lo contrario: era todo lo contrario. Crichton hubiera necesitado una tienda impermeable para encender su fuego. Y en cuanto a materiales secos...

A pesar de los informes y de las fotografías de primera mano. Venus fue una sorpresa para nosotros. Nos habían preparado para la humedad, los insectos, los gérmenes, las tormentas casi diarias, pero no para el *escenario* real.

Maynes miró a través de la mirilla azotada por la lluvia y exclamó: «¡Hermano!» con una voz sorprendida. Como comentario resultaba muy significativo, pero en el momento de aterrizar estábamos demasiado atareados y sólo más tarde pudimos contemplar el espectáculo con nuestros propios ojos y añadir algunos detalles profanos a aquel comentario.

Afortunadamente, la anterior expedición había comprobado las condiciones de la llanura en la cual habíamos aterrizado, de modo que pudimos empezar a establecer la base Nos colocamos las mascarillas nasales y nos aventuramos bajo el implacable diluvio.

* * *

Me parecía increíble que una base operacional que incluía un campamento de chozas, laboratorios en miniatura, tres dormitorios con sus correspondientes camastros y pasillos de comunicación, pudiera ser almacenada en un compartimiento poco mayor que una caja de sombreros, pero los magos de la ciencia lo habían conseguido. Lo único que había que hacer era hinchar todos los elementos, los cuales, al alcanzar el tamaño adecuado, se endurecían en dieciocho minutos. Transportar aquellos elementos resultó bastante fácil, pero anclarlos ya fue harina de otro costal.

Sobre la llanura había una capa de cinco pies de enredaderas que tenían que ser arrancadas, y debajo de las enredaderas había seis pulgadas de agua. Después del agua aparecieron dieciocho pulgadas de detritus vegetales, y antes de llegar al suelo de roca tuvimos que extraer otra capa de cuatro pies de tierra.

La base tenía que ser anclada, y las tiendas, a pesar de que eran sorprendentemente fuertes, parecían ligeras como plumas ante la fuerza del temporal y teníamos la impresión que iban a echar a volar de un momento a otro.

Chapoteamos a través del diluvio, con el equipo atado a nuestros pechos, tropezando con las malditas enredaderas como un grupo de cómicos en una antigua película muda. El trabajo nos llevó casi diez horas y nos dejó físicamente agotados. Hacía un calor insoportable, el sudor mezclado con la lluvia corría a raudales por nuestros rostros, y, bajo la opresión de las mascarillas nasales, experimentábamos la sensación de que nos hervían vivos lentamente.

Fue un verdadero alivio entrar en las tiendas cuando por fin quedaron ancladas y librarse del insoportable calor. Alguien había puesto en marcha los acondicionadores de aire y resultaba delicioso poder respirar.

Sin embargo, las tiendas carecían de una cosa: de eliminadores de ruidos. No había modo de librarse del continuo repiqueteo de la lluvia, un repiqueteo cada vez más obsesionante.

Cuando nos recobramos un poco dirigimos una primera ojeada al planeta y, como ya he dicho, no estábamos preparados para lo que vimos. Sabíamos que en Venus no había árboles, y sí unos arbustos en forma de hongos que a veces alcanzaban una altura de sesenta pies. Sabíamos que había enredaderas, pero aquello... La vegetación no era verde, ni siquiera de un verde pálido: era blanquecina, con grandes zonas negras como si se hubiera prendido fuego recientemente; cosa imposible dadas las condiciones climatológicas.

Venus parecía un gigantesco lecho de setas que crecían en medio de una maraña de interminables gusanos blancos.

El cielo también era bastante especial. En la Tierra, cuando llueve, suele ser oscuro, pero allí era blancuzco, brillante, como si el sol estuviera inmediatamente detrás de las nubes y quemara a través de ellas.

Más tarde descubrimos que la penetración ultravioleta era prodigiosa, y la mayoría de nosotros padecimos graves quemaduras a pesar de que la lluvia caía constantemente sobre nuestros rostros.

Holz explicó lo blanquecino de la vegetación en un largo discurso acerca de los eslabones celulares y de la clorofila, discurso que no llegué a comprender del todo.

Mendoza le superó más tarde cuando habló del extraño aspecto del cielo. La única palabra que comprendí fue «refracción».

Personalmente experimenté una sola reacción, y fue de tipo emotivo: el lugar me ponía la carne de gallina.

Paulatinamente fuimos adaptándonos a la situación. A mí me correspondió el pesado trabajo de descargar los suministros.

* * *

Unos meses antes de nuestra salida de la Tierra habían sido colocados en órbita alrededor de Venus seis Sputlites. Hacerlos descender por radio-control y acercarlos a la base lo suficiente para que fueran accesibles no es un trabajo que pueda recomendarse para los nervios.

Una vez estaban en la atmósfera, la cosa no resultaba demasiado difícil, ya que los estabilizadores entraban en funciones, pero de todos modos me veía obligado a vigilar los mandos con un ojo y los indicadores del nivel de combustible con el otro. Después de un viaje de veintiséis millones de millas la provisión de combustible era muy limitada. En resumidas cuentas, perdí casi veinte libras en sudor nervioso antes de que la tarea estuviera terminada.

Inmediatamente después empezó el trabajo de delinear mapas. Podíamos explorar todo el planeta por medio del radar y, cuando era necesario, fotografiar cualquier zona por medio de cámaras teledirigidas.

Era un trabajo que al principio resultó interesante, pero no tardó en hacerse aburrido, ya que el paisaje de Venus era bastante monótono. Había dos grandes continentes, innumerables islas de todos los tamaños y amplias zonas de océano de aspecto fangoso, cubiertas siempre por una espesa niebla.

Sin embargo, Holz, nuestro biólogo, se hallaba en su elemento y hacía continuamente nuevos descubrimientos que era incapaz de reservarse.

—Sucede algo muy curioso. Todo lo que he examinado hasta ahora en este planeta es ciego, lo mismo los insectos que la vida orgánica.

—Entonces ¿cómo se mueven? —preguntó alguien.

—¡Ah! Ese es otro factor interesante. Todo lo viviente emite un zumbido ultrasónico, inaudible para el oído humano, cuyos ecos utilizan las formas vivientes para determinar su posición, tal como hacen los murciélagos, por ejemplo.

Medité en el problema. La Naturaleza podía haber tropezado con dificultades para desarrollar un órgano de la vista en el planeta. Todos nosotros nos habíamos visto obligados a utilizar gafas polarizadas al cabo de unas horas de nuestra llegada a Venus, e incluso así nuestra visión se había visto desagradablemente afectada durante unas horas más.

Fue también Holz el que sembró las primeras confusiones en nuestras mentes.

—Sucede algo muy raro aquí —dijo—. Las apariencias exteriores sugieren una Tierra en decadencia. Y la Tierra es más antigua que Venus, aunque no mucho más antigua.

Ratcliffe, el geólogo, asintió rápidamente.

—Parece como si tuviera un centenar de millones de años, pero yo diría que tiene diez, millón más, millón menos.

Holz se golpeó la palma de la mano con un enorme puño.

—Y, sin embargo, sólo existen dos formas de vida orgánica. Esto no tiene sentido. Biológicamente, algo tendría que haber evolucionado, algo con un principio de inteligencia.

—Me gustaría —intervino Pearson— hacer una pregunta acerca de la edad del planeta.

—Estamos hablando en términos de desarrollo, en términos de vida, si lo prefiere —Ratcliffe estaba decidido a no dejarse arrastrar a una discusión—. Astronómicamente, desde luego.

—Dejemos esto —dijo Holz—. Antes de llegar a una conclusión tenemos que estudiar a fondo los elementos que poseemos.

Y, por el momento, quedó zanjada la cuestión.

* * *

La vida continuó. Todo el mundo estaba muy ocupado, pero a mí me quedaba tiempo para observar y para pensar.

Tal como Holz había observado, en Venus había solamente dos formas de vida orgánica. La primera era el Piesplanos. Se coge un cerdo, se le pinta de un color blanco sucio, se le extirpan los ojos y se le añaden unos enormes pies en forma de aletas... y ya está. Olía espantosamente mal y se pasaba la mayor parte del tiempo con el hocico enterrado debajo de las enredaderas. Holz dijo que se alimentaba de materia vegetal en descomposición.

El Saltarín era menos complicado aún y, como su nombre indica, se desplazaba dando pequeños saltos. Casi tan grande como un balón de fútbol y de color blanquecino, parecía idealmente adecuado al medio. Flotaba, y mediante una rápida contracción y expansión de su superficie podía saltar sobre el agua o sobre los cuerpos sólidos con la misma facilidad.

Desde luego no tenía ojos. Tampoco tenía boca ni otros apéndices visibles.

Holz capturó y disecó centenares de aquellos bichos y, cosa rara en él, su aspecto se hizo taciturno.

Un día casi nos arrastró a Mendoza y a mí hasta su diminuto laboratorio.

—No puedo seguir soportando esto solo. Mis amigos más íntimos deben compartir la carga y luego podremos enloquecer todos juntos. Será mejor que dibuje unos croquis...

Holz me agradaba porque era un hombre recto, sin complicaciones, y se tomaba la molestia de explicar las cosas en términos sencillos, sin adoptar aires de suficiencia ni dar a entender que estaba hablando con un «inferior». Holz, Mendoza y yo nos habíamos hecho muy amigos durante el largo viaje.

Mendoza, nuestro físico, era un personaje completamente distinto, alto, moreno, estricto, pero no excitable. Estaba muy orgulloso de su ascendencia española y llevaba una pequeña barba proyectada hacia adelante como un gesto de desafío.

Holz terminó sus croquis y dijo:

—No quiero fastidiarles con tecnicismos; estos croquis son una simple reproducción de algunos ejemplares —Señaló algunas partes disecadas de lo que imaginé que era un Saltador—. Corazón, pulmones, vejigas de aire para flotar... Observen la evolucionada y compleja estructura muscular exterior.

Hizo una pausa y se quedó mirándonos.

Finalmente, Mendoza dijo:

—¿Bien?

Holz suspiró.

—Es maravilloso, ¿no es cierto? Ese animal carece solamente de *un* órgano vital: el cerebro.

Contemplamos a Holz, asombrado, y él asintió.

—Yo he experimentado la misma sensación que experimentan ustedes ahora. Me he dicho a mí mismo: «Tiene que haber *algo*», pero no hay nada —Movió nerviosamente las manos—. De acuerdo, de acuerdo, no tiene sexo, lo sé. Las abejas y las hormigas son gigantes intelectuales comparadas con ese bicho. Biológicamente hablando, este animal *no puede* saltar, *no puede* moverse, carece incluso de instinto, no posee ningún receptáculo para el instinto. Si quieren definir ustedes una paradoja, aquí tienen una.

—Supongo —dijo Mendoza prudentemente— que es un mamífero.

Holz suspiró de nuevo.

—Tiene un sistema circulatorio, tiene una temperatura corporal de treinta y uno con ocho, y respira. Sí, debo reconocer que posee las características de un mamífero.

Mendoza cogió uno de los croquis, lo examinó atentamente, frunció el ceño y luego pareció encontrar lo que buscaba.

—¿Y esto? —dijo—. ¿No lo ha tenido usted en cuenta?

Holz le miró con expresión enfurruñada.

—Lo he tenido en cuenta; y estoy tratando de olvidarlo —Se frotó la barbilla furiosamente—. Es un ganglio nervioso, uno de los más complejos y sensibles que he visto. Si estuviera conectado a un cerebro tendría una explicación, pero faltando ese cerebro es completamente superfluo.

Mendoza había cogido otro croquis.

—El animal come, por lo que veo.

—¡Oh, sí, come! Posee una boca en forma de ventosa que puede extender hacia adelante en caso necesario. En realidad, tengo aquí un ejemplar dotado de unos pequeños apéndices retráctiles que pueden ser utilizados como brazos. Queda por ver si se trata de una especie distinta de Saltador.

—¿Y qué es lo que come exactamente? —Eso, amigo mío, no puedo decírselo. Quizá cuando nuestro amigo químico se canse de jugar a los exploradores se dignará hacer un análisis del contenido del estómago.

Cuando me separé de Holz, unos minutos después, no pude evitar el pensar que nadie simpatizaba con Crichton. Como ya he dicho, era un individuo pomposo y algo cargante, pero esto solo no justifica su impopularidad. Es cierto que tenía un modo muy desagradable de mirar con sus fríos ojos verdosos cuando hacía una *afirmación*. Crichton no "expresaba una opinión": hacía afirmaciones autoritarias, y si alguien se atrevía a contradecirle, se apresuraba a *demostrar* que estaba equivocado. Nadie simpatiza con un hombre que pretende ser infalible, pero cuando las afirmaciones de un hombre de esa clase resultan ciertas, la antipatía se convierte en aborrecimiento.

Crichton, sin recurrir a las palabras desagradables ni al sarcasmo, había dado con una fórmula única para crearse enemigos: siempre tenía razón.

Por ejemplo, a pesar de las observaciones, no siempre humorísticas, acerca de su cursillo de supervivencia, casi había conseguido refutar lo evidente.

Había descubierto que la corteza o envoltura exterior de las enredaderas más gruesas podía ser sacada y era impermeable. Una vez sacada, las fibras interiores no sólo servían como un fuerte y duradero cordel, sino que, una vez secas, ardían durante mucho tiempo con una brillante llama que no producía humo.

Crichton había conseguido no sólo encender fuego dentro de una tienda, sino también asar y comerse parte de un Piesplanos. En resumen, con sus propios esfuerzos casi había hecho posible la supervivencia en Venus.

Sus actividades con su arco tenían casi el mismo éxito. A pesar de las evidentes limitaciones impuestas por la continua lluvia, la práctica constante le había convertido en un arquero sumamente hábil. Utilizaba los Saltadores como blancos móviles, y rara vez fallaba el tiro.

—¿Por qué diablos no deja a esos pobres bichos en paz? —le espetó Hogben en cierta ocasión—. Si los Piesplanos son comestibles, ¿por qué no deja tranquilos a los Saltadores?

Crichton se había encogido de hombros con su habitual aire de superioridad.

—Un hombre inteligente está siempre preparado para todas las eventualidades. Necesitaba un blanco móvil. Suponga que aparece súbitamente una bestia hostil, de movimientos rápidos...

Hogben le miró con expresión de enojo, pero no replicó. Crichton podía estar en lo cierto, como de costumbre, y no cabía dudar de que en tres meses terrestres sus progresos habían sido muy notables.

En una ocasión, Crichton perdió el arco y las flechas. Hogben los encontró cuatro días después entre las enredaderas, pero ése fue un asunto que Crichton no nos permitió olvidar.

—Miré *allí*. *Sé* que miré allí. Cuando descubra al adulto de inteligencia infantil aficionado a esta clase de bromas voy a retorcerle el cuello.

Nadie admitió nunca ser el responsable de aquella supuesta broma, pero Crichton no estaba satisfecho ni mucho menos. En su rostro había una perpetua expresión de sospecha, y andaba de un lado para otro haciendo preguntas y más preguntas, a veces realmente impertinentes.

—Ese hombre está loco —dijo Holz, cansado de aquel juego—. ¿Por qué no puede haber perdido el arco y las flechas?

—Como si no tuviéramos bastantes quebraderos de cabeza —dijo Baynes.

—Hay cosas que me ponen la carne de gallina, y, encima, tener que soportar las estúpidas preguntas de Crichton... Es para volverse loco.

Holz frunció el ceño.

—¿La carne de gallina? ¿Por qué?

—No me diga que no lo ha notado usted —Baynes dejó en el suelo el complicado mecanismo fotográfico que había estado revisando—. No me diga que no ha experimentado la sensación de que nos vigilan continuamente.

—No sea usted idiota —La voz de Holz era demasiado brusca para resultar convincente—. Soy un científico que se apoya en hechos, y no puedo dejarme guiar por mis emociones.

Baynes sonrió débilmente.

—Entonces ha experimentado usted esa sensación... Holz le miró enfurruñado.

—Sí, desde luego, la he experimentado —Se frotó furiosamente la barbilla—. ¿No ha descubierto usted nada en el curso de sus trabajos?

—¿Por ejemplo?

—¡Oh! No lo sé; huellas que conduzcan a cavernas o algo por el estilo.

—No, no he descubierto riada de eso. Pero no puedo evitar la impresión de que son los Saltadores. Cuando aterrizamos sólo había unos cuantos alrededor de la base. Y ahora hay centenares. Y tengo la impresión de que nos están vigilando.

—Son ciegos —dijo Holz—. Los he disecado por docenas y son ciegos. Además no tienen cerebro.

—Estoy seguro de que tiene usted razón —dijo Baynes—. Completamente seguro. Y me gustaría que esta seguridad fuese suficiente para tranquilizarme, pero no es así.

Nos miramos unos a otros con expresión de inquietud, y la conversación hubiera continuado a no ser por una súbita interrupción.

Alguien había hecho sonar el timbre de alarma.

Maquinalmente nos colocamos las mascarillas nasales y echamos a correr hacia la puerta. Por qué llegamos a la conclusión de que el peligro procedía del exterior es cosa que nunca supimos, pero todos corrimos hacia la salida más próxima, casi empujándonos en nuestros esfuerzos para salir. Vi a Hogben, que estaba ya fuera y corría a través de la lluvia, y le seguí maquinalmente.

Llegamos junto a un grupo de inclinadas figuras apenas visibles en medio de la cortina de lluvia. En aquel momento, Wang, nuestro médico, se estaba incorporando.

—Resulta difícil precisar el tiempo que lleva muerto. Los insectos o algún bicho han mutilado su rostro, y con este calor la descomposición es muy rápida.

En efecto, unos diminutos gusanos blancos brotaban ya de entre los dedos de las manos, y el cadáver esta hinchado a causa de los gases internos.

Un sudor frío inundó mi rostro y experimenté una inexplicable sensación de temor.

El muerto era Crichton. Estaba boca abajo sobre las enredaderas, y de su espalda sobresalía el *emplumado ástil de una de sus propias flechas.*

Hogben nos contempló con una expresión que hasta entonces no había visto en su rostro. El hombre cordial, que se dirigía siempre a nosotros en tono amable, se había convertido en un jefe adusto.

—Habrá una inmediata investigación —dijo—. Comuniquen a todo el mundo que se reúna en la nave.

Era evidente que estaba pensando lo que pensábamos todos: uno de nosotros era un asesino. La posibilidad de un suicidio quedaba absolutamente descartada, ya que un hombre no puede dispararse una flecha por la espalda.

Cuando llegamos a la nave, Hogben estaba en su "camarote". Era muy reducido, pero había espacio para dos personas.

—Mister Holz, entre, por favor.

Holz me dirigió una mirada significativa, asintió y cruzó la estancia. Contemplé cómo se cerraba detrás de él la puerta del "camarote".

Lo que Hogben estaba haciendo era evidente: tomaba declaración a cada uno de los miembros de la tripulación para cotejar más tarde las diversas declaraciones. Me pregunté si antes de dedicarse a los vuelos espaciales habría sido policía; por lo menos estaba actuando como uno de ellos. La investigación quedaba reducida a diez hombres y, no sabiendo ninguno de ellos lo que había dicho el otro, las falsedades o contradicciones podrían ser fácilmente detectadas.

Nueve hombres en la sala de mandos dejaban poco espacio para moverse y menos aún para conversar. Nos dispusimos a esperar en medio de un desagradable silencio, evitando el mirarnos unos a otros.

A pesar de los esfuerzos que todos hacíamos por disimularlo, cada uno de nosotros dudaba, de todos los demás: *alguien* tenía que haberlo hecho.

Personalmente, traté de pensar en otras cosas. Pero lo único que conseguí fue recordar el estribillo de una antigua canción que oí cuando era un niño.

> —¿Quién mató a Cock Robin?
> —Yo —dijo el Gorrión—
> con mi arco y mis flechas.

—Doctor Wang, por favor.

Uno por uno, todos fuimos entrando y saliendo. Transcurrieron dos largas horas antes de que Hogben dejara abierta la puerta.

Hogben tenía una expresión preocupada y no parecía estar satisfecho por el curso de los acontecimientos.

—Esto no es un tribunal —dijo. Se aclaró la garganta indeciso—. Sólo estoy autorizado para arrestar a un sospechoso hasta que pueda comparecer ante un tribunal de la Tierra.

Hizo una pausa, carraspeo de nuevo y sacó unos papeles de su bolsillo.

—Los hechos son éstos. Crichton, como ustedes saben, ha muerto a consecuencia de una flecha que le fue disparada por la espalda. Las declaraciones de los testigos demuestran que fue visto con vida por última vez en el momento en que salía de la base, seis horas antes del descubrimiento de su cadáver.

Hizo otra pausa y examinó con el ceño fruncido los papeles que tenía en la mano.

—Durante ese período solamente uno de los miembros de la expedición estuvo «fuera», y únicamente a ese hombre podemos aplicarle el término «sospechoso». Como ya he dicho, esto no es un tribunal, aunque debo puntualizar dos cosas. Primera: el testigo fue absolutamente sincero y no trató en ningún momento de ocultar el lugar en que se encontraba a la hora aproximada en que se produjo la muerte de Crichton. Segunda: las pruebas son puramente circunstanciales, pero estoy obligado a tomar medidas de seguridad. El sospechoso era el único de nosotros que se encontraba en condiciones de cometer el crimen, y tengo que atenerme a este hecho.

Hogben se volvió hacia Baynes y su expresión volvió a hacerse implacable.

—Mister Baynes, en vista de las pruebas que me han sido presentadas, me veo en la penosa obligación de arrestarle a usted como sospechoso de asesinato. Permanecerá encerrado en la nave hasta que regresemos a la Tierra. Ahora abriremos una encuesta y oiremos a los testigos. Si lo desea, puede usted interrogar a esos testigos, y ellos, a su vez, podrán interrogarle a usted. ¿Tiene algo que alegar?

Baynes abrió la boca y luego sacudió la cabeza lentamente. Parecía anonadado.

La encuesta resultó muy penosa. Se celebró en la sala de mandos y todos evitábamos cuidadosamente encontrarnos con la mirada de Baynes. Todo el mundo le apreciaba y a nadie le agradaba ayudar a condenarle. A pesar de todas las pruebas, ninguno de nosotros creía realmente que Baynes hubiera asesinado a Crichton. Su declaración personal, que Hogben leyó en voz alta, sonó como la declaración de un hombre inocente. Creo que todos nos vimos obligados a recordarnos a nosotros mismos que Baynes era el único hombre que podía haberlo hecho.

—¿Alguna pregunta?

Hogben parecía dispuesto a cerrar la encuesta.

—Sí —dijo Mendoza, dando un paso hacia adelante—. Con su permiso, me gustaría examinar la prueba material. ¿Puedo ver la flecha que mató a Crichton?

Hogben se la entregó en silencio, y Mendoza la hizo girar lentamente entre sus manos.

—Tiene las iniciales J. C. grabadas en el asta, por lo que veo —dijo Mendoza.

—Todas las flechas de Crichton llevaban sus iniciales —dijo Hogben—. ¿Tiene algo de particular?

Era evidente que Hogben deseaba terminar de una vez con aquel desagradable asunto.

—Creo que sí. Como usted sabe, ayudé a supervisar las operaciones de carga. No ignoran ustedes que todas nuestras pertenencias fueron pesadas, incluso los objetos que llevábamos en los bolsillos. Crichton deseaba embarcar, entre otras cosas, un analizador eléctrico y su arco con sus correspondientes flechas. Le dijeron que no podía llevarse las dos cosas y renunció el analizador. Resumiendo, Crichton embarcó el arco y doce flechas exactamente.

—¿De veras? —Hogben tamborileaba nerviosamente con la punta de los dedos sobre la mesa.

—¿Tiene usted inconveniente en contar las flechas? —preguntó Mendoza.

—¿Contarlas? —Hogben miró a Mendoza con expresión de extrañeza y luego se encogió de hombros—. Como quiera. Una... dos...

Antes de llegar a diez su rostro palideció y nadie le oyó pronunciar el número final.

Había exactamente *trece* flechas.

Siguió un largo e incómodo silencio. Todos nosotros nos dábamos cuenta de que nadie podía haber metido en la nave aquella flecha en el último minuto, ya que la sobrecarga hubiese sido detectada inmediatamente. Por otra parte, en Venus no había elementos para fabricar una flecha como aquélla.

Holz avanzó unos pasos.

—Me gustaría examinar esa flecha en mi laboratorio, sí me lo permiten.

—Desde luego —Hogben le entregó la flecha y se removió nerviosamente en su silla—. Esto cambia el aspecto del caso. Le ruego que me disculpe, mister Baynes, pero con las pruebas que tenía no podía obrar de otro modo.

—Supongo que se da usted cuenta de lo que esto significa —dijo Mendoza, que había palidecido—. A pesar de las pruebas en contra, en este planeta hay vida inteligente.

—¿Dónde? —inquirió Ratcliffe con voz ligeramente ronca—. Hemos explorado colinas y valles con el radar y con las cámaras controladas por radio. Si hubiera un poblado lo habríamos descubierto. Y no hemos encontrado absolutamente nada, ninguna huella, ningún objeto...

—Ahora lo tenemos —Holz había regresado y su rostro aparecía sumamente grave—. Aquí está —Mostró la flecha, que había reducido a fragmentos—. El problema es ahora más complicado que nunca —Tendió los fragmentos de la flecha a Hogben—. Como puede ver, esta flecha no es de plástico, como las otras. Es de hueso, pero no se trata del hueso de un animal muerto aprovechado para labrar con él una flecha —Hizo una pausa, como si no se decidiera a continuar. Finalmente, concluyó—: Es un hueso *nuevo*.

Hogben frunció el ceño.

—¿Nuevo? ¿Qué quiere usted decir con eso?

—Hace menos de seis días el hueso formaba parte de un animal vivo. Tal vez alguno de ustedes puede decirnos qué clase de inteligencia puede coger un hueso de esas características, darle la forma correcta y convertirlo en una flecha perfectamente equilibrada.

Nadie respondió. No parecía haber ninguna respuesta.

Hogben rompió el prolongado silencio.

—Creo que es evidente la existencia en Venus de una forma de vida inteligente y por añadidura hostil —Suspiró—. No veo ningún motivo para que abandonemos nuestro trabajo, pero debemos adoptar las necesarias medidas de precaución. Tendremos que limpiar de enredaderas los alrededores de la base, a fin de que los indígenas no puedan acercarse sin ser vistos. Además, mantendremos una vigilancia continua. Dos hombres armados montarán guardia mientras los otros trabajan —Se puso en pie—. Afortunadamente, nos enfrentamos con una inteligencia primitiva.

—¿Qué es lo que le hace creer eso? —preguntó Holz en tono ácido—. Hace nueve semanas perdió Crichton su arco y sus flechas. Tardaron cuatro días en aparecer. En mi opinión, las tomaron «prestadas» a fin de copiarlas. Y no sólo consiguieron una copia perfecta, sino que aprendieron a utilizarla adecuadamente.

—Lo que yo me pregunto —dijo Pearson— es por qué pusieron las iniciales de Crichton en el asta.

—Ya he dicho que se trata de una copia —dijo Holz—. Pusieron las iniciales porque las otras flechas las llevaban. Tal vez pensaron que eran un elemento necesario para su correcta utilización...

Pearson no pareció muy convencido.

—De todos modos, no parece que tengamos mucho que temer de unos *copistas*, aunque sean inteligentes, ¿verdad?

Holz se encogió furiosamente de hombros.

—Piense lo que guste. Viva en un mundo de espléndida ilusión. Personalmente, voy a empaquetar todas mis cosas, a fin de estar preparado para huir a la menor señal de peligro.

Al día siguiente empezamos a limpiar de enredaderas los alredededores del campamento. Era un trabajo muy penoso y progresaba muy lentamente. Antes de darle fin hicimos un sorprendente descubrimiento: ocultos entre las enredaderas encontramos dos arcos. Estaban provistos de flechas y apuntaban directamente al centro de la base, aunque allí no había ningún rastro de vida indígena.

Todos nos pusimos muy nerviosos, y los centinelas hicieron unos disparos porque *creían* haber visto algo que se movía.

Las conclusiones de Holz no mejoraron nuestro estado de ánimo.

—Son de hueso, como las flechas —dijo—. Hueso de una densidad y fortaleza anormales. Dios sabe a qué clase de ser pertenecen...

El trabajo continuó, y por espacio de casi tres semanas no se produjo ningún incidente. Todos habíamos empezado a tranquilizamos, cuando...

No me atrevo a afirmar que Ratcliffe estuviera aterrorizado, aunque sí puedo asegurar que acababa de recibir una fuerte impresión. Era evidente que estaba realizando un enorme esfuerzo para dominarse.

—He pensado que lo mejor sería decírselo primero a usted, Holz. —Se quitó la mascarilla nasal con manos temblorosas—. Si mal no recuerdo, usted aseguró que los Saltadores eran ciegos.

—Y lo son. He disecado docenas de ellos y...

—Acabo de ver a uno con un *ojo*. Estaba fuera, montando guardia, y lo vi claramente. Estaba a menos de seis pies de distancia, me miraba fijamente y lo vi parpadear.

Ratcliffe se estremeció ligeramente.

—Tranquilícese —dijo Holz—. Lo que vio usted era una nueva especie. No hay motivo para alarmarse.

—No comprende usted... —Ratcliffe hizo una pausa y tragó saliva nerviosamente—. Mire, no creerá usted que estoy loco, ¿verdad? No ha sido imaginación mía; estaba lo bastante cerca para verlo. Y el ojo era el de Crichton.

Vi que Holz se ponía rígido, pero su voz sonó tan tranquila como antes.

—Vamos a ver si nos entendemos... ¿Dice usted que el ojo de ese animal era el de Crichton?

—Bueno, tal vez no sea eso exactamente. Ya sabe usted el aspecto que tenían los ojos de Crichton: eran fríos y verdosos. Pues bien, el ojo de ese animal era exactamente igual y, cuando parpadeó, quedó cubierto por una delgada membrana blanca.

Ratcliffe se estremeció de nuevo.

Holz procuró tranquilizarle y se marchó a comunicarle la noticia a Hogben.

—Tendré que capturar uno —Holz hizo un gesto de impaciencia—. Este condenado planeta me está sacando de quicio. ¿Cómo diablos puede uno conservar la ecuanimidad científica en un planeta como éste? —Encendió un cigarrillo y fumó furiosamente unos instantes—. Desde luego, equivoqué el camino. Tenía que haberme dedicado a algún tipo de Investigación mecánica como la suya. De este modo hubiese tenido ocupadas las manos y el cerebro al mismo tiempo... ¿Qué diablos es eso?

—Es un circuito receptor para una cámara controlada por radio. Los impulsos emitidos por la caja de control son captados por la rejilla y eventualmente controlan los movimientos y la altura de la cámara. Al mismo tiempo los circuitos complementarlos controlan el mecanismo, el objetivo y el obturador. Es una técnica un poco complicada, pero puedo darle unas cuantas lecciones a un precio razonable.

Normalmente, Holz hubiera seguido la broma, pero esta vez no pareció oír mis palabras.

—¡Dios mío! —exclamó, mirando como hipnotizado la rejilla de la cámara—. ¡Dios mío! Tengo que capturar uno... Discúlpeme.

Se marchó corriendo y tuve la desagradable impresión de que acababa de encontrar la respuesta a algo muy importante.

Diez minutos más tarde vi que Holz y Mendoza salían del campamento con unas jaulas de alambre. Holz no había perdido el tiempo.

Cuatro días después, una flecha de ocho pies de longitud llegó zumbando a través de la lluvia y traspasó de parte a parte nuestro dormitorio número cuatro.

La cosa se estaba poniendo muy fea. La flecha paso a unos centímetros de la cabeza de Pearson, que estaba dé pie junto a su camastro.

Algunos corrieron hacia la nave, otros cogieron lo que encontraron más a mano como posible arma y salieron al exterior. Los dos centinelas estaban disparando ya ciegamente, con la vana esperanza de disuadir a los posibles atacantes.

De pronto otra flecha silbó sobre nuestras cabezas y fue a enterrarse en el suelo, a menos de dos pies de distancia del lugar donde se encontraba Ratcliffe.

—¡Todo el mundo a la nave! —A través del altavoz, Hogben habló en tono autoritario y tranquilizador—. No se precipiten, y cuidado con las flechas...

Diez minutos después la puerta de la nave se cerraba detrás del último de los miembros de la expedición.

Hogben esperó hasta que hubimos recobrado el aliento.

—Bien, caballeros, parece ser que debemos prepararnos para continuar nuestro trabajo sometidos a un verdadero asedio o levar anclas y marcharnos de aquí. Es evidente que dentro de un par de semanas los indígenas estarán en condiciones de iniciar un ataque masivo, si es que no lo están haciendo ya. ¿Alguna sugerencia?

Hubo un largo silencio. Luego dijo Pearson:

—Me estaba preguntando si hay posibilidades de llegar a un acuerdo amistoso con ellos.

Holz resopló despectivamente.

—En nombre del cielo, Pearson, colóquese usted en la situación de los indígenas. Hemos llegado aquí por las buenas, hemos limpiado una amplia zona de lo que podía ser un campo de cultivo, y hemos matado y disecado todo lo que se nos ha puesto a tiro. ¿Aceptaría *usted* un acuerdo amistoso? —Hizo un gesto de impaciencia—. De todos modos no tenemos más alternativa que la de marcharnos de aquí antes de que sea demasiado tarde.

—Una medida un poco drástica, ¿no le parece? —intervino Ratcliffe—. No podemos echar a correr a la menor...

Hogben le interrumpió.

—No dudo de que mister Holz tiene sus motivos para hablar de ese modo. Creo que debemos oírle antes de tomar una decisión. Continúe, mister Holz.

—Gracias —dijo Holz—. Lo que voy a decirles no es fácil de aceptar, pero estoy dispuesto a presentar pruebas biológicas de mis afirmaciones —Hizo una pausa y suspiró— Caballeros, en Venus no hay vida indígena, tal como nosotros la concebimos; no hay humanoides ni semi-humanoides ocultos entre las enredaderas, armados con arcos y dispuestos a atacarnos —Hizo otra pausa, frunciendo el ceño—. De hecho, no hay indígenas, pero en alguna parte de este planeta hay un... una... «cosa». Puede estar en el fondo del mar, oculta en una caverna o en alguna otra parte. Lo que puedo asegurarles es que existe. Y sugiero la inmediata evacuación no sólo porque la «cosa» tiene fuerza para derrotarnos, sino porque en términos de inteligencia la «cosa» está a un nivel infinitamente superior al nuestro: a su lado nos encontramos muy por debajo del nivel de la infancia.

—¿Con arcos y flechas? —preguntó burlonamente Ratcliffe.

—Sí, con arcos y flechas —respondió Holz. Cuando llegamos a Venus no eran necesarios el arco ni las flechas. La «cosa» tiene al planeta completamente sometido a su voluntad y le hace funcionar de acuerdo con su propio plan. Todo lo que en el curso normal de la evolución ha ido surgiendo, con posibilidades de convertirse en una amenaza para la «cosa», ha sido eliminado. Todo lo que queda es inofensivo para la «cosa» o ha sido conservado para su consumo personal —Hizo una pausa y se encogió de hombros—. Luego llegamos nosotros, yo con mi laboratorio y Crichton jugando a pieles rojas con su arco y sus flechas. En menos de cuatro meses la «cosa» captó las posibilidades del arma de Crichton, la consiguió, la copió y aprendió a utilizarla. Entonces mató a su principal atormentador y practicó una pequeña disección por su cuenta. La idea de la «vista» era un concepto absolutamente desconocido para la «cosa», pero no sólo extirpó los ojos de Crichton, sino que comprendió su finalidad y los copió con éxito.

—A continuación va usted a decirnos que esa «cosa» dispone de un laboratorio quirúrgico completamente equipado. La idea es absurda...

Era evidente que Ratcliffe estaba asustado y no quería creer. Los demás estábamos demasiado tensos o demasiado absortos para interrumpir a Holz.

—Si no cree usted lo que digo, la prueba está en mi laboratorio —replicó bruscamente Holz—. Si la «cosa» dispone de un laboratorio completamente equipado, pero me referiré a este punto más tarde —Su mirada se cruzó con la de Mendoza—. Mi colega me vio examinar los ojos y puede confirmar que están especialmente adaptados a las condiciones de este planeta.

—Entonces ha capturado a un indígena. Tiene que haberío capturado...

Pearson parecía perplejo y furioso.

—Repito que ya llegaremos a eso...

Pero Pearson insistió.

—¿Dónde fabricó el arco y las flechas? Opino como Ratcliffe. ¿Es que la «cosa» dispone también de un taller?

Holz miró a Pearson con una expresión de cansancio.

—No las *fabricó*: las *formó* —Holz hizo una pausa, mientras Pearson palidecía intensamente—. Veo que empieza usted a comprender. El arco y las flechas eran de *hueso nuevo*, y la «cosa» las formó de o en *su propio cuerpo*.

Oí la ahogada exclamación que soltaba Pearson y me encontré a mí mismo sudando. No soy biólogo, pero podía imaginar lo que implicaban las palabras de Holz. Una masa informe en una cueva subterránea... exudando una especie de vaina dentro de la cual se formaba la estructura ósea del objeto deseado. ¡Dios mío! Con ese control mental sobre sus funciones corporales, la cosa debía de ser inmortal y, a todos los efectos, indestructible. La masa corporal de aquel ser podía presumiblemente ser medida por millas, y no por pies...

—¿Dónde obtuvo usted esos ojos? —preguntó Ratcliffe, como si estuviera al borde de un ataque de nervios.

Holz suspiró.

—Esto es lo más difícil de aceptar. Los obtuve de los Saltadores. Los Saltadores son los ojos y los oídos de la «cosa», lo que utiliza para controlar y dominar su medio.

—¿Una especie de simbiosis? —preguntó Hogben, como si diera por sentada la veracidad de las afirmaciones de Holz.

—Veo que siguen sin comprender, y no puedo reprochárselo —suspiró Holz—. Los Saltadores son unidades de la «cosa», partes de ella. Se forman de su propio cuerpo para realizar determinadas funciones específicas; unos recogen alimento, otros pastorean los Piesplanos, y últimamente ha aparecido un nuevo tipo con apéndices retráctiles. ¿Tengo que decirles quién arrastró aquellos arcos a través de las enredaderas?

Hubo un prolongado silencio antes de que Holz continuara.

—Los Saltadores no tienen cerebro; biológicamente son incapaces de moverse e incluso de realizar las funciones normales necesarias para vivir. Poseen, sin embargo, un ganglio nervioso sumamente sensible y, a través de ese ganglio, la «cosa» controla mentalmente a sus unidades del mismo modo que una cámara puede ser dirigida desde una caja de control. Es una comparación imperfecta, pero sirve para el caso. ¿Les extraña ahora que dijera que al lado de la «cosa» nuestro nivel mental es infantil?

Le miramos fijamente. La «cosa» controlaba literalmente a millares de Saltadores que realizaban centenares de tareas distintas. Por muchos que matáramos, serían reemplazados inmediatamente, y lo peor del caso sería que la «cosa» adquiriría una nueva experiencia. Los Saltadores que llegaran a continuación serían unidades especializadas adaptadas para atacarnos.

—Creo que debemos marcharnos inmediatamente —dijo Ratcliffe.

Me adherí con entusiasmo a la proposición. No resultaba difícil imaginar las desagradables posibilidades que se abrirían ante nosotros en caso de quedarnos.

Si éramos vencidos... Era indudable que la «cosa» había aprendido ya a conocer el valor de los cautivos vivos. Supongamos que aprendía a comunicarse con nosotros o, peor aún, que encontraba el medio de enlazar nuestros sistemas nerviosos con el suyo. ¡Podría absorber no sólo nuestras impresiones sensoriales, sino también todos nuestros conocimientos!

Cuando llegara una expedición de rescate para comprobar qué nos había sucedido, sus miembros serían capturados antes de que pudieran luchar.

Todos nuestros conocimientos técnicos y científicos serían absorbidos por un ser que nos superaba muchísimo en inteligencia pura. Y podría adaptar sus unidades para explotar y entender aquellos conocimientos.

¿Cuánto tiempo transcurriría antes de que desarrollara una tecnología?

¿Cuántos siglos pasarían antes de que una legión de Saltadores treparan a sus propias naves espaciales y emprendieran el vuelo hacia la Tierra?

EL FOCO DE LA LOCURA

Richard Wilson

Si hubiese estado trabajando, hubiera tomado un taxi, cargándolo en la cuenta del cliente, como es natural; pero, no siendo ése el caso, me decidí por un autobús. Y en aquel autobús fue donde vi por primera vez al hombre de los ojos hundidos.

Yo iba sentado en la parte delantera. Era de noche y regresaba a casa desde mi oficina, situada en Times Square. Mi casa se encuentra en la calle 78.

El hombre —viejo y delgado— subió en la parada cercana al cine Trans-Lux: un cine de actualidades.

—¿Son quince centavos? —le preguntó al conductor del autobús.

—Así es, caballero. Hasta medianoche.

Alcé los ojos de mi ejemplar del *Times* para mirar al recién llegado. En aquel momento estaba leyendo un artículo acerca de un nuevo cometa.

El viejo dejó caer una moneda de diez centavos y otra de cinco en el expendedor automático de billetes.

—Así, me ahorraré unos centavos —dijo, dirigiendo una tímida sonrisa al conductor—. Me llamo Radin —añadió—. Lionel Radin.

—Bienvenido, mister Radin —contestó alegremente el conductor—. Cuidado con las puertas. Voy a cerrar.

—No se preocupe, no es la primera vez que subo a un autobús —replicó vivamente el viejo.

—No se enfade, abuelo, y tome asiento. Nos vamos...

Sorteó expertamente a un taxi y luego a un DeSoto.

Radin ocupó el asiento vacío detrás del mío. Mientras se dirigía a él, me miró, y yo volví a sumergirme rápidamente en la lectura de mi periódico, temiendo que viniera a sentarse a mi lado. Si hay algo que no puedo soportar, son los viejos charlatanes..., a menos, desde luego, que se trate de clientes dispuestos a pagarme treinta dólares diarios, más los gastos.

Soy un detective privado y me llamo John Smith. Mi nombre es de lo más vulgar, pero encaja perfectamente con mi profesión. Creo que es el tipo de nombre que encaja mejor con la personalidad anónima que debe tener un detective privado.

Tal vez mi profesión me haya convertido en una persona más sensible de lo normal, pero lo cierto es que al cabo de un rato —estábamos cerca del Coliseum, en Columbus Circle— empecé a notar que los ojos de alguien me estaban taladrando la nuca.

Experimenté aquella sensación e inmediatamente pensé: "Necesitas un corte de pelo." Sin embargo, me volví rápidamente y sorprendí al viejo Lionel Radin mirándome con una desconcertante fijeza.

Los ojos hundidos profundamente en sus cuencas eran grises. No eran acuosos, como los de la mayoría de los viejos, sino... bueno, penetrantes. Se clavaron en los míos.

—Necesita usted un corte de pelo, mister... —dijo el viejo.

Era una observación completamente vulgar, y no me hubiera llamado la atención a no ser por el hecho de que se trataba de lo que yo acababa de pensar. No demostré ninguna sorpresa, sin embargo, y le dije lo que deseaba saber, a juzgar por el final de su frase.

—Smith. John Smith.

El viejo no se rió, como hacía la mayoría de las personas al oír mi nombre por primera vez.

—Yo me llamo Radin, mister Smith —dijo—. Tome nota mentalmente. Todo encaja. Ya lo verá.

Estaba chiflado por lo visto. Me volví a tiempo para captar la mirada del conductor a través del espejo retrovisor. Me guiñó un ojo. Sonreí, carraspeé y con un "Si usted lo dice, mister Radin", lanzado por encima de mi hombro, me sumergí de nuevo en la lectura del artículo acerca del cometa.

—Y esto también —dijo él viejo, mirando por encima de mi hombro.

—Desde luego —dije.

Cuando el autobús llegó a la calle **78** me apeé sin mirarle.

Cerca de mi casa hay un quiosco donde suelo comprar el periódico. Saqué unas monedas de mi bolsillo y separé cuatro centavos. Andy, el encargado del quiosco, me entregó el Daily News, como de costumbre. Pero, cuando le di el dinero, me dijo:

—Son cinco centavos, Smitty.

—¿Cinco centavos? ¿Qué se han creído? —dije. Normalmente me hubiera limitado a pagar el centavo adicional. Soy lo bastante viejo como para recordar la época en que el News valía dos centavos, y hasta entonces no me había quejado nunca cuando subía el precio de algo. Pero aquella noche lo hice—. ¿El *Mirror* también? —pregunté.

—No. El *Mirror* sigue a cuatro centavos.

—Entonces dame el *Mirror*.

Andy se encogió de hombros y me entregó el otro periódico.

—No es usted el primero, Smitty —dijo.

* * *

No supe lo que quiso decir con aquellas palabras hasta el día siguiente. Me dirigí a mi oficina, esta vez con un ejemplar del *Newsweek*, pero no tuve ocasión de leerlo. Cuando abrí la puerta, el teléfono estaba sonando.

Atendí la llamada: era un cliente, la compañía de autobuses. Había trabajado para ella más de una vez, casi siempre para desenmascarar a conductores que estafaban a la compañía. Esta vez se trataba de algo distinto.

La compañía no estaba siendo estafada. Se trataba del nuevo precio del billete. Lo habían subido a dieciocho centavos —Recordé que el conductor del autobús había dicho que el nuevo precio entraría en vigor a medianoche, y haberlo leído también en el *Mirror*—. Los pasajeros no habían protestado, pero todos, absolutamente todos, habían pagado con monedas de un centavo.

Escuché, tomé algunas notas y acepté encargarme de la investigación. En las circunstancias que estaba atravesando hubiera aceptado el encargo de encontrar una aguja en un pajar. Después de colgar el teléfono conecté el aparato de radio. Entonces me enteré del boicot de que estaba siendo objeto el *Daily News*.

La última edición había salido, como de costumbre, un poco antes de las ocho de la tarde. Las rotativas vomitaron millares de ejemplares, y los camiones de reparto, conducidos por unos choferes hábiles y audaces, los habían ido dejando a montones en las aceras, junto a los quioscos de periódicos de toda la ciudad.

Y allí estaban: cincuenta aquí, setenta y cinco allí, ciento veinte más allá. Al igual que yo, todo el mundo compró el *Daily Mirror*.

La explicación evidente —la de que todo el mundo se había pasado al *Mirror* debido al aumento de precio del News— resultaba increíble. El hecho no justificaba que 2.109.601 lectores adictos se pasaran de la noche a la mañana de Dick Tracy a Joe Palooka, de Jimmy Powers a Dan Parker, de Ed Sullivan a Walter Winchell.

Lógicamente, en el rascacielos de la calle 42 Este, ocupado por el *Daily News*, reinaba la consternación. En cambio, tres manzanas más allá, en la calle 45, donde el Mirror tenía establecido su cuartel general, todo era alegría. El Mirror duplicó su tirada y luego la triplicó.

El *Daily News*, después de consultar con la otra víctima del capricho popular, la compañía de autobuses, se convirtió en mi segundo cliente.

Un directivo de la compañía de autobuses que parecía estar a punto de estallar en sollozos me explicó cómo habían empezado las dificultades. Exactamente un minuto después de medianoche había comenzado el diluvio de centavos. Por primera vez en la historia de los transportes públicos, nadie, absolutamente nadie, necesitaba cambio. Todo el mundo tenía el importe exacto del billete: dieciocho centavos en monedas de un centavo.

Los expendedores automáticos, adaptados para escoger y contar monedas de diez, de cinco y de un centavo, se estropeaban uno tras otro, incapaces de digerir con la suficiente rapidez aquella avalancha de monedas de cobre.

Los conductores de los autobuses, humanos a fin de cuentas, habían empezado tomando a broma aquella venganza de los usuarios. Pero, al estropearse los automáticos, se habían visto obligados a cobrar personalmente los billetes. Por toda la ciudad los autobuses zigzagueaban peligrosamente mientras los conductores contaban las monedas de un centavo y trataban de encontrar espacio para ellas en sus bolsillos, en el interior de sus gorras, en el suelo...

El conductor Ralph Costerlocker, de la línea de Broadway, era uno de los muchos que habían renunciado a seguir conduciendo. Al principio se limitó a aceptar, sin contarlas, las monedas que le entregaban los pasajeros, dejándolas caer al suelo, a sus pies.

—Lo sé —le dijo a un sonriente pasajero—, las monedas de un centavo son de curso legal. De acuerdo, siga adelante; esto es un autobús, no un teatro de variedades.

Pero la paciencia de Ralph se agotó al llegar a Columbus Circle. El montón de monedas había crecido tanto, que casi cubría el pedal del freno y el acelerador.

Ralph —el primer encartado por la compañía de autobuses— cortó el gas y encendió un cigarrillo. Se volvió hacia sus pasajeros y dijo:

—Que conduzca Rita. El que quiera que le devuelvan su dinero, que lo coja.

Ralph levantó los pies, casi enterrados en el montón de monedas, los apoyó en el estropeado automático y abrió su *Daily Mirror*.

* * *

La cosa no acabó aquí.

El *Mirror* publicaba un anuncio a toda página de una goma de mascar (el *News* lo publicaba también, aunque nadie lo vio allí). Una antigua y acreditada firma acababa de lanzar al mercado una nueva marca: la Supertang. Prometía un sabor sorprendente, distinto a todos los conocidos. Si el comprador no estaba de acuerdo, podía devolver el producto a cambio del doble del dinero que le había costado.

La agencia de publicidad estaba convencida de que millones de personas adquirirían un paquete de Supertang al precio de cinco centavos. Y estaba convencida también de que el número de personas insatisfechas que se molestarían en enviar por correo las cuatro pastillas que no habían tocado —de las cinco que contenía el paquete—, a fin de adquirir diez miserables centavos, sería insignificante.

Pero la gente reaccionó de un modo completamente imprevisto. Sucedió que nadie —absolutamente nadie— quedó satisfecho del Supertang. Millones de personas compraron un paquete, mascaron una pastilla, la escupieron y se gastaron tres centavos remitiendo las otras cuatro a los fabricantes reclamando diez centavos.

Tres millones de monedas de diez centavos eran trescientos mil dólares. Añadidos a los gastos de envío, representaron la quiebra de los fabricantes del Supertang.

* * *

Tuve que marcharme de la oficina; el teléfono no cesaba de sonar. Pero no se trataba de un nuevo cliente que deseara contratar mis servicios, sino de los que ya los habían contratado, que me pedían noticias. Discutir con ellos no resolvía nada; era perder el tiempo.

Atendí una última llamada, esperando que se tratara del Supertang, deseoso de aumentar a tres el número de mis clientes; pero era el *Daily News*, otra vez, recitándome la última lista de anunciantes que habían cancelado sus contratos.

Huí al Briant Park y me senté en un banco solitario para meditar. Estábamos a jueves. El boicot al *Daily News* había empezado el martes por la noche; y el próximo sábado debía aparecer el semanario editado por el mismo periódico —el *Sunday News*— con una tirada de cuatro millones de ejemplares. El precio del *Sunday* también había sido aumentado de diez centavos a quince. No era de extrañar el pánico que se había apoderado de los del *News*.

Un joven vino a sentarse en el banco, a mi lado, y dijo:

—Hermoso día...

Tenía aspecto de oficinista aprovechando la hora de descanso para el almuerzo. De momento decidí ignorar su presencia y seguir con mis pensamientos, pero luego se me ocurrió la idea de que podía ser una especie de reflejo de la opinión pública, de modo que me volví hacia él sonriendo. Le pregunté si leía el *Daily News*.

—Ni pensarlo —dijo—. Lo leía todos los días, pero me he pasado al *Mirror*.

—¿Cómo es eso?

—Estoy harto de ver cómo suben los precios. Y he decidido no aguantarlo más.

—Yo creo que resulta más fácil pagar con una moneda de cinco centavos en vez de molestarse en reunir cuatro centavos o esperar el cambio.

—No es ninguna molestia —sonrió el joven—. Lo que es una molestia es reunir todos los días treinta y seis centavos para el autobús.

Aja, pensé. Ahora sabremos algo acerca de la conspiración de los centavos, esa conspiración de cuya existencia está firmemente convencida la compañía de autobuses.

* * *

—¿Quién le ha dicho a usted que haga eso? —le pregunté al joven.

—Nadie. Se me ocurrió así, de repente. Los conductores, desde luego, se vuelven locos los pobres. Pero es una cuestión de principio... nada personal. Tal como yo les digo, las monedas de un centavo son de curso legal.

Había oído ya aquellas palabras y estaba convencido de que todos los conductores de autobuses de la ciudad las habían oído también.

—¿Y dónde obtiene usted las monedas de un centavo?

—En los cambios. Ya sabe. Además, trabajo en una tienda —en Vim's, cerca de aquí—, y, si no tengo bastante, saco cambio para mí de la caja registradora.

—Entonces este asunto es para usted una especie de juego, ¿verdad?

—Sí, hasta cierto punto, sí, pero también es una protesta. Quedaría usted sorprendido si viera la cantidad de clientes que piden cambio en monedas de un centavo por el mismo motivo.

—¿Y no provoca eso una escasez de cambio en la tienda?

—Al principio, sí; pero lo hemos solucionado acudiendo al Banco en busca de un par de miles de monedas de un centavo.

Rebuscó en uno de sus bolsillos y sacó un paquete de goma de mascar. Era Supertang. El paquete había sido abierto y faltaba una pastilla.

—Ahora que me acuerdo —dijo el joven—, tengo que ir a Correos a devolver esto.

—Para duplicar su dinero, ¿eh?

—¿Y por qué no? Han hecho una promesa y tienen que cumplirla.

Volvió a meterse el Supertang en el bolsillo y sacó un paquete de Spearmint. Acepté la pastilla que me ofreció y le contemplé mientras se dirigía a la oficina de Correos, un ciudadano decidido, cargado de indignación moral y llevando en el bolsillo treinta y seis monedas de un centavo. Si él era un conspirador, yo..., bueno, yo me comería un paquete entero de Supertang.

* * *

Acababa de comprar un paquete de cigarrillos en *United Cigar* y le entregué al dependiente una moneda de cincuenta centavos. Cuando me dieron el cambio vi que habían incluido diecinueve monedas de un centavo. No las había pedido y miré al dependiente con cierta sorpresa. El dependiente estaba sonriendo y me dijo:

—Resulta útil tenerlas a mano. ¿Y por qué no prueba usted el Supertang? No puede perder nada...

Me encogí de hombros y tiré un *nickel* encima del mostrador. No había probado el Supertang y no había ningún motivo para que creyese que no iba a gustarme. Pero tenía la sensación de que, si no me gustaba, enviaría por correo las cuatro pastillas restantes del paquete reclamando diez centavos. Ellos me empujarían a hacerlo.

Una vez fuera de la tienda, me detuve a analizar mi último pensamiento. *Ellos* me empujarían a hacerlo. ¿Quiénes eran *ellos*? La idea se me había ocurrido de un modo completamente inesperado, pero ahora empezaba a inquietarme incluso antes de probar el Supertang.

Lo probé. Era horrible.

Escupí la pastilla que había empezado a mascar.

En mi profesión resulta útil llevar unos cuantos sobres franqueados. Saqué uno de mi bolsillo y escribí la dirección, utilizando como pupitre el cristal del escaparate de la *United Cigar*. Introduje en el sobre las cuatro pastillas de Supertang y una breve nota describiendo el producto y reclamando diez centavos. Dejé caer el sobre en el buzón de la esquina y sólo entonces me detuve a pensar por qué lo había hecho.

Normalmente no soy un hombre impulsivo; en mi profesión podría resultar fatal obedecer ciegamente a un impulso. Por lo tanto, algo externo me había presionado. Pero ¿qué? O, mejor dicho, ¿quién?

¿Quién estaba influyendo a unas personas normalmente pacíficas, obedientes, sugestionables, convirtiéndolas en implacables acaparadoras de monedas de un centavo?

Una vez convencido de que había un quién, me pregunté *cómo*. ¿Telepatía? La telepatía era un camelo seudocientífico.

¿Sugestión de la masa a través del control del cerebro humano? Había vivido en la era atómica el tiempo suficiente como para aceptar esa posibilidad. Cada vez que leía las páginas científicas de *Times* o de *Newsweek* me enteraba de que se había llevado a cabo un nuevo experimento destinado a conducirnos a un sistema de vida completamente nuevo. ¿Qué era lo que había leído últimamente? No pude recordarlo.

Estaba a punto de plantearme la cuestión de por qué alguien podía desear controlar el pensamiento de la masa, cuando me tocaron en el hombro y me dijeron:

—Perdone, caballero. ¿Le importaría contestar a unas cuantas preguntas? Pertenezco al Instituto Roper, dedicado a la Opinión Pública...

* * *

Me disponía a mandar a paseo al importuno cuando vi quién era: Ed Rappoport, mi antiguo compañero de las Fuerzas Aéreas.

—¡Ed! ¡Granuja! —exclamé cariñosamente.

—No sabes cuánto me alegro de verte, Smitty —me dijo Ed.

No hará falta decir que inmediatamente nos encaminamos a un bar. Cuando hubimos agotado el tema de nuestra campaña en Nueva Guinea, me preguntó:

—¿Te importaría ayudarme a resolver un problema que me preocupa? Algo profesional, ¿sabes?

—Cuenta conmigo. ¿De qué se trata? ¿Del boicot al *Daily News*?

—No; eso no tiene demasiada importancia para nosotros. Pero resulta sorprendente que todo el mundo desee hablar de ello. De ello, y de las monedas de un centavo para el autobús, y del Supertang.

—¿Qué es lo que dicen? Tú estás en uno de los lugares de Nueva York más adecuados para conocer lo que piensa la gente.

—Así parece. Bueno, parece ser el de que estamos obedeciéndolos.

—¿Obedeciéndolos? ¿A quiénes?

—A nadie en particular. A quienquiera que sea que trata de empujarnos a hacer unas cosas que nosotros no debemos hacer.

- ¿Nosotros? ¿Te cuentas tú también entre los que obedecen?

—En realidad, sí. Me he dado cuenta esta mañana. Antes de salir de casa he rebuscado en los bolsillos de todos mis trajes hasta reunir dieciocho monedas de un centavo para el autobús. Al darme cuenta, más tarde, he tratado de resistir.

—¿Resistir? ¿Cómo?

Él se echó a reír.

—Verás, estaba en la parada del autobús. Junto a mí había tres o cuatro personas con un puñado de monedas de un centavo en la mano, lo mismo que yo. Se miraban unas a otras y me miraban a mí con una especie de sonrisa de complicidad. Ya sabes a qué me refiero.

—Sí. Como infundiéndose valor unas a otras.

—Exactamente —asintió Ed—. Y entonces se me ocurrió preguntarme cuántos centenares de miles de personas, por no decir millones, en esta zona geográfica, estaban actuando del mismo modo. No es una cosa normal, Smitty; es una conducta completamente ilógica. Conozco un poco la materia, debido a mi profesión, y durante estos dos últimos días la gente no ha obrado del modo acostumbrado. La masa no ha actuado nunca con esta unanimidad... a no ser que le hayan empujado a hacerlo.

—¡Hum! Te refieres a la Alemania de Hitler o a la Rusia soviética, ¿verdad? Al noventa por ciento de *ja* o de *da* que arrojan las elecciones en tales circunstancias...

—Eso es. Y estoy convencido de que existe una fuerza exterior que impulsa a la gente a obrar de ese modo.

—¿Por qué estás tan seguro? —pregunté.

—Porque mi resistencia falló. Estaba resistiendo a la influencia..., la que en aquel momento determinado estaba obligando a la gente a entregarle dieciocho monedas de un centavo al conductor del autobús. Estaba dispuesto a darle al conductor dos monedas de diez centavos para que me devolviera dos centavos de cambio. Incluso tenía las dos monedas en la mano.

—¿Y qué sucedió?

—En cuanto subí al autobús devolví las dos monedas de diez centavos a mi bolsillo y puse en manos del conductor dieciocho monedas de un centavo.

* * *

Aunque estaba seguro de que Ed Rappoport acababa de contarme un hecho cierto, no creía que nadie pudiese obligarme a *mí* a pagar con dieciocho monedas de un centavo si deseaba hacerlo con dos de diez centavos.

—Inténtalo —me había dicho Ed, y yo iba a seguir su consejo.

Aparte del hecho de que yo era demasiado individualista para someterme a los dictados de la masa, contaba la lealtad que debía a la compañía de autobuses en su calidad de cliente mío. El autobús se detuvo delante de mí. Lo primero que vi fue el letrero colgado junto a la puerta: *Precio del billete, 18 c.* Esta insultante información aparecía también en el expendedor automático de billetes. Inmediatamente, y de un modo involuntario, la mano que contenía las dos monedas de diez centavos se metió en mi bolsillo y salió de nuevo con un montón de monedas de un centavo.

Subían el precio del billete, ¿verdad? Ya les enseñaría yo... Deliberadamente conté dieciocho monedas sin apresurarme, volví a contarlas y se las entregué al conductor. El hombre esperó pacientemente y luego dejó caer las monedas en una enorme cesta que tenía a sus pies y que estaba casi llena.

Me senté preguntándome qué me había sucedido. Algo o alguien me había hecho obrar contra mi voluntad. Ni siquiera un hipnotizador podría lograr aquello. Y llegaría a resultar peligroso si se trataba de algo más que de provocar dificultades a la compañía de autobuses y la posible quiebra del *Daily News* y de la firma que elaboraba el Supertang.

Ed Rappoport había dicho la verdad. El hombre de la calle estaba actuando de un modo completamente anormal. Y si el plan tenía unos objetivos más ambiciosos, la cosa podía resultar menos divertida. La influencia podía ser utilizada para algo más desagradable, como por ejemplo el derrocamiento del Gobierno por la fuerza...

Pero luego se me ocurrió que no sería necesario el empleo de la fuerza. Si todo el mundo pensaba igual, la violencia no tendría razón de ser. De repente, sin que nadie se diera cuenta del cambio, habría un dictador en los Estados Unidos.

Y nadie se opondría ni siquiera con el pensamiento. El control telepático emitiría la orden: Ama a este hombre. Y todo el mundo obedecería. Y si se celebraran elecciones, el hipotético dictador obtendría el noventa y nueve por ciento de los votos.

Alguien estaba ensayando el asunto en pequeña escala, pensé. Luego vendría lo otro.

No compres el *Daily News*.

Paga el billete del autobús con monedas de un centavo.

Duplica tu dinero devolviendo el Supertang.

Ama a este hombre.

* * *

¿Qué hombre? ¿El general Stacy Tranquen, por casualidad? Repentinamente me sentí asustado. Aquél no era un trabajo para un modesto investigador privado; era un caso para el F.B.I. Pero ¿querría escuchar el F.B.I. una teoría tan descabellada como la mía, sin la menor prueba?

Era posible. El F.B.I. escuchaba a todo el mundo. Tal vez estaba trabajando ya en el asunto, con su sagacidad y su cautela habituales. Había asistido a unos cuantos juicios celebrados en el Tribunal Federal, con agentes del F.B.I como testigos del Gobierno, y había quedado deslumbrado por su eficacia profesional.

La idea de que los muchachos del F.B.I. iban a encargarse, si no se habían encargado ya del caso, me tranquilizó hasta el punto de que decidí darles un poco de descanso a mis ajetreados pies pasando una hora en un cine de actualidades. Me apeé del autobús en la parada inmediata al Trans-Lux, enfrente del Rivoli. ¡Qué diablos! Entraría en el Rivoli, pasaría allí un par de horas y trabajaría más tarde, por la noche. Al fin y al cabo no tenía que atenerme a un horario preestablecido.

En el Rivoli estaba anunciada la superproducción "El orgullo apasionado", protagonizada por Mallory Trayne, el famoso actor de Broadway, en su primera película. Cuatro años para filmarla. Cinco millones de dólares. Una maravilla del arte y de la técnica.

Dirigí una discreta mirada a la taquilla. 2,75 dólares. Me indigné. ¡Dos dólares setenta y cinco centavos por una asquerosa película! Y en sesión de tarde además. ¿Qué se habían creído? Y protagonizada por Mallory Trayne...

No estaba dispuesto a pagar dos dólares setenta y cinco centavos ni siquiera para ver a Gina Lollobrigida.

La taquillera me dirigió una mirada completamente inexpresiva. Me incliné hacia ella y murmuré a través del redondo agujerito practicado en el cristal:

—No voy a sacar la entrada. Pero me gustaría saber cuántos primos han picado.

La taquillera sonrió.

—Si "picara" usted, caballero, sería el primero en hacerlo.

De modo que la cosa continuaba. Aquel increíble boicot del ciento por ciento. Con repentina decisión eché a andar, pero no en dirección al Trans-Lux.

* * *

El agente del F.B.I. que me atendió en el 290 de Broadway no se rió en mis narices. En realidad tenía el aspecto huraño y reservado de todos los miembros de aquel imponente cuerpo policíaco.

—Le agradecemos muchísimo su información, mister Smith —me dijo.

Examinó mi licencia y ni siquiera el John Smith le arrancó una sonrisa.

Conté mi historia por segunda vez para que un taquígrafo pudiera tomar nota. Esperé que mecanografiaran mi declaración y luego la firmé. Mis esfuerzos para enterarme de si pensaban hacer algo fueron rechazados cortésmente.

Anotaron la dirección de mi casa y la de mi oficina, así como los respectivos números de teléfono, me pidieron las señas de mis actuales clientes y de algunos de los antiguos, me aseguraron que les complacería mucho recibir cualquier nueva información que pudiera proporcionarles y me invitaron cortésmente a marcharme.

Cuando salí del edificio, alguien se pegó a mis talones. Había acudido al F.B.I. por mi propia voluntad, con un caso que tenía pleno derecho a manejar por mí mismo, y he aquí que inmediatamente me ponían una sombra. Una estupidez, desde luego.

Después me dije que no podía tratarse del F.B.I. Los del F.B.I. no eran tan estúpidos. ¿Quién era entonces?

Súbitamente di media vuelta y me encaré con el hombre que me seguía los pasos. Era el viejo de los ojos hundidos que estaba en el autobús la noche en que dio principio el boicot al *Daily News*.

Me dirigió una radiante sonrisa.

—Hola, mister Smith.

De momento no conseguí recordar su nombre. ¿Cómo era? Robin, Rodin... ¡Radin! Lionel Radin.

—Hola, mister Radin —dije.

—Se acuerda usted de mí... Esto me halaga.

—¿Por qué me está siguiendo? ¿Qué desea usted?

—Recuerde que le dije que todo encajaba. Creo que ha empezado usted a darse cuenta de que es verdad. Y se ha asustado, ya que, de no ser así, no hubiera ido a visitar a los hombres del F.B.I.

—¿Qué tiene usted que ver en el asunto?

—Le interesa saberlo, mister Smith. De veras que le interesa saberlo. A usted y a sus clientes.

Seguía sonriendo.

* * *

Parecía estar enterado de muchas cosas acerca de mí. Desde luego yo le había dicho cómo me llamaba, pero decirle a alguien que uno se llama John Smith es como no decirle nada. ¿Por qué había mencionado a mis clientes? Si no tenía nada que ver con la ola de disconformidad que estaba inundando Nueva York, ¿por qué se había acercado a mí?

Tal vez estaba tratando de sacar algún beneficio del fenómeno. La palabra en la cual estaba pensando en aquel momento era "chantaje".

—Una idea interesante, mister Smith —dijo el viejo—. Pero no se trata de chantaje.

Estaba leyendo mis pensamientos. Aquella noche, en el autobús, había tenido ya la misma impresión, pero la había descartado. Le miré fijamente y sus hundidos ojos me devolvieron la mirada. Su boca seguía sonriendo, pero en sus ojos no había el menor asomo de jovialidad.

—No podemos quedarnos aquí, en medio de la calle, discutiendo este asunto —dijo—. Podría usted invitarme a una taza de café y cargarlo en la cuenta de gastos. Le aseguro que estará completamente justificado.

Cuando estábamos sentados en el *Chock full o'Nuts*, en la esquina de la calle Worth, ante dos tazas de café, el viejo me dijo que era un "empatista".

—¿Un empatista? —inquirí—. ¿Se refiere usted a la facultad de leer el pensamiento de los demás?

—Todo lo contrario. Los llamados "lectores del pensamiento" absorben las ideas de los demás; un empatista proyecta ideas o sensaciones en las mentes de los demás.

—Algo así como una emisora de radio, que puede ser sintonizada por cualquiera que posea un receptor, ¿no es eso?

—En estos momentos todo el mundo es un receptor. Y no tienen necesidad de sintonizarme. Me captan *velis nolis*, por así decirlo.

No creí una sola palabra.

—Suponiendo que eso sea verdad, habrá estado usted muy ocupado durante estos últimos días...

—¿Verdad que sí? —dijo, muy complacido—. Nunca había tenido tanto éxito. Había experimentado durante años enteros, sin poder influir más que a una persona cada vez. Ahora influyo en millares, en centenares de millares... simultáneamente. Es algo muy excitante.

El ser capaz de obligar a la gente a que haga lo que usted desea debe de producirle una enorme sensación de poder —dije, contemplándole atentamente.

El viejo enarcó las cejas.

—No —dijo—. Es simplemente un experimento científico. No deseo ningún poder..., pero esto es lo malo del asunto. Por eso quería verle a usted. Mi trabajo ha sido siempre sociológico. Pero ahora está siendo inyectado un elemento político. No me gusta nada.

—¿Inyectado? ¿Por quién?

—No lo sé; y eso es lo que me preocupa. No puedo proyectar hasta la fuente. Me alcanza a mí, pero yo no puedo alcanzarla a ella. Afortunadamente, hasta ahora he podido resistir.

—¿Qué es lo que ha estado usted resistiendo? —pregunté.

Tal vez me estaban empalizando de nuevo, pero la historia del viejo empezaba a resultar convincente. Por lo menos yo estaba seguro de que hablaba con sinceridad.

—Venga a mi casa esta noche y verá la televisión —me respondió con aparente incongruencia.

—¿Por qué tengo que verla? —Luego tuve una especie de intuición—. ¿Se trata acaso del espectáculo de Spookie Masters?

Lionel Radin asintió.

—Sí. Una demostración vale más que una docena de explicaciones.

Spookie Masters me inspiraba lástima, a pesar de que no le conocía personalmente. Era uno de los mejores caricatos del país.

Le había visto actuar un sábado por la noche en el *Grossinger's,* y me había divertido de veras. En aquella época parecía tener una brillante carrera delante de él; pero, por algún motivo que desconozco, no había conseguido imponerse de un modo definitivo. No sé si era a causa de la bebida o de la política... Lo cierto es que nunca logró situarse en un primer plano.

Spookie Masters había cumplido ya los cuarenta. Siempre había sido gordo; ahora se estaba quedando calvo, y los pies parecían dolerle continuamente. Max Liebman acababa de darle una oportunidad en la televisión: un fastuoso espectáculo en color transmitido por la N.B.C. Para el pobre Spookie era la última oportunidad. O triunfaba aquella noche —ante cuarenta millones de personas, de costa a costa, incluyendo el Canadá— o se hundía definitivamente.

Yo estaba completamente convencido de que se hundiría... teniendo en cuenta la intención de Lionel Radin, empatista, de utilizarlo para una demostración.

Radin vivía en una hermosa casa particular que había conseguido defender de la invasión de inmuebles por pisos que inundaban el *Riverside.* Me esperaba en el ascensor privado que conducía directamente a su estudio. Podía ser un chiflado, pero no era un chiflado pobre.

El espectáculo empezaba a las nueve. Faltaba un cuarto de hora. Radin me señaló una butaca situada junto a una mesita en la cual había una botella sin abrir de Dewer's y un sifón. (No había vuelto a ver un sifón desde que era niño.) También había un paquete de cigarrillos rusos, muy largos, "sólo para la exportación".

Radin llevaba una elegante americana negra, y al parecer no bebía ni fumaba; en la mesita situada junto a su butaca había un pequeño recipiente de jengibre de Jamaica.

—¿Un whisky? —inquirió Radin—. ¿O prefiere usted coñac?

—Prefiero el whisky —dije, ya que esto me daba ocasión de mantenerme ocupado unos instantes abriendo la botella—. Imagino lo que se propone usted hacer —añadí mientras me servía una generosa ración de whisky y lo rebajaba con unas gotas de soda—, y debo confesarle que la idea no me gusta. Lamento que le suceda una cosa así al pobre Spookie.

* * *

Radin se inclinó hacia adelante, al parecer muy interesado.

—¿Qué imagina usted que sucederá?

Bebí un sorbo de whisky.

—En cuanto empiece el espectáculo —aventuré— se dedicará usted a empalizar a todos los que lo estén presenciando, sugiriéndoles que es un espectáculo detestable y que deben conectar la C.B.S. Una mala faena, mister Radin.

—Es usted clarividente, mister Smith —dijo Radin en tono sorprendido—. Eso es exactamente lo que sucederá, es decir, lo que espero que suceda. Como ya le dije, hasta ahora no he intentado empalizar a escala nacional. Y las condiciones tienen que ser favorables.

—¿Qué condiciones?

—Bueno, tiene que ser un espectáculo detestable, como usted ha dicho muy bien. Al menos tiene que creerlo así un número suficiente de personas a fin de proporcionarme los necesarios puntos de apoyo para empalizar.

Creo que fue eso lo que dijo.

—Tal vez no tenga efecto —sugerí.

—Es una posibilidad, desde luego. Pero, si lo tiene, imagínese la consternación de la N.B.C. cuando comprueben que ni un solo aparato ha mantenido sintonizado el espectáculo de Spookie Masters. Será algo digno de verse.

Se rió con una risita de conejo. Luego se acercó el televisor de veinticuatro pulgadas y lo encendió. Era un modelo modernísimo en colores.

Conectó el canal número cuatro.

¡Pobre Max Liebman! -pensé—. *¡Pobre Spookie Masters!*

La introducción comercial fue muy breve. Apareció Spookie. Me di cuenta de que ya estaba sudando. Empezó uno de sus monólogos.

Reconocí el monólogo: era el de la mujer remilgada en la pollería. El pollo que el tendero le había ofrecido no acababa de gustarle. Spookie la imitaba perfectamente. La mujer olía el pollo debajo de un ala, lo olía debajo de la otra y luego le decía al tendero: "¡Este pollo huele mal!" El tendero se encogía de hombros. "Señora —decía—, ¿pasaría *usted* con éxito una prueba como ésa?"

Estallé en una carcajada, a pesar de que ya conocía el chiste. El viejo Lionel Radin permaneció impasible.

—No se meta usted con el pobre Spookie —dije—. No...

—¡Silencio! —dijo Radin—. Está empezando.

—¿Qué es lo que está empezando?

Pero Radin no contestó a mi pregunta. En silencio me serví otra ración de whisky y me quedé contemplando a Radin, el cual a su vez miraba a Spookie. Sin embargo, sus ojos parecían estar descentrados. Y *estaba sudando.*

—¡Mister Radin! —exclamé bruscamente, pero el viejo no me hizo el menor caso. Por lo visto no me había oído.

Spookie Masters, que había empezado un gag mudo a base de su corbata y de la manga de su chaqueta, se quedó repentinamente serio y se acercó un poco más a la cámara.

—Damas y caballeros —dijo—. Hay momentos para reírse y momentos para estar serios. Este es un momento para la seriedad...

El fantasma de Eddie Cantor, pensé.

—Espero que sabrán disculparme si les hablo unos instantes de algo que es vital para todos nosotros. Todos estamos enterados de la campaña de difamación y de desprestigio dirigida contra un gran patriota, el general Stacy Tranquen, que se cubrió de gloria en los campos de batalla y que ahora se ha convertido en presidente de la American Plus...

¡Oh, no!, pensé. No de costa a costa. ¿Cómo podía habérsele ocurrido a Spookie Masters una idea como aquélla? ¿Cómo podía ser tan estúpido para permitir que sus ideas políticas arruinasen su carrera de actor? Por lo visto era partidario de Stacy Tranquen. De acuerdo; cada uno tiene derecho a pensar como le plazca. Pero no a manifestarlo en un espectáculo. Y menos mal que no se le había ocurrido hacerlo en el *Grossinger's*...

* * *

Luego volví a mirar a Lionel Radin. Sus ojos seguían estando descentrados. Estaba empalizando con todas sus fuerzas..., pero no a mí, sino a Spookie. Esta debía de ser la cosa extraña de la cual me había hablado en el Chock Full & Nuts, el elemento político que, según él, estaba siendo inyectado. La cosa que él había podido resistir... hasta aquel momento.

—¡Radin! —grité.

No me oyó.

Agarré el sifón y le rocié con él en pleno rostro. La soda goteó por su barbilla hasta la blanca pechera de su camisa. Seguí apretando la palanca hasta que el sifón quedó vacío.

Fue suficiente. Radin empezó a resoplar y se metió la mano en el bolsillo en busca de un pañuelo. Me volví a mirar a Spookie en el televisor. Parecía estar saliendo de un trance.

"Señora —murmuró tartamudeando—, ¿pasaría usted con éxito una prueba como ésa?"

—¡Radin! —exclamé—. ¡Vamos, haga usted algo! ¡Salve a Spookie!

Ignoraba cómo podía hacerlo, y si podía hacerlo, pero él era la única persona con probabilidad de hacer algo.

—¿Qué? —murmuró Radin completamente aturdido—. ¿Quién?

Pero inmediatamente se repuso. Soltó su empapado pañuelo y se concentró en la imagen electrónica de Spookie.

El público del estudio estalló en una carcajada. Spookie, de nuevo seguro de sí mismo, había superado el mal paso. La orquesta le apoyó con entusiasmo. Spookie se quitó la corbata y la acarició con la manga de su chaqueta. Empezó a bailar alocadamente y el público apagó con sus risas el sonido de la orquesta. Cuando yo era un muchacho de la Rivington Street..., cantó Spookie.

Había vuelto a metérselos a todos en el bolsillo.

Lionel Radin se puso en pie con cierto esfuerzo y fue a apagar el televisor.

—Casi lo han conseguido —dijo—. Tengo que darle las gracias, mister Smith.

—A mí no —repliqué—. En todo caso, al sifón.

En aquel momento hizo su aparición el F.B.I. Diez o doce jóvenes por lo menos, perfectamente rasurados, bien vestidos, surgieron del ascensor privado.

* * *

Más tarde leí que Spookie Masters había conseguido un éxito apabullante. Así lo afirmaban unos críticos tan exigentes como Jack Goul, del Times, y John Crosby, del Herald Tribune. Nadie hablaba del lapsus de Spookie en favor de la American Plus, fenómeno que atribuí al chorro de sifón y al rápido trabajo empatizador de Radin.

La explicación que ofrecieron los muchachos del F.B.I. fue el artículo que yo no había acabado de digerir acerca del cometa. Mejor dicho, acerca de la cola del cometa.

Por lo visto, el aura de aquella cola había producido una intensificación de la sensibilidad a la empatía. Los muchachos del F.B.I. sabían cuánto tiempo había permanecido la Tierra en el aura (desde el martes) y los efectos que había provocado en empáticos tales como el profesor Rhine, mi Lionel Radin y el doctor X, eminencia gris del general Stacy Tranquen.

Se llevaron a mister Radin a Foley Square para interrogarle. Y eso fue todo.

En cambio, el doctor X fue detenido y acusado formalmente de sedición y de otras varias cosas, algunas de ellas pertenecientes a la Federal Communications Act.

En lo que respecta al general Stacy Tranquen, se limitaron a hacer más intensa la vigilancia de que ya venía siendo objeto.

* * *

Acompañé a Lionel Radin a su casa en un taxi —a incluir en la nota de gastos— y por el camino me aclaró algunas cosas.

Me dijo, por ejemplo, que el doctor X poseía un tipo de empatía limitada: para resultar eficaz tenía que ser proyectada a través de la de Radin.

Sin embargo, opiné, orgulloso de mi chorro de sifón, había estado a punto de hacerse con todos nosotros.

—No tan a punto —dijo Radin—. Su tentativa con Spookie Masters fue un simple acto de propaganda. Además, el tiempo corría en contra de ellos.

—¿Se refiere usted al hecho de que el F.B.I. conocía sus actividades?

—No —sonrió Radin—. Incluso sin la intervención del F.B.I. no existía el menor peligro. Verá... —consultó su reloj—, la Tierra ha salido de la influencia de la cola del cometa hace media hora. Temo que mi propia influencia ha tocado a su fin.

—¿No podrá usted empalizar más?

—Sí, pero únicamente en la reducida escala en que lo hacía antes de que se produjeran las condiciones especiales. Eran muy especiales, como podrá ver...

Empezó a explicarme algo acerca del aura de la cola del cometa, de su efecto sobre el cociente eléctrico de la atmósfera y las células cerebrales, y el aumento simultáneo de la actividad solar.

Traté de seguirle en sus explicaciones, pero era como si me hablara en chino.

—No siga perdiendo el tiempo conmigo, mister Radin —dije finalmente—. La semana próxima lo leeré en el *Times*. Tal vez entonces, con más calma, consiga entender algo.

Le dejé en la puerta de su casa y me dirigí a la mía, aprovechando el taxi. Ya he dicho que pensaba incluirlo en la nota de gastos. Al día siguiente, después de redactar mis informes, volvería a quedarme sin clientes...

Sin embargo, no me convencí del todo de que el caso había terminado hasta que me detuve ante el quiosco de periódicos de Andy.

—¿El *Daily News*? -dije con aire dubitativo.

Andy me tendió un ejemplar.

—¿Por qué no?

UN MUNDO MARAVILLOSO

Richard Wilson

Benton calculó mentalmente el perímetro torácico de la muchacha: cuarenta y cuatro pulgadas por lo menos. Esto le daba un aspecto algo raro, ya que su estatura no pasaba de los cinco pies y seis pulgadas, y no tenía caderas propiamente dichas.

Estaba de pie en el vestíbulo cuando Benton abrió su buzón al regresar del trabajo. Benton no la había visto nunca. En realidad nunca había visto a nadie que se pareciera a ella.

La muchacha le sonrió mientras él sacaba su correo, de modo que él le devolvió la sonrisa. ¿Por qué no? A Benton le gustaron los ojos de la muchacha, que eran azules, y su pelo, que era largo y rubio.

—Hola —dijo Benton tanteando el terreno—. Usted debe de ser la nueva inquilina del 4-A.

—Sí —dijo la muchacha con una radiante sonrisa—. ¿Vive usted también aquí?

—Desde luego no soy el cartero —respondió Benton—. Vivo en el 3-B —Hizo una breve pausa—. Un pequeño apartamento de soltero. ¿Le gustaría verlo?

Benton esperaba una cortés negativa. Pero la muchacha dijo:

—Sí, me gustaría.

En el ascensor había colgado el cartelito de NO FUNCIONA, el cual llevaba allí una semana, y mientras la muchacha le precedía en la estrecha escalera, Benton tuvo ocasión de admirarla de nuevo.

Sin embargo, a Benton no le satisfizo que la muchacha hubiera aceptado su invitación con tanta rapidez. Un hombre puede insinuarse, pero si le aceptan inmediatamente, la cosa pierde interés. Benton pensaba que debía haber un intervalo. Un intervalo decoroso.

Ignoraba cuál era el juego de la muchacha. Era posible incluso que no existiera juego alguno y que si intentaba propasarse le contestara con una bofetada. Procuraría comportarse correctamente.

* * *

Cuando Benton abrió la puerta del apartamento, la muchacha entró, sin dejar de sonreír, y se sentó en una butaca.

—Me llamo Benton —dijo el hombre, cerrando la puerta—. Ed Benton. Perdone el desorden. No he tenido tiempo de limpiar esto después del desayuno.

Recogió los platos sucios, los llevó a la fregadera y corrió la cortina de plástico que separaba la pequeña cocina del saloncito.

La muchacha no había dicho nada, de modo que Benton preguntó:

–¿Puedo ofrecerle una copa?

La muchacha asintió, ensanchando su sonrisa. Sus dientes eran muy blancos y regulares, y sus labios tenían un precioso tono escarlata. Era una muchacha muy bonita, aunque algo desproporcionada.

Benton llenó dos copas y le ofreció una a la muchacha.

–Bueno, aquí estamos..., miss... ¿Cuál es su nombre?

–¿Mi nombre? –dijo la muchacha–. ¿Cuál le gustaría a usted que fuera?

–¿Cuál me gustaría a *mí* que fuera? –repitió Benton–.

No lo sé. Marilyn, quizás, o Jane, aunque en realidad es usted distinta a ellas...

Se llevó la copa a los labios. Se sentía algo aturdido.

–Seré Marilyn –dijo la muchacha.

Dejo de sonreír el tiempo suficiente para beber un sorbo y luego volvió a mirar a Benton con ojos resplandecientes.

Benton empezaba a sentirse ligeramente mareado. T

Benton empezaba a sentirse ligeramente mareado. Trató de dominarse. Sólo se había bebido la mitad del contenido de su copa, y normalmente le hacían falta por lo menos tres para ponerse a tono. Se preguntó si la muchacha habría puesto algo en su copa, pero eso no era posible. No la había perdido de vista ni un solo instante.

–Bueno –dijo Benton obligándose a sí mismo a mantener la mirada clavada en su copa–, ¿quién es usted? Ha sido muy amable al aceptar mi invitación y todo eso, pero ¿por qué lo ha hecho?

–Soy Marilyn. Soy una... una vecina. He venido a visitarle. ¿He hecho algo malo?

–No, no –se apresuró a decir Benton–. En absoluto...

* * *

Marilyn, la muchacha de cuarenta y cuatro pulgadas de perímetro torácico y de cuerpo de nilón, se estaba contemplando al espejo en su dormitorio del piso 4-A.

La imagen era perfecta, pensó, comparada con la fotografía en color de una estrella de cine que había sido utilizada para modelarla a ella. Perfecta.

Pero Benton, tras unos comienzos prometedores, se había portado de un modo sorprendente. Había mirado su reloj, había fruncido el entrecejo y la había echado de su apartamento. Sí, echado, porque lo de que tenía una cita no había sido más que una excusa.

No podía comprenderlo.

Pulsó un botón situado en el centro de aquel busto que había sido cuidadosamente construido e informó:

"Explorador R-23 al habla. Misión fracasada. Siguen detalles..."

* * *

Joe Hennessy se había despistado. A la salida del trabajo había ido con unos compañeros a la bolera y había tomado unas copas. Pero antes había apartado una moneda de diez centavos para el Metro. Tenía más dinero en su casa, de modo que diez centavos eran suficientes.

Pero ahora, en la entrada del Metro, se daba cuenta de que no eran suficientes. Habían aumentado el precio del billete a quince centavos y le faltaba un *nickel*. Joe lo sabía, pero lo había olvidado.

Cualquiera de sus compañeros le hubiera prestado un *nickel* e incluso un dólar, de buena gana, pero ya se habían marchado.

Joe Hennessy pensó que no le sería difícil obtener un *nickel* de cualquiera de las personas que pasaban junto a él en la calle. Pero tenía que pedirlo y no se atrevía a hacerlo.

También había oído decir que un agente de la autoridad estaba siempre dispuesto a ayudar a un ciudadano en un caso como el suyo. Un agente de la autoridad sería preferible a un desconocido; por lo menos no le produciría la impresión de que estaba pidiendo limosna. Sin embargo, a Joe tampoco le gustaba esta solución.

Estaba de pie junto a la entrada del Metro, indeciso, cuando un desconocido que llevaba un sombrero color gris perla se acercó a él.

—Hola —dijo el desconocido. Tenía de veinticinco a treinta años (la edad de Hennessy) y era muy alto—. ¿Puedo ayudarle en algo, amigo?

—¡Oh! Hola... —A Hennessy no le gustaba verse abordado por desconocidos. Siempre temía que pudiera tratarse de timadores o de algo por el estilo—. Bueno, tal vez pueda usted ayudarme —dijo—. Necesito un *nickel* para el Metro.

Empezó a explicar que normalmente llevaba más dinero encima y que había estado en la bolera con unos compañeros, pero el desconocido le interrumpió con una sonrisa y un gesto de su mano.

—No necesita explicármelo. Comprendo. Y me alegro mucho de poder ayudarle.

El desconocido introdujo una mano en el bolsillo de su americana y sacó un fajo de billetes. Eran nuevos y crujientes, como si acabaran de salir de la Casa de la Moneda.

El desconocido separó un billete del fajo y se lo tendió a Hennessy.

—¡Oh! No necesito un dólar —dijo Hennessy—. Solamente un *nickel*. Verá yo...

Se interrumpió. Acababa de ver un "500" en cada una de las esquinas del billete.

Hennessy abrió la boca de par en par. El desconocido esperaba pacientemente, sonriendo, con un billete de quinientos dólares en una mano y un fajo de billetes del mismo valor en la otra.

—Mire —dijo Hennessy con voz temblorosa—, no sé qué pretende usted. Sólo quería un *nickel* para tomar el Metro. Eso es, sólo un *nickel*. Y no...

Repentinamente no pudo soportarlo más. La sonrisa del desconocido y la fortuna que acudía a sus manos de un modo tan casual le parecieron cosa del diablo.

Hennessy huyó. Huyó del desconocido, de la estación del Metro, corriendo, apretando su moneda de diez centavos en su sudorosa mano.

* * *

El hombre del sombrero gris perla estaba sentado en su habitación contemplando los billetes amontonados delante de él. Sacó más billetes de sus bolsillos y los colocó al lado de los otros.

"¿Por qué echó a correr? –se preguntó a sí mismo–. Yo sólo trataba de ayudarle. Necesitaba dinero y yo se lo ofrecí."

Cogió un billete y lo examinó atentamente, comparándolo con otro que sacó del bolsillo interior de su americana.

"Creí que eran perfectos –dijo–. Pero, por lo visto, tienen alguna pega."

Suspiró e hizo varios viajes, cargado de billetes, al hogar que había en la misma habitación. Cuando los quinientos millones de dólares estuvieron amontonados allí, les prendió fuego con una cerilla. Ardían muy bien.

A continuación se puso en pie y pulsó un botón situado en el centro de su pecho.

"Explorador R-67 al habla. Misión fracasada. Siguen detalles..."

* * *

El político se jactaba de ser un hombre accesible. Era especialmente accesible cuando no estaba en el poder.

De modo que dijo que estaría encantado de recibir a míster Bang.

–¿He entendido bien el nombre? –le preguntó a su recepcionista a través del teléfono interior–. ¿Bang?

–Sí, señor –dijo la recepcionista–. Míster Bang. No ha dado su nombre de pila.

–Muy bien, hágale pasar.

El político se puso en pie y se inclinó sobre su enorme escritorio de madera de roble para estrechar la mano del recién llegado.

–Encantado de conocerle, míster Bang. Encantado.

Míster Bang dejó caer su voluminosa humanidad en la butaca destinada a los visitantes.

–Tengo entendido –dijo sin ningún preámbulo– que le gustaría a usted ser Gobernador.

–Bueno, yo... ¡Ejem!... –murmuró el político algo desconcertado–. Digamos que deseo poner al servicio del pueblo de este gran Estado mis modestas capacidades políticas.

–En resumidas cuentas –dijo míster Bang–, que le agradaría mucho que le eligieran Gobernador, ¿no es eso?

–Mi querido míster Bang –dijo el político bajando la voz–, ignoro quién es usted, pero veo que posee una gran agudeza política. ¿Un cigarro? ¿Una copa mientras hablamos de este asunto con más calma? – Empuñó el receptor–. Miss Grant, no recibiré absolutamente a nadie hasta dentro de media hora.

Míster Bang aceptó el cigarro y el licor, y luego, bajando la voz al nivel conspiratorio que el político había adoptado, dijo:

–Yo puedo hacerle Gobernador.

–Supongo que está usted enterado de que el partido contrario está en el poder, de que el actual Gobernador no tiene la menor intención de dimitir y de que las elecciones no se celebrarán hasta dentro de dos años...

–Detalles sin importancia –dijo míster Bang, descartándolos con un gesto de la mano regordeta que sostenía el cigarro–. Si Su Excelencia el Gobernador muriera mañana, ¿quién le sucedería?

–El Sub-Gobernador, desde luego.

–Exactamente. ¿Y no es cierto que el Sub-Gobernador es un hombre viejo, encantado con el prestigio de su cargo honorífico, pero incapaz de enfrentarse con la responsabilidad y el duro trabajo del cargo del Gobernador? ¿No cree que renunciaría inmediatamente a él?

–Bueno, sí, algo de eso hay.

–¿Y no prescribe la Constitución del Estado que, en caso de fallecimiento del Gobernador y de incapacidad del Sub-Gobernador para ocupar el cargo, deben celebrarse elecciones extraordinarias?

–¡Ah! –exclamó el político–. Es cierto. Y yo podría ganar unas elecciones extraordinarias con los ojos cerrados. El partido contrario no tiene ninguna personalidad que pudiese hacerme sombra.

El político sonrió ante aquella idea. Pero inmediatamente enarcó las cejas.

–Estamos hablando por hablar, míster Bang –dijo–. El Gobernador no tiene mas que cuarenta y tres años, y goza de una excelente salud. No va a morirse mañana ni probablemente en el próximo cuarto de siglo.

–Morirá mañana –afirmó míster Bang– si desea usted que me ocupe de la cuestión.

–¡Mi querido señor! –exclamó el político. Parecía sinceramente asombrado.

–La cosa tendría el aspecto de un ataque al corazón y no se sospecharía de nadie..., y mucho menos de usted.

El político se puso en pie, viva encarnación de la dignidad ofendida.

–¡Salga de aquí! –tronó–. ¡Salga de esta oficina inmediatamente antes de que llame a la policía! ¡Quién iba a imaginarse una cosa así! Sabía que el Gobernador era un elemento de cuidado, pero nunca hubiera creído que descendiera a tales extremos para desacreditarme. ¡Fuera de aquí!

Míster Bang se puso en pie, completamente desconcertado.

–No se trata de ningún truco –murmuró–. Puedo hacerle a usted Gobernador. Sé que es su gran deseo. Y del despacho del Gobernador al del Presidente no hay más que un paso, como usted sabe...

El político empuñó el receptor de su teléfono interior.

–Miss Grant, quiero que oiga usted esto... Salga de mi oficina inmediatamente, míster Bang, o como diablos se llame usted. Y dígale a su amigo el Gobernador que me he negado a caer en su repugnante trampa. Y que si se atreve a aludir a este asunto le arruinaré contando la verdad de un extremo a otro del Estado...

Míster Bang abrió la boca y luego volvió a cerrarla. Dejó el cigarro en el cenicero del escritorio y se marchó completamente desconcertado.

* * *

El orondo míster Bang razonó más tarde que su fracaso acerca del político debía ser atribuido a una deficiente información. Habían pasado años enteros reuniendo hechos, pero era evidente que no habían sabido encajarlos correctamente unos con otros. Aquellas personas que exteriormente parecían carecer de escrúpulos tenían agazapado en su interior un sentido moral fuertemente desarrollado, el cual les hacía reaccionar de una forma completamente imprevisible.

Míster Bang pulsó el botón situado en el centro de su pecho.

"Explorador R-9 al habla. Misión fracasada. Siguen detalles..."

* * *

Se habían conocido en una fiesta –la atractiva muchacha del vestido de lamé y el distinguido caballero de las sienes plateadas– y ahora estaban en el apartamento del caballero bebiendo whisky de la mejor marca.

–Nunca he conocido a un hombre como usted –dijo la muchacha mirándole a través de sus largas pestañas–. Tan distinguido..., tan interesante..., tan *je ne sais quoi*.

–Me pone usted en un aprieto, querida –dijo el caballero–. Soy yo quien debiera dedicarle los cumplidos. Aunque los cumplidos no tienen valor. No son como esto, por ejemplo...

Y le tendió un collar de exquisitas perlas. Luego se acercó a un armario y volvió con un abrigo de valiosas pieles.

–O esto –dijo–. Marta cibelina..., mucho mejor que el visón.

La muchacha profirió una exclamación, admirada, y apretó los regalos contra su pecho. Luego los apartó a un lado y dijo:

–Aunque los aprecio en lo que valen porque proceden de usted, estos presentes no son mas que cosas materiales. Y hay cosas más importantes –Se acercó a él–. Usted y yo, por ejemplo.

Una expresión intrigada apareció en el rostro del caballero...

–Perdone –dijo–. ¿No nos hemos visto antes en alguna parte?

La muchacha vaciló.

–Yo también tengo esa impresión –dijo–. Creo que...

Tocó al caballero en el pecho sobre la resplandeciente camisa blanca.

–¡Claro! –exclamó el caballero–. Nos conocimos en la base. Usted es...

–Explorador R-84 –rió la muchacha–. Informando de otro fracaso. ¿Y usted?

–R- 206. Humillante, ¿no es cierto?

* * *

El Coordinador de servicio contempló con expresión de disgusto el compilador, especialmente la última anotación, la cual demostraba que los robots exploradores 84 y 206, no sólo habían fracasado en su misión entre los habitantes del III Sol, sino que se habían confundido con tales seres el uno al otro.

El Proyecto Amistad era conocido con este nombre por puro eufemismo. Entre los coordinadores hablaban de él como del Programa Ganapierde, o Da y Luego Toma.

Pero, hasta entonces –y el III Sol era el quinto planeta de diversos sistemas solares donde aplicaban el proyecto–, no habían sido capaces de dar.

Al Jefe no le gustaría enterarse del fracaso. El Jefe había dedicado toda su vida al estudio de seres como los del planeta

La muchacha vaciló.

–Yo también tengo esa impresión –dijo–. Creo que...

Tocó al caballero en el pecho sobre la resplandeciente camisa blanca.

–¡Claro! –exclamó el caballero–. Nos conocimos en la base. Usted es...

–Explorador R-84 –rió la muchacha–. Informando de otro fracaso. ¿Y usted?

–R- 206. Humillante, ¿no es cierto?

* * *

El Coordinador de servicio contempló con expresión de disgusto el compilador, especialmente la última anotación, la cual demostraba que los robots exploradores 84 y 206, no sólo habían fracasado en su misión entre los habitantes del III Sol, sino que se habían confundido con tales seres el uno al otro.

El Proyecto Amistad era conocido con este nombre por puro eufemismo. Entre los coordinadores hablaban de él como del Programa Ganapierde, o Da y Luego Toma.

Pero, hasta entonces –y el III Sol era el quinto planeta de diversos sistemas solares donde aplicaban el proyecto–, no habían sido capaces de dar.

Al Jefe no le gustaría enterarse del fracaso. El Jefe había dedicado toda su vida al estudio de seres como los del planeta verde: "seres humanos", tan numerosos que no podían ser conquistados desde fuera, sino que tenían que ser ganados desde dentro.

Los estudios del Jefe habían puesto en manifiesto que los seres humanos actuaban movidos por tres principales impulsos: amor, dinero y poder. De modo que había parecido evidente que para ganarse su amistad había que explotar aquellos factores al máximo. Y, una vez ganada su amistad, conquistar el planeta sería cosa fácil.

Pero el plan no había producido los efectos esperados. Los bípedos del III Sol se dejaban dominar por otros impulsos intangibles. La suspicacia era uno de ellos, y el Coordinador imaginaba que el honor era otro.

El plan no había funcionado, el Coordinador lo sabía porque había sido testigo de cinco fracasos consecutivos, debido a que el Jefe no había sabido aprovechar las experiencias. Los Coordinadores habían intentado hacérselo comprender, pero el Jefe se había negado a escucharles. Nadie podía decirle nada. Había elaborado su plan un siglo antes, lo había sometido a la aprobación de los Maestros, y desde entonces lo seguía ciegamente.

Los seres del III Sol tenían un refrán aplicable a los individuos como el Jefe; el Coordinador recordaba haberlo captado en uno de los informes de los robots: "Genio y figura, hasta la sepultura". Algo por el estilo. El Jefe ni siquiera había modificado los robots cuando los Coordinadores le demostraron que eran imperfectos.

El Coordinador suspiró. Contempló de nuevo el tablero con su millar de luces: todas de color rojo, el color del fracaso, sin una sola luz amarilla que indicase un éxito parcial.

Si le dieran una oportunidad, con lo que sabía ahora, el Coordinador se sentía capaz de alcanzar lo que la obstinación del Jefe había hecho imposible.. Estaba convencido de que podría hacerlo. ¿Por qué no aprovechar la oportunidad? ¿Por qué no intentarlo?

El Coordinador dejó de suspirar y empezó a elaborar su propio plan.

Cuando el Jefe se presentó a echar un vistazo al tablero, el Coordinador lo desintegró con una descarga de rayos BZ.

Exultante, recordó otra frase del III Sol.

"El Jefe ha muerto. ¡Viva el Jefe!", gritó, mientras el antiguo Jefe se deshacía en moléculas.

* * *

El nuevo Jefe conectó todos los circuitos y anunció su ascenso a la Jefatura.

Luego estableció comunicación con el III Sol.

—¡Atención, exploradores! ¡Atención, exploradores! Tomen nota del cambio de instrucciones.

"Los exploradores feminoides reducirán inmediatamente en ocho pulgadas su perímetro torácico. Estricto realismo. En la próxima visita a la base serán introducidas otras modificaciones.

"Los exploradores masculoides deberán..."

* * *

Marilyn, conocida también como Explorador R-23, ahora una atractiva aunque poco espectacular "tamaño 36", salió de la base sintiéndose una mujer nueva. En realidad, se sentía mujer por primera vez.

Enrojeció de satisfacción cuando dos marineros silbaron a su paso. No se volvió a mirarles, ni salió corriendo detrás de ellos, como hubiera hecho antes de la modificación.

Marilyn paseaba tranquilamente por la calle. Ahora no tenía dificultades con la gravedad, puesto que había sido reestructurada internamente, y fue capaz de apartarse rápidamente a un lado cuando una mujer gorda salió inesperadamente de una tienda.

La mujer dejó un rastro de perfume detrás de ella. Marilyn se detuvo, y luego, obedeciendo a un repentino impulso, entró en la tienda, para comprarse un frasco de perfume.

Ahora se llamaba Marilyn Mace. Desde hacía seis meses tenía un marido y un apellido. De cuando en cuando, durante los primeros tiempos de su matrimonio, oía unos vagos murmullos junto a su oído. Los murmullos tenían una nota de desesperación, y si prestaba atención Marilyn podía identificar fácilmente las palabras:

"¡Atención exploradores! Es imperativo, repito, imperativo, que informen acerca de sus actividades. El dejar de informar es un delito previsto y penado por el Código Robot A, artículo..."

Pero, con el tiempo, los murmullos fueron haciéndose más vagos y más lejanos. Luego, un día, cesaron por completo.

* * *

Durante algunos años, muchos de los otros novecientos noventa y nueve ex robots se reunieron en una convención anual, procedentes de las ciudades a las cuales habían sido destinados. Se daban a sí mismos el nombre de *Robot Society*, y al principio había dos facciones, los Fundamentalistas y los Integracionistas. Los Fundamentalistas estaban lanzando continuamente proclamas y manifiestos, y sostenían apasionadas discusiones acerca del deber y de la consciencia, en tanto que los Integracionistas se dedicaban a pasarlo lo mejor que podían. No pasó mucho tiempo sin que los Fundamentalistas se dieran cuenta de lo que se estaban perdiendo, y en una última proclama se pasaron con armas y bagajes a las filas de la Integración.

* * *

El ex robot del sombrero gris perla se compró otro sombrero menos espectacular y unos trajes que hacían juego con él. Sacó otros quinientos millones de dólares de la base, pero esta vez no hizo el menor intento para dárselos a nadie.

Escogió un nombre retumbante, Van Renssalaer Whitney, le dijo al vendedor del yate que estaba emparentado con los Whitney, contrató una tripulación para el yate y puso rumbo a Méjico.

Míster V. R. Whitney vive actualmente –y muy bien, por cierto– en Acapulco. De cuando en cuando oye voces, pero ha olvidado su significado. Dos veces al mes visita a un reputado psicoanalista, el cual confiesa sinceramente que desconoce también el significado de aquellas voces, aunque tiene que admitir que no influyen para nada en la excelente salud mental de míster Whitney.

* * *

En un apartamento amueblado, provisto de una inagotable cantidad de botellas de whisky de la mejor marca, un distinguido caballero y una atractiva muchacha de pestañas largas y rizadas viven felizmente unas existencias completamente ociosas. Cuando empiezan a oir las voces, ponen un disco de jazz en el tocadiscos –alta fidelidad y sonido estereofónoco–, suben el volumen y se toman una copa.

* * *

Míster Bang se ha convertido en el diputado Banghart J. Carew. Representa a un distrito muy consecuente, y con un poco de suerte espera verse en el Senado dentro de unos años.

En cierta ocasión, el diputado B. J. Carew asistió a una cena ofrecida por un eminente político, y el político le miró fijamente unos instantes, con expresión intrigada, pero luego sacudió la cabeza como diciéndose que se había confundido.

El diputado B. J. Carew está muy bien considerado en Washington. Pero, de cuando en cuando, mientras ocupa su escaño en la Cámara de Representantes, oye un susurro cerca de su oído; inmediatamente pide la palabra para una breve intervención, y esto ahuyenta los susurros.

Casi siempre habla contra la inmigración, reclamando una disminución de los cupos. Los grupos liberales que le apoyan no consiguen comprender esta única mancha en su brillante y distinguida hoja de servicios.

LOS ILUMINADOS

Edmund Cooper

Lukas echó una rápida ojeada al cuadro de instrumentos del tablero de navegación. La velocidad se había estabilizado a treinta mil kilómetros, con una altura constante de trescientos cincuenta. Inmediatamente debajo —desde luego era un alivio utilizar de nuevo el concepto "debajo" después de varios millares de horas de navegación espacial—, las continentales masas rojizo-doradas de Formalhaut Tres oscilaban lentamente.

Poco después, la nave espacial *Henri Poincaré* alcanzaría el lado nocturno del planeta. A todos los efectos prácticos, éste era el fin del viaje de ida. Volviendo a posar su mirada en la sucesión de continentes y océanos verde-esmeralda que aparecían en la superfície de Formalhaut Tres, el capitán Lukas se sintió invadido por una oleada de anticipado placer.

—Maniobra de órbita terminada —dijo en voz baja, por encima de su hombro—. Cierren O. D.

Duluth, el maquinista, que estaba atento al puesto de control, cerró el interruptor principal. Contempló cómo la roja aguja descendía lentamente hasta cero. Luego se puso en pie y bostezó.

—Transmisión de órbita cerrada —observó, en tono soñoliento—. Y, ahora, voy a dormir un rato. ¿Sabe cuántas horas llevamos despiertos, patrón?

Lukas volvió la cabeza y murmuró:

—¿Qué pasa, Joe? ¿Se siente viejo?

Duluth se desperezó y bostezó todavía más profundamente.

—Por si no se ha dado usted cuenta, llevamos más de dos días al pie del cañón. Cualquier hombre está un poco cansado después de permanecer despierto por espacio de sesenta horas.

Lukas le miró con ojos enrojecidos.

—No se preocupe —dijo—. Me he dado cuenta.

En aquel momento oyó pasos en la escala de toldilla. Un par de segundos después, Alsdorf, el geofísico, introdujo su cabeza a través de la trampilla. Tenía un aspecto magnífico, lleno de energía; pero él no había tenido necesidad de permanecer despierto durante las maniobras.

—Parecen ustedes un par de cadáveres —dijo Alsdorf alegremente—. Vayan en seguida a la despensa. Tony está preparando cacao y bocadillos.

—Al diablo los bocadillos —dijo Duluth—. Lo que quiero es dormir.

Alsdorf insistió:

—Primero cacao, luego un sedante. Lo necesitan, después de las tabletas que han tomado para mantenerse despiertos.

Lukas dijo:

—Bueno, vamos para allá, Kurt. Ahora puede usted ganarse el sustento. A partir de este momento seré un simple espectador.

El teléfono interior repiqueteó.

—¿Qué pasa? —se quejó una voz indignada—. Aquí hay una jarra de cacao caliente esperándoles. ¿Quieren que la tire?

—Échate abajo tú —gruñó Duluth—. De acuerdo. Ahora vamos para allá, Tony.

Precedidos por Alsdorf, se encaminaron hacia la despensa. Tony Chineo, un bioquímico italiano que tenía aspecto de barbero, acogió a Lukas con una cordial sonrisa.

—De modo que nos ha traído usted aquí, Mike. Alguien va a pronunciar un discurso acerca de ello. Tome un bocadillo.

—¿De qué son? —preguntó Duluth suspicazmente, mientras cogía un enorme tazón de cacao y se sentaba en un banco.

—De pato de Bombay —dijo Chirico—. Como siempre.

Duluth se rió sin la menor alegría.

—Basura de cultivos sin tierra, a la carta.

El capitán Lukas se sentó y empezó a sorber su cacao. Miró a través del tablero de observación y vio el lado oscuro de Formalhaut Tres girando lentamente ante su vista.

—Somos un estupendo ramillete de héroes —observó—. Con la capacidad imaginativa de las chinches. Acabamos de abrir un agujero a través del espacio y de encontrar un sistema que nadie ha visto antes, y, ¿qué es lo que hacemos? Sentarnos tranquilamente a beber cacao y a gruñir acerca de la comida. Por lo que sé, este planeta alrededor del cual estamos girando es posible que tenga una civilización que convierta a la cultura de la Tierra en una pesadilla de cretinos.

—Un planeta virgen —dijo Alsdorf, con un brillo de codicia en los ojos—. La Trans-Solar Chemicals instalará aquí una estación independiente... con un tal Kurt Alsdorf como director.

—Un planeta virgen —repitió Chirico con una mueca sardónica—. Creo que debemos portarnos... cariñosamente.

—Tiene el cerebro lleno de vírgenes —murmuró Duluth.

—¿No cree usted que vamos a encontrar propietarios inteligentes aquí? —preguntó Lukas. Alsdorf encendió un cigarrillo.

—Enfrentémonos con los hechos, Mike. En las últimas dos décadas han sido anotados diecisiete planetas nuevos. La forma de vida animal más desarrollada que se ha descubierto en ellos fue el seudolobo de tres patas de Procyon Cinco. Podría usted adiestrarlo para ir a recoger las pelotas del golf... y pare usted de contar.

Lukas tomó un buen sorbo de cacao.

—Bueno, algún día tiene que ocurrir.

Chirico se echó a reír.

—Desde luego, todas las cosas tienen que ocurrir algún día. Denle una máquina de escribir a un mono el tiempo suficiente, y volverá a escribir a Shakespeare con mejoras de su invención.

Lukas se encogió de hombros.

—Hace unos centenares de años, los hombres creían que la Tierra era el único planeta habitado. Ahora creen solamente que la raza humana es la única racional. Espero estar cerca cuando muchachos brillantes como ustedes se lleven la gran sorpresa.

Alsdorf aguijoneó a Duluth y fue recompensado con un torrente de juramentos y gruñidos.

—Joe ya no está con nosotros —dijo—. Será mejor que lo llevemos a la cama. Y usted también, Mike. Le necesitamos completamente despierto cuando lleguemos a la superficie para dar caza a los superhombres.

Estalló en una sonora carcajada.

—Ríase todo lo que quiera —dijo Lukas—. Ahora le toca a usted perder algo de sueño. ¿Cuándo tiempo será necesario para escoger un punto de aterrizaje?

El geofísico miró con aire ausente a través del tablero de observación.

—Nueve décimas partes de agua —murmuró casi para sí—. Una vuelta completa al continente exigiría unas cien horas, aproximadamente, pero creo que podremos escoger una zona aprovechable en la cuarta parte de ese tiempo.

El capitán Lukas se puso en pie y agarró a Duluth sin ninguna ceremonia por el cuello de la camisa.

—Écheme una mano, Tony —Se volvió hacia Alsdorf—. No se ande con sentimentalismos, Kurt. Si se presenta alguna anormalidad, no vacile en llamarme.

Con la ayuda de Chirico, trasladó al semiinconsciente Duluth hacia la puerta.

Tres minutos después Duluth quedó instalado en su camastro, y Mike Lukas se encaminaba a su propia litera. Por raro que parezca, una gran parte de su cansancio había desaparecido. Mientras se instalaba voluptuosamente en su estrecho jergón, cogió un libro y un paquete de cigarrillos.

Chirico se quedó mirando, asombrado.

—¿Ha estado usted despierto todo este tiempo, Mike, y aún le quedan ganas de leer? Está loco. ¿Por qué no se toma una buena píldora?

—Déjeme en paz, enfermera. Me estoy relajando. No tardaré en quedarme dormido.

El pequeño italiano hizo un gesto que significaba un veredicto de locura y regresó a la despensa. Encontró a Alsdorf estudiando intensamente una regla corrediza de bolsillo y una cuartilla en la cual había un tosco dibujo a lápiz de los hemisferios de Formalhaut Tres, y un montón de cifras.

—Estoy empezando a creer que Mike se toma su budismo muy en serio —observó Chirico, mientras se preparaba otro bocadillo.

Alsdorf alzó la mirada y frunció una ceja. El italiano dio un generoso mordisco a su bocadillo y continuó:

—Ha estado despierto durante sesenta y seis horas, y ahora se ha puesto a leer El Camino del Nirvana. Me parece que ya está a medio camino de él.

El geofísico sonrió con cierto aire de superioridad.

—Surmenage, Tony. Pero he observado que la mayoría de estos pilotos espaciales adoptan alguna clase de religión. Una válvula de seguridad muy conveniente contra los temores irracionales.

Tony pensó en ello durante unos segundos.

—En último término, yo soy católico —dijo finalmente—. Todos necesitamos creer en algo.

Alsdorf recogió su regla corrediza.

—Todos, no, Tony. Yo estoy con los mecanicistas. El universo es un aparato de relojería, todo causa y efecto. Francamente, no sé cómo pueden conciliar ustedes la superstición con la ciencia. Usted y Mike deben ser esquizoides intelectuales.

Chirico sonrió.

—Usted es un calculador, Kurt. Y los calculadores no van al Cielo.

El geofísico se puso en pie.

—De momento, estoy más interesado en ir al cuarto de navegación. Lo mismo que usted. Hay mucho trabajo por hacer. Y, cuanto antes lo hagamos, antes ascenderemos unos peldaños más en la Trans-Solar Chemicals.

Súbitamente, Chirico dijo:

—Kurt, ¿qué es lo que desea usted obtener de la vida?

—Poder —dijo Alsdorf tranquilamente—. ¿Y usted?

—No lo sé. Todavía estoy pensando en ello. Tal vez desee únicamente un sentido de dirección... hacer algo que valga la pena.

—Usted desea poder —dijo Alsdorf petulantemente—. Todo el mundo lo desea. Es el motor de la vida... el impulso principal de la evolución dinámica.

El italiano se batió en retirada.

—De acuerdo, Mr. Mefistófeles, vamos a mostrarnos dinámicos en lo que respecta a ese lugar de aterrizaje.

Mientras se encaminaban al cuarto de navegación, las suelas magnéticas de sus zapatos rechinaron de modo imponente a través de la silenciosa nave.

* * *

La inspección, desarrollada a trescientos cincuenta kilómetros sobre Formalhaut Tres, se llevaba a cabo con una eficacia casi sorprendente La visibilidad era excelente, y era la primera vez que Kurt Alsdorf se encontraba con el hecho de que ninguno de los delicados instrumentos de trabajo fallaba en el momento crítico. El estéreo-radar, el veguetómetro y los demás instrumentos de exploración unían sus resultados para dar una clara y detallada información de las condiciones de la zona tropical. Incluso era posible realizar algún trabajo útil con el telescopio manual.

Al cabo de catorce horas, Chirico alzó la vista de sus comornogramas y dijo:

—¡Este lugar es mejor que la Tierra, caramba!

Ni siquiera el impasible Alsdorf pudo disimular su excitación.

—Es mucho mejor, Tony: temperaturas casi terrestres, una proporción de oxígeno de uno a seis, un cinturón de vegetación de cuatro mil kilómetros... Vaya, en estas condiciones, podemos...

—En su lugar, reprimiría mis impulsos histéricos hasta comprobar si alguien se ha instalado ya en Formalhaut Tres...

Los dos hombres se volvieron en redondo y vieron a Lukas apoyado en el marco de la puerta del cuarto de navegación.

Alsdorf dejó oír una risita de conejo.

—Hola, Mike. ¿Sigue usted pensando en los superhombres?

—Tal vez sí, tal vez no.

Chirico dijo:

—Es inconcebible que no esté usted durmiendo.

Lukas se acercó a la mesa y empezó a examinar los frutos de la investigación.

—Vaya —dijo secamente—, exactamente igual que la Tierra antes de ser remodelada con las bombas de hidrógeno. Ahora tendremos que empezarlo todo de nuevo.

Alsdorf agitó una gran telefoto impresa enfrente de su rostro.

—Aquí está la zona de aterrizaje... vista a una altura de trescientos metros. ¿Qué opina usted de esto?

—Parece adecuada.

—Lo tiene todo, Mike —dijo Chirico ávidamente—. Un centenar de kilómetros cuadrados de desierto, faldas de montañas, río y costa. Todo, desde densa vegetación a rocas desnudas. Piense en la ecología.

—Piense usted en ella. Yo tengo que concentrarme en el aterrizaje... ¿Cuándo estaremos preparados para movernos, Kurt?

El geofísico dejó la telefoto impresa sobre la mesa y contempló a Lukas con una mirada especulativa.

—¿Qué pasa, Mike? ¿No le sienta bien el viaje? Tal vez necesita usted un tónico.

—¿Acaso no lo necesitamos todos? —Lukas miró pensativamente a través del tablero de observación—. Yo, usted y el homo sapiens. Necesitamos una nueva perspectiva, un orden revitalizado de valores. Los viajes espaciales llegaron cuando estábamos mental y emotivamente débiles. No estábamos preparados para esta empresa. Hemos descubierto diecisiete planetas nuevos y no hemos aprendido nada. Nos hemos limitado a coger lo que deseábamos y a salir corriendo hacia un nuevo Jardín del Edén. Somos un montón de serpientes deslizándose por encima de la hierba.

Alsdorf se encogió de hombros.

—Elabora usted unas metáforas muy bonitas, pero no significan nada.

—Nos queda un consuelo —dijo Chirico con una mueca—. Ninguna de nuestras serpientes espaciales se ha tropezado aún con ningún Adán y su correspondiente Eva.

—No —dijo Lukas en tono sombrío—. Pero llegarán a hacerlo... y entonces, que Dios se apiade de ellos.

Alsdorf trepó a la cúpula y empezó a regular el telescopio manual.

—Tendré el resto de los datos preparados dentro de unas seis horas, Mike... si puede usted olvidarse del Jardín del Edén el tiempo suficiente para preparar el aterrizaje.

Su tono estaba impregnado de sarcasmo.

—Desde luego —dijo Lukas—. Voy a despertar a Duluth y le enviaré a comprobar los tubos de volatilidad.

Desapareció por la escotilla.

—¿Cree usted que Mike está mal de la azotea? —preguntó Chirico pensativamente.

Alsdorf apartó la mirada del telescopio unos instantes.

—Todavía no. Sólo está adquiriendo una consciencia que mira hacia dentro. Ya sabe usted que los pilotos espaciales no duran mucho.

El italiano empezó a reajustar el estéreo-radar.

—¡Qué diablos! —murmuró en voz baja—. Todos acabamos por gastarnos.

* * *

Nueve horas más tarde, el *Henri Poincaré* oscilaba lentamente fuera de órbita en el primer y amplio circuito de un oblicuo descenso en espiral. Al cabo de quince minutos tocó las capas exteriores de la estratosfera, y los cuatro ocupantes de la nave, tendidos en sus literas, se disponían a soportar un agonizante zigzagueo mientras la nave disminuía su velocidad mediante impactos friccionales sobre las delgadas capas de aire.

Lukas, relevado de toda responsabilidad por las decisiones automáticas del piloto electrónico de aterrizaje, se esforzaba por mostrarse indiferente ante las enormes presiones provocadas por la desaceleración. Una larga experiencia le había permitido desarrollar una especie de resistencia mental contra las peores molestias de la maniobra de aterrizaje. Su cabeza reposaba sobre la almohada enfrente de un tablero de observación, y durante los escasos momentos en que las fuerzas G se debilitaban suficientemente para permitirle utilizar sus ojos, podía ver un amplio arco de Formalhaut Tres oscilando fuertemente contra el telón de fondo del espacio.

A pesar de tener un número respetable de viajes detrás de él, Duluth se sentía siempre muy afectado por los aterrizajes. Luchaba instintiva e inútilmente contra las fuerzas implacables que le aplastaban. Mientras el *Henri Poincaré* se hundía en las capas de aire, Duluth sintió la mortal agonía de la resistencia mordiendo sus músculos, y en su impotencia murmuró un torrente de blasfemias.

Alsdorf y Chirico, comparativamente novatos en cuestiones de aterrizaje, habían adoptado la precaución de ingerir unas píldoras que los sumieron en un profundo sueño. Pero incluso dormidos sus cuerpos se agitaban y contorsionaban como si estuvieran sacudidos por cuerdas invisibles.

Súbitamente, la nave entró en contacto con la atmósfera adecuada. Esta vez, la presión se hizo insoportable. Lukas y Duluth perdieron simultáneamente el conocimiento. Cuando volvieron a abrir los ojos, el dolor desaparecía ya de sus cuerpos. Empezaban a experimentar una agradable sensación de paz.

El *Henri Poincaré* había efectuado un aterrizaje perfecto.

Duluth sacudió la cabeza para despejarse del todo.

—Casi me he tragado mi sucia lengua —murmuró. Miró a su alrededor y vio que Lukas estaba ya desabrochándose las correas. Alsdorf y Chirico habían dejado de moverse, pero seguían sumidos en la inconsciencia—. Mire las bellas durmientes —añadió Duluth, sintiéndose mejor—. ¿Hasta cuándo van a dormir?

Lukas se puso en pie y se desperezó. Le dolían intensamente los músculos de la espalda, no acostumbrados aún al alivio de la tensión.

—Tienen que estar con nosotros dentro de media hora... Vamos, Joe, echemos una ojeada a los nuevos terrenos de la Trans-Solar Chemicals.

Trepó a la cúpula de observación y dirigió su primera mirada al nuevo planeta.

—¿Qué aspecto tiene? —inquirió Duluth, mientras luchaba impacientemente con la hebilla de su cinturón de seguridad—. ¿Algo raro?

Lukas estaba asombrado.

—¡Caramba! Aparte de los colores, esto podría ser Sudamérica o la costa africana...

Su voz temblaba de excitación.

—¡Jesús! —exclamó Duluth—. Tal vez nos hemos equivocado y hemos regresado al Sistema.

Subió apresuradamente la corta escalerilla y se colocó al lado de Lukas.

Desde su punto de observación en la nave, a más de setenta metros sobre el nivel del suelo, gozaban de una vista panorámica de la zona de aterrizaje.

El *Henri Poincaré* había venido a descansar sobre una amplia faja de arena. A unos cinco kilómetros al este, el tranquilo océano verde-esmeralda permanecía tan llano como un espejo bajo un cielo neblinoso y amarillento. Al otro lado de la nave, a cosa de un kilómetro al oeste, un brillante bosque verde-azulado surgía bruscamente de la rojiza arena.

Nada se movía; pero, allá a lo lejos, sobre la faja de arena, había una hilera de manchas oscuras que demostraron ser, a través de un examen con el telescopio, una manada de aves en reposo: algo así como gaviotas terrestres.

Encima, brillaba intensamente el sol de mediodía, enviando su luz a través de una capa de nubes. La estrella, Formalhaut, estaba a mil millones de millas de distancia; pero su intensa radiación bañaba al tercer planeta con una claridad casi igual al brillo tropical que se encuentra en la Tierra.

—Bueno, ¿qué me dice usted? —exclamó Duluth, después de varios segundos de fascinado silencio—. La atmósfera tiene un aspecto excelente...

—Tony dice que no tendremos ninguna dificultad con la atmósfera, pero más vale prevenir que curar... ¿Qué le parece si empezamos a bajar la escalerilla mientras Kurt y Tony terminan su siesta?

—De acuerdo —dijo Duluth—. Voy a ponerme el traje antipresión y estoy con usted.

—Póngase también una máscara de respiración —le aconsejó Lukas—. La presión es ligeramente inferior a una atmósfera.

Duluth bajó la escalerilla de la cúpula de observación, envió un beso con los dedos cruzados a los dormidos científicos y desapareció por la escotilla. Un momento después, Lukas le oyó manipular en la cámara reguladora de la presión.

Lukas permaneció unos instantes más en la cúpula, mirando a su alrededor. El vago malestar que había experimentado acerca de Formalhaut Tres se intensificó. Normalmente, no era un hombre supersticioso ni dado a las premoniciones; y su malestar resultaba difícil de analizar.

Como había intervenido en otras tres investigaciones planetarias, estaba mentalmente preparado para cualquier razonable eventualidad física que pudiera presentarse. Pero, aunque Lukas experimentaba la sensación de que existía alguna amenaza oculta en el casi convencional paisaje de Formalhaut Tres, tenía la extraña seguridad de que no era física.

Mientras sus ojos vagaban ociosamente por la primera hilera de árboles del bosque, creyó notar una especie de movimiento, pero cuando enfocó el telescopio en aquella dirección no pudo ver nada. Probablemente, se dijo a sí mismo, se trataba de alguna reflexión de aquella singular luz amarillenta.

Unos gruñidos soñolientos procedentes de abajo indicaron que Alsdorf y Chirico se habían despertado. Lukas descendió la escalerilla para ayudarles a desprenderse de sus cinturones de seguridad.

—¡Diablo! —murmuró el pequeño italiano, parpadeando penosamente—. Me duele todo el cuerpo, como si me hubieran pegado una paliza.

—Tómese esta píldora. Se sentirá mejor.

Sosteniéndose la frente con una mano, Alsdorf movía suavemente la cabeza de arriba abajo. Parecía sorprendido de que no se le cayera al suelo.

—¿Cuál es la situación? —preguntó.

Lukas señaló con el dedo hacia la cúpula de observación.

—Demasiado buena para ser verdad. Véalo usted mismo.

—¿Alguna señal de vida?

—Aves, creo, pero demasiado lejos para apreciarlas con detalle.

—Bien, bien. Esto es un comienzo excelente. Tal vez encontremos algo mejor que un seudolobo de tres patas, ¿eh, Mike?

—Tal vez.

Los dos científicos subieron a la cúpula de observación. Lukas se quedó mirándolos, y luego dijo:

—Joe ha ido ya a estirar las piernas. ¿Pueden verle desde ahí?

Chirico se echó a reír.

—Por un momento creí que era el comité de bienvenida.

Lukas dijo:

—Voy a beber algo antes de salir. Si me necesitan, estaré en la despensa.

Desapareció por la escotilla.

Diez minutos después, Alsdorf y Chirico se reunieron con él. Se sentaron alrededor de la mesa, sorbiendo café caliente, gozando la sensación de una gravedad casi normal y discutiendo planes para el futuro inmediato. Alsdorf, como representante más antiguo de la Trans-Solar Chemicals, estaba ocupado anotando las obligaciones a que debería atender cada uno de ellos.

Repentinamente, se oyó un fuerte ruido en el compartimiento inferior. Luego sonaron pasos en la escalerilla principal. Los tres hombres se levantaron a la vez y se encaminaron a la escotilla. Casi al mismo tiempo apareció Duluth. Llevaba un traje antipresión. En cuanto vio a sus compañeros se quitó el capuchón.

—¡Monos! —jadeó—. ¡Unos monos enormes!

—¿Dónde? —inquirió Alsdorf.

—A medio kilómetro de aquí. Hay un montón de ellos, quince, tal vez veinte, que se dirigen hacia aquí procedentes del bosque.

Chirico casi brincaba de excitación.

—La cosa no puede presentarse mejor. Parece que esta vez vamos a encontrar algo.

Los tres hombres se colocaron apresuradamente sus trajes antipresión, mientras Duluth recogía un par de pistolas ametralladoras para enfrentarse con cualquier contingencia que pudiera surgir. Luego bajaron todos a la cámara reguladora de la presión. Cuando descendían la escalerilla lateral de la nave, el grupo de monos estaba a menos de un centenar de metros de distancia.

Duluth y Alsdorf apoyaron firmemente las pistolas ametralladoras en sus caderas.

—¿No es divertido? —observó Duluth a través de su radio portátil—. Miren, llevan unos bultos... ¿Qué se apuestan a que nos bombardean con cocos gigantes?

—¡Antropoides! —exclamó Chirico incrédulamente—. ¡Esta sí que es buena! ¡Encontrar antropoides en nuestro primer aterrizaje! ¡No, santo cielo, no son antropoides! ¡Son homínidos! ¡Fíjense en el tamaño de sus cabezas!

Lukas estaba mirando fijamente a través de su visor. Sus ojos no se habían adaptado aún a la extraña luz de Fomalhaut Tres; pero, a medida que el grupo se acercaba más, avanzando a una especie de trote, vio que sus miembros eran blancos y desprovistos de pelo, aunque sus rostros estaban medio ocultos bajo una oscura e hirsuta melena.

—La mayor diferencia entre ellos y nosotros —dijo, con cierta complacencia—, es el corte de pelo.

—Además de otro pequeño detalle —dijo Alsdorf—. Da la casualidad de que nosotros estamos civilizados.

Lukas dejó oír una risa sarcástica.

—Esto es lo que decimos nosotros. Pero habría que verlo.

A unos quince pasos de distancia, el grupo se reunió en semicírculo y se detuvo. A una señal del que iba en el centro, colocaron sobre la arena los bultos que llevaban y aguardaron con aire expectante. Hombres y homínidos se contemplaron unos a otros. Los dos grupos parecían reacios a dar el primer paso.

Lukas y sus compañeros vieron que los habitantes de Formalhaut Tres eran casi uniformemente altos... cada uno de ellos era dos pulgadas más alto que Alsdorf, el más alto de los terrestres. Eran seres de pecho poderoso, anchos hombros y brazos largos y nervudos. Tenían los dedos de los pies algo encorvados, como si estuvieran más acostumbrados a aferrarse a las ramas de los árboles que a sostener aquellos pesados cuerpos en equilibrio. Sus rostros —lo que podía verse de ellos bajo la mata de hirsuto pelo— eran casi neanderthalianos, con anchas fosas nasales, labios abultados, frentes hundidas y un ocasional destello de ojos oscuros debajo de unas pobladas cejas.

De pronto, uno de ellos, cuyo pelo era más claro y más fino que el de los otros, dio unos pasos hacia adelante y extendió el brazo derecho a la altura del hombro, como si saludara, sus labios empezaron a moverse.

Embutidos en sus trajes antipresión, los terrestres no podían oír ningún sonido. Pero Lukas decidió súbitamente que valía la pena exponerse a pillar algún microbio para oír lo que el Hombre de Neanderthal, versión Formalhaut Tres, tenía que decir. Se quitó el capuchón.

—Czanyas —dijo el homínido, tocando su propio pecho. Luego, señalando hacia los terrestres: Olye ma nye kran czanyas.

Lukas avanzó un par de pasos y repitió la palabra czanyas en plan de prueba, señalando al homínido con su dedo índice.

El grupo entero dejó oír unos sonidos guturales y los labios se abrieron en amplias sonrisas. Estimulado por ellas, Lukas se golpeó el pecho.

—Olye ma nye kran czanyas?

Expresó su azoramiento con gestos exagerados.

El anciano homínido señaló al cielo.

—Olye -dijo. Luego señaló a Lukas, Alsdorf, Chirico y Duluth, uno a uno—. Czanyas... Olye ma nye kran czanyas.

Duluth se había quitado el capuchón.

—¿Qué es lo que dice el vejete, Mike?

—Por si no nos hemos dado cuenta —dijo Lukas con una mueca—, está señalando la diferencia existente entre ellos y nosotros... supongo. Ellos son hombres, y nosotros somos hombres de la nave del cielo, o algo por el estilo.

El viejo homínido se volvió hacia su tropa, haciendo una señal con la mano. Uno a uno avanzaron hacia los terrestres y dejaron a sus pies sus presentes. Luego volvieron al semicírculo y se pusieron en cuclillas. Súbitamente, cada uno de los terrestres tuvo a sus pies un montón de variados frutos de diversas formas, tamaños y colores. Chirico, incapaz de contener su interés, se quitó el capuchón y se inclinó para examinar su montón. A sus pies tenía los equivalentes locales de melones, uvas, naranjas, nueces e incluso maíz.

Únicamente Alsdorf seguía manteniendo una actitud suspicaz, sin quitarse el capuchón y cubriendo a los homínidos con su pistola ametralladora.

Lukas examinó su propio montón de frutas, y luego, con abundancia de gestos y paciente repetición, trató de hacer comprender a los homínidos que él y sus compañeros estaban agradecidos. Finalmente se volvió hacia Duluth.

—Sería mejor corresponder a su amabilidad. ¿Qué podemos darles, Joe?

Duluth sonrió.

—¿Qué le parece una pistola ametralladora o una bomba de gas?

Pero Lukas no estaba de humor para bromas.

—Por desgracia, no tardarán en obtener los beneficios de la civilización —murmuró—. Creo que podríamos darles unos cuantos recipientes de plástico. ¡Vaya por ellos!

—Voy, jefe. No se lo tome usted así.

Duluth regresó a la nave y unos momentos después volvió a presentarse con una brazada de utensilios de plástico, los cuales ofreció a los homínidos mientras les deseaba seriamente unas felices Navidades.

Por espacio de una hora se esforzaron Lukas y Chirico en establecer el significado de varias palabras. Incluso Alsdorf se sintió lo suficientemente interesado como para quitarse el capuchón y unirse al juego. Descubrieron que solyenas era comida; czanyas solyenas ra, hombre come comida. Aprendieron que koshevo significaba agua; ilshevo, tierra, y lashevo, aire. También se enteraron de que olye no significaba cielo, sino sol.

Y mientras descubrían todos aquellos significados, el sol se hundía lentamente en el amarillento cielo hasta desaparecer por detrás de la línea de árboles. Los homínidos indicaron entonces que deseaban regresar al bosque, pero que volverían de nuevo "cuando el sol surgiera por encima del océano".

—Mahrata -dijo el anciano y arrugado jefe levantando el brazo—. Olye kalengo, czanyas kalengo. Olye rin koshevo, da czanyas va.

—Yo también —sonrió Duluth—. ¿Qué es lo que está diciendo, Mike?

—Dice: "Adiós. Sol duerme, hombres duermen. Sol se levanta del agua; entonces hombres vuelven."

Los cuatro terrestres contemplaron al grupo de homínidos alejándose a través de la faja de arena en dirección al bosque, envuelto ahora en sombras. Luego regresaron a la nave, llevándose la mayor parte de las frutas y dejándolas en el laboratorio para que Chirico pudiera analizarlas.

La breve pero tremenda impresión del aterrizaje, seguida por el igualmente tremendo descubrimiento de que Formalhaut Tres estaba habitado por seres de aspecto humano, habían agotado en ellos todas sus energías emotivas y mentales. Estaban cansados y, para sorpresa suya, rabiosamente hambrientos.

Sin embargo, quedaba aún alguna luz diurna y Alsdorf sugirió que podían descargar el tractor oruga a fin de tenerlo dispuesto para el primer viaje de exploración. Pero cuando hubieron preparado la grúa que debía descargar el tractor, había oscurecido demasiado para ver lo que estaban haciendo. Duluth se dirigió al cuarto de navegación y sacó tres faros, montándolos de modo que proyectaran su luz en la zona de terreno que quedaba inmediatamente debajo de la grúa. Durante otro cuarto de hora los hombres trabajaron en silencio, sacando el tractor del vehículo espacial y enganchándolo a la grúa con cables de hiduminio. Al final consiguieron depositarlo en el suelo y tuvieron la satisfacción de saber que la primera expedición podría ponerse en marcha en cuanto saliera el sol.

—No puedo resistir más —jadeó Duluth mientras contemplaba el tractor al pálido reflejo circular de los faros.

Chirico se secó el sudor que empapaba su frente.

—Apuesto a que me comería crudo uno de nuestros homínidos domesticados.

—Propongo una cosa —dijo Lukas—. Pollo y cerveza helada. ¿Alguien está de acuerdo conmigo?

Se produjo una desbandada en dirección a la despensa.

Mientras daban cuenta de una suculenta comida, la conversación se refirió principalmente a los homínidos y a la posibilidad de que Formalhaut Tres poseyera un tipo más desarrollado de civilización. De los cuatro, Alsdorf era el menos interesado en lo que describió como "curiosidades orgánicas del planeta". Siendo uno de los geofísicos más destacados de la Trans-Solar Chemicals, sólo le preocupaba el contenido mineral del planeta, el modo de explotarlo y las posibilidades de transportarlo al sistema solar.

—No olviden —dijo secamente— que estamos aquí para localizar metales raros, no para investigar las formas de vida indígenas. Los homínidos son muy interesantes, pero no debemos permitir que nos distraigan de nuestra verdadera tarea. Por otra parte, si existen posibilidades mineras en gran escala, pueden proporcionarnos una excelente mano de obra. De no ser así...

Lukas quitó la espuma de su cerveza.

—Kurt, hay veces que me pone usted enfermo. Esos desgraciados tienen derecho a su propia existencia. Me horrorizaría verles convertidos en un montón de coolies para que la Trans-Solar pudiera duplicar sus dividendos. ¿Es que no tiene usted consciencia?

Alsdorf hizo una mueca.

—Mi deber hacia mi vecino —dijo hipócritamente— es, desde luego, mi deber hacia mis compañeros de humanidad. Si la situación lo exigiera, no vacilaría en explotar a esos seres en beneficio de la humanidad. Naturalmente, durante el proceso los civilizaríamos.

—¡Váyanse al diablo los dos! —exclamó Duluth—. ¿Por qué perder el tiempo discutiendo acerca de algo que todavía no ha ocurrido? Tomemos otra cerveza... Me pregunto si esos muchachos de pelo largo tienen alguna idea de lo que es una buena tunda... Vamos a civilizarles..., vamos a enseñarles el modo de hacer whisky de cebada para que puedan obsequiar con él a los excelentes caballeros del espacio.

* * *

Al día siguiente, en cuanto amaneció, los homínidos regresaron con más presentes, aunque esta vez, eran de una naturaleza tal, que, al verlos, Alsdorf abrió unos ojos como platos.

Nadie estaba despierto cuando llegaron, de modo que se sentaron pacientemente alrededor de la nave y entonaron un monótono canto, dedicado al *Henri Poincaré* o a sus ocupantes.

Lukas fue el primero en bajar. Vio que sus presentes consistían en pequeños vasos de metal con adornos primitivos, y supuso que les eran ofrecidos a cambio de los coloreados recipientes de plástico que les habían regalado el día anterior.

El anciano que había tomado la palabra en aquella ocasión se puso en pie y abrió la ceremonia.

—Mahrata-nua —dijo—. Olye rin a koshevo, e czanyas va kala mu omeso.

Se llevó el vaso que sostenía en la mano al centro de la frente y luego se lo entregó a Lukas.

Lukas experimentó la extraña sensación de que los homínidos les estaban gastando una especie de broma..., la clase de broma que unos adultos podían montar para engañar a unos crédulos chiquillos. Pero sus ojos se encontraron con la ingenua mirada del anciano homínido y la sensación desapareció.

Cogió el vaso, y estaba ocupado aún en expresar su gratitud por medio de gestos cuando bajó Alsdorf. El geofísico fue obsequiado inmediatamente con otro vaso. Tras dedicar una sonrisa condescendiente al viejo, se dedicó a examinar el vaso. Inmediatamente se olvidó de todo. Sacó un pequeño cuchillo de su bolsillo y rascó la superficie del metal. Luego sacó una lupa y continuó su atento examen. Ahogando una exclamación, regresó precipitadamente a la nave. Cinco minutos más tarde volvió a presentarse, pálido y tembloroso.

—Mike, ¿sabe usted con qué está hecho esto?

Sostenía el vaso en la mano, con una expresión de incredulidad en el rostro.

—No tengo ni idea —dijo Lukas tranquilamente—. ¿Lo sabe usted?

—¡Platino! —exclamó Alsdorf—. ¡Platino macizo! Acaban de regalarnos una pequeña fortuna.

Aunque era totalmente imposible que los homínidos comprendieran lo que Alsdorf estaba diciendo, sonrieron ampliamente, como si les divirtiera su excitación... o como si su broma hubiera alcanzado el éxito apetecido.

Mientras Alsdorf se aseguraba de que el vaso que Lukas tenía en la mano estaba hecho también de platino, aparecieron Duluth y Chirico. También ellos fueron obsequiados con los correspondientes vasos.

—¡Vaya una bicoca! —exclamó Duluth—. ¡Platino puro! Supongo que podremos montar un pequeño puesto comercial. Cambiaremos plástico por platino..., y un intercambio honrado no es un robo. Creo que no tendremos que seguir trabajando. Siempre he deseado comprarme una finca en el Sur de Francia para ir a descansar de mis viajes espaciales. Ahora creo que podré comprar todo el Sur de Francia.

Chirico no parecía estar muy convencido.

—En el momento en que lleguemos al sistema solar —dijo—, la Trans-Solar entrará en acción. Antes de que podamos darnos cuenta, el mercado del platino se habrá cerrado para nosotros.

—Haremos el negocio con el primer cargamento —dijo Duluth alegremente—. Creo que voy a comprar Suiza... Por los deportes de invierno, ¿saben?

Lukas sonrió.

—Esta nave pertenece a la Compañía —observó—. Lea usted el reglamento, hijo. Todo cargamento pertenece a la Trans-Solar.

Entretanto, el anciano homínido había empezado otro discurso. Tras muchos esfuerzos por ambas partes, los terrestres comprendieron que les estaba ofreciendo la hospitalidad de su aldea.

Alsdorf dijo:

—No podemos ir todos. Tiene que quedarse alguien vigilando la nave. Y necesito a Tony para explorar el terreno. Vamos a empezar esta misma mañana —Hizo una pausa—. Ahora ya sabemos lo que tenemos que buscar.

Duluth lanzó al aire su vaso y volvió a recogerlo. Miró a Lukas con expresión sonriente.

—Le ha tocado a usted, Mike. Procure divertirse y no se meta con las mujeres.

—¿Por qué no va usted, Joe? Es usted más amigo de las diversiones que yo... ¿Tiene algún inconveniente?

—No, ningún inconveniente —dijo Duluth con aire de inocencia—. Pero antes de ir allí me gustaría que alguien pudiera asegurarme que esos muchachos no son caníbales... Sea buen chico y procure traerse unas cuantas muestras más. Creo que la Trans-Solar no se preocupará por unos kilos de más o de menos.

Cinco minutos más tarde se encaminaba Lukas hacia el bosque a través de la faja de arena, andando con el anciano homínido en cabeza de la columna.

Alsdorf contempló la procesión en silencio unos instantes y luego dijo:

—¿Se ha llevado una pistola ametralladora?

Chirico empezó a examinar el curioso dibujo de su vaso.

—No se ha llevado nada, Kurt. Al menos eso es lo que yo creo.

—A Lukas no le importa morir —dijo Alsdorf cínicamente. Se volvió hacia Duluth—. ¿Cómo andamos de músculos, Joe? Tenemos que cargar el tractor de material.

* * *

La aldea consistía en un par de docenas de cabañas de dos habitaciones, de paredes de adobe y techos de hojarasca. Se alzaba en un pequeño claro del bosque, a unos tres kilómetros del Henri Poincaré.

A su modo, Lukas había tendido anteriormente al romanticismo en su idea del "noble salvaje". Durante el largo viaje espacial había discutido el tema con Alsdorf y había basado sus argumentos relativos a la decadencia de la civilización en el supuesto de que el hombre primitivo poseía algún elemento heroico —una ruda inocencia quizá— que había sido corrompido lentamente por el desarrollo del poder sintético. Por poder sintético entendía el rendimiento de toda la maquinaria cuya energía no derivaba directamente del hombre en sí. La humanidad terrestre había dejado de vivir con el sudor de su frente y había confiado al petróleo, a la energía atómica y a la fuerza solar las tareas que significaban algún esfuerzo físico, y con ello, pensaba Lukas, había perdido irremediablemente una indefinible fuerza vital. En lo íntimo de su ser, Lukas se despreciaba a sí mismo como producto de una civilización mecánica. En lo íntimo de su ser despreciaba la fascinación que los viajes espaciales tenían para él, ya que significaban la confianza suprema en la máquina. De muchacho había leído historias, medio leyenda, medio realidad, acerca de las razas extinguidas: los indios norteamericanos, los esquimales, los polinesios. Su existencia del todo primitiva le había impresionado. Su eventual extinción —obra del hombre moderno— había infligido un duro golpe a su temprana y convencional fe en los beneficios de la ciencia. Desde entonces había considerado su propia aptitud y su afición a las máquinas con una mezcla de odio y de culpabilidad. Y aunque llegó a ser un piloto de primera categoría, estaba avergonzado de su habilidad y, a la vez, desconfiaba de ella. Inconscientemente seguía suspirando por la vida sencilla.

* * *

La aldea a la cual le condujeron los homínidos le produjo una leve decepción. Era mugrienta y olía mal. Supo entonces que había esperado encontrar algo mejor.

Las mujeres, lo mismo que los hombres, iban casi desnudas. Sus arrugados vientres colgaban con laxitud mientras llenaban recipientes de agua en el cercano arroyo o regresaban de su expedición matinal con una cesta de fruta y un par de raquíticos chiquillos agarrados a sus rodillas. El ambiente estaba impregnado de indolencia.

Contempló la escena con la sensación de que quizás Alsdorf tenía razón después de todo. Quizá Formalhaut Tres se beneficiaría de las comercialmente "civilizadoras" aventuras de la Trans-Solar Chemicals, aunque todos los homínidos quedaran reducidos a la condición de coolies. Al menos la Trans-Solar les proporcionaría ayuda médica, condiciones sanitarias de vida y las vitaminas en que pudieran ser deficitarios.

El viejo homínido que le había regalado los vasos de platino y que luego le había ofrecido su patética hospitalidad se llamaba Masumo. Condujo a Lukas a una de las cabañas de adobe y le invitó a sentarse en el arenoso suelo. Inmediatamente les fueron servidos unos tazones de leche vegetal y ñames cortados a rajas por una arrugada anciana. Lukas lo contempló con cierta sensación de asco, pero decidió arriesgarse a probarlo. Después de todo, se dijo, incluso a un ser primitivo, habitante de una choza de la selva, le era posible sentirse insultado.

Sorprendentemente, el principal interés de Masumo estribaba en inducir a Lukas a hablar... no la lengua homínida, sino su propio idioma. Mediante una complicada amalgama de signos, gestos y sonidos, expresó su deseo de que Lukas hablara de su propio mundo, de ciudades y viajes espaciales. Pasó algún tiempo antes de que esta idea se hiciera evidente y Lukas la aceptó de mala gana, dándose cuenta de que sería como hablar con una pared.

Pero al cabo de un rato empezó a entregarse de lleno al tema. Casi olvidó la presencia de Masumo, con la extraña sensación de que se estaba librando de una carga íntima. Describió la vasta cultura metropolitana que se había desarrollado sobre la Tierra, la lenta convergencia entre el Este y el Oeste, el origen del gobierno federal mundial después de la primera y última guerra atómica, la exploración de los planetas solares y la carrera por los astros.

Y mientras hablaba, un oscuro designio parecía tomar forma en un rincón de su cerebro.

* * *

El sol había empezado a ponerse cuando Lukas regresó a la nave. Duluth le estaba esperando, pero los demás no habían vuelto aún con el tractor.

—Hola, Mike. ¿Le ha ido bien con las solteronas del pueblo? ¿Qué tal ha estado la cosa?

Lukas se lo dijo.

El mecánico se quedó mirándolo con expresión de incredulidad.

—Muchacho, uno de los dos padece una insolación..., y yo me encuentro perfectamente. ¿Dice usted que ha pasado la mayor parte del tiempo hablando en inglés?

—Eso es lo que el viejo deseaba —Lukas se rascó la cabeza y frunció ligeramente el ceño—. Lo raro es que me pareció completamente natural una vez hube empezado... Debería usted ver aquella aldea, Joe; resulta aleccionador... Bien, ¿qué es lo que ha estado haciendo usted?

Duluth sonrió.

—He hecho novillos. Las cosas estaban tan tranquilas por estos alrededores que he montado el triciclo y me he ido a dar un paseo. He recorrido casi un centenar de kilómetros.

—¿Ha visto a Kurt y a Tony?

—No. He ido en dirección Norte. Oiga, Mike, usted cree que este planeta está lleno de diversas formas de vida, ¿no es cierto?

—¿Y no es así?

—No es eso lo que yo creo. Verá, cuando había recorrido unos quince kilómetros me harté de arena y me fui a dar una vuelta por el bosque. Vi unos cuántos pájaros, ardillas y algo que parecía un conejo. Pero no vi ningún bicho grande. ¿Qué opina usted de eso?

—Nada ¿Qué podría opinar?

—No lo sé. Pero yo lo encuentro muy raro. Pensando en ello, todo este lugar resulta muy raro..., demasiado tranquilo.

Lukas recordó súbitamente la extraña sensación que había experimentado cuando Masumo le había ofrecido el vaso de platino aquella misma mañana. Estaba a punto de contárselo a Duluth, pero se vio interrumpido por el resplandor de unos faros que llegaba de la parte del bosque.

—Ahí están —dijo Lukas—. Kurt ha encendido los faros.

Unos instantes después, Alsdorf y Chirico penetraban en la despensa. Los ojos del geofísico brillaban de satisfacción.

—Paladio y platino —dijo, tratando de contener el temblor de su voz—. Depósitos aluviales concentrados... Puede llenarse uno el bolsillo de pepitas sin andar una docena de pasos. Échenle una mirada a esto.

Les entregó unas cuantas piedras irregulares, de color negruzco, para que las examinaran.

—Parecen trozos de escoria —dijo Duluth en tono indiferente.

—Están cubiertas de óxido de hierro —explicó Alsdorf con impaciencia—. Hay más platino en un kilómetro cuadrado de este planeta que en todos los planetas solares juntos. Vamos a hacer historia. Esto va a ser algo tan grande...

—Apuesto a que los homínidos saltarán de alegría —dijo Lukas secamente.

Alsdorf se echó a reír.

—Encontramos unas cuantas de sus toscas herramientas por allí. Picos y palas de fibras... ¿Se da usted cuenta? Tienen platino y paladio, pero no tienen hierro.

Su risa resultaba casi ofensiva.

Chirico miró fijamente a Lukas.

—No parece usted muy contento, Mike. ¿Hay algo que no funcione como es debido?

—No —respondió Lukas con una débil sonrisa.

Alsdorf recogió sus valiosas pepitas y volvió a introducirlas en su bolsillo.

—¿Qué tal le ha ido el viaje, Mike? ¿Trataron de envenenarle?

—No necesitaban hacerlo. El lugar donde viven es infernalmente pútrido.

El alemán se encogió de hombros.

—¿Qué esperaba usted? Dentro de un par de años las cosas habrán cambiado. Inocularemos a los homínidos la idea del esfuerzo organizado. Ellos no lo saben aún, pero van a construir un espaciopuerto.

Lukas sonrió sarcásticamente.

—¿Y cree que eso les entusiasmará?

—Les convertiremos, Mike.

Alsdorf estaba lleno de confianza, lleno de la seguridad en sí mismo del hombre civilizado, convencido —como otros lo habían estado antes— de que las máquinas y la guerra psicológica harían que la dominación de una tribu de salvajes no representara ningún problema.

* * *

A la mañana siguiente, después de desayunar, Alsdorf y Chirico montaron en el tractor para continuar sus investigaciones. Duluth se quedó en la nave dedicado a pequeñas tareas relacionadas con sus funciones de mecánico. Pero a mediodía había terminado, y sugirió que él y Lukas podían ir a dar una vuelta en el triciclo.

—No cuente conmigo, Joe —dijo Lukas mirando pensativamente a través de un panel transparente del cuarto de navegación—. Entre otras cosas, voy a poner al día el diario de navegación. No había tenido tiempo de hacerlo hasta ahora.

—De acuerdo —dijo Duluth—. Yo voy a ver si cazo alguna ardilla, si es que no encuentro nada que valga más la pena. Tal vez le eche una ojeada a la aldea en el camino de regreso.

Desapareció por la escotilla y poco después Lukas vio alejarse el triciclo a toda velocidad por la lisa faja de arena.

Se quedó mirándolo hasta que se convirtió en un pequeño punto negro, apenas visible en la distancia, y entonces se sentó ante la mesa y cogió el diario de navegación. Empezó a anotar los datos con una caligrafía clara y uniforme y en un estilo conciso.

Llevaba unos veinte minutos trabajando cuando una voz murmuró suavemente junto a su oído: Masumo desea hablar con Lukas, el de la máquina del cielo.

Lukas saltó del asiento como si le hubieran pinchado. Miró a su alrededor, pero en el cuarto no había nadie. Entonces miró a través del tablero de observación y vio a cierta distancia una pequeña y desnuda figura que avanzaba hacia el Henri Poincaré. Intrigado, Lukas bajó para salir a su encuentro.

—¿Me habló usted mientras yo estaba en la máquina del cielo? —preguntó bruscamente.

Pero Masumo se limitó a sonreír, alzó la mano en un gesto amistoso y le dirigió el tradicional saludo en su propio idioma. Lukas se lo devolvió y el anciano homínido y el capitán se dirigieron juntos hacia la nave.

Lukas se había olvidado ya de la voz, por extraño que pudiera parecer, y no recordó el detalle hasta mucho más tarde. Repentinamente había sentido el deseo de mostrar a Masumo el interior de la nave, de ver cómo reaccionaba ante las maravillas de la ciencia terrestre.

Señaló con la mano la escalerilla exterior. El homínido sonrió y trepó por ella a increíble velocidad. Lukas le siguió y empezó su tarea de cicerone.

Si había esperado una reacción violenta —alguna manifestación de superstición, de temor o algo por el estilo—, quedó decepcionado. Masumo contempló los tubos de volatilidad, las pilas de conducción, las unidades Kirchausen, los refrigeradores, las literas, las cocinas electrónicas y los proyectores cinematográficos con la misma blanda sonrisa. Era, pensó Lukas, como si el anciano homínido estuviera en guardia contra algo..., demasiado en guardia para recordar que debía mostrarse adecuadamente asombrado.

Sólo una vez se olvidó Masumo de sí mismo. Estaban en el cuarto de navegación, y Lukas acababa de mostrarle el telescopio manual, apuntándolo hacia el bosque y diciéndole que mirara por él. Pero ni siquiera el cristal que acercaba mágicamente las cosas impresionó a Masumo. Lo trató con la misma sonrisa de indiferencia.

Decepcionado, Lukas dirigió su atención al transmisor, tratando de establecer contacto con el tractor para ver si Masumo reaccionaba al oír unas voces que forzosamente tenía que reconocer. Buscó la frecuencia de quinientos kilociclos —la frecuencia convenida— y llamó repetidas veces. Pero no se produjo ninguna respuesta, y Lukas llegó a la conclusión de que Alsdorf y Chirico habían descendido del tractor y estaban efectuando alguna exploración a pie.

Mientras Lukas manipulaba en el aparato de radio, Masumo se dedicó a examinar un mapa estelar desplegado sobre una mesa. Al levantar la vista del aparato transmisor Lukas vio que el anciano mostraba un inusitado interés por el mapa y que su huesudo índice se movía de una constelación a otra sin conseguir disimular del todo la profunda excitación que experimentaba en aquellos momentos.

Al ver que Lukas le estaba mirando, Masumo pareció recobrarse repentinamente y adoptó de nuevo su actitud de salvaje ignorante. La blanda sonrisa volvió a cubrir su rostro como una máscara.

—Masumo, usted sabe lo que es eso, ¿no es cierto? —preguntó Lukas señalando el mapa.

Pero el homínido simuló no haberle comprendido y dijo en su propio idioma:

—Háblame, hombre del cielo. Háblame de tu viaje a través del océano de muchos soles.

Lukas estaba convencido de que Masumo no era tan ignorante como fingía y deseaba sonsacarle la verdad. Pero en lugar de eso, se encontró a sí mismo obedeciendo al anciano homínido con un raro sentimiento de emotiva sumisión..., como si todo el poder de su voluntad hubiera quedado paralizado.

* * *

Masumo abandonó el *Henri Poincaré* poco antes de la puesta del sol..., lo suficiente para que le diera tiempo de regresar a la aldea sin que se le echara la noche encima. Unos minutos después de su marcha, Lukas pareció despertar de un estupor emotivo y mental. Tenía la sensación de haber estado soñando. Encendió un cigarrillo, se preparó una bebida caliente y trató de analizar con calma los acontecimientos de aquella tarde.

Estaba meditando aún en la situación, cuando se presentó Duluth, de regreso de su paseo en el triciclo. El mecánico encontró a Lukas en la despensa con un aspecto muy raro.

—¿Qué le pasa, Mike? —inquirió—. ¿Ha visto usted alguna cara sospechosa a través de la ventana?

Lukas hizo un esfuerzo para recobrarse y relató lacónicamente a Duluth la visita de Masumo. El mecánico frunció los labios y dejó escapar un largo silbido.

—Desde el primer momento he tenido la sensación de que esos caracteres tan ingenuos eran algo demasiado bueno para ser verdad —dijo lentamente—. No sé si se habrá dado usted cuenta, pero ni una sola vez han hablado uno con otro. Nos han manifestado una evidente cordialidad, pero entre ellos no se han dirigido la palabra. Esta tarde, en mi viaje de regreso, se me ha ocurrido pasar por el poblado para saludarles. De esto hace cosa de un par de horas. Hicieron mucho ruido, desde luego..., y todo en mi honor. La cosa me pareció algo sospechosa, aunque no supe exactamente por qué motivo hasta que emprendí el camino de regreso.

Lukas se puso repentinamente en pie.

—¡Un momento, Joe! ¡Creo que ya lo tengo! Esos individuos nos han estado tomando el pelo... Poseen el don de la telepatía.

Duluth se encogió de hombros.

—Si son tan condenadamente listos, ¿por qué tienen ese aspecto de gorilas? ¿Y por qué viven de ese modo?

—Esto es lo que vamos a descubrir.

En aquel momento oyeron unos ruidos en el exterior que les anunciaron que Alsdorf y Chirico habían regresado con el tractor. Duluth bajó a recibirles. Unos momentos después Alsdorf trepaba apresuradamente por la escalerilla exterior. En su rostro había una extraña expresión.

—Mike, ¿qué opina usted de la brujería? —preguntó bruscamente.

Lukas frunció las cejas.

—No tengo ninguna opinión. Será mejor que me lo cuente usted todo.

El alemán se dejó caer sobre una banqueta. Su mirada se posó en la botella de whisky recién abierta. La cogió y bebió un largo trago... directamente de la botella. Lukas estaba intrigado. Era la primera vez que veía a Alsdorf perder su imperturbable sangre fría.

—Los depósitos de paladio y de platino —dijo Alsdorf carraspeando ligeramente—. Han desaparecido por completo.

—¿Qué?

El geofísico asintió con énfasis.

—Ni rastro de ellos. Como si no hubieran existido nunca. No hay nada removido, ninguna señal de que hayan andado por allí. Pero no hay tampoco una sola pepita ni huella de mineral... Acres y acres de paladio y de platino, Mike, y se han desvanecido como tragados por el aire.

La impresión recibida por su alma de científico era tan intensa que parecía a punto de echarse a llorar.

Lukas le miró fijamente.

—Pero eso es imposible. ¿Está usted seguro...?

Alsdorf tomó un nuevo trago de la botella.

—No me pregunte si estoy seguro de que era el mismo lugar. Tony y yo casi nos volvimos locos asegurándonos de ello. ¿Cómo pudo ocurrir, Mike? ¡Es imposible!

—Era imposible, querrá usted decir. Parece que éste es un gran día para nosotros, ¿no es cierto?

Lukas se acercó al tablero de observación, y mientras miraba al exterior, al cielo que empezaba a oscurecer por encima del lindero del bosque, le habló a Alsdorf de la visita de Masumo.

Cuando terminó su relato, el geofísico había recobrado el dominio de sí mismo.

—Esta noche —dijo en tono sombrío— haremos nuestros planes. Mañana cogeremos el tractor y les haremos una visita a esos homínidos... con pistolas ametralladoras, granadas y bombas de gas —Sonrió sin la menor alegría—. El experimento tiene que ser llevado a cabo en condiciones absolutamente científicas. Comprobaremos si son... vulnerables.

—¿Se propone usted hacerlos volar a la gloria? —preguntó Lukas en tono tranquilo—. Si es así, le aconsejo que lo piense dos veces. Este es su planeta, no el nuestro.

Alsdorf sonrió amargamente.

—El incorregible adolescente idealista de siempre, Mike. ¿Es que no va usted a crecer nunca?

—Creceré, no se preocupe —replicó Lukas—. Entretanto, no crea que voy a permitirle intimidar a un grupo de indefensos salvajes.

—Tengo la impresión de que no están tan indefensos ni son tan ignorantes como habíamos creído —observó Alsdorf—. Y aunque no tengo intención de ponerme dramático, estoy completamente decidido a descubrir lo que le ha ocurrido a nuestro platino.

—¿A nuestro platino? —inquirió Lukas mirándole fijamente.

—Nuestro por derecho de conquista —replicó secamente Alsdorf—. Tenemos una cultura superior, máquinas superiores y armas superiores.

De repente Lukas estalló en una carcajada.

—Pero nosotros no somos telépatas ni podemos hacer desaparecer como por arte de magia un gran depósito de platino. No se pase de listo, Kurt.

Chirico hizo su aparición en aquel momento, precedido por una sarta de invectivas.

—¡Esos sucios y asquerosos aborígenes! ¡Pandilla de monos! Hola, Mike. Ya he oído que también a usted le han hecho una jugarreta... Lo que me desconcierta es cómo diablos han podido conseguir...

Duluth, que le había seguido, dijo tranquilamente:

—Yo tengo una teoría.

Los tres hombres se volvieron hacia él y se quedaron mirándole.

Duluth cogió un cigarrillo y lo encendió sin perder la calma.

—Sí —añadió con un aire de profunda seriedad—. Creo que lo han hecho utilizando unos espejos.

* * *

Después de la cena los cuatro tripulantes del *Henri Poincaré* se reunieron en conferencia en el cuarto de navegación. Alsdorf fue el primero en tomar la palabra para proponer que efectuaran un "raid" a la aldea a fin de capturar a Masumo para utilizarle como rehén y hacerle confesar todo lo que supiera. Lukas, en su calidad de capitán de la nave, y responsable, por lo tanto, de la seguridad de la expedición, vetó inmediatamente la propuesta.

—¿Está usted sugiriendo, Mike, que no hagamos nada, que nos crucemos de brazos y nos sentemos a esperar lo que pueda suceder?

El tono de Alsdorf era sarcástico.

—No se sulfure usted, Kurt. Dejando aparte el aspecto ético de la cosa, me limito a señalar que no podemos permitirnos empezar nada, a menos que estemos seguros de poder terminarlo. Si Masumo es un telépata, sería estúpida traerlo a la nave. Posiblemente estaría en condiciones de informar acerca del menor de nuestros movimientos.

—Desgraciadamente —dijo Chirico con una mueca que quería ser una sonrisa—, Mike tiene razón. No sabemos cómo actúan esos... esos macacos... Pero, de todos modos, tenemos que hacer algo, ¿no es verdad?

—¿Por qué no nos marchamos de aquí y aterrizamos en cualquier otra parte? —preguntó Duluth perezosamente—. En un lugar tranquilo, desde luego.

Alsdorf le fulminó con la mirada.

—¿Y renunciar a los mayores depósitos de platino de todo el universo?

—Corríjame si me equivoco —replicó Duluth—, pero ¿acaso no los hemos perdido ya?

Contemplando alternativamente los rostros que tenía delante de él, Lukas se dio cuenta de que la moral de la expedición había alcanzado un momento crítico. Aunque él, personalmente, hubiera aceptado de buena gana la sugerencia de Duluth, por algún motivo que todavía no podía comprender del todo intuyó que era impracticable. Por primera vez en la historia, una tripulación espacial se enfrentaba con una cultura casi humana —una cultura que estaba a la vez por encima y por debajo de su equivalente terrestre— y no podían, sin sentirse rebajados, ignorar el desafío. Ignorarlo era tanto como admitir que su pretendida superioridad era una filfa. Y Lukas se daba cuenta de que si los seres humanos llegaban a comprobar que podían ser vencidos por un tipo distinto de seres con un concepto distinto del poder, la impresión sería tan grande como la producida por el descubrimiento de que la Tierra no era el centro fijo del universo.

Miró los rostros de sus compañeros y sugirió una fórmula de compromiso.

—A Kurt le gustaría obrar con mano dura con los homínidos —dijo lentamente—, pero todos sabemos muy bien que no estamos en condiciones de mostrarnos duros. Joe sugiere que emprendamos el vuelo y aterricemos en otra parte. Pero esta solución tampoco es aceptable. Más pronto o más tarde surgirá de nuevo ese tipo de problema. Por lo tanto tenemos que quedarnos aquí... Lo que yo sugiero es que mañana tres de nosotros —con armas defensivas, si eso ha de infundirles más confianza— tomen el tractor y visiten a los homínidos, a fin de tratar de encontrar una solución pacífica. Sabemos una cosa, y es que los homínidos comprenderán nuestras intenciones... si es que quieren comprenderlas. Si no se sienten inclinados a cooperar en lo del platino, tendremos que reconsiderarlo... Pero éste es su territorio y no podemos permitirnos crear una situación que haga imposible la llegada a este planeta de otra nave espacial.

Chirico aceptó la idea inmediatamente.

—Creo que es una idea excelente, Mike. Si los homínidos pueden leer realmente el pensamiento, sabrán que no deseamos provocar ningún conflicto y accederán a parlamentar con nosotros. ¿Qué dice usted a eso, Kurt?

El geofísico se encogió de hombros.

—Creo que se reirán de nosotros. Pero estoy dispuesto a actuar de un modo diplomático... por una sola vez.

—Puede resultar interesante —observó Duluth—. Voto por esta solución... siempre que no me elijan para quedarme aquí a vigilar la nave. Si esos individuos pueden hacer desaparecer un gran depósito de platino, también podrán hacer desaparecer el Poincaré...

—La vigilancia de la nave es asunto mío —dijo Lukas—. Ahora será mejor que duerman un rato mientras yo hago la primera guardia.

* * *

La expedición se puso en marcha a última hora de la tarde. Lukas había sugerido aquel retraso por si los homínidos habían decidido por su parte hacerles una visita. Pero a pesar de que mantuvieron una vigilancia constante, no observaron ningún movimiento en el lindero del bosque, como si los homínidos se dieran por satisfechos con lo que habían conseguido hasta entonces.

El armamento defensivo de Alsdorf consistía en dos pistolas ametralladoras y una caja de bombas de gas. El propio Alsdorf se instaló en la torreta de observación del tractor con una de las pistolas y la caja de bombas, mientras Duluth se hacía cargo de la otra pistola y se sentaba al lado de Chirico, encargado de conducir.

Lukas descendió la escalerilla lateral para presenciar su marcha. Cruzó unas últimas palabras con Alsdorf, que había decidido viajar con la torreta abierta... por si era necesario entrar rápidamente en acción.

—¿Cómo vamos de adrenalina, Kurt?

El geofísico sonrió débilmente.

—La idea de tener que apretar el gatillo no me hace particularmente feliz, si es eso lo que quiere usted decir.

Lukas se encogió de hombros.

—Si empiezan a tratarle "telepáticamente", no pierda el tiempo con las bombas de gas. Salga corriendo.

—Veremos.

Lukas se acercó al compartimiento del conductor.

—Les llamaré por radio dentro de un cuarto de hora, Joe. No dejen que les saquen ningún conejo de sus sombreros.

Duluth se echó a reir.

—Tal vez nosotros podamos utilizar un poco de magia.

Chirico agitó la mano y puso el motor en marcha. Súbitamente el tractor avanzó en línea recta hacia el lindero del bosque.

Lukas regresó al cuarto de navegación y se sentó a esperar. Encendió un cigarrillo y se instaló cómodamente en la cúpula de observación, de modo que pudiera dominar con la vista los cuatro puntos cardinales. Pero no había nada que ver. Transcurrió un cuarto de hora, el tiempo que había fijado para la primera llamada por radio, y Lukas descendió la corta escalerilla y puso el transmisor en marcha.

—Nave a tractor, nave a tractor. ¿Han establecido ustedes ya contacto?

—Tractor a nave —Lukas reconoció la voz de Duluth—. Tractor a nave. Hemos llegado al poblado hace un par de minutos. Kurt está haciendo subir peligrosamente su presión tratando de hacer comprender a Masumo lo que está diciendo. El viejo mono se está haciendo el tonto. Además, parece que disfrute mucho con la situación... ¿Alguna novedad por ahí?

—Ninguna. Todo está tranquilo, y espero que siga igual. Dejaré el receptor abierto para que pueda llamarme en cualquier momento.

—De acuerdo, Mike. El cuadro es el siguiente: el viejo quiere llevarse a Kurt a una de las chozas de adobe..., una que es algo mayor que las demás y que por su aspecto parece una especie de cámara del consejo. Pero Kurt no se deja convencer. Él y Masumo están de pie delante del tractor. Cuanto más grita Kurt, más parece gozarla el viejo. En este momento está dibujando algo en la arena con su bastón, algo que parece un mapa... ¡Dios mío! ¡Es un mapa estelar! Puede usted creerlo, Mike: está trazando nuestra ruta para una deceleración solar... Ahora Kurt ha empezado a perder la calma. En cualquier momento empezará a decir tonterías... ¡Eh, Kurt! ¡Por el amor de Dios!

Súbitamente, la voz de Duluth se interrumpió. Lukas notó que el sudor empapaba su frente. Inmediatamente dio media vuelta al interruptor para transmitir.

—¡Nave a tractor! ¡Joe! ¿Qué ha sucedido? ¿Me oye usted?

No hubo ninguna respuesta.

Lukas empezó a manipular en el transmisor, tratando de agotar todas las posibilidades. Cabía la posibilidad de un fallo mecánico, pero era una posibilidad muy remota, pensó Lukas. Algo o alguien había interferido la transmisión.

Transcurrieron unos minutos sin que se produjera ningún cambio en la situación. Lukas trepó a la cúpula de observación y miró atentamente a uno y otro lado. El terreno estaba tan vacío como siempre. Bajó de nuevo al cuarto de navegación y repitió sus llamadas por el transmisor sin recibir respuesta. Lukas decidió que tenía que hacer algo, pero todos sus planes perdían vigencia ante el hecho de que no podía dejar la nave sin vigilancia. Aquello sería la estupidez suprema. Manipuló de nuevo en el transmisor, y de nuevo sin respuesta. Sólo podía esperar... y confiar.

Entretanto, el sol había descendido lentamente por el amarillento cielo hasta quedar como suspendido sobre el bosque. Maquinalmente, Lukas subió a la cúpula de observación por vigésima vez y miró a su alrededor. Entonces vio algo que se movía y agarró el telescopio.

* * *

No pudo creer lo que veían sus ojos. El tractor estaba cruzando la faja de arena, dirigiéndose en línea recta hacia el Henri Poincaré. Sentado con las piernas cruzadas enfrente de la torreta, oscilando suavemente con el movimiento del tractor y con aspecto de sapo soñoliento, allí estaba Masumo.

Lukas bajó de la cúpula de un salto. Simultáneamente supo que todo había ido mal y que, sin embargo, todo marchaba bien.

Entonces oyó una voz que hablaba suavemente junto a su oído: No temas, hombre de la máquina del cielo; vengo en son de paz.

Contra todo motivo —incluso contra su voluntad—, Lukas soltó la pistola ametralladora que acababa de coger y notó que desaparecía su tensión. Las palabras habían actuado en él no como una orden, sino como una especie de incitación. Tranquilamente descendió la escalerilla lateral de la nave. Se quedó de pie sobre la arena todavía caliente contemplando el avance del tractor.

Cuando el vehículo llegó junto a la nave, Masumo se puso en pie, saltó con ligereza de la torreta y alzó su mano en el acostumbrado saludo. En su rostro brillaba la blanda sonrisa de siempre.

Lukas apenas le miró. Toda su atención estaba concentrada en el tractor.

Chirico estaba sentado ante el volante, rígido como un palo, mirando fijamente ante sí con una vacuidad de expresión que parecía sugerir un estado de hipnosis. Duluth, con los ojos abiertos, estaba como clavado en su asiento, sumido en un estupor catatónico. Alsdorf permanecía tendido en el suelo, doblado sobre sí mismo, completamente inmóvil.

Con un repentino estallido de rabia, Lukas se volvió hacia Masumo, levantando un brazo para golpearle. Entonces vio la expresión de los ojos del anciano homínido y su brazo cayó impotentemente a su costado.

Fue como si el terreno hubiera oscurecido; como si Masumo se hubiera hecho luminoso; como si hubiera crecido hasta una altura superior a la de la nave; como si su cabeza hubiera llenado repentinamente el cielo amarillo.

Lukas le miró a los ojos, fascinado. Los ojos se convirtieron en lagos, luego en vórtices insondables que le arrastraron a sus profundidades. La sonrisa de Masumo no cambió, sus labios no se movieron, pero la voz habló una vez más.

Era una voz calmosa, tranquila. Y al mismo tiempo era la voz del trueno.

Hombre-del-cielo, has venido a mi aldea y yo he leído en tu corazón. He visto en él el cuadro de tu civilización mecanizada, sus sueños de conquista, sus pesadillas de miedo. Tus hombres no son más que chiquillos. Podíamos permitirnos el dejar que jugaran un poco más. Pero hemos decidido que había llegado el momento de que soltaran sus juguetes infantiles. Hemos decidido que debían empezar a aprender a ocupar su puesto como un solo espíritu-universal en la civilización astral de los inmortales.

Los hombres viven y mueren. Pero el objetivo racial está por encima del tiempo. Nosotros, los de este mundo, habíamos aprendido a plegarnos a aquel objetivo, a convertirnos en espíritus-universales a través de la vasta inmensidad astral, antes de que tu gente hubiese aprendido a andar sobre sus dos pies.

Algún día, tu raza se encontrará a sí misma y seguirá libremente el destino universal. Nosotros, los iluminados, aquellos en quienes sólo habéis querido ver unos ignorantes salvajes, os esperaremos. Hasta entonces nuestra tarea consiste en procurar que no saqueéis demasiado las estrellas.

Sospechando el motivo de vuestra visita, Hombre-del-cielo, os hemos sometido a prueba, a ti y a tus compañeros, con los metales raros que deseabais. Y así nos hemos enterado de que vuestro viaje no tenía nada que ver con el deseo de alcanzar la iluminación...

Ahora vais a abandonar este planeta. Cuando estéis viajando a través de los oscuros océanos del cielo, tus compañeros recobrarán el conocimiento. Pero ni ellos ni tú recordaréis estos acontecimientos. Sólo sabréis que el viaje fue inútil, que el planeta no contenía nada de lo que vosotros buscabais...

Adiós, Hombre-del-cielo. Ojalá tu gente alcance la tranquilidad en la cual muchísimos mundos —mayores en número que las arenas del mar— han encontrado su finalidad común...

Súbitamente, Masumo pareció volver a su estatura normal. Levantó el brazo una vez más saludando a Lukas, se tocó ligeramente el centro de la frente y luego dio media vuelta y se alejó lentamente, por encima de la faja de arena, hacia el lindero del bosque.

Lukas le contempló hasta que el homínido no fue más que un puntito móvil. Entonces, como un autómata dirigido a distancia, se acercó al tractor.

* * *

Poco después. de la puesta del sol, el *Henri Poincaré* lanzó un chorro de llamas verdosas por su tubo de escape. Inmediatamente emprendió el vuelo trazando un arco, moviéndose en las inmensidades siderales como un gran cono de oro líquido.

Durante los escasos segundos en que fue visible, su paso fue observado desde la superficie de Formalhaut Tres... por ojos que ya no eran oscuros y sin brillo. Ojos que irradiaban un incomprensible poder, que relucían como diamantes gemelos, que ardían como brillantes estrellas dobles.

SUPERVIVENCIA

John Wyndham

Mientras el autobús recorría lentamente la milla de terreno despejado que separaba los edificios del aeropuerto de la rampa de lanzamiento, mistress Feltham miraba intensamente hacia adelante, sobre los hombros que se erguían delante de ella. La nave espacial brillaba como un huso de plata en medio de la llanura. En su parte inferior ardía un fuego azulado que demostraba que todo estaba a punto para el despegue. Alrededor de la nave se movían presurosamente hombres y vehículos, en un torbellino de preparativos finales. Mistress Feltham contempló la escena, odiándola con todas las fuerzas de su corazón. En aquel momento odiaba aquella escena y odiaba todos los inventos de los hombres.

De repente, apartó sus ojos de aquel espectáculo y los concentró en la nuca de su yerno, a un metro de distancia delante de ella. Mistress Feltham odiaba también a su yerno.

Apartó la mirada, que resbaló ahora por el rostro de su hija, sentada a su lado. Alice estaba muy pálida, pero tenía los labios firmemente apretados y sus ojos miraban obstinadamente hacia adelante.

Mistress Feltham vaciló. Sus ojos volvieron a fijarse en la nave espacial. Finalmente, con un último esfuerzo, se decidió. Procurando que sus palabras quedaran veladas por el ruido del autobús para unos oídos que no fueran los de su hija, dijo:

—Alice, querida, todavía no es demasiado tarde, y tú lo sabes.

—¡Mamá, por favor! —suplicó Alice.

La muchacha no miró a su madre, pero sus labios se apretaron todavía más. Mistress Feltham, ya que había empezado, no podía detenerse.

—Es por tu bien, querida. Lo único que tienes que hacer es decir que has cambiado de idea.

La muchacha no habló, y su silencio resultó más elocuente que todas las palabras de protesta que hubiera podido pronunciar.

—Nadie te lo reprochará —insistió mistress Feltham—. Absolutamente nadie. Después de todo, es un hecho evidente que Marte no es un lugar adecuado para...

—No sigas, mamá, por favor —interrumpió la muchacha.

Su tono fue tan brusco, que mistress Feltham se sintió cortada durante un momento. Vaciló. Pero no disponía de tiempo suficiente para permitirse el lujo de la dignidad ofendida. Continuó:

—No estás acostumbrada a la clase de vida que tendrás que llevar allí, querida. Una vida completamente primitiva. Y tú no eres más que una mujer. Después de todo, David sólo tiene que pasar allí cinco años. Estoy convencida de que, si te ama de veras, preferirá que permanezcas aquí en seguridad y esperándole...

La muchacha replicó bruscamente:

—Ya hemos discutido todo esto antes, mamá. Y ya sabes cuál es mi decisión. Ya no soy una niña. Lo he pensado bien y estoy dispuesta a seguir adelante. No hablemos más de ello, te lo ruego.

Mistress Feltham se mantuvo unos instantes en silencio. El autobús iba acercándose a la nave espacial, cuyo hocico apuntaba directamente al cielo.

—Cuando tengas un hijo... —murmuró, como hablando consigo misma—. Bueno, espero que algún día lo tengas. Entonces empezarás a comprender...

—Creo que la que no comprende eres tú —dijo Alice—. Esto ya es bastante duro en sí mismo. Y tú estás haciéndolo más duro para mí.

—Querida, soy tu madre y me preocupas. Siempre me ha preocupado tu bienestar, lo sabes perfectamente. Te conozco muy bien y sé que la clase de vida que te espera no es para ti. Si fueras otra clase de muchacha, más endurecida, más... vulgar, quizá... Pero, siendo como eres, sé que lo que te espera no es para ti.

—Tal vez no me conozcas tanto como imaginas, mamá.

Mistress Feltham sacudió la cabeza. Sus ojos se clavaron, llenos de rencor, en la nuca de su yerno.

—Te está apartando de mi lado —murmuró amargamente.

—Eso no es cierto, mamá. Es... bueno, ya no soy una niña. Soy una mujer y tengo derecho a vivir mi propia vida.

—"Donde tú vayas iré yo..." —dijo mistress Feltham pensativamente—. Eso estaba muy bien cuando la humanidad vivía al estilo nómada, pero ahora...

—Es algo más que eso, mamá. No lo comprendes. Debo convertirme en una mujer adulta a mis propios ojos...

El autobús acababa de detenerse junto a la rampa de lanzamiento. Vista de cerca, la nave espacial era aún más imponente. Los pasajeros descendieron del autobús y se encaminaron lentamente hacia la nave. Mister Feltham abrazó a su hija. Alice le devolvió el abrazo con lágrimas en los ojos. Con voz insegura, mister Feltham murmuró:

—Adiós, querida. Y buena suerte.

La soltó y estrechó la mano de su yerno.

—Cuida de ella, David. Es todo lo que tenemos...

—Lo sé. Y también lo es todo para mí. Cuidaré de ella, no se preocupe.

Mistress Feltham besó a su hija y se obligó a sí misma a estrechar la mano de su yerno.

Desde la rampa, una voz gritó:

—¡Todos los pasajeros a bordo, por favor!

Las puertas de la nave se cerraron. Mister Feltham evitó los ojos de su esposa. Le rodeó la cintura con el brazo y la empujó suavemente hacia el autobús en silencio.

* * *

Mientras regresaban, en compañía de otra docena de vehículos, a los edificios del aeropuerto, mistress Feltham se enjugaba los ojos con un pañuelito blanco, tarea que sólo interrumpía para echar una mirada hacia atrás, hacia la mole de la nave espacial, ahora aparentemente abandonada. Su mano se deslizó en la de su marido.

—No puedo creerlo ni siquiera ahora —dijo—. ¡Ha sido algo tan inesperado! ¿Quién podía creer una cosa así de nuestra pequeña Alice? ¡Oh! ¿Por qué se casaría con él?

Su marido le oprimió los dedos sin hablar.

—La cosa no resultaría sorprendente en otra clase de muchacha —continuó mistress Feltham—. Pero Alice fue siempre una niña tan apacible... Incluso llegó a preocuparme su timidez. ¿Recuerdas lo que solían llamarla los otros niños? "Ratoncito..."

"Y ahora esto. ¡Cinco años en aquel espantoso lugar! ¡Oh! No lo soportará, Henry, sé que no lo soportará. ¿Por qué no impusiste tu autoridad de padre? A ti te hubiera escuchado, Henry. Podías haberlo evitado."

Su marido suspiró.

—Hay veces en que pueden darse consejos, Miriam..., aunque no siempre resultan oportunos. Pero lo que no debe hacerse nunca es tratar de vivir las vidas de otras personas por ellas. Alice es ahora una mujer con sus propios derechos. ¿Quién soy yo para decirle lo que le conviene?

—Pero tú podías haber evitado que se marchara.

—Tal vez... si no me hubiese importado el precio.

Mistress Feltham permaneció silenciosa unos instantes mientras sus dedos repiqueteaban en la mano de su marido.

—Henry... Creo que no volveremos a verla más. Lo presiento.

—Vamos, vamos, querida. Regresará sana y salva, ya lo verás.

—No crees lo que dices, Henry. Estás tratando de animarme. ¡Oh! ¿Por qué habrá tenido que marcharse a ese horrible lugar? Es joven. Podía haber esperado cinco años. ¿Por qué es tan testaruda, tan obstinada? Ha dejado de ser mi ratoncito...

Su marido palmeó su mano.

—Tienes que dejar de pensar en ella como en una chiquilla, querida. Alice se ha convertido en una mujer, y si todas nuestras mujeres fueran ratoncitos, nuestras posibilidades de supervivencia serían muy escasas...

* * *

El primer oficial del Falcon se acercó a su capitán.

—La desviación, señor.

El capitán Winkers cogió la cuartilla que le tendía el oficial.

—Uno, punto, tres, seis, cinco grados —leyó—. ¡Hum!... No está mal. No está del todo mal. El sector sudeste de nuevo. ¿Por qué casi todas las desviaciones se producen en el sector sudeste, mister Carter?

—Lo ignoro, mi capitán. Tal vez se deba a que llevamos más tiempo de navegación...

—Bueno, será mejor que corrijamos el rumbo antes de que la desviación se haga mayor.

El capitán desplegó un tablero adosado a una de las paredes de la nave, consultó unas tablas y garabateó unas cifras.

—Compruébelas, mister Carter.

El oficial comparó las cifras con las tablas y dio su aprobación.

—Bueno —continuó el capitán—. ¿Cómo andamos de inclinación?

—Bastante pronunciada sobre la banda, con una leve oscilación.

—Puede usted arreglar eso. Yo observaré visualmente. Enderece la nave y estabilícela. Diez segundos sobre los laterales de estribor en segunda. Tardará unos treinta minutos y veinte segundos en enderezarse. Luego neutralice con los laterales de babor en segunda. ¿De acuerdo?

—Sí, mi capitán.

El oficial se sentó ante el tablero de mandos y se ató el cinturón de seguridad. Contempló las llaves y los interruptores cuidadosamente.

—Será mejor que les advierta —dijo el capitán—. Es posible que tengamos un poco de baile.

Conectó los altavoces y empuñó el micrófono.

—¡Atención! ¡Atención! Vamos a modificar el rumbo. Se producirán varias sacudidas. Ninguna de ellas será violenta, pero todos los objetos frágiles deben ser asegurados, y todos ustedes deben permanecer sentados y con los cinturones de seguridad puestos. La operación durará aproximadamente media hora y empezará dentro de cinco minutos. Les informaré a ustedes cuando haya terminado. Esto es todo.

Desconectó los altavoces.

—En cuanto la nave se mueve un poquito, siempre hay algún imbécil que cree que hemos chocado contra un meteoro —comentó el capitán—. Y a esa mujer le daría un ataque de histerismo con toda seguridad. Me pregunto qué diablos cree que está haciendo aquí... Con su aspecto de mosquita muerta tendría que haberse quedado en su casa haciendo calceta.

—La hace aquí —observó el oficial.

—Lo sé... y sé lo que significa. Y todavía me explico menos que haya embarcado con nosotros. Su marido no ha dado pruebas de tener mucho sentido común al permitir que le acompañara.

—Tal vez no sea culpa suya, señor. Quiero decir que algunas de esas mujeres que parecen mosquitas muertas pueden ser sorprendentemente obstinadas.

El capitán contempló especulativamente a su oficial.

—Bueno, no soy un hombre con demasiada experiencia en ese sentido, pero sé lo que le diría a mi esposa si se le ocurriera acompañarme.

—Pero con una de esas mosquitas muertas no puede uno sacar el genio, mi capitán. No ofrecen ninguna resistencia activa, y al final acaban saliéndose con la suya.

—Es posible que tenga usted razón, mister Carter, pero sigo sin comprender por qué diablos se le ha ocurrido hacer este viaje.

—Desde luego, mi capitán, pero esa mujer es más decidida de lo que parece. Es como... bueno, habrá oído usted hablar de las ovejas que se enfrentan con los leones en defensa de sus crías, ¿no?

El capitán se rascó la mejilla.

—Es posible que esté usted en lo cierto, pero por nada del mundo dejaría que mi esposa me acompañara a Marte. ¿Qué es lo que va a hacer su marido allí?

—Creo que va a encargarse de las oficinas de una compañía minera.

—Una oficina, ¿eh? Bueno, ellos sabrán lo que se hacen, pero sigo opinando que esa mujer no debió salir de su casa. Se pasará la mitad del tiempo mortalmente asustada y la otra mitad echando de menos las comodidades de su hogar —Miró el reloj—. Ya han tenido tiempo de prepararse. Vamos a lo nuestro.

El capitán se ató su propio cinturón de seguridad, conectó la pantalla que tenía enfrente de él y se reclinó hacia atrás contemplando el panorama de estrellas que se movían lentamente a través del iluminado cristal.

—¿Todo listo, mister Carter?

El oficial comprobó una vez más los mandos y apoyó su mano derecha en una llave.

—Todo listo, mi capitán.

—De acuerdo. Enderece.

El oficial pulsó varias veces, experimentalmente, la llave que tenía debajo de sus dedos. No sucedió nada. El oficial frunció ligeramente el ceño. Pulsó de nuevo la llave. Y tampoco esta vez hubo respuesta.

—Enderece de una vez, mister Carter —dijo el capitán en tono irritado.

El oficial decidió tratar de enderezar la nave por el otro lado. Pulsó una de las llaves que tenía a su izquierda. Esta vez la respuesta se produjo casi inmediatamente. La nave dio un fuerte bandazo y se estremeció de popa a proa. La sacudida fue muy intensa.

Sólo el cinturón de seguridad mantuvo al oficial pegado a su asiento. Contempló estúpidamente los indicadores que tenía delante de él. En la pantalla las estrellas desfilaban como una lluvia de puntitos luminosos. El capitán contempló el espectáculo en ominoso silencio durante unos instantes y luego dijo fríamente:

—Tal vez cuando se haya divertido usted a sus anchas, mister Carter, se decidirá a enderezar la nave.

El oficial hizo un gran esfuerzo para recobrar el dominio de sí mismo. Pulsó otra llave. No ocurrió nada. Pulsó otra. Las saetas de los indicadores siguieron girando desordenadamente. Un leve sudor empapó la frente del oficial. Pulsó otra llave, y otra...

El capitán permanecía retrepado en su asiento contemplando el interminable desfile de los cuerpos celestes en la pantalla.

—¿Bueno? —inquirió secamente.

—No hay... respuesta, mi capitán.

El capitán Winkers se desató el cinturón de seguridad y se acercó al tablero de mandos, manteniendo la estabilidad gracias a sus suelas magnéticas. Se sentó al lado del oficial. Comprobó el indicador de combustible. Pulsó una llave. No se produjo ninguna sacudida: las saetas de los indicadores siguieron girando desordenadamente. Pulsó otras llaves, con el mismo resultado negativo. El capitán alzó la mirada y se encontró con los ojos del oficial. Al cabo de unos instantes se puso en pie y regresó a su mesa de mandos. Hizo girar un interruptor. Una voz penetró en la cámara:

—¿...podría saberlo? Lo único que sé es que me paso la vida en una condenada nave espacial y que...

—¡Jevons! —aulló el capitán.

La voz se interrumpió bruscamente.

—A sus órdenes, mi capitán —dijo en tono distinto.

—Los laterales no funcionan.

—No, mi capitán —dijo la voz.

—Despierte de una vez. Quiero decir que no pueden funcionar. Están agarrotados.

—¿Cómo? ¿Todos, mi capitán?

—Los únicos que responden son los laterales de babor... y aun de un modo deficiente. Será mejor que envíe a alguien para que les eche un vistazo. No me gusta esto.

—A sus órdenes, mi capitán.

El capitán volvió a hacer girar el interruptor, cortando la comunicación. Luego conectó los altavoces. Empuñó el micrófono.

—¡Atención! ¡Atención! Pueden desatarse los cinturones de seguridad y actuar normalmente. La modificación del rumbo ha sido aplazada. Les avisaré a ustedes cuando llegue el momento. Esto es todo.

El capitán y el oficial se miraron de nuevo. Sus rostros estaban serios y en sus ojos había una evidente preocupación.

* * *

El capitán Winkers dirigió una especulativa mirada a su auditorio, que incluía a todas las personas que iban a bordo del Falcon, catorce hombres y una mujer. Seis de los hombres eran su tripulación; el resto, pasajeros. El capitán les contempló mientras se acomodaban en el pequeño salón de la nave. Se hubiera sentido más dichoso si su cargamento hubiese consistido en más mercancías y menos pasajeros. Los pasajeros, no teniendo nada en que ocuparse, siempre estaban buscando el modo de crear complicaciones; y los hombres que iban a Marte, en calidad de mineros, de localizadores de minas o de aventureros simplemente, no eran fáciles de manejar.

La mujer podía haber provocado complicaciones de otro tipo a bordo. Afortunadamente, no se trataba de una rubia incendiaria, sino de una mujercita apacible y tranquila. De todos modos, se dijo el capitán mientras la contemplaba sentada al lado de su marido, Carter había dado en el clavo al decir que debajo de su aspecto de mosquita muerta podía haber una increíble obstinación. Extrañas criaturas, las mujeres. El capitán miró a su marido. Morgan era un hombre de buen aspecto, pero no había en él nada que justificara el hecho de que una mujer se decidiera a efectuar un viaje como aquél.

El capitán esperó hasta que hubieron terminado de acomodarse. Se produjo un denso silencio. Winkers dejó que su mirada se deslizara por los rostros de todos los presentes. Estaba muy serio.

—Mistress Morgan, señores —empezó—. Les he reunido aquí porque he creído oportuno que todos y cada uno de ustedes estuvieran al corriente de nuestra actual situación.

»Se trata de lo siguiente: nuestros tubos laterales han fallado. Por motivos que todavía no hemos conseguido descubrir han dejado de funcionar. En el caso de los laterales de babor, sabemos que se han averiado de un modo definitivo.

»Por si alguno de ustedes no sabe lo que eso significa, debo aclararles que la navegación del buque depende de los laterales. Los tubos motrices principales nos proporcionan el impulso inicial para el despegue. Después de haber proporcionado ese impulso quedan cerrados, dejándonos en situación de caída libre. Las posibles desviaciones en el rumbo trazado son corregidas mediante adecuados impulsos proporcionados por los laterales.

»Pero su utilidad no se limita a la corrección de las desviaciones. Son también esenciales para aterrizar, una operación muchísimo más complicada que la del despegue. Frenamos dándole la vuelta a la nave y utilizando el principal tubo motriz para regular la velocidad. Pero la tarea de mantener en equilibrio la enorme masa de la nave mientras desciende corresponde por entero a los laterales. Sin ellos, tal equilibrio resulta imposible.

Un silencio mortal planeó durante unos segundos en el salón. Luego, una voz preguntó, arrastrando las palabras:

—¿Trata usted de decirnos, capitán, que tal como están las cosas no podremos aterrizar?

El capitán Winkers miró al hombre que acababa de hablar. Era un hombre corpulento. Sin proponérselo, aparentemente, parecía ejercer una especie de dominio sobre los demás pasajeros.

—Eso es exactamente lo que he querido decir —respondió el capitán.

La atmósfera del salón se hizo más tensa. De cuando en cuando se oía el ruido de una respiración más agitada de lo normal.

El hombre que había hablado asintió con una expresión fatalista. Otro hombre preguntó:

—¿Significa eso que podemos estrellarnos contra Marte?

—No —dijo el capitán—. Si seguimos navegando como hasta ahora, podemos eludir el choque con Marte.

—Pero podemos chocar con los asteroides —sugirió otra voz.

—Eso es lo que podría ocurrir si no hiciéramos nada por evitarlo. Pero existe un medio para impedirlo, y no dejaremos de utilizarlo.

El capitán hizo una pausa, consciente de la atención que todos prestaban a sus palabras. Continuo.

—Todos ustedes habrán notado la peculiar conducta de la nave en estas últimas horas, sus bruscas y repentinas sacudidas. Esto se debe a la explosión de los laterales de babor. Es un sistema completamente heterodoxo de navegar, pero significa que por medio de un impulso proporcionado por nuestros tubos motrices principales en el momento preciso podemos modificar nuestro rumbo en la medida necesaria.

—¿Y hasta cuándo será eficaz ese sistema si no podemos aterrizar? —quiso saber alguien.

El capitán ignoró la interrupción. Continuó:

—He estado en contacto por radio con la Tierra y con Marte, y he informado acerca de nuestra situación. También les he informado de que estoy intentando seguir el único rumbo que se abre ante nosotros. Es decir, que trataremos de utilizar los tubos motrices principales para colocar la nave en órbita alrededor de Marte.

»Si conseguimos esto, habremos evitado dos peligros: el de salir disparados hacia el exterior del Sistema y el de estrellarnos contra Marte. Creo que existen muchas posibilidades de que podamos conseguirlo.

Cuando dejó de hablar, el capitán vio la alarma reflejada en varios rostros, en tanto que otros aparecían profundamente preocupados. Se dio cuenta de que mistress Morgan apretaba con fuerza la mano de su marido y que su rostro estaba un poco más pálido que de costumbre. El hombre corpulento rompió el silencio.

—Cree usted que existen posibilidades... —dijo.

—Sí. Pero no voy a tratar de engañarles diciendo que tengo una confianza absoluta. La cosa es demasiado grave.

—Y en el caso de que consigamos ponernos en órbita...

—Tratarán de mantener un contacto continuo con nosotros por medio del radar y nos enviarán ayuda en cuanto les sea posible.

—¡Hum! —murmuró el hombre que había hecho la pregunta—. ¿Qué opina usted personalmente de todo esto, capitán?

—Yo... Bueno, la cosa no va a resultar fácil. Pero estamos todos metidos en esto, de modo que voy a comunicarles lo que me han dicho. En el mejor de los casos, no podemos esperar que lleguen hasta nosotros durante algunos meses. La nave que acuda en nuestro auxilio tiene que llegar de la Tierra. Y los dos planetas han pasado ahora de la conjunción. Temo que esto signifique una larga espera.

—¿Podremos... podremos mantenernos hasta entonces, capitán?

—Según mis cálculos, podemos mantenernos a la espera durante diecisiete o dieciocho semanas.

—¿Y tendremos que esperar tanto tiempo?

—Probablemente.

El capitán rompió la pensativa pausa que siguió, diciendo en tono animado:

—No será cómodo ni agradable. Pero si cada uno de nosotros se atiene estrictamente a las medidas que se tomen, es posible que salgamos bien de esto. Hay tres cosas que son esenciales: aire para respirar... Afortunadamente, no tenemos que preocuparnos por esto. La planta de regeneración y los cilindros de repuesto nos proporcionarán el aire necesario. Agua... Será racionada. Dos cuartillos por persona cada veinticuatro horas para todas las necesidades. Por fortuna, podemos extraer agua de los tanques de combustible, ya que, de no ser así, la ración sería mucho menor. El problema más serio que se nos va a presentar es el de la comida...

Explicó sus propuestas en detalle y con paciente claridad. Al final añadió:

—Y ahora estoy dispuesto a contestar a sus preguntas.

Un hombre delgado, con el rostro curtido por el aire y el sol, preguntó:

—¿No existe ninguna esperanza de que los tubos laterales puedan volver a funcionar?

El capitán Winkers sacudió negativamente la cabeza.

—No hay que contar con esa posibilidad —dijo—. Los elementos impulsores de una nave no están construidos de modo que sean accesibles en el espacio. Lo intentaremos, desde luego; pero, aun en el caso de que consiguiéramos hacer funcionar los otros, nos resultará imposible reparar los laterales de babor.

El capitán respondió a las escasas preguntas que siguieron, procurando crear un clima de equilibrio entre el exceso de confianza y la desesperación. Las perspectivas no eran buenas. Antes de que pudiera llegarles una posible ayuda iba a necesitar de todas sus reservas de energía..., y entre dieciséis personas habría alguna más débil que las demás. La mirada del capitán Winkers se posó en Alice Morgan y en su marido, sentado junto a ella. La presencia de aquella mujer era, evidentemente, una posible fuente de dificultades. En una situación como la que se avecinaba, los hombres tendrían menos consideraciones respecto a ella... y menos escrúpulos.

Dado que la mujer estaba aquí, tendría que compartir las consecuencias en igualdad de condiciones con los demás. No podían concederse privilegios. En un momento de grave apuro cabía un gesto heroico; pero en la prolongada prueba a que iban a enfrentarse, el trato de preferencia a una persona podía crear una situación imposible. Hacerle concesiones a ella provocaría una reclamación de concesiones por parte de los demás, con las consiguientes complicaciones...

Igualarla en el trato con los otros era lo mejor que el capitán podía hacer por ella. Y al ver cómo estrechaba la mano de su marido y le miraba con los ojos muy abiertos en su rostro pálido, se sintió invadido por una honda preocupación.

Confió en que no sería la primera en desfallecer. Sería mucho mejor para la moral general que ella no fuera la primera...

* * *

No fue la primera. Por espacio de casi tres meses todo el mundo resistió.

El Falcon, por medio de unos hábiles impulsos proporcionados por los tubos motrices principales, había conseguido colocarse en órbita con Marte. Después de esto, poco era lo que la tripulación podía hacer por la nave. A una distancia de equilibrio se había convertido en un satélite menor, girando incesantemente sobre su ruta circular, destinada, sin apelación posible, a seguir girando de aquel modo hasta que llegara la ayuda... o para siempre...

A bordo, la complejidad de las sacudidas de la nave no era perceptible a menos que alguien abriera deliberadamente la portezuela de una mirilla de observación. Si alguien lo hacía, el movimiento del universo exterior producía tal sensación de aturdimiento, que se apresuraba a cerrar de nuevo la portezuela para conservar la ilusión de estabilidad del interior de la nave. Incluso el capitán Winkers y el primer oficial tomaban sus observaciones con la mayor rapidez posible, y experimentaban una sensación de alivio cuando cerraban la pantalla, por la cual se deslizaban las constelaciones en una zarabanda demencial, y podían refugiarse en la relatividad.

Para todos sus ocupantes, el Falcon se había convertido en un pequeño mundo independiente, muy acusadamente finito en el espacio... y apenas menos finito en el tiempo...

Era un mundo con un nivel de vida muy bajo; una comunidad de personas malhumoradas, con los vientres doloridos y los nervios en tensión. Era un grupo en el cual cada uno de los hombres examinaba con aire suspicaz la ración que le era entregada al hombre que tenía a su lado, esperando descubrir la más leve diferencia con respecto a la suya, y donde lo poco que comía con la mayor avidez no era suficiente para acallar los imperiosos rugidos de su estómago. Los hombres estaban hambrientos cuando se acostaban; y estaban más hambrientos cuando se levantaban después de haber soñado los más apetitosos manjares. Unos hombres que habían salido de la Tierra fuertes y robustos se habían convertido ahora en seres delgados y débiles, cuyos angulosos rostros tenían un tono grisáceo; los ojos relucían con un desusado brillo. Todos se habían ido debilitando. Los más débiles reposaban en sus camastros, sumidos en una especie de letargo. Los que conservaban un resto de sus fuerzas les miraban de cuando en cuando con una pregunta en sus ojos. No era difícil leer la pregunta: "¿Por qué tenemos que desperdiciar comida dándosela a este individuo? De todos modos, va a morirse de un momento a otro..."

La situación era peor de lo que el capitán Winkers había previsto. Se había producido un desastre. Las latas contenidas en varias cajas de provisiones se habían aplastado bajo la presión de las latas situadas encima de ellas en el momento del despegue. Y el capitán se había visto obligado a tirarlas sin que nadie se diera cuenta. De no haberlo hecho, los hombres hubieran consumido el contenido de aquellas latas, por agusanado que estuviera. Una de las cajas que figuraban en su inventario había desaparecido. El capitán no sabía cómo. La nave fue registrada de punta a punta sin resultado. La mayor parte de las provisiones de emergencia consistían en alimentos deshidratados, para los cuales no contaban con agua suficiente, de modo que resultaban muy indigestos. Además, habían sido embarcadas como un suplemento para el caso de que cualquier contingencia obligara a alargar unos días más el viaje, y no eran muy abundantes. En la carga de la nave había pocos artículos comestibles, y de éstos la mayor parte consistían en pequeñas latas de golosinas. En consecuencia, el capitán tuvo que reducir las raciones previstas para que durasen diecisiete semanas... y, aun así, no iban a durar tanto tiempo...

La primera baja no se produjo por enfermedad ni por desnutrición, sino a causa de un accidente.

Jevons, el mecánico jefe, sostenía que el único modo de localizar y reparar la avería de los laterales consistía en abrir un boquete en la sección impulsora de la nave. El boquete no podía ser abierto desde el interior. Pero, más que la necesidad de salir al exterior para practicar el boquete, a Jevons le fue discutida la conveniencia de utilizar un oxígeno, que en aquellos momentos era vital, para una operación cuyos resultados eran una incógnita. Jevons aceptó esta objeción, pero insistió en llevar adelante su plan.

—Muy bien —dijo hoscamente—. Estamos como ratas en una ratonera, pero Bowman y yo vamos a intentar abrirla, aunque tengamos que practicar el boquete a mano.

El capitán Winkers dio su visto bueno: no porque creyera en los resultados, sino porque mantendría ocupado a Jevons, y la operación, de todos modos, no podía empeorar la situación. Jevons y Bowman, pues, salieron de la nave embutidos en sus trajes espaciales y comenzaron su tarea. Esta, a base de sierra y de lima, fue penosamente lenta al principio, y fue haciéndose más lenta a medida que los dos hombres iban debilitándose.

Lo que estaba intentando Bowman cuando encontró la muerte sigue siendo un misterio. No había confiado en Jevons. La nave experimentó una fuerte sacudida y su estructura metálica vibró como si hubiera chocado contra un meteoro. Posiblemente fue un accidente. Lo más probable es que Bowman se hubiera impacientado, utilizando una pequeña carga de explosivos para abrir el boquete.

Por primera vez en varias semanas, las portezuelas de las mirillas de observación permanecieron abiertas mientras los ocupantes de la nave contemplaban ansiosamente el paisaje exterior y la loca zarabanda de las estrellas. Bowman estaba a la vista. Flotaba, inerte, a una docena de metros de la nave. Su traje espacial estaba deshinchado y en el material de su manga izquierda aparecía un enorme desgarrón.

La consciencia de que había un cadáver dando vueltas y más vueltas alrededor de la nave no era como para mejorar la ya quebrantada moral. Si se le empujaba, seguiría dando vueltas, aunque a mayor distancia. Algún día se inventaría algo para solucionar aquellos casos: tal vez un pequeño cohete que condujera los pobres restos a su último e infinito viaje. Entretanto, a falta de un precedente, el capitán Winkers decidió rendir al muerto el humilde homenaje de conservarlo a bordo. La cámara de refrigeración tenía que conservar los escasos alimentos que les quedaban, pero varios de sus departamentos estaban vacíos...

* * *

Había transcurrido un día y una noche —terrestres— desde que Bowman reposaba en la cámara refrigeradora, cuando alguien llamó tímidamente a la puerta de la sala de mandos. El capitán cerró el diario de a bordo en el que había estado anotando los últimos acontecimientos.

—Adelante —dijo.

La puerta se abrió lo suficiente para dar paso a Alice Morgan, la cual se deslizó al interior de la sala y cerró la puerta detrás de ella. El capitán quedó algo sorprendido al verla. Mistress Morgan se había mantenido cuidadosamente en último plano, hablando siempre a través de su marido. El capitán notó los cambios que se habían producido en ella. Estaba macilenta, como todos los ocupantes de la nave, y en sus ojos brillaba la ansiedad. También estaba nerviosa. Los dedos de sus delgadas manos se abrían y se cerraban alternativamente en una especie de tic. Era evidente que le costaba un esfuerzo hablar. El capitán sonrió para infundirle confianza.

—Siéntese, mistress Morgan —la invitó amablemente.

Alice Morgan cruzó la sala con un leve chasquido de sus suelas magnéticas y ocupó la silla que el capitán le señalaba, sentándose en el borde.

Permitir que hiciera aquel viaje había sido una inconcebible crueldad, pensó de nuevo el capitán. Cuando subió a bordo era una mujercita encantadora, pero todo rastro de encanto había desaparecido de ella. ¿Por qué no la había dejado su marido en el lugar que le correspondía: un hogar tranquilo, una amable rutina, una existencia que la pusiera a salvo de las preocupaciones y del temor? El capitán se sorprendió de nuevo de que aquella mujercita hubiera tenido la resolución y la resistencia necesarias para sobrevivir. tanto tiempo en las condiciones en que se encontraba el Falcon. Tal vez el destino hubiera sido más benévolo con ella no proporcionándole aquellas energías...

Le dirigió la palabra sin alzar la voz, como si temiera asustarla, ya que estaba sentada en el mismo borde de la silla, en la actitud de un pájaro dispuesto a emprender el vuelo a la primera señal de alarma.

—¿Qué es lo que puedo hacer por usted, mistress Morgan?

Los dedos de Alice se cruzaron y entrecruzaron. Abrió la boca para hablar y volvió a cerrarla.

—No resulta fácil decirlo —murmuró finalmente.

Tratando de ayudarla, el capitán dijo:

—No se ponga nerviosa, mistress Morgan. Dígame lo que desea. ¿Acaso alguien la ha estado... molestando?

Alice sacudió negativamente la cabeza.

—¡Oh, no, capitán Winkers! no se trata de nada de eso.

—¿Entonces?

—Se trata de... de las raciones, capitán. No tengo suficiente comida.

Todo rastro de amabilidad desapareció en el capitán.

—Ninguno de nosotros tiene suficiente comida —replicó fríamente.

—Lo sé —dijo Alice apresuradamente—. Lo sé, pero...

—Pero ¿qué? —inquirió el capitán.

Alice respiró profundamente.

—Ese hombre que murió, Bowman... He pensado que si pudieran darme sus raciones...

La frase quedó interrumpida ante la expresión que apareció en el rostro del capitán.

No estaba fingiendo. Estaba tan asombrado como revelaba su aspecto. De todas las desvergonzadas sugerencias que le habían dirigido en el curso de su vida, ninguna le había dejado tan atónito como la que acababa de oír. Los ojos de Alice se encontraron con los suyos, pero en los de la mujer no había el menor asomo de timidez ni de vergüenza.

—Tienen que darme más comida —dijo Alice en tono vehemente.

El enojo del capitán Winkers aumentó.

—De modo que ha pensado usted que podía aprovecharse de las raciones del muerto... Será mejor que no le diga lo que opino de su sugerencia, señora. Sólo quiero que comprenda esto: estamos aquí en absoluta igualdad de condiciones. La muerte de Bowman sólo significa para nosotros que tendremos la misma ración durante unos días más. Y ahora creo que será preferible que se marche.

Pero Alice Morgan no hizo el menor movimiento para irse. Permaneció sentada en el borde de la silla, con los labios fuertemente apretados, completamente inmóvil, excepto por el temblor de sus manos. Incluso a través de su indignación el capitán se sintió un poco sorprendido, como si contemplara un gato hogareño repentinamente convertido en un animal de presa.

Alice dijo obstinadamente:

—Hasta ahora no he pedido ningún privilegio, capitán. Y no pediría nada si no fuera absolutamente necesario. La muerte de ese hombre nos concede cierto margen. Y yo tengo que tener más comida.

El capitán se dominó con visible esfuerzo.

—La muerte de Bowman no nos concede ningún margen: lo único que ha hecho ha sido alargar por un par de días nuestras posibilidades de supervivencia. ¿Cree que los demás no necesitamos comer tanto como usted? En toda mi vida no había encontrado una...

Alice alzó su delgada mano para interrumpirle. La dureza de sus ojos hizo que el capitán se preguntara cómo era posible que en algún momento la hubiese considerado como una mujer tímida.

—Capitán Winkers: ¡míreme!

El capitán la miró y vio lo que ya había sospechado con anterioridad, lo que había impulsado a Alice Morgan a efectuar aquel absurdo viaje en compañía de su marido.

—¿Se da usted cuenta? —inquirió Alice—. Tiene usted que darme más comida. Mi hijo tiene que vivir.

El capitán guardó silencio. Luego cerró los ojos y se pasó la mano por la frente.

—Es una terrible complicación —murmuró.

Alice Morgan dijo muy seriamente, como si hubiese meditado ya aquella cuestión:

—No. No será terrible... si mi hijo vive.

El capitán la miró con expresión desconcertada, sin hablar. Alice continuó:

—Como puede ver, no voy a robarle nada a nadie. Bowman no necesita ya las raciones, pero mi hijo sí las necesita. En realidad, la cosa no tiene nada de complicada. ¿No le parece?

El capitán siguió sin hacer ningún comentario. Alice añadió:

—No pido ningún privilegio injusto. Después de todo, ahora soy dos personas, ¿no cree? Necesito más comida. Si no me la proporciona, asesinará usted a mi hijo. De modo que debe usted..., debe... Mi hijo tiene que vivir, tiene que vivir...

* * *

En cuanto Alice Morgan se hubo marchado, el capitán Winkers se secó la frente, abrió un cajón que siempre mantenía cuidadosamente cerrado y sacó una botella de whisky. Tuvo la necesaria fuerza de voluntad para beber únicamente un par de sorbos y devolvió la botella al cajón. El alcohol le reanimó un poco, pero en sus ojos seguía brillando la preocupación.

¿No hubiera sido más humano decirle a la mujer que su hijo no tenía ninguna posibilidad de venir al mundo? Eso hubiera sido más honrado..., aunque el capitán dudaba de que el camino de la honradez y de la sinceridad fuera el más apropiado para enfrentarse con el problema de aquel grupo de seres humanos. De haberle dicho a Alice que su hijo no iba a nacer, hubiera tenido que decirle por qué, y una vez ella hubiese sabido el porqué, le hubiera resultado imposible no revelárselo a su marido por lo menos. Y ello hubiese sido el comienzo de la catástrofe.

El capitán abrió el cajón superior de su mesa y contempló la pistola que había dentro. Siempre le quedaba ese recurso. Se sintió tentado de sacarla y utilizarla en aquel mismo instante. ¿Para qué prolongar el estúpido juego? Tarde o temprano tendría que llegar a eso. Contempló el arma con expresión vacilante. Luego introdujo la mano derecha en el cajón y empujó la pistola hasta el fondo, fuera de la vista. Cerró el cajón.

Pero no tardaría en llegar el momento. En cuanto su autoridad periclitara. No hay nada peor que un grupo de hombres que en su desesperación se consideran engañados. Llegaría el momento en que el capitán Winkers necesitaría la pistola para utilizarla contra ellos o contra sí mismo.

Si empezaban a sospechar que los estimulantes boletines que de cuando en cuando clavaba en el tablero de avisos de la nave eran falsos; si conseguían descubrir que la nave que debía acudir en su ayuda y a la cual creían en pleno espacio, viajando rápidamente hacia ellos, no había despegado aún de la Tierra, el Falcon iba a convertirse en un verdadero infierno.

Tal vez fuera conveniente que las instalaciones de radio sufrieran una avería irreparable...

* * *

—No se ha dado usted mucha prisa que digamos —gruñó el capitán Winkers.

Hablaba en aquel tono porque tenía los nervios a flor de piel, y no porque le importara en lo más mínimo el tiempo que sus subordinados se tomaran en cumplir una orden. El primer oficial no contestó. Sus botas produjeron un sonido metálico contra el suelo mientras cruzaba la habitación. Dejó caer una llave y una cadenita con una chapa de identidad sobre la mesa del capitán.

—Yo... —empezó a decir el capitán Winkers. En aquel momento se dio cuenta de la expresión del rostro del oficial—. ¿Qué es lo que pasa? —inquirió.

Experimentó cierto remordimiento. Necesitaba la chapa de identidad de Bowman para unirla al informe, pero no tenía verdadera necesidad de haber enviado a Carter a buscarla. El cadáver de Bowman no resultaba un espectáculo agradable para un hombre moribundo. Por eso le habían dejado en el refrigerador sin quitarle el traje espacial. De todos modos, no se le había ocurrido pensar que a Carter podía afectarle tanto el cumplimiento de aquella orden. Sacó una botella de whisky. La última botella.

—Será mejor que eche un trago —dijo.

El oficial bebió ávidamente y le devolvió la botella al capitán. Luego se cogió la cabeza entre las manos. Sin levantar la mirada, murmuró:

—Lo siento, señor.

—No tiene importancia, Carter. Mi encargo no fue demasiado agradable. Debí de hacerlo yo mismo.

Carter se estremeció ligeramente. Se produjo un breve silencio. Súbitamente el oficial alzó los ojos y se encontró con la mirada del capitán.

—No... no se trata sólo de eso, mi capitán.

El capitán pareció intrigado.

—¿Qué quiere usted decir? —preguntó.

Los labios del oficial temblaron. No consiguió formar adecuadamente las palabras y tartamudeó.

—Vamos, dómínese. ¿Qué está tratando de decir?

El capitán habló en tono rudo para aguijonear al oficial. Carter pareció recuperar el dominio de sí mismo. Sus labios dejaron de temblar.

—El cadáver..., el cadáver... —balbució, y luego, de un tirón—: El cadáver no tiene piernas, señor.

—¿Cómo? ¿Qué está usted diciendo? ¿Trata de insinuar que Bowman no tiene piernas?

—S-sí, mi capitán.

—No diga tonterías. Yo estaba presente cuando lo metieron en la cámara... y también usted estaba allí. Y tenía piernas.

—Sí, mi capitán. Entonces tenía piernas..., pero ahora no las tiene.

El capitán Winkers palideció intensamente. Durante unos segundos no se oyó en la sala más sonido que el tic-tac del cronómetro. Finalmente, el capitán consiguió balbucear dos palabras:

—¿Quiere decir...?

—¿Qué otra cosa podría ser, mi capitán?

—¡Dios mío! —murmuró el capitán Winkers.

Permaneció sentado, completamente inmóvil, con los ojos llenos de un indecible horror...

* * *

Dos hombres avanzaban silenciosamente, con sus suelas magnéticas envueltas en trapos. Se detuvieron ante la puerta de uno de los departamentos de la cámara de refrigeración. Uno de ellos sacó una pequeña llave. La deslizó en la cerradura, hurgó unos instantes en ella y la hizo girar. Cuando se abrió la puerta, una pistola disparó dos veces desde el interior de la cámara. El hombre que estaba junto a la puerta se estremeció y luego quedó flotando en el aire, completamente inmóvil.

Su compañero había quedado cubierto por la puerta medio abierta. Sacó una pistola de su bolsillo y deslizó el cañón por la rendija lateral de la puerta, apuntando al interior de la cámara. Apretó el gatillo dos veces.

Una figura embutida en un traje espacial salió del refrigerador y avanzó a través de la habitación tambaleándose. El hombre que empuñaba la pistola volvió a disparar. La figura se aplastó contra la pared, se encogió ligeramente y permaneció completamente inmóvil mientras el traje espacial empezaba a deshincharse.

La puerta por la cual habían entrado los dos hombres se abrió repentinamente. Desde el umbral, Carter empezó a disparar. Lo hizo una décima de segundo después del otro, pero siguió disparando...

Cuando su pistola estuvo vacía, el hombre que estaba enfrente de él se tambaleó extrañamente, anclado al suelo por sus botas magnéticas; pero no hizo ningún otro movimiento.

El oficial se apoyó con una mano en el marco de la puerta. Luego, lenta y penosamente, avanzó hacia la figura embutida en el deshinchado traje espacial. Consiguió destornillar el casco y sacarlo. El rostro del capitán estaba completamente gris. Sus ojos se abrieron lentamente. Susurró:

—¡El mando es suyo, Carter! ¡Buena suerte!

El oficial trató de contestar, pero las palabras quedaron ahogadas en su garganta por una bocanada de sangre. Sus manos se relajaron. En su uniforme, a la altura del pecho, una mancha oscura iba ensanchándose. Súbitamente su cuerpo quedó inerte, flotando junto al de su capitán...

* * *

—Creí que iban a durar un poco más de lo que han durado —dijo el hombre bajito, con el bigote color de arena.

El hombre que hablaba arrastrando las palabras le miró fijamente.

—¿De veras? —inquirió—. A lo mejor imaginaba usted que no iban a terminarse nunca...

El hombre bajito se relamió los labios con la punta de la lengua.

—Bueno —dijo—, estaba Bowman. Luego aquellos cuatro. Luego los dos que murieron. En total, siete.

—Exacto. En total, siete. ¿Y qué?, —preguntó el hombre robusto tranquilamente. No estaba tan robusto como antes, pero la estructura de su cuerpo seguía siendo poderosa. Bajo su intensa mirada, el hombre bajito pareció empequeñecerse todavía más.

—Ejem... Nada, nada —murmuró.

El hombre robusto miró a su alrededor contando las cabezas.

—De acuerdo —dijo—. Vamos a empezar.

Se produjo un intenso silencio. Los presentes contemplaron al hombre que llevaba la voz cantante con una especie de fascinación. Algunos se mordieron nerviosamente las uñas.

El hombre robusto se inclinó hacia adelante. Colocó un casco espacial, invertido, sobre la mesa. En su habitual tono dominante dijo:

—Cada uno de nosotros sacará un papel del interior del casco y no lo abrirá hasta que yo dé la señal. ¿Entendido?

Los presentes asintieron. Sus miradas, como hipnotizadas, no se apartaban del rostro del hombre robusto.

—Bien. Uno de los papeles está marcado con una cruz. Ray, cuente usted los papeles y asegúrese de que hay nueve.

—¡Ocho! —le interrumpió bruscamente la voz de Alice Morgan.

Todas las cabezas se volvieron hacia ella como impulsadas por un muelle. Los rostros expresaban el mayor de los asombros, como si sus dueños acabaran de oír rugir a una tórtola. Alice sostuvo valientemente aquellas miradas y apretó fuertemente los labios. El hombre robusto la miró fijamente en silencio.

—Bueno, bueno —dijo finalmente—. De modo que no desea usted participar en nuestro juego...

—No —dijo Alice.

—Hasta ahora lo ha compartido todo con nosotros en igualdad de condiciones. ¿Por qué no ha de seguir compartiéndolo?

—Porque no sería justo —dijo Alice.

El hombre robusto enarcó las cejas.

—¿Está usted apelando a nuestra caballerosidad, quizás?

—No —respondió Alice—. Estoy negando la equidad de lo que usted llama su juego. El que saque el papel marcado con una cruz morirá... ¿No es ése el plan?

—Pro bono publico -dijo el hombre robusto—. Lamentable, desde luego, pero desgraciadamente necesario.

—Pero si lo saco yo morirán dos. ¿Lo considera usted equitativo? —preguntó Alice.

El grupo de hombres pareció desconcertado. Alice esperó.

El hombre robusto guardó silencio. Por primera vez había quedado sin saber qué replicar.

—Bueno —dijo Alice—. ¿Tengo o no tengo razón?

Uno de los hombres rompió el silencio para decir:

—El problema del momento en que la personalidad, el alma del individuo toma forma, es muy discutible. Algunos sostienen que la existencia...

La voz del hombre robusto le interrumpió bruscamente.

—Vamos a dejar ese problema para los teólogos, Sam. El solucionarlo requeriría la sabiduría de Salomón. La cuestión a debatir es la reclamación de mistress Morgan para ser excluida del sorteo teniendo en cuenta su estado.

—Mi hijo tiene derecho a vivir —dijo Alice salvajemente.

—Todos nosotros tenemos derecho a vivir. Todos queremos vivir —dijo alguien.

—¿Por qué tiene usted...? —empezó otro, pero el hombre robusto intervino de nuevo.

—Un poco de calma, señores. Vamos a proceder con orden. Este problema debe solucionarse de un modo democrático. Lo someteremos a votación. La pregunta es: ¿Consideran ustedes que la reclamación de mistress Morgan es válida... o que debe ser incluida en el sorteo? Los que...

—Un momento —dijo Alice en un tono más firme del que hasta entonces había utilizado—. Antes de que empiece la votación creo conveniente que escuchen lo que tengo que decirles.

Miró a su alrededor, asegurándose de que contaba con la atención de todos los presentes. Contaba con ella, y también con su asombro.

—Antes que nada, quiero dejar bien sentado que yo soy mucho más importante que cualquiera de ustedes. No, no se rían. Lo soy, y les diré por qué.

»Antes de que la instalación de radio se estropeara...

—Antes de que el capitán la estropeara, querrá usted decir —puntualizó alguien.

—Bueno, antes de que quedara inservible —contemporizó Alice—, el capitán Winkers mantenía un contacto regular con la Tierra. Daba noticias nuestras. Las noticias que la prensa deseaba de un modo especial eran las que se referían a mí. Las mujeres, particularmente las mujeres que se encuentran en situaciones insólitas, son siempre noticia. El capitán me dijo que mi nombre figuraba en los titulares de todos los periódicos.

»Ustedes no son más que hombres..., armatostes como una nave. Yo soy una mujer y, en consecuencia, mi situación resulta romántica. Una muchacha joven, atractiva, encantadora... y así por el estilo —En su delgado rostro apareció por un instante la sombra de una tímida sonrisa—. Soy una heroína...

Hizo una pausa, dejando que la idea penetrara profundamente en sus cerebros. Luego continuó:

—Yo era una heroína incluso antes de que el capitán Winkers les dijera que estaba embarazada. Después de esto me convertí en un fenómeno. Llovieron las demandas para una entrevista conmigo. Escribí una serie de respuestas, y el capitán las transmitió. Los periodistas han entrevistado a mis padres y a mis amigos, a todos los que me conocían. Y ahora hay una enorme cantidad de gente interesada por mí. Y el interés es todavía mayor en lo que respecta a mi hijo..., el cual será probablemente el primer niño nacido a bordo de una nave espacial...

»¿Empiezan a darse cuenta? Podrán ustedes justificar ciertas cosas. Bowman, mi marido, el capitán Winkers y los demás murieron heroicamente cuando intentaban reparar los laterales. Se produjo una explosión y sus restos fueron proyectados al espacio...

»Pueden ustedes justificarse con eso. Pero si no queda rastro de mí ni de mi hijo —ni de nuestros cadáveres—, ¿cómo van a justificar nuestra desaparición? ¿Qué explicación van a dar?

Miró de nuevo los rostros vueltos hacia ella.

—¿Qué van ustedes a decir? ¿Que también yo estaba en el exterior de la nave tratando de reparar los laterales? ¿Que me suicidé lanzándome al espacio en un cohete?

»Piénsenlo un poco. Toda la prensa mundial está deseando saber noticias mías... con todos los detalles. Seré tema de una historia sensacional. Y si no aparezco en el momento del rescate, creo que los supervivientes no van a pasarlo muy bien. Les colgarán, les llevarán a la silla eléctrica..., suponiendo que antes no les hayan linchado...

Cuando Alice terminó de hablar, un pesado silencio planeó sobre los reunidos. La mayoría de los rostros mostraban el asombro de unos hombres rabiosamente atacados por un perrito pekinés, y nadie se atrevió a hacer ningún comentario.

El hombre robusto permaneció tan callado como los demás. Luego alzó la mirada y se frotó la barbilla con aire pensativo. Dirigió una mirada circular a sus compañeros y finalmente dejó que sus ojos descansaran en el rostro de Alice Morgan. Por un breve instante frunció la comisura de los labios en una especie de sonrisa.

—Mistress Morgan —declaró—, el foro perdió una gran figura con usted —Se volvió a los otros—. Tendremos que estudiar, de nuevo el caso antes de nuestra próxima reunión. Pero, de momento, Ray, asegúrese de que en el casco hay ocho papeles...

* * *

—¡Ahí está! —dijo el segundo de a bordo, por encima del hombro del piloto.

El piloto hizo un gesto irritado.

—Desde luego que está ahí. Sólo puede ser el Falcon. -Estudió la pantalla durante unos instantes—. No hay señales de vida. Todas las portezuelas están cerradas.

—¿Crees que hay alguna posibilidad?

—¿Después de tanto tiempo? No, Tommy, en absoluto. Supongo que nuestro papel será el de simples enterradores.

—¿Cómo vamos a arreglárnoslas para subir a bordo?

El piloto estudió atentamente la posición del Falcon.

—Bueno, no hay precedente ninguno, pero creo que si conseguimos rodear la nave con un cable, podremos arrastrarla poco a poco, como si fuera un enorme pez. Será algo difícil...

Resultó muy difícil. El lanzamiento del cable magnético falló cinco veces consecutivas. La sexta, logró establecer contacto. Pero, antes de que el cable quedara asegurado a la nave fantasma, transcurrieron largas horas de complicadas maniobras. Al final, la nave de rescate pudo acercarse al Falcon.

El capitán, el tercer oficial y el médico se colocaron los trajes espaciales y salieron al exterior. Ataron sus cinturones al cable, y así consiguieron abordar a la otra nave.

Antes de forzar la puerta, tenían que asegurarse de que la cámara reguladora de la presión estaba cerrada por dentro. Esto significaría que en el interior de la nave había aire, y que los motores seguían funcionando... El capitán aplicó un micrófono contra el casco, y escuchó. Su oído captó un leve zumbido.

—Los motores funcionan —anunció.

—Entonces, vamos a abrir la puerta —dijo el tercer oficial.

El soplete despidió una llama vivísima. Tras unos minutos de angustiosa espera, la puerta cedió, dejando un oscuro boquete en la brillante estructura metálica. Durante unos segundos, los tres hombres contemplaron la abertura con aspecto sombrío. Finalmente, el capitán dijo:

—Bueno, vamos a entrar.

* * *

El micrófono no recogió ningún sonido.

La voz del tercer oficial murmuró:

El silencio que reina en el cielo estrellado, la soñolienta paz de las solitarias colinas...

Súbitamente, la voz del capitán preguntó:

—¿Cómo está el aire, doctor?

El médico consultó sus aparatos.

—Normal —dijo, con cierta sorpresa—. La presión está un poco baja, eso es todo.

Empezó a quitarse el casco. Los otros le imitaron. Cuando se hubo quitado el suyo, el capitán hizo una mueca.

—Esto huele mal —murmuró—. Vamos a entrar —añadió, abriendo el camino hacia el salón.

La escena que se ofreció a sus ojos fue de lo más desagradable. A pesar de que la rotación del Falcon había quedado reducida al mínimo al ser atrapado por el cable magnético lanzado desde la nave de rescate, todos los objetos sueltos seguían girando hasta que encontraban una obstrucción sólida y emprendían un nuevo rumbo. El resultado era una mezcla heterogénea de cosas que danzaban en el aire grotescamente.

—Aquí no hay nadie —dijo el capitán—. Doctor, ¿cree usted...?

Se interrumpió al notar la expresión del rostro del médico. Siguió la dirección de su mirada. El médico estaba contemplando los objetos que danzaban en la estancia. Entre los libros, altas, botas, cartas y demás utensilios, su atención había quedado prendida en un hueso. Era un hueso largo, limpio, y alguien lo había roto.

El capitán inquirió:

—¿Qué es lo que pasa, doctor?

El doctor se volvió a mirarle y señaló el hueso con un gesto.

—Mire —dijo, con voz insegura—. Eso, Skipper, es un fémur humano.

* * *

El largo silencio que se produjo mientras contemplaban la espantosa reliquia quedó roto súbitamente. El sonido de una voz creció, débil, insegura, pero perfectamente clara. Los tres hombres se miraron con expresión de incredulidad mientras escuchaban:

> Duérmete, mi niño,
> duérmete, mi vida,
> mientras sopla el viento
> sobre la colina...

Alice estaba sentada en su camastro, meciendo a un bebé en su regazo. Sonrió, y alzó una diminuta mano hasta su mejilla, para palmearla mientras cantaba:

> Mientras sopla el viento
> sobre la colina,
> duérmete, mi niño,
> duérmete, mi vida...

Su canto quedó repentinamente interrumpido con el chasquido de la puerta al abrirse. Durante unos instantes, contempló a los recién llegados con la misma expresión de asombro con que los tres hombres la contemplaban a ella. Su rostro era una máscara, con la piel pegada a los prominentes huesos. Luego, la sombra de una expresión asomó a aquella cara impasible. Sus ojos brillaron. Sus labios se curvaron con la caricatura de una sonrisa.

Soltó el bebé que tenía entre sus brazos, y el niño quedó flotando grotescamente en el aire, cloqueando débilmente. La mujer deslizó su mano derecha debajo de la almohada del camastro y la sacó de nuevo, empuñando una pistola.

La negra forma de la pistola parecía enorme, completamente desproporcionada con la delgada y transparente mano que la empuñaba, apuntando a los recién llegados.

—¡Mira, hijo mío! —exclamó la mujer—. Mira lo que hay allí. Comida. Una estupenda comida...

SÓLO UNA MADRE

Judith Merril

Margaret alargó la mano hacia el otro lado de la cama, donde tenía que haber estado Hank. Tocó la almohada, e inmediatamente despertó del todo, preguntándose por qué conservaba la antigua costumbre, después de tantos meses. Trató de encogerse, como un gato, para acumular su propio calor, descubrió que no podía hacerlo ya, y saltó de la cama con una complacida conciencia del progresivo aumento del volumen de su cuerpo.

Los movimientos matinales eran como los de un autómata. Al pasar por delante de la cocinilla apretaba el botón que ponía en marcha la preparación del desayuno —el médico le había dicho que comiera mucho a la hora del desayuno—, y sacaba el periódico de la máquina que lo imprimía por radio. Doblaba cuidadosamente la amplia hoja de papel por la sección de «Noticias Nacionales», y la colocaba en una de las estanterías del cuarto de baño de modo que pudiera leerla mientras se limpiaba los dientes.

Ningún accidente. Ningún choque directo. Al menos, ninguno acerca del cual se informara oficialmente.

Ya ves, Maggie, que no hay motivo para preocuparse. Ningún accidente. Ningún choque. Tienes que creer lo que dice este encantador periódico.

Los tres repiqueteos procedentes de la cocina anunciaron que el desayuno estaba a punto. Margaret colocó un brillante mantel y unos platos de vivos colores en la mesa, en una vana tentativa de estimular un apetito matinal que no sentía. Luego, cuando ya no hubo nada que preparar, fue en busca del correo convencida que aquel día había una carta.

Estaba allí. Estaba allí. Dos facturas, y una nota preocupada de su madre:

«Querida, ¿por qué no me has escrito comunicándomelo antes? Estoy asustada, desde luego, pero, bueno, resulta desagradable hablar de estas cosas, pero, ¿estás segura que el médico está en lo cierto? Hank ha estado manejando todo ese uranio, o torio, o cómo diablos se llame, durante muchos años. Ya sé que tú dices que es un proyectista, no un técnico, y que no tiene que acercarse a nada que sea peligroso, pero ya sabes que solía hacerlo, cuando estaba en Oak Ridge. ¿No crees...? Bueno, desde luego, me estoy portando como una vieja estúpida, y no quiero que estés preocupada. Sabes mucho más que yo acerca del asunto, y estoy convencida del hecho que el médico tiene razón. Tiene que saberlo...»

Margaret le hizo una mueca al excelente café, y volvió a plegar el periódico, esta vez por la sección de noticias médicas.

¡Basta, Maggie, basta! El radiólogo dijo que el trabajo de Hank no entrañaba ningún riesgo para él. Y la zona bombardeada que cruzamos... No, no. ¡Basta ya! Lee las notas de sociedad o las recetas de cocina, muchacha.

Un conocido especialista en genética, en las noticias médicas, decía que era posible afirmar con absoluta certeza, a partir del quinto mes, si el hijo sería normal, o por lo menos si el cambio tendía a producir efectos extraños. De todos modos, los peores casos podían ser evitados. Desde luego, los cambios de menor importancia, tales como las desviaciones de los rasgos faciales o las modificaciones de la estructura cerebral no podían ser descubiertos. Y recientemente se habían producido algunos casos de fetos normales con miembros atrofiados que no se habían desarrollado más allá del séptimo o del octavo mes. Pero concluyó el médico alegremente, los peores casos podían ahora ser previstos e impedidos.

«Previstos e impedidos». Nosotros lo habíamos previsto, ¿no? Hank y los otros lo habían previsto. Pero no lo impedimos. Podíamos haberlo tenido en el 46 y el 47. Ahora...

Margaret decidió no desayunar. El café había sido suficiente desayuno para ella durante diez años; y lo sería también aquel día. Se abrochó los interminables pliegues de tela que, según le había asegurado el vendedor, eran la única cosa cómoda de llevar durante los últimos meses. Con una sensación de placer, olvidándose de la carta y del periódico, se dio cuenta del hecho que tenía que abrocharse ya el penúltimo botón de la cintura. Faltaba muy poco.

La ciudad, a primeras horas de la mañana, había tenido siempre un especial encanto para Margaret. La noche anterior había llovido, y las aceras estaban limpias y relucientes. El aire era fresco y oloroso, para una mujer criada en la ciudad, pese a la ocasional acritud del humo de las fábricas. Margaret recorrió a pie las seis manzanas que había desde su casa al lugar donde trabajaba, viendo apagarse las luces de las cafeterías abiertas toda la noche, y encenderse las luces de los oscuros interiores de las tabaquerías y tiendas de lavado en seco.

La oficina se encontraba en un nuevo edificio del Gobierno. Margaret subió hasta el piso catorce en el ascensor, y se instaló detrás de su mesa-escritorio, al final de una larga hilera de mesas idénticas.

Cada mañana, el montón de documentos que la esperaban era un poco más alto. Aquellos eran, como todo el mundo sabía, los meses decisivos. La guerra podía ser ganada o perdida en aquella oficina lo mismo que en las otras oficinas y en el propio frente. La Dirección había enviado a Margaret allí cuando su antiguo trabajo en el departamento de envíos se hizo demasiado fatigoso para ella. El calculador era fácil de manejar, y el trabajo era absorbente, aunque no tan excitante como su antigua tarea. Pero en aquellos días no podía dejarse de trabajar. Todo el que podía hacer algo era necesario.

Y —Margaret recordó la entrevista con el psicólogo— *yo pertenezco probablemente al tipo inestable. Quién sabe la clase de neurosis que me acometería si me estuviera sentada en casa, leyendo aquel periódico sensacionalista...*

Se sumergió en el trabajo sin continuar el pensamiento.

Febrero, 18

Querido Hank,
Sólo unas líneas..., desde el hospital, nada menos. Me sentí repentinamente enferma en la oficina, y el médico dijo que era algo del corazón. Me resulta insoportable la idea de permanecer tendida en una cama semanas enteras, esperando..., aunque el doctor Boyer parece creer que la cosa no será tan larga.
Por aquí hay demasiados periódicos. Más infanticidios cada vez, y, al parecer, no se encuentra un jurado que los condene. Los que lo hacen son los padres. Menos mal que tú no estás aquí, por si...
¡Oh, querido! Esta no es una broma divertida, ¿verdad? Escribe tan a menudo como puedas. ¿Lo harás? Tengo demasiado tiempo para pensar. Pero, en realidad, todo marcha bien, y no hay ningún motivo de preocupación.
Escribe pronto, y recuerda que te quiero.

Maggie.

SERVICIO TELEGRÁFICO ESPECIAL —21 de febrero de 1953
22:04   LK37G

De: Téc. Teniente H. Marwell
X47-016   CGNY

A: Sra. H. Marwell
Hospital deMujeres
Nueva York

RECIBÍ AVISO MEDICO PUNTO LLEGARE CUATRO DIEZ PUNTO CORTO PERMISO PUNTO ÁNIMOS MAGGIE PUNTO CARIÑO HANK

Febrero, 25

Querido Hank,
¿De modo que no pudiste ver a la niña, después de todo? Parece mentira que un lugar como éste no disponga al menos de mirillas en las incubadoras, de modo que los padres puedan echar una mirada, aunque las pobres madres no puedan hacerlo. Me han dicho que no la veré hasta dentro de una semana, o quizás más..., pero, desde luego, mamá siempre me decía que me movía demasiado y que me exponía a tener la niña demasiado pronto. ¿Por qué debe tener siempre razón?
¿Viste a la enfermera que han puesto aquí? Parece un sargento. Supongo que sólo atiende a las que ya han dado a luz, y que no la dejan acercarse a las que todavía esperan..., pero en una sala de maternidad no deberían permitir

que hubiera una mujer como ésa. Está obsesionada con las mutaciones, y no sabe hablar de otra cosa. ¡Oh! Bueno, la nuestra es completamente normal, aunque haya llegado antes de tiempo.

Estoy cansada. Me advirtieron que no me sentara tan pronto, pero tenía que escribirte. Todo mi amor, querido.

Maggie.

Febrero, 29

Querido,

¡Por fin he podido verla! Es verdad todo lo que dicen acerca de los recién nacidos y de la cara que sólo una madre puede amar..., pero allí está, querido, con ojos, orejas y narices —¡no, solamente una!— en los lugares donde tienen que estar. Hemos tenido mucha suerte, Hank.

Temo haber sido una paciente insoportable. No he dejado de importunar a la enfermera que parece un sargento y que tiene la manía de la mutación, insistiendo en que quería ver a mi hija. Finalmente vino el médico a «explicármelo» todo, y dijo un montón de tonterías, la mayoría de las cuales no conseguí entender, porque eran realmente incomprensibles. Lo único que saqué en limpio es que la niña no tendría que estar en la incubadora; pero que estaba allí porque creían que era «más prudente».

Creo que al oír eso me puse un poco histérica. Supongo que se encontraba más preocupada de lo que estaba dispuesta a admitir, pero lo cierto es que chillé un poco. Siguió una conferencia de esas susurradas detrás de la puerta, y al final la Mujer de Blanco dijo: «Bueno, a fin de cuentas, tal vez sea mejor así».

Me encuentro terriblemente débil aún. Volveré a escribirte pronto. Te quiere,

Maggie.

Marzo, 8

Querido Hank,

Bueno, la enfermera estaba equivocada si te dijo eso. De todos modos, es una idiota. Es una muchacha. Es más fácil hablar con un bebé que con un gato, y yo lo sé. ¿Qué te parece el nombre de Henrietta?

Vuelvo a estar en casa, y muy atareada. En el hospital son unos despistados. He tenido que aprender por mí misma a bañar a la niña y a hacerlo todo. Cada día es más bonita, ¿sabes? ¿Cuándo tendrás un permiso, un verdadero permiso?

Te quiere,

Maggie.

Mayo, 26

Querido Hank,
Tendrías que verla ahora..., y la verás. Voy a enviarte un rollo de película en color. Los camisones que lleva, llenos de bordados, son un regalo de mamá. ¿Verdad que está bonita? Pues, espera a verla personalmente...

Julio, 10
...Lo creas o no, tu hija puede hablar. Y no me refiero a los balbuceos de los pequeñines. Lo descubrió Alice —está en el departamento de odontología de la WAC, ¿sabes?—, y cuando oyó a la niña soltando lo que yo creía que eran los balbuceos propios de su edad, dijo que Henrietta sabía palabras y frases, pero que no podía pronunciarlas claramente porque aún no tiene dientes. Voy a llevarla a un especialista...

Septiembre, 13
...¡Tenemos una niña prodigio, querido! Ahora que le han salido los dientes de leche habla de un modo absolutamente claro y —una nueva habilidad— puede cantar. Me refiero a que es capaz de seguir una melodía. ¡A los siete meses! Querido, sería completamente feliz si pudiera tenerte en casa.

Noviembre, 19
...al fin. La pequeña estaba demasiado ocupada con sus habilidades, y no encontraba el momento de aprender a arrastrarse... El médico dice que el desarrollo, en estos casos, es siempre irregular...

SERVICIO TELEGRÁFICO ESPECIAL — 1 de diciembre de 1953

08:47   LK59P

De: Téc. Teniente H. Marwell

X47-016   CGNY

A: Sra. H. Marwell
Apt. K-17
504 E. 19 St.
Nueva York

SEMANA PERMISO EMPIEZA MAÑANA PUNTO LLEGARE AEROPUERTO DIEZ CINCO PUNTO NO VAYAS ESPERARME PUNTO CARIÑO CARIÑO CARIÑO HANK

Margaret dejó salir el agua de la bañera de plástico hasta que sólo quedaron unas pulgadas en ella, y a continuación sujetó a la serpenteante niña.

—Creo que la cosa iba mejor cuando estabas retrasada, jovencita —le dijo alegremente a su hija—. Ya sabes que no puedes arrastrarte dentro de la bañera.

—Entonces, ¿por qué no me metes en la bañera grande?

Margaret estaba acostumbrada a las salidas de tono de la niña, pero de cuando en cuando la tomaban por sorpresa. Envolvió la masa de carne sonrosada en una toalla, y empezó a frotar.

—Porque eres demasiado pequeña, y tu cabeza es muy blanda, y las bañeras grandes son muy duras.

—¡Oh! ¿Cuándo podré meterme en la bañera grande?

—Cuando la parte exterior de tu cabeza sea tan dura como la parte interior, sabihonda —Alargó la mano hacia un montón de ropa limpia—. No puedo comprender —añadió, prendiendo la tela de un pañal al camisón con un imperdible— cómo una niña tan inteligente como tú no es capaz de aprender a llevar los pañales igual que los otros niños. Han sido utilizados durante siglos, con resultados completamente satisfactorios.

La niña no se dignó contestar; había oído aquella queja con demasiada frecuencia. Esperó pacientemente hasta que su madre terminó de arreglarla. Entonces la obsequió con una sonrisa que hacía pensar a Margaret, inevitablemente, en un dorado rayo de sol acariciando un prado cubierto de rosas. Recordó la reacción de Hank ante las fotografías en color de su hermosa hija, y aquel pensamiento le hizo darse cuenta de lo tarde que era.

—Hay que acostarse, tesoro. Cuando despiertes, tu papá estará aquí.

—¿Por qué? —preguntó el cerebro de cuatro años, entablando una batalla perdida de antemano para mantener despierto el cuerpo de diez meses.

Margaret se dirigió a la cocina y reguló el cronometrador para el asado. A continuación, sacó sus ropas del armario: vestido nuevo, zapatos nuevos, combinación nueva, todo nuevo, comprado hacía unas semanas y guardado para el día en que llegara el telegrama de Hank. Se detuvo a sacar una hoja de la máquina de imprimir y, con las ropas y el periódico, se dirigió al cuarto de baño.

Con el cuerpo sumergido en el agua tibia y perfumada —un lujo excepcional—, hojeó el periódico con cierta indiferencia. Aquel día, al menos, no tenía necesidad de leer las noticias nacionales. Había un artículo de un especialista en genética. Las mutaciones, decía, estaban aumentando de un modo desproporcionado. Era demasiado pronto para hablar de recesivas; incluso los primeros mutantes, nacidos en los alrededores de Nagasaki y de Hiroshima en 1946 y 1947, eran demasiado jóvenes para procrear. Pero mi cuerpo está en

perfectas condiciones. Al parecer, la causa de aquellas anomalías había que atribuirla a algunas radiaciones liberadas por las explosiones atómicas. Mi niña es normal. Precoz, pero normal. Si se hubiera prestado más atención a las mutaciones japonesas, decía...

Apareció aquella breve noticia en los periódicos, en la primavera del 47. Fue cuando Hank se marchó de Oak Ridge. «Únicamente un dos o tres por ciento de los culpables de infanticidio son descubiertos y castigados actualmente en el Japón...» Pero MI NIÑA es completamente normal.

Margaret estaba vestida, peinada y lista para el último toque con el lápiz de labios, cuando sonó el timbre de la puerta. Margaret se quedó inmóvil, con el corazón palpitante, y por primera vez en dieciocho meses oyó el casi olvidado ruido de una llave girando en la cerradura antes que el eco del timbre se hubiera apagado del todo.

—¡Hank!

—¡Maggie!

Y entonces no hubo nada que decir. Tantos días, tantos meses de pequeñas noticias acumulándose, de pequeñas cosas que contarle, y ahora lo único que podía hacer era permanecer en pie, mirando un uniforme caqui y un rostro pálido y desconocido. Margaret resiguió los rasgos con el dedo del recuerdo. La misma nariz aguileña, los mismos ojos pardos, las mismas cejas finamente dibujadas... El pelo un poco más escaso ahora encima de la ancha frente... Pálido... Desde luego, había vivido bajo tierra durante todo aquel tiempo.

Margaret tuvo tiempo de pensar todo esto antes que la mano de su marido llegara a tocarla, antes de corresponder a su abrazo. No había nada que decir, porque no había necesidad de decir nada. Estaban juntos, y de momento les bastaba con ello.

—¿Dónde está la niña?

—Durmiendo. Se despertará de un momento a otro.

No había prisa. Sus voces eran tan tranquilas como en una conversación cotidiana, como si la guerra y la separación no existieran. Margaret recogió el abrigo que Hank había tirado en la silla que estaba junto a la puerta, y lo colgó cuidadosamente en el perchero del recibidor. Luego fue a vigilar el asado, dejando que su marido recorriera la casa solo, recordando y adaptando su mente a los recuerdos. Le encontró, finalmente, inclinado sobre la cuna de la niña.

Margaret no podía ver su rostro, pero no necesitaba verlo.

—Creo que ya podemos despertarla...

Margaret tiró de las ropas de la cuna, destapando el pequeño bulto blanco. Unos ojos soñolientos y grises se abrieron, lentamente.

—¡Hola! —La voz de Hank tenía cierto acento de inseguridad.

—¡Hola! —La voz de la niña era más segura que la de su padre.

Hank había oído hablar de ello, desde luego, pero no era lo mismo oírlo. Se volvió ávidamente hacia Margaret:

—¿Puede realmente...?

—Desde luego que puede, querido. Pero, lo que es más importante, puede hacer incluso cosas normales como hacen los otros niños, incluso travesuras. ¡Mira cómo se arrastra!

Margaret puso a la niña sobre la cama grande.

Durante unos instantes, Henrietta permaneció tendida boca arriba, mirando a sus padres con expresión dubitativa.

—¿Arrastrarme? —preguntó.

—Eso es. Papá no te ha visto aún hacerlo...

—Entonces, dame la vuelta y ponme sobre mi barriguita.

—¡Oh! Desde luego.

Margaret le dio media vuelta a la niña.

—¿Qué es lo que pasa? —La voz de Hank seguía siendo normal, pero una corriente subterránea empezaba a cargar la atmósfera de la habitación—. ¿Es que no sabe dar la vuelta sola?

—Esta niña —Margaret no parecía darse cuenta de la tensión—, esta niña hace las cosas cuando quiere hacerlas.

El padre de aquella niña contempló con ojos llenos de ternura cómo serpenteaba el pequeño cuerpo, deslizándose a través de la cama.

—¡Vaya con la granujilla! —rió—. Parece que está tomando parte de una carrera de sacos. Vamos a sacarle ya los brazos fuera de las mangas.

Se inclinó sobre el lecho y tomó el lazo que había en el extremo del largo camisón.

—Yo lo haré, querido.

Margaret trató de adelantarse a su esposo.

—No seas tonta, Maggie. Esta puede ser tu primera hija, pero yo he tenido cinco hermanos.

La apartó, riendo, y alargó la otra mano hacia el lazo que cerraba una manga. Después de hacerlo, introdujo la mano por la abertura, en busca de un brazo.

—Cualquiera que te viera arrastrándote —le dijo a la niña con fingida severidad, mientras su mano tocaba un inmóvil muñón de carne en el hombro—, creería que eres un gusano, utilizando tu barriguita para arrastrarte, en vez de usar las manos y los pies.

Margaret les miraba a los dos, sonriendo.

—Espera a oírla cantar, querido...

La mano derecha de Hank descendió desde el hombro en busca del brazo, y se detuvo en el muñón, cuyos músculos se pusieron rígidos mientras trataban de escapar a la presión de aquella mano. Hank dejó que sus dedos se deslizaran de nuevo hasta el hombro. Luego volvió a sacar la mano de la abertura de la manga. Con infinito cuidado, deshizo el lazo que cerraba el camisón por debajo. Su esposa estaba de pie junto a la cama, diciendo:

—Sabe cantar el Jingle Bells, y...

La mano izquierda de Hank se deslizó por debajo de la suave tela del camisón y avanzó hacia el pañal que cubría el extremo inferior de su hija. Ni una arruga. Ni...

—Maggie... —Su garganta estaba seca; las palabras surgían con dificultad, en tono ronco—. Maggie. —Hablaba muy lentamente, como si se recreara en el sonido de cada una de sus palabras. Su cabeza era un torbellino, pero necesitaba saber, tenía que saber—. Maggie, ¿por qué..., por qué no me lo habías dicho?

—¿Decirte qué, querido? —La actitud de Margaret era la inmemorial actitud paciente de la mujer enfrentada con la infantil impulsividad del hombre. Su repentina carcajada resonó fantásticamente espontánea y natural en aquella habitación; Margaret había comprendido—. ¡Oh! ¿Está mojada? No lo sabía...

Margaret no lo sabía. Las manos de Hank se deslizaron arriba y abajo por el sedoso cuerpo infantil, por el sinuoso cuerpo sin extremidades. ¡Dios mío! ¡Dios mío! Sus músculos se contrajeron, en un amargo espasmo de histeria. Sus dedos apretaron la sonrosada carne de su hija. ¡Dios mío! Margaret no lo sabía.

PUNTO MUERTO

Judith Merril

I

Le dieron helados, y le besaron, y las Personas Importantes que habían ido a cenar sonrieron de un modo especial mientras su madre se lo llevaba del salón y le acompañaba a su dormitorio.

«Tienes un gran chico», le dijeron a Jock, su padre, y «Es un chico muy serio, ¿verdad?» Jock no dijo nada, pero Toby supo que sonreía, con aspecto complacido y turbado a la vez. Luego sus voces cambiaron. Aquello significaba que habían empezado a hablar de los importantes acontecimientos que habían hecho reunirse a las Personas Importantes.

En su habitación, Toby se deslizó entre las sábanas, y aspiró el olor a polvos y a perfume de su madre, mientras ésta se inclinaba sobre él para darle un precipitado beso de despedida. Aquella noche sería inútil pedirle que le contara un cuento. Toby permaneció inmóvil y esperó hasta que su madre hubo cerrado la puerta detrás de ella y se alejó, clic-tap, tip-clac, sobre sus altos tacones plateados. También ella había percibido el cambio de tono en las voces, y se apresuraba a fin de no perder nada de lo que decían. Toby se levantó y abrió la puerta del dormitorio, sólo una rendija, sentándose después junto a ella, para escuchar.

En el gran salón cuadrado, entre los abstractos dibujos de color gris, bermellón y chartreuse, los hombres y las mujeres se movían a sus anchas entre actos familiares. Café, coñac, cigarrillos, puros. Busque su pareja, escoja su asiento.

Jock estaba arrellanado en el diván tapizado de pana roja. Tim O'Heyer, menudo, moreno, nervioso, se balanceaba en el borde del mismo diván, envuelto en el humo de su cigarro. Gordon Kimberley casi aplastaba el gran butacón con la inmensa mole de su persona. Ben Stein, velludo y ajado como siempre, deslizaba una mano a través de sus cabellos una y otra vez. Estaba apoyado en el antepecho de una ventana y su mano libre descansaba en el respaldo de la silla en la cual estaba sentada su esposa Sue, erguida e impecable, embutida en un elegante vestido negro que hacía resaltar su esplendorosa belleza rubia. La señora Kimberley, luciendo un collar de perlas que hacía juego con su imponente figura, era la única persona «extraña» en la casa. Estaba de pie cerca del umbral de la puerta del salón, admirando cortésmente la galería de arte personal de Toby, mientras Allie Madero se esforzaba en explicarle cada una de las «obras maestras».

Ruth Kruger permaneció inmóvil un momento, contemplando su habitación y sus invitados. Eran ocho, incluida ella misma, y todos Personas

Importantes. En la familiar comodidad de su propio salón, la idea le hizo sonreír. Allie y la señora Kimberley se volvieron hacia ella, con expresión interrogante. Ruth Kruger se echó a reír y se encogió de hombros, incapaz de explicarlo, y las tres mujeres cruzaron la habitación para reunirse con los demás.

* * *

—Energía y valor —dijo O'Heyer a través de la nube de humo—. ¿Cómo lo consigues, Jock? Salir de un lugar como éste hacia..., Dios sabe qué.

—Suerte —rectificó Jock—. Un lugar como éste ayuda mucho. Soy el niño mimado del mundo, y estoy enterado de ello.

—A eso se le llama tener fe —intervino Ben—. Jock se limita a creer que seguirá gozando de la misma suerte que tuvo el año pasado.

—Depende de lo que usted entienda por suerte. Si cree que es la suma resultante de unos poderes de predicción, más habilidad personal, más información exacta, más...

—Encanto, y nervio, y...

—Energía y valor —repitió Tim, interrumpiendo al interruptor.

—De todo eso, de acuerdo —convino Ben—. Suerte es una palabra tan buena como cualquiera para designar la mezcla.

—Todos nosotros somos personas afortunadas —intervino Allie—. Hemos tenido la suerte de nacer en la época adecuada con el sueño adecuado. A cualquiera de nosotros, hace cincuenta años, le hubieran llamado extravagante visiona...

—Cualquiera de nosotros —afirmó Kimberley—, hace cincuenta años, hubiera tenido un sueño distinto..., de acuerdo con la época.

Jock sonrió, y les dejó hablar, sin intervenir demasiado en la conversación. Escuchó sentencias filosóficas, y cumplidos, y especulaciones y comentarios, cómodamente hundido en el diván de su propio salón, dejando que su mente vagara entre las dos existencias que vivía: aquélla allí..., y la perfecta frialdad matemática de la bestia metálica que sería su hogar pasados tres días.

Acarició la mano de su esposa, y ella se volvió a mirarle. Sin duda aquél era un hombre que tenía todo lo que el mundo podía ofrecerle.

* * *

Cuando se marcharon todos, Jock se dirigió a la habitación de Toby, recogió al chiquillo, que se había quedado dormido en el suelo, y lo metió en la cama. Toby se despertó lo suficiente para agarrar la mano de su padre y preguntarle, recordando el tema de la conversación en el instante en que le había vencido el sueño:

—Papá, si el universo no tiene fin, ¿cómo puede saber uno dónde se encuentra?

—¿Cómo? —preguntó Jock—. Yo, por ejemplo, estoy exactamente en el centro del universo.

—¿Cómo lo sabes?

Su padre le palmeó ligeramente el pecho.

—Porque ahí es donde se encuentra el centro. —Jock sonrió y se puso en pie—. Y ahora a dormir, jovencito. Buenas noches.

Y Toby se durmió, mientras el universo giraba con todos sus misterios alrededor del pequeño centro que Jock Kruger había señalado.

—¿Asustado? —preguntó ella, más tarde, en el silencio de su dormitorio.

Él tuvo que pensar la respuesta.

—Creo que no. Me parece que debería estarlo, pero no lo estoy. Creo que no lo intentaría, si no estuviera completamente seguro—. Estaba casi dormido cuando la idea penetró en su cerebro: miró a su esposa y vio que estaba tendida boca arriba, con los ojos muy abiertos, completamente despierta—. ¡Nena! —exclamó, en tono casi acusatorio—. ¡Nena! Tú no estás asustada, ¿verdad?

—No, si tú no lo estás —dijo ella.

Pero nunca habían podido mentirse el uno al otro.

II

Toby estaba sentado en la plataforma, al lado de su abuela. Estaba en la segunda fila, inmediatamente detrás de su madre y de su padre, y esto le permitía retozar un poco, o susurrar. Ellos no podían oír lo que se hablaba a espaldas suyas, y lo que ellos decían no tenía ningún sentido para Toby. Pero, de cuando en cuando, su abuela le agarraba fuertemente la mano, y Toby comprendió lo que significaba: su papá iba a marcharse otra vez.

La mano de su abuela era muy blanca, con diminutas pecas rojizas y de color canela, y unas grandes venas azules que sobresalían más que las arrugas de su piel siempre que apretaba la mano de su nieto. Más tarde, mientras se dirigían al lugar donde estaba el cohete apuntando al cielo, Toby se tomó de la mano de su madre; era lisa, y fría, y morena, toda de un color, y no se aferraba a la suya del modo que lo hacía la de la abuela. Más tarde aún, las dos manos de su padre, alzándole del suelo para besarle, eran mayores y más morenas que las de su madre, no tan lisas, y los dedos eran más fuertes, tan fuertes que a veces producían dolor.

Le montaron en un ascensor y le enseñaron el interior del cohete, donde su padre se sentaría, y donde estaban almacenadas las provisiones, para un caso de emergencia, dijeron, y la radio, y todo. Luego llegó el momento de la despedida.

Al principio, su padre se reía, y Toby trató de reír también, pero en realidad no deseaba que su padre se marchara. Su padre le besó, y Toby casi se echó a llorar porque le apretaba la cara contra su áspera mejilla, y los fuertes dedos se le clavaban. Luego, su padre dejó de reír y le miró muy seriamente.

—Ahora, tienes que cuidar de tu madre —le dijo—. Ya eres un hombrecillo.

—De acuerdo —dijo Toby.

La última vez que su padre se marchó en un cohete, Toby no había cumplido aún los cuatro años, y le fastidiaron con el verso del libro que decía: James James Morrison Morrison Weatherby George Dupres, cuidó muy bien de su madre a la edad de sólo tres... De modo que a Toby no le gustó demasiado lo que su padre le estaba diciendo, porque sabía que no hablaba en serio.

—De acuerdo —repitió. Y, como estaba furioso, añadió:

—En realidad, será ella la que tendrá que cuidar de mí, ¿no es cierto?

Sus padres se echaron a reír, y lo mismo hicieron los dos hombres que estaban allí, de pie, esperando despedirse de su padre. Toby se retorció entre los brazos de su padre, y él lo dejó en el suelo.

—Te traeré un trozo de la Luna, hijo mío —le dijo.

Y Toby contestó:

—Muy bien, de acuerdo.

Alargó la mano en busca de la de su madre, pero tuvo que tomarse a la de su abuela, porque mamá y papá se estaban besando y se habían olvidado por completo de él.

Toby pensó que nunca iban a terminar de besarse.

* * *

Ruth Kruger estaba en la torre de control, con su hijo a un lado, y Gordon Kimberley, respirando pesadamente, al otro. Hay algo que no marcha como es debido, pensó, esta vez hay algo que no marcha como es debido. Y luego, rápidamente, ¡No debo pensar de este modo!

¿Sería que deseaba que algo no marchara debidamente, sólo porque aquella vez no lo había hecho todo ella, porque Argent había colaborado?, se preguntó.

Pero, si algo no marcha como es debido, rogó, que sea ahora inmediatamente, de modo que le impida despegar. Si algo no marchaba como era debido, que fuera en el encendido, o en el... ¿qué? Incluso ya era demasiado tarde. La bestia era demasiado grande, y demasiado delicada, y demasiado precisa. Si algo no marchara debidamente, incluso en aquel momento era peligroso. Era...

Usted no hubiera terminado aquel pensamiento. No lo hubiera terminado si hubiese sido Ruth Kruger, y su marido fuera Jock Kruger, y nadie más que ustedes dos supieran el valor que se necesita para dar dos veces la vuelta a la Luna, y para disponerse a aterrizar en ella. Cuando un hombre sabe que la fe de su esposa es indestructible, tiene que regresar (Pero: «¡Nena! Tú no estás asustada, ¿verdad?»).

Dos veces alrededor de la Luna, y le llamaban Saltarín Jock. Nadie ignoraba quién pilotaba el KIM-V, la bestia más maravillosa y de mayor tamaño de la época. Kruger y Kimberley, O'Heyer y Stein. Un grupo invencible. Siempre ganaban. Siempre. Sin duda alguna.

—Menos cinco... —dijo alguien a través de un micrófono, y se hizo un gran silencio—; Cuatro..., tres...

(Pero Jock me apretó demasiado, y se echó a reír demasiado fuerte...)

—...Mar...

Nunca podía oírse toda la palabra, porque el rugido de la bestia le dejaba a uno sordo.

Lo hizo porque pensó que yo estaba asustada, se respondió a sí misma.

No tardó en restablecerse el silencio, y Ruth tomó la mano de Toby y la apretó fuertemente, fuertemente...

—¡Perfecto! —suspiró Gordon Kimberley—. ¡Perfecto!

Si algo no marchaba bien, no se había manifestado aún.

Ruth inclinó la mirada hacia Toby.

—Vamos —le dijo—. Te compraré un helado.

Toby dirigió a su madre una mueca que quería ser una sonrisa. Todo el día había tenido un aspecto muy raro, pero ahora volvía a estar normal.

—Hemos preparado unos combinados para la prensa en la sala de conferencias —dijo Kimberley—. Creo que encontraremos algo que le guste a Toby.

—Buenoooo... —Ruth no deseaba tomar un combinado, ni deseaba hablar con la prensa—. Creo que esta vez podríamos ahorrarnos...

—No les sentaría bien... —empezó el hombre; y en aquel momento se presentó Tim O'Heyer.

—Vamos, Ruth —dijo—. Tu marido me ha encargado que vele por ti mientras él está fuera.

Y le dirigió un guiño amistoso.

Ruth se echó a reír. Luego se inclinó hacia Toby.

—¿Qué prefieres, Toby? ¿Quieres que nos marchemos a casa, o que vayamos a la reunión?

—Me da lo mismo —contestó el chiquillo.

Tim le tomó de la mano.

—Vamos a tener una especie de reunión aquí, y luego creo que iremos a cenar a algún sitio, y todo el mundo estará en vela hasta que tu papá llegue a la Luna. Esto será muy tarde. No creo que desees velar hasta entonces, ¿verdad?

Cualquier otro que hubiese hablado a Toby de aquel modo hubiera provocado su mal humor, pero Tim era un amigo, amigo de Toby también. Ruth no deseaba ir a la reunión, pero recordó que habían estado planeando algo por el estilo, y puesto que Toby empezaba a mostrarse impaciente, y era importante tener a la prensa de su parte...

—Usted gana, O'Heyer —dijo—. ¿Quiere hacer el favor de enviar a alguien a buscar un helado? —Miró a su hijo—. De fresa, ¿verdad?

Toby asintió. Ruth sonrió, y todos se encaminaron hacia el lugar donde se celebraba la reunión.

* * *

—Bueno, jovencito... —Toby pensó que el hombre pelirrojo del traje marrón era probablemente lo que ellos llamaban un periodista, pero no estaba seguro—. ¿Qué me dices? ¿Vas a acompañar a tu padre la próxima vez?

—No lo sé —respondió Toby cortésmente—. Supongo que no.

—¿No deseas ser un astronauta tan famoso como tu papá? —le preguntó una mujer desconocida, vestida de un modo muy raro.

—No lo sé —murmuró Toby, y miró a su alrededor en busca de su madre, pero no pudo verla.

Siguieron preguntándole cosas como aquéllas. Papá le había dicho que era demasiado pequeño para ir a la Luna. Y toda aquella gente debería haberse dado cuenta.

* * *

Jock Kruger pasó rápidamente de la fastidiosa oscuridad a la luz. En cuanto pudo mover la cabeza, empezó a manipular los mandos del tablero que tenía delante de él. Adquirió plena consciencia de la nave, de sus necesidades, tensiones y movimiento, antes de adquirir plena consciencia de sí mismo, de su ingrávido cuerpo, de su objetivo o de sus recuerdos.

Pero tuvo consciencia de sí mismo como una parte de la nave antes de recordar su nombre. Cuando percibió que tenía una cara, y unas manos, aquellas partes estaban ya ocupadas alimentando el cerebro de la bestia con un estimulante cuidadosamente preparado, contenido en una especie de biberón colgado en frente de su cabeza.

Con su dedo índice, apretó un botón colocado en uno de los brazos del asiento que le mantenía en una inmóvil seguridad.

—¡Eh! —dijo—. ¿No hay nadie a la escucha?

Volvió a apretar el botón con un dedo y esperó.

No mucho tiempo.

—¡Gracias a Dios! —exclamó alguien a través del altavoz—. Esta vez ha tardado usted mucho en establecer contacto, Jock ¿Alguna dificultad?

—Ninguna, que yo sepa. ¿Cuánto hace que he salido?

—Veintitrés minutos, dieciocho segundos, en el momento de establecer contacto. ¿Quiere leerme los datos?

Metódicamente, en orden, leyó los datos y las cifras de los instrumentos del tablero de mandos, que le iban informando de la reacción de cada músculo y nervio y órgano vital de la enorme bestia ante el viaje. Lo hizo lentamente y con una absoluta concentración. Luego, al terminar, se arrellanó en el asiento y empezó a interrogarse acerca de aquella pérdida temporal de memoria que había sufrido. Hasta entonces no le había sucedido nunca. En el resumen informativo que acababa de enviar a la Tierra no hablaba de ello.

Una nave distinta..., hombres distintos. Dos años y medio de diferencia. Años de vida fácil y..., ¿de envejecer? ¿Demasiado viejo para aquel juego?

138

¡Veintitrés minutos!

La última vez fueron menos de diez. La primera vez quizás 90 segundos más. No tenía importancia, desde luego, en el momento del despegue. No tenía nada que hacer entonces. Ni ahora. Nada, durante cuatro horas más. Estaba allí para hacer regresar a la bestia...

Sonrió, y volvió a sentirse Jock Kruger. Recobró por completo su identidad. Esta vez estaba allí para llevar a la bestia hasta un lugar en el cual no había estado nunca ningún hombre ni ninguna bestia. Esta vez llegarían a la Luna.

III

Ruth Kruger sorbió un combinado y murmuró respuestas a los admiradores, a los curiosos, a los envidiosos y a los malintencionados que le formulaban preguntas. Estaba esperando algo, y al cabo de un interminable espacio de tiempo Allie Madero vino a decírselo.

Al ver la sonrisa que iluminaba el rostro de su amiga mientras cruzaba la habitación, supo que se había producido lo que esperaba. Luego, la confirmación en voz baja.

—¿No ha transcurrido... demasiado tiempo? —preguntó Ruth. No había consultado su reloj intencionadamente, pero estaba segura del hecho que había transcurrido más tiempo del normal.

Allie dejó de sonreír.

—Veintitrés —dijo.

Ruth se sobresaltó.

—¿Cómo...?

—Calcúlalo tú. Yo no puedo.

—En la nave no hay nada. Quiero decir que no se ha cambiado nada que justifique la demora. —Sacudió lentamente la cabeza. Esta vez no conocía la nave lo suficientemente como para hablar con tanta seguridad. Podía haber algo. ¡Oh, Jock!—. No lo sé —dijo—. Ha habido demasiada gente trabajando en esto. Yo...

—¡Señora Kruger! —Era el periodista pelirrojo, el insoportable—. Acabamos de obtener la información acerca del retraso en establecer contacto. Me gustaría que hiciera una declaración, si no le importa, en su calidad de diseñadora de la nave...

—Yo no he diseñado esa nave —replicó fríamente Ruth.

—Pero ha trabajado usted en el diseño, ¿no es cierto?

—Sí.

—Bien, entonces, que usted sepa...

—Que yo sepa, en el diseño no hay ningún cambio que justifique la prolongada inconsciencia del señor Kruger. De haber existido esa posibilidad, la prensa hubiese sido informada.

—Señora Kruger, me gustaría preguntarle si cree usted que las innovaciones introducidas por el señor Argent pueden...

—Déjela en paz, ¿quiere? —intervino Allie, tratando de suavizar la tensión con una sonrisa; pero Ruth se dio cuenta del hecho que su amiga ardía de rabia, lo mismo que ella—. Al fin y al cabo, un retraso de diez minutos no tiene nada de asombroso. Y si quiere martirizar a alguien por ello, ¿por qué no se dirige a alguien que no esté casado con Kruger? —Se volvió hacia Ruth antes que el hombre pudiera contestar—. ¿Dónde está Toby?

—Está en el vestíbulo —se apresuró a decir el periodista—. Por lo menos, allí estaba hace un momento...

Ruth y Allie se marcharon sin aguardar a oír el resto de la información. El pelirrojo había estado hablando con el chiquillo. Quién sabe los que ahora estarían mareándole.

—Creí que Tim estaba con él —dijo Ruth en tono cansado; luego pareció recordar algo, y se volvió para decir—: Para su conocimiento, señor..., uh..., puedo decirle que el trabajo del señor Argent me parece perfecto, en todos los sentidos.

Luego se marchó en busca de su hijo.

* * *

No había nada que hacer ni nada que ver, a excepción de comprobar los instrumentos del tablero de mandos, y volverlos a comprobar. Numerosas estaciones de radio estaban sintonizadas con la frecuencia de la nave. Podía transmitir para ellas, pero no quería hacerlo. Estaba pensando.

Pensando en el pasado, y en el futuro, y en el instante presente. Pensando en la repentina rigidez del cuerpo de Ruth cuando dijo que no estaba asustada, y en la gran casa de la colina, y en el cortés asentimiento de Toby cuando le ofreció traerle un trozo de Luna a su regreso.

Pensando en que Toby se haría mayor algún día, y en lo poco que conocía a su hijo, y en lo que harían los dos, Toby y Ruth, si algo...

Hasta entonces, nunca había pensado de aquel modo. Nunca había pensado en nada, excepto en que regresaría, porque no podía permanecer lejos. Era así de sencillo. Y ahora tampoco podía permanecer lejos. Esto no había cambiado. Pero mientras estaba sentado allí, silencioso e inmóvil, se le ocurrió que en esta ocasión había algo que se escapaba a sus cálculos. Habían estado hablando de la suerte; sí, había tenido suerte. Pero, ¿qué era lo que había dicho Sue acerca de una suma resultante? Allí había algo más a tener en cuenta, algo más que los propios reflejos y la potencia de la bestia. Allí estaban los elementos exteriores. Espacio..., medio ambiente..., Dios..., destino.

Él no podía permanecer lejos..., pero quizá podía ser mantenido lejos.

Hasta entonces, nunca había pensado de aquel modo.

* * *

—¿Estás cansado, cariño?

—No —dijo Toby—. Estoy aburrido de esta reunión. Quiero ir a casa.

—Pronto nos marcharemos, Toby.

—Es una reunión estúpida. Y tú me dijiste que me comprarías un helado de fresa.

—Y lo he hecho, querido —dijo Ruth pacientemente—. Al menos, si no te lo he comprado yo, he hecho que te lo compraran. Te lo han dado, ¿no es cierto?

—Sí, pero tú dijiste que ibas a comprármelo tú.

—Mira. ¿Por qué no apoyas la cabeza en mi regazo y tratas...?

—¡No soy ningún niño! Además, ya te he dicho que no estoy cansado.

—De acuerdo. Pronto nos marcharemos. Quédate sentado aquí, en el diván, y no hables con nadie si no tienes ganas. ¿Sabes lo que voy a hacer? Voy a buscarte una revista, o un libro, o algo que puedas mirar, y...

—No quiero revistas. Quiero mi libro de piratas.

—Quédate aquí un momento. No te muevas, y así podré encontrarte. Voy a traerte algo.

Ruth se puso en pie y se dirigió hacia la otra parte del edificio, donde estaban los empleados, y recogió una colección de octavillas y grabados con fotografías de cohetes correo y naves de transporte y jets y fantásticos dibujos de cohetes lunares, y regresó con ellos al pequeño vestíbulo donde había dejado a su hijo.

Por el camino consultó su reloj. Veintisiete minutos más. No había ningún motivo para creer que algo no marchaba bien.

* * *

Estaban descendiendo. El cuerpo de un hombre no está dotado para captar el sentido direccional, hacia dónde o desde dónde, arriba o abajo, sin la ayuda de hitos o de la gravedad. Pero el cuerpo de la bestia estaba proyectado para conocer tales cosas; y Kruger, en el centro nervioso, sabía todo lo que sabía la bestia.

La nave es extensión de uno mismo, y uno mismo es —¿extensión o limitación?— de la nave. Si Jock Kruger es el centro del universo —¿recuerdan la última noche después de la reunión, al recoger a Toby del suelo?—, la nave es extensión de uno mismo, y el hombre es el cerebro de la bestia. Pero, si la nave es universo —evidentemente continuo—, entonces, el hombre del asiento es una condición limitadora del universo. Un freno humano. Jock Kruger estaba allí para detener a la bestia donde la bestia no «quería» detenerse.

¿Y si no se detenía? ¿Y si había decidido convertirse en un universo libre, dotado de autodeterminación?

Jock sonrió, y empezó a regular los mandos. Su momento se estaba acercando. Podía medirse en minutos, y luego en segundos... ¡Ahora!

Su mano se tendió hacia la palanca de encendido (pero, ¿de qué estaba asustada Ruth?), la agarró, y apretó.

* * *

Las reuniones de las personas mayores en casa eran divertidas. Pero en lugares como aquél, eran estúpidas. Toby se despertó a medias en el camino de regreso a su casa, lo suficiente para comprobar que el que conducía era su tío Tim y que no iban en su propio automóvil.

Él estaba sentado en el asiento delantero, al lado de su madre, con la cabeza apoyada en su costado. Trató de mantenerse despierto, para escuchar lo que decían, pero no estaban hablando, de modo que se dispuso a dormir de nuevo.

Entonces, tío Tim dijo:

—Por Dios, Ruth. Está a salvo, y si sucediera algo, no sería por culpa tuya. Tiene provisiones suficientes para resistir hasta que...

—¡Ssssh! —dijo su madre bruscamente. Y luego, susurrando—: Lo sé.

Toby se despertó.

—Mamá...

—¿Sí, cariño?

—¿Irá papá directamente a la Luna?

—S... sí, querido.

—¿Dónde está?

—¿Dónde está qué?

—La Luna.

—¡Oh! Ahora no podemos verla, querido. Está al otro lado de la Tierra.

—Bueno, ¿cuándo va a regresar?

Silencio.

—¡Mamá! ¿Cuándo?

—Tan pronto como..., en cuanto pueda, querido. Ahora procura dormir.

* * *

La Luna estaba alta en el cielo, un plateado balón colgado del firmamento. Cuando era una niña, Ruth solía decir que amaba al hombre de la Luna, y ahora el hombre de la Luna la amaba también. Si ella siguiera siendo una niña, alguien la llevaría a la cama, y acariciaría su cabeza, y le diría que se durmiera, y ella se dormiría tan fácilmente, respirando de un modo tan acompasado, como Toby...

Pero ya no era una niña, había crecido, y se había casado con el hombre de la Luna, y el sueño podía ir y venir, pero el sueño no se quedaba nunca con ella cuando la luz de la Luna brillaba en los cristales de la ventana.

Ruth se quedó en pie ante la ventana abierta y su mente dirigió un mensaje por el camino de luz hacia arriba, hacia el hombre de la Luna.

«Querido Jock: Tim dice que no sería culpa mía, y no puedo explicárselo ni siquiera a él. Lo siento, querido. Tienes que vivir hasta que podamos llegar a rescatarte.»

IV

La superficie de la mesa brillaba en relucientes fajas claras y oscuras, iluminada por la luz que llegaba a través de las persianas de plástico. Los amplios sillones estaban vacíos, esperando, y frente a cada uno de ellos, dispuestos con la precisión de la vajilla en una cena de protocolo, estaba el inevitable taco de papel amarillo, dos lápices con la punta recién hecha, un pequeño montón de cuartillas mecanografiadas, un cenicero de cristal y un reluciente vaso para agua, vacío. En el centro de la mesa, debidamente espaciadas, habían tres jarras de cristal llenas de hielo y agua.

Ruth fue la primera en llegar. Se detuvo frente a un sillón, hojeando las cuartillas en las cuales alguien (¿Allie se habría levantado muy temprano para tenerlo todo a punto?) había mecanografiado los detalles de los acontecimientos del día anterior. «Para refrescar su memoria», era la fórmula habitual.

Se sirvió un vaso de agua y, con una sensación de culpabilidad, volvió a dejar la jarra en el lugar exacto donde había estado; encendió un cigarrillo, y contempló desolada cómo la cerilla encendida manchaba el impoluto cenicero; arrastró el sillón debajo de ella y se sentó.

Recogió las cuartillas mecanografiadas y les echó un vistazo. Las de abajo llevaban el encabezamiento: «Recomendaciones de la U. S. Rocket Corps para facilitar la construcción del KIM-VIII.» Aquello podía esperar. Sería preferible enterarse del contenido de las cuartillas de encima mientras estaba sola.

Leyó lenta y cuidadosamente, tratando de retener en la memoria cada una de las frases, de modo que cuando llegara el momento de hablar pudiera creer que había ocurrido de aquel modo, por causas externas, en vez de recordar cómo había sucedido para ella.

En el informe no había nada que Ruth no supiera ya.

* * *

Jock Kruger había despegado en el KIM-VII a las 5.39 de la tarde, en el momento en que se ponía el sol. El primer informe después de recobrarse de la pérdida temporal de memoria había llegado a las 6.02. Las primeras lecturas de los instrumentos no daban pie para creer que existía alguna dificultad. Los subsiguientes informes y lecturas fueron, tratándose de Kruger, anormalmente protocolarios y poco frecuentes; pero el contacto tierra-a-nave a intervalos de veinte minutos había sido reconocido. No había motivo para creer que Kruger se enfrentaba con alguna dificultad.

A las 11.54 una tentativa de llamar a la nave quedó sin respuesta durante cincuenta y seis segundos. El radiotelegrafista había descrito la voz de Kruger como «irascible» cuando finalmente llegó la respuesta, pero lo único que dijo fue: «Lo siento. Estaba poniendo en marcha el primer freno.» Luego unas cifras y una rápida lectura..., todo completamente normal.

La Tierra acusó recibo de la comunicación y esperó.

Dieciocho segundos más tarde:

«Segundo freno.» Más cifras. De nuevo, todo absolutamente normal. Pero veinte segundos después la llamada fue completada:

«Aquí Kruger. ¿Hay algo equivocado en la información que he facilitado?»

«Tierra a Kruger. Todo correcto en nuestro libro. ¿Alguna dificultad?»

«No pierda el contacto conmigo, muchacho. Estoy despistado.»

«¿Quiere comprobar el rumbo?»

«Puedo calcularlo más rápidamente aquí. Voy a darle los datos. Adviértame si no coinciden con los del libro.»

Más cifras, y los cálculos de Kruger coincidían exactamente con los que se habían efectuado rápidamente en la base. Ambas partes llegaron a la misma conclusión, y ambas partes sabían lo que ello significaba. El hombre que se encontraba en el interior de la bestia frenó otra vez, y otra vez, y aterrizó.

No había ningún motivo para creer que la nave o el piloto habían sufrido daños. No había modo de comprobarlo. De acuerdo con los mejores cálculos, estaban a cinco grados de arco del lado oscuro. Y no era posible que Kruger tuviera suficiente combustible para salir de allí. Lo último que la Tierra había oído, antes que el borde de la Luna interrumpiera la transmisión de Kruger, fue:

«Lo siento, muchachos. Creo que esta vez me he atascado. Busquen el modo de llegar hasta aquí y...»

* * *

Uno a uno ocuparon los asientos: Gordon Kimberley en un extremo, y el coronel en el otro; Tim O'Heyer a un lado de Kimberley, y Ruth al otro; Allie, con su bloc y su lápiz preparados, a continuación de Tim; seguía el ayudante del coronel con su pequeña y silenciosa máquina de escribir delante de él; los Stein al otro lado, a continuación de Ruth. Con un mínimo de formalidades, Kimberley abrió la reunión y presentó al coronel Swenson.

El coronel se aclaró la garganta.

—Desearía exponer algo —dijo—. Desde el primer momento quiero que quede claro. Estoy aquí para ayudar, no para entorpecer el camino. Mi presencia no significa ninguna censura por parte de los Servicios Armados. Estamos completamente satisfechos del trabajo que han realizado ustedes.

Se aclaró de nuevo la garganta y Kimberley aprovechó la ocasión para puntualizar:

—Creo que vio usted nuestros planos, coronel. Todo fue revisado y aprobado por su departamento antes de ser puesto en marcha.

—Exactamente. Lo que entonces nos pareció bien, nos lo sigue pareciendo ahora. Lo que importa es el programa espacial. La recuperación de Kruger es importante no sólo por motivos humanitarios (disculpe, señora Kruger, si le parezco brutal), sino por el programa. La opinión pública, por ejemplo. ¿No es eso, señor O'Heyer? Y además tenemos que descubrir lo que ha sucedido.

»He venido aquí para ofrecerles cualquier ayuda que podamos prestar para la recuperación de la nave y para hacer una sugerencia que puede facilitar las cosas.

Hizo una pausa, esta vez deliberada.

—Adelante, coronel —dijo Tim—. Le estamos escuchando.

—Resumiendo, la proposición consiste en que todos ustedes acepten unos cargos provisionales mientras el proyecto se pone en marcha. En el informe que tienen ante ustedes se habla de los detalles del plan. Espero que lo encontrarán aceptable. Todos ustedes saben que existe una gran cantidad (temo que necesaria) de galones rojos, como ustedes los llaman, y de «conductos reglamentarios» en los Servicios. Esto hace que la colaboración entre grupos civiles y militares resulte difícil. Si podemos unirnos..., unir nuestros esfuerzos...

Esta vez nadie dijo nada. El coronel se aclaró la garganta una vez más.

—Quizá sea preferible que lean todo el informe antes de seguir discutiendo. Lo único que quería era darles a conocer la actitud con la cual les dirigimos la proposición...

—Gracias, coronel —dijo O'Heyer—. He tenido ya la oportunidad de ver el informe. No sé de nadie más que la haya tenido, a excepción de la señorita Madero, desde luego. Pero yo, personalmente, aprecio su actitud. Y creo que puedo hablar también en nombre del señor Kimberley.

Dirigió una mirada a su jefe. Gordon asintió.

—Lo que desearía sugerir —continuó O'Heyer—, puesto que he leído ya el informe, y creo que a los demás les gustaría tener la oportunidad de echarle una ojeada, es que..., tal vez le gustaría a usted echar un vistazo a nuestras instalaciones. Yo puedo acompañarle...

—Gracias. Lo haré con mucho gusto... —El coronel se puso en pie, y su dorado uniforme del Rocket Corps resplandeció a la claridad que penetraba por la ventana—. Si me permite decírselo, señor O'Heyer, parece usted sumamente sensato, tratándose de un..., bueno, de un hombre que se dedica a la publicidad.

—Esto es muy halagador para mí, coronel —rió O'Heyer—. Aunque no creo que la publicidad sea un trabajo tan despreciable como algunos creen. También usted parece un hombre sensato..., tratándose de un oficial del Ejército.

Todos se echaron a reír, y Tim acompañó al glorioso resplandor afuera de la estancia, mientras el resto de los reunidos se quedaban a estudiar la proposición del Rocket Corps. Cuando hubieron leído el informe, Kimberley habló lentamente, expresando la reacción general:

—No me gusta tener que admitirlo, pero lo encuentro aceptable.

—Lo han enfocado bastante bien, ¿no es cierto? —dijo Ben—. Nos lo han presentado como una proposición en vez de forzarnos a aceptarlo.

Kimberley asintió.

—Había tenido muy poco contacto con el coronel Swenson. Es un hombre con el cual se puede trabajar. Me parece..., me parece aceptable, esto es todo.

—Al menos sobre el papel —puntualizó Sue.

—Bueno, Ruth... —Kimberley se volvió hacia ella esperando—. No has dicho nada.

—A mí..., a mí me parece bien —dijo Ruth. Y añadió—: Frankly, Gordon, no creo que esté obligada a expresar mi opinión. Después de todo no estoy completamente segura del motivo por el cual me encuentro aquí.

Allie alzó vivamente la mirada con expresión interrogante. Sue empujó su butaca hacia atrás y se incorporó a medias.

—¡Dios mío! No irás a decirnos que quieres separarte de nosotros...

—Yo... Bueno, todos ustedes saben que la última vez fue muy poco lo que hice. La parte principal del trabajo recayó sobre Andy Argent, y lo hizo muy bien por cierto. Tengo que pensar en Toby, y...

—Chica, sabes que te necesitamos —protestó Sue—. Esta vez Argent no puede hacer nada; tenemos que hacer otro Tres, sin tripulante, con mandos a distancia... Esta es tu especialidad. Es...

Se dejó caer en su asiento; no había nada más que decir.

—Es cierto, Ruth. —Tim había regresado sin que se dieran cuenta. Tomó asiento—. Lo que ahora cuenta es la rapidez. Por eso hemos metido al Ejército en el asunto. Porque lo hemos metido, ¿verdad?

Kimberley asintió.

—Si estás con nosotros —continuó Tim, dirigiéndose a Ruth—, tendremos un equipo perfecto. Con alguien nuevo..., bueno, ya sabes las dificultades que tuvimos hasta que Sue aprendió a descifrar los garabatos de Argent, y cómo volvían loco a Ben las notas a lápiz de Andy. Esta vez ni siquiera podemos utilizarlo. No es su especialidad. Hizo un buen trabajo, hay que reconocerlo, pero...

Se interrumpió y miró a Kimberley.

—Espero que decidas trabajar con nosotros —dijo Kimberley sencillamente.

—Sí..., desde luego; si es el mejor modo de hacerlo rápidamente, de acuerdo —dijo Ruth—. Trabajaré veintiocho horas al día si es necesario.

Tim sonrió.

—Creo que podemos dejar entrar ya al coronel...

Se puso en pie y se encaminó hacia la puerta.

Tenemos que hacer otro Tres... Las palabras de Sue bailaron en su mente mientras el coronel y su ayudante entraban en la estancia y volvían a ocupar sus lugares, y unas voces murmuraban frases corteses.

Otro Tres: la primera nave que Ruth había diseñado para Kimberley. La nave que la había hecho rica y famosa, aunque esto no tenía importancia si se consideraba que había sido la nave que llevó a Jock a su lado, que le hizo escribir la carta, que hizo que ella le conociera, que había conducido al KIM-V y al KIM-VI, y ahora...

«Tengo algunas ideas para una nave tripulada por un hombre —le había escrito Jock—. Si pudiéramos vernos para discutirlas...»

—...me alegra saber que trabajará usted con nosotros, señora Kruger.

Ruth volvió vivamente la cabeza y recobró la consciencia del lugar en que se encontraba.

—Gracias, coronel. Deseo ser útil en lo que esté a mi alcance.

V

La madre de James James Morrison se puso una bata dorada...

Toby se lo sabía todo casi de memoria. El niño del poema le decía a su madre que no fuera al final de la ciudad, dondequiera que estuviese, sin llevarle a él. Y ella dijo que no iría, pero se puso aquella bata dorada y se marchó, creyendo que estaría de regreso a la hora del té. Pero no regresó. No regresó nunca. La vieron por última vez vagabundeando sin rumbo fijo, al parecer... El Rey John dijo que lo sentía mucho...

¿Quién es el Rey John? ¿Y cuál es la hora del té?

Toby estaba sentado muy quieto al lado de su madre, en el asiento delantero del automóvil, y miró de soslayo el dorado uniforme que ella llevaba, y no pudo encontrar el modo de formular las preguntas que bullían en su cerebro.

¿Dónde estaba el padre de James James? ¿Por qué James James era el único que no quería que su madre fuera al final de la ciudad?

—¿Estás ahora en el Ejército, mamá? —preguntó.

—Bueno..., hasta cierto punto. Pero no por mucho tiempo, querido. Sólo hasta que papá regrese.

—¿Cuándo va a regresar papá?

—Pronto. Espero que pronto. No tardará mucho.

No lo decía convencida. Su voz sonaba un poco ronca, como la voz de la abuela y de las otras ancianas. Y el dorado uniforme no le sentaba bien. Cuando besó a su hijo delante de la escuela, su aspecto no era normal. Ni siquiera olía igual que de costumbre.

—Adiós, hijo mío. Hasta la noche —dijo: las palabras que siempre decía..., pero que esta vez sonaron de un modo distinto.

—Adiós.

Cruzó la verja, recorrió el sendero de grava que conducía a la puerta principal y siguió el pasillo hasta llegar a la sala pintada con colores vivos donde la profesora estaba esperando. La señorita Callahan era encantadora. Aquel día también era encantadora. Los otros muchachos le fastidiaban diciéndole que era el favorito de la profesora. A la hora de comer regresó a la clase antes que nadie y se dedicó a dibujar en el suelo con tizas de colores. Era lo peor que podía habérsele ocurrido. La señorita Callahan le obligó a limpiarlo todo, y ya no fue encantadora durante el resto de la tarde.

Cuando terminó la clase y salió a la calle, Toby no vio el automóvil por parte alguna. Era verdad entonces. Su madre se había puesto la bata dorada y se había marchado. Luego vio a su abuela agitando la mano en su dirección desde su automóvil y recordó que mamá le había dicho a la abuela que pasara a recogerlo. Subió al automóvil y la abuela le abrazó fuertemente como hacía siempre. Toby se desprendió del abrazo.

—¿Ha regresado ya papá? —preguntó.

La abuela puso el automóvil en marcha.

—Todavía no —dijo, y estaba llorando.

Toby no se atrevió a preguntar por su madre después de aquello, pero cuando llegaron a casa no la encontró allí. Faltaba mucho tiempo para que la cena estuviera lista.

Sin embargo, a la hora de cenar su madre estaba en casa.

* * *

«Hay que tener en cuenta el factor humano...»

Nadie se lo había dicho a ella, desde luego. Nadie se lo diría. Ruth pensó que su presencia hacía más difícil el trabajo para todo el mundo. Y en cuanto a ella, se hubiese vuelto loca de no tener la válvula de escape de aquel trabajo.

Afortunadamente, Toby iba a la escuela. Ruth no hubiese podido trabajar si ello hubiese significado tener que dejar a Toby todo el día en otras manos..., incluso en las de su abuela. Tener a la anciana tanto tiempo en casa resultaba enervante.

Tendré que preguntarle si le gustaría quedarse a dormir aquí una temporada, pensó Ruth, y se estremeció. La hora de la cena era suficiente.

De todos modos a Toby le gustaba tenerla en casa, y esto era lo que contaba.

Tendré que ir a hablar con su maestra. Mañana, pensó. Tengo que arreglar las cosas de modo que mañana me quede tiempo para ir a hablar con ella. Voy a decirle..., aunque, desde luego, la maestra estaba enterada. Los asuntos de la familia de Jock Kruger eran del dominio público. De todos modos, sería preferible hablar con ella.

Ruth saltó del lecho y se acercó a la ventana, esperando la salida de la Luna. Pasados diez minutos, quince, tal vez veinte, asomaría por detrás de las colinas al otro lado de la ciudad. Las blancas manecillas del reloj señalaban las 2.40. Ruth tenía que dormir. No podía estar allí de pie esperando que asomara la Luna.

Vete a dormir ahora, antes que ella salga. Es lo mejor que puedes hacer...

«¡Oh, Jock!»

«... el factor humano...»

Ellos no lo sabían. Ruth deseaba decírselo a todos, encontrar a alguien dispuesto a escucharla y descargarse de aquel peso.

No ha sido culpa suya. ¡Lo hice yo!

«No estarás asustada, ¿verdad, nena?»

«¡Oh, no! ¡No, no! No seas tonto. ¿Quién, yo? ¿Por qué estoy temblando? El frío, ¿sabes?»

¡Basta!

Estaba de pie junto a la ventana, esperando que asomara la Luna, el hombre, el hombre de la Luna.

Factor humano... Bueno, esta vez no habría factor humano. Si Ruth iba a presenciar el despegue del KIM-VIII y decía que estaba asustada, ni siquiera habría despegue.

¡Gracias a Dios, puedo hacer algo, al menos!

Bruscamente cerró la persiana de modo que no pudiera ver la claridad de la Luna, cuando llegara, y tomó el sobre que había llevado a su casa. Encendió la lámpara de la mesilla de noche y sacó las cuartillas del sobre.

Todo era familiar. Sólo pequeños cambios aquí y allí. Por otra parte, no era más que el Tres en una nueva versión. El Tres, la primera nave sin tripulante destinada a aterrizar con éxito en la superficie lunar. La única diferencia importante era que ésta tendría que disponer de un nuevo dispositivo en el mecanismo de aterrizaje. Stein le había dado aquel mismo día los cálculos de la órbita. El resto del trabajo les correspondía a Sue y a ella: diseño y fabricación. Lo que necesitaban era un dispositivo que hiciera volar a la nave lo bastante baja para que estableciera contacto con Jock, si..., si podía establecer contacto con él. Entonces podría aterrizar en el lugar convenido, de acuerdo con las instrucciones de Jock, si su radio seguía funcionando. Si...

Dos vueltas, y luego hacer aterrizar la nave en el lugar donde calculaban que se encontraba Jock, si es que Jock no daba instrucciones por radio.

Era complicado, pero sólo cuantitativamente. Nada básicamente nuevo ni experimental. Y ningún factor humano a ser tenido en cuenta una vez la nave estuviera en el espacio.

Ruth se durmió, finalmente, con la luz encendida y la persiana bajada, y las cuartillas esparcidas por el suelo, junto a la cama.

* * *

Todos los días su madre le acompañaba a la escuela, embutida en su dorado uniforme. Y todas las tardes esperaba Toby, diciéndose a sí mismo que su madre estaba segura de regresar a casa.

Aquel poema era una tontería, y él no tenía ahora tres años, sino seis.

Pero había transcurrido mucho tiempo desde que su padre se marchó.

* * *

—Me inclino por el no —dijo Ruth rápidamente.

—Lo siento, Ruth. Sé... Bueno, no lo sé, pero puedo imaginar lo que sientes. Me cuesta trabajo pedírtelo, pero si puedes hacerlo..., sólo ir allí y mostrarte optimista, y..., en fin, ya sabes.

¡Mostrarse optimista! No podría hacerlo por Jock, pensó; de modo que, ¿cómo podría hacerlo por ellos? Pero, desde luego, aquello era estúpido. Ellos no la conocían como la conocía Jock. No podían leer en sus sonrisas, ni captar una repentina rigidez, ni saber nada, excepto lo que ella quisiera mostrar en la superficie de su rostro.

—¿Mostrarme optimista? ¿Qué importancia tiene eso, Tim? Si la cosa funciona, no tardarán en saberlo. Si...

Se interrumpió.

—De acuerdo, como quieras. Si la cosa no funciona, supongo que la opinión pública tendrá algo que decir. Pero eso no importa. Si no podemos salvar a

Jock, nada tiene importancia. Renunciaremos a los viajes espaciales durante cincuenta años, hasta que se desvanezcan los efectos psicológicos del fracaso. Pero eso no es lo que deseaba Jock. No lo olvides. Ya sabes cuál era su sueño. Un sueño que también tú compartías en otra época. Sí...

—¡De acuerdo!

Ruth se sorprendió ante el sonido de su propia voz. Estaba gritando o poco menos.

—De acuerdo —repitió, más tranquila—. Si crees que interrumpiré la marcha del progreso cincuenta años no llevando a Toby a un despegue, lo llevaré.

—¡Oh, Ruth! Lo siento. No, no es eso lo que importa. Y no tenía derecho a hablarte de este modo. Pero siempre habías comprendido lo que yo siento, lo que siente Jock, incluso lo que siente un individuo como Kimberley. Mira, el hecho de acudir al despegue no tiene demasiada importancia en sí mismo. No hará marchar mejor ni peor a la nave, desde luego. Pero hay un factor psicológico que no podemos descuidar y que...

—De acuerdo —repitió Ruth—. Ya te he dicho que iré.

—Lo comprendes, ¿verdad? —inquirió Tim en tono suplicante.

—No lo sé, Tim. No estoy segura de comprenderlo. Pero tienes razón. Hubo un tiempo en que lo comprendía. Tal vez..., no lo sé. Para una mujer es distinto, supongo. Pero iré. No te preocupes por ello.

Se volvió, disponiéndose a marcharse.

—Gracias, Ruth. Y lo siento. ¿Quieres..., quieres que pase a recogerte?

Ruth asintió.

—Gracias.

Se alegraba de no tener que conducir.

VI

Estaba al acecho de una oportunidad para preguntárselo. No había podido hacerlo en casa antes de salir porque, inmediatamente después de haberle dicho adónde iban, su madre fue a ponerse el uniforme dorado y él tuvo que quedarse con la abuela.

Luego llegó el señor O'Heyer con el automóvil, y Toby no pudo preguntárselo porque, a pesar del hecho que iba sentado con su madre en el asiento delantero, el señor O'Heyer estaba también allí.

Cuando llegaron al campo de despegue, estuvieron continuamente rodeados de gente. Una vez trató de apartar a su madre a un lado, pero ella creyó que tenía que ir al lavabo. Luego, poco a poco, se enteró sin necesidad de preguntárselo, deduciéndolo de lo que decía la gente y del modo en que las cámaras enfocaban a su madre continuamente, tal como habían enfocado a su padre la otra vez.

Luego se pronunciaron discursos y mamá se levantó a hablar y lo confirmó todo.

Toby se alegraba de no haber preguntado. Probablemente pensaban todos que ya estaba enterado. Tal vez incluso se lo habían dicho y él lo había olvidado, como a veces le sucedía.

«Mamá —se oyó decir a sí mismo mentalmente—. Mamá, ¿vas a ir también tú a la Luna?»

¡Qué tontería! Ella tenía que quedarse por él, se dijo a sí mismo. Siempre que papá iba a algún lugar, mamá se quedaba con él.

Y cuando papá estaba en casa, mamá se iba con él a una reunión o a cualquier otra parte en vez de quedarse en su dormitorio hablando con su hijo después de haberlo metido en la cama. Pero esto de ahora era muchísimo peor.

Pero Toby no se creía a sí mismo.

¡Mamá no me lo ha dicho! ¡Nunca me olvidaré de esto! ¡Debió decírmelo!

* * *

Ruth no deseaba hablar. Nadie le había advertido que la obligarían a hablar. Había padecido bastante tratando de contestar de un modo coherente a las preguntas de los informadores. Se puso en pie y se adelantó hacia el micrófono con expresión dubitativa, y estrechó la mano al Presidente de los Estados Unidos, y trató de mostrarse optimista. Abrió la boca, pero de su garganta no salió ningún sonido.

—Gracias —dijo finalmente, aunque no sabía por qué—. Han sido ustedes muy amables. —Se volvió hacia el micrófono y habló a través de él—. Hoy me ha sido concedido un honor al cual no tengo derecho. Nos concedimos un plazo de dos meses para llevar a cabo un trabajo, y la realidad es que ha quedado terminado en seis semanas...

Tuvo que interrumpirse porque todo el mundo estaba aplaudiendo y no la hubieran oído.

—...El hecho no puede ser atribuido al diseñador de la nave. Todo el mérito corresponde al personal de Kimberley, que ha trabajado sin descanso, y a los miembros del Rocket Corps, cuya ayuda ha sido tan valiosa. Creo...

Esta vez se interrumpió para buscar las palabras adecuadas. Repentinamente, el decirle a la multitud lo que sentía en el fondo de su corazón se había convertido en algo muy importante para ella.

—Creo que soy la primera que tiene que dar las gracias. Da la casualidad que soy una diseñadora de cohetes, pero al mismo tiempo soy la esposa de Jock Kruger, lo cual tiene para mí mucha más importancia. De modo que deseo dar públicamente las gracias a cuantos han ayudado...

* * *

La mano de la abuela apretó todavía más la suya y luego le soltó para ir en busca de un pañuelo porque estaba llorando. ¡Precisamente allí, en el estrado! Luego Toby se dio cuenta de lo que mamá acababa de decir. Había dicho que ser la esposa de Jock Kruger era para ella más importante que cualquier otra cosa.

Era muy raro que la abuela se hubiera puesto a llorar al oír aquellas palabras. Todos los demás parecían creer que habían sido unas palabras muy bien dichas, ya que aplaudían y gritaban con el mayor entusiasmo. Toby pensó, con cierta sorpresa, que tal vez a la abuela la ponían triste las mismas cosas que a él le entristecían.

* * *

Ruth se libró de los informadores de la prensa y de la televisión y se acercó a Toby para preguntarle si quería ver el interior del cohete antes que éste despegara.

Toby asintió. Desde luego en aquella ocasión se estaba portando muy bien. ¡Pobrecito! Todo aquel asunto debía haberle aturdido...

Ruth trató de imaginar lo que había en el interior de aquella cabecita, pero lo único que sacó en claro fue el parecido que su hijo tenía con Jock, un parecido que aquel día se había acentuado.

Ruth le llevó en el ascensor hasta el interior del cohete. Allí no había mucho espacio para moverse, pero sí el suficiente para echarle una mirada a los raros mecanismos. Ruth quedó ligeramente sorprendida al ver que su suegra y el Presidente subían juntos en el siguiente ascensor, pero entre tratar de responder a las preguntas de Toby y de satisfacer la curiosidad de los periodistas, apenas le quedaba tiempo para preocuparse por aquellas anomalías.

Nunca había visto a Toby tan interesado por una cosa. Quería saberlo todo. Qué es esto, y para qué sirve aquello... Y, ¿dónde vas a ir sentada, mamá?

—Yo no voy a ir, cariño. Ya lo sabes. En este cohete no hay espacio para...

—Señora Kruger, perdone, pero...

—Un momento, por favor.

—¡Oh! Lo siento.

—¿Qué es lo que quieres saber ahora, Toby?

Allí había demasiada gente; y todos parecían hablar a la vez. Ruth se sintió ligeramente mareada.

—Mira, cariño, vamos a bajar...

Pero viendo que Toby acogía la sugerencia con un mohín de desagrado, miró a su alrededor en busca de una posible solución. Afortunadamente, vio a su suegra en la rampa, la llamó y dejó a Toby con ella. Cuando llegó abajo encontró a Sue Stein y le preguntó si le importaría subir a reunirse con Toby y tratar de responder a sus preguntas.

—Desde luego que no. ¿Estás mareada, querida?

—Un poco...

Ruth trató de sonreír.

—Será mejor que te marches a descansar —dijo Sue—. Tal vez Allie pueda arreglarlo. Tienes muy mal aspecto.

* * *

Toby se separó de su abuela cuando llegó Sue Stein y le dijo que mamá deseaba que le enseñara todo lo del cohete. Luego, Toby dijo que estaba cansado y que iba en busca de su abuela. Podía encontrarla sin ayuda de nadie.
Encontró el escondrijo que había estado buscando. Tendría que ir un poco encogido.

* * *

El altavoz vibró encima de su cabeza. Faltaban cinco minutos.
Las otras mujeres que habían estado peinándose o retocándose los labios cerraron apresuradamente sus bolsos, se dieron su última ojeada en el espejo y corrieron en busca de un lugar desde el cual pudieran verlo todo. Ruth se acurrucó todavía más en el diván y cerró los ojos. Faltaban cinco minutos solamente para hacerse a la idea que el trabajo estaba acabado.
Ella había hecho todo lo que había podido, incluso ir allí aquel día. No había nada más que ella pudiera hacer. Dentro de cinco minutos nadie podría hacer nada. Aparte de Jock. Una vez el cohete llegara a su destino, el único que podía hacer algo era Jock.
Si el cohete llegaba.
Si Jock estaba allí para poder hacer algo.
Tal como lo habían preparado todo, existía una posibilidad al menos de conocer la respuesta al cabo de una hora. Si el cohete recorría su órbita una vez, y sólo una vez, significaría que Jock estaba vivo, y se encontraba bien, y controlaba su propia nave, con la radio funcionando, y...
Y si recorría su órbita por segunda vez, aún habría esperanzas. Podía significar, simplemente, que su radio no funcionaba. Pero aquello significaba tener que esperar...
¡Santo cielo! La cosa podía prolongarse meses enteros si los cálculos acerca del lugar donde Jock se encontraba no eran completamente exactos. Sí...
Había un millón de menudencias que podían dificultar el trasvase del combustible de un cohete al otro.
Pero si sólo veían una órbita...
Por primera vez Ruth se obligó a sí misma a considerar la posibilidad que Jock estuviera muerto. De que no regresara.
«No está muerto, pensó. Si estuviera muerto, yo lo sabría Del mismo modo que supe, la última vez, que algo no marchaba bien. Ahora me gustaría saber si...»
—Sesenta segundos para cero —dijo el altavoz.
¡Aquí está! Ruth se levantó de un salto, completamente despejada. Ahora que se había enfrentado con ello, toda confusión había desaparecido. Había algo..., algo completamente equivocado...
Echó a correr y, mientras llegaba a campo abierto, el altavoz seguía dejando caer las cifras.

Cincuenta y uno...

Ruth corrió hasta tropezar con la multitud, y no consiguió abrirse paso a través de ella, y tuvo que correr, seguir corriendo, para encontrar el pasillo vallado.

Y mientras corría, trataba de pensar.

—Cuarenta y siete...

No podía hacer que interrumpieran el despegue sin dar un motivo razonable. Creerían que estaba bajo los efectos de un ataque de histerismo...

—Cuarenta y cinco...

—Tal vez lo estaba. Fríamente, su cerebro consideró aquella posibilidad y la rechazó. No; había un problema que no había sido resuelto, una pregunta a la que ella no había contestado.

Pero, ¿qué problema? ¿Qué...?

—Cuarenta...

Ruth cruzó corriendo el pasillo y se dirigió a la torre de control. El centinela dio un paso adelante, la reconoció y le dejó el camino libre.

—Treinta y nueve..., treinta y ocho..., treinta y siete...

Ruth se detuvo ante la puerta de la torre de control y trató de pensar, pensar descubrir cuál era el fallo. ¿Cómo podía decírselo a ellos? ¿Cómo podía convencerles? Ella lo sabía, pero ellos querrían saber el qué, por qué...

En un momento semejante no se cambian los planes sin más ni más.

Pero si lanzaban el cohete antes que ella recordara el problema, y luego encontraba una respuesta, sería tanto como haber asesinado a Jock. No podrían construir otro cohete con la necesaria rapidez si éste fallaba.

Empujó la puerta.

—¡Alto! —dijo—. Tienen que aplazar el lanzamiento. Hay algo...

Tim O'Heyer se acercó a ella, la tomó del brazo, sonrió y le habló, tratando de tranquilizarla.

—Diecinueve...

Ruth continuó tratando de explicarse, y Tim continuó tranquilizándola, y cuando ella quiso apartarse se dio cuenta que la mano que tomaba su brazo no estaba allí de un modo amistoso, sino para sujetarla, para impedir que buscara alguna complicación. El...

¡Oh! ¡Si hubiera algún medio de hacerles comprender! Si pudiera recordar lo que estaba equivocado...

—Tres..., dos...

Era inútil.

Dejó de luchar, respirando penosamente, permaneció inmóvil y vio la aprobadora sonrisa de Tim mientras la palabra y el intenso resplandor surgían a la vez:

—¡Cero!

Entonces, mortalmente pálida, Ruth miró a su alrededor y vio a Sue.

—¿Dónde está Toby? —preguntó.

Estaba tratando de localizar a su suegra en alguno de los asientos reservados, cuándo oyó el grito de la multitud, alzó la mirada y vio lo que sucedía.

VII

El defectuoso despegue no produjo ningún daño en el interior del cohete. La causa del fracaso se hizo evidente en cuanto descubrieron el cadáver de Toby Kruger empotrado entre el casco exterior de la tercera plataforma y el casco interior de la segunda.

Los titulares de los periódicos no fueron tan sensacionalistas como podía haberse esperado. Tal vez los periodistas se sintieron impresionados por el fatigoso y dolorido rostro de Ruth Kruger, tal vez se dejaron convencer por la reserva de whisky irlandés que Tim O'Heyer guardaba para casos de emergencia. Toda Norteamérica no pudo asistir al entierro, pero un centenar de miles de ciudadanos llenaron las calles cuando el niño fue enterrado. Otros ciento ochenta millones vieron las ceremonias en sus aparatos de televisión.

Ninguna de las personas que oyeron las palabras pronunciadas sobre la tumba recién abierta, unas palabras sencillas y poéticas que la trémula voz de O'Heyer hizo más emotivas, ninguna de aquellas personas permaneció insensible a ellas. Dónde, o cuándo, o con quién empezó el movimiento es algo que se ignora todavía; probablemente empezó espontáneamente en un millar de hogares distintos durante la breve ceremonia; tal vez Tim O'Hayer tuvo algo que ver con ello también. Lo cierto es que el dinero empezó a afluir, por telégrafo, veinte minutos después del entierro del pequeño Toby; y al final de aquella semana la operación «Recuperación Jock Kruger» había adquirido proporciones gigantescas.

* * *

El KIM-IX quedó terminado en un mes. Esta vez no contaron con los servicios de Ruth Kruger, pero no la necesitaban: los planos del KIM-VIII seguían siendo válidos. O'Heyer se las arregló para que la noticia de la muerte de Ruth fuese relegada a las páginas interiores de la mayor parte de los periódicos, y el entierro no fue televisado.

Posteriormente consiguieron devolver a la tierra el cadáver de Jock Kruger, todo piel y huesos, pero perfectamente conservado, para que descansara junto a las tumbas de su esposa y de su hijo. Había sido un buen piloto y un hombre de talento. La Luna no había podido matarle: murió de hambre.

La casa de los Kruger, con el jardín donde se encuentran las tres tumbas, se ha convertido en un lugar de peregrinación internacional.

Ahora hablan de hacer una peregrinación interplanetaria al solitario cohete que descansa en el lado invisible de la Luna.

PACTO

Winston Sanders

El proceso seguido por Asmodeo hasta llegar a la conclusión de que determinadas leyendas eran absolutamente ciertas, a pesar de las escépticas enseñanzas de la ciencia moderna; su búsqueda tras la conclusión, del libro que necesitaba, y que finalmente encontró, son hechos que constituirían una interesante historia. Pero no nuestra historia.

Pasó mucho tiempo antes de que hubiera reunido los ingredientes necesarios, para no mencionar el necesario valor. Por fin un día llamó a su secretaria. Esta entró dando brincos y berreó:

—¿Diga, jefe?

—Tengo un trabajo urgente que hacer —dijo Asmodeo—. No quiero ser interrumpido por nadie, bajo ningún pretexto, hasta que le ordene otra cosa. ¿Está claro?

Estaba satisfecho y un poco sorprendido por la aparente tranquilidad de su tono.

—Zí, jefe —asintió la secretaria—. Ninguna interferencia. A menoz que ze trate de Zu Majeztad Infernal...

Sus colmillos, aunque impresionantes, la hacían cecear; de modo que su único deseo, desde luego, era dedicarse al teatro.

—Exacto —dijo Asmodeo sarcásticamente—. ¡Ahora salga de aquí y procure que nadie me moleste!

La secretaria se marchó dando brincos. Asmodeo se deslizó por detrás de la mesa-escritorio de obsidiana hasta la puerta y la cerró con llave. A continuación se acercó a las ventanas para asegurarse de que nadie estaba fisgando por allí. Aunque la cosa no era demasiado factible. En su calidad de Comisario de Producción de Hedores y Azufres, Asmodeo tenía una oficina en el tercer subsótano del Edificio Hotiron. A aquellas profundidades sólo estaba permitido el tránsito en condiciones muy especiales. Lo único que vio fue el habitual paisaje cavernoso, salpicado de llamas aquí y allá. Asmodeo corrió las cortinillas.

Sin concederse tiempo a sí mismo para asustarse, abrió un cajón. El antiguo volumen tamaño folio, encuadernado en piel, apareció en primer lugar. Asmodeo lo dejó sobre la mesa y repasó el ritual una vez más. Luego puso manos a la obra.

La primera parte de la invocación era penosa, pero no insoportable. Lo que seguía era tan espantoso, que Asmodeo, después de terminarlo, quedó en un misericordioso estado de atontamiento. Afortunadamente empezó a despejarse después de haber trazado con yeso, en el suelo tridimensional, la raya de Mobius, y cuando gritó el ¡Venite, venite, venite! final, su tono era casi arrogante.

Hubo un brillante y silencioso resplandor. Cuando Asmodeo pudo ver de nuevo, había un hombre de pie dentro del diagrama.

Asmodeo se encogió instintivamente. Había esperado que la fórmula actuase. Pero la realidad... Se encontró a sí mismo temblando, encendió un puro y expelió el humo con fuerza. Sólo entonces pudo enfrentarse con el hombre al cual había invocado.

Incluso desde el punto de vista de Asmodeo (que se consideraba a sí mismo como un demonio guapo), el hombre no era demasiado repelente. Tenía casi su misma estatura, aunque carecía de cuernos, alas y rabo. Iba en mangas de camisa, pero no daba ninguna impresión de pobreza. Un ejemplar entrado en años, delgado y calvo, de piel arrugada. ¿Qué era, pues, lo que le hacía tan terrible? Al cabo de un rato llegó Asmodeo a la conclusión de que eran los ojos. Detrás de las gafas de gruesos cristales brillaban con una intensidad desusada. Y detrás de ellos había un alma... Asmodeo tuvo que luchar contra el atávico y envidioso deseo de apropiación.

El hombre se agitó de un lado para otro, tratando de salir de la raya de Mobius sin conseguirlo. (El libro advertía contra las indecibles consecuencias si un humano, invocado, escapaba antes de haberse concertado el pacto.) Pero de repente se tranquilizó. Se quedó en pie con los brazos cruzados y los labios apretados, y miró con curiosidad a su alrededor. Cuando vio a Asmodeo, asintió.

—Nunca hubiera creído una cosa tan absurda —dijo—. Pero no estoy soñando. La cosa es demasiado real; y, además, si me doy cuenta de que estoy soñando, es que me he despertado. Por lo tanto, el sentido común debe dejar paso a los hechos. ¿Tienen realmente forma de salsera?

Asmodeo abrió la boca asombrado.

—¿Qué?

—Sus naves espaciales.

—¿Naves espaciales? —Asmodeo volvió mentalmente las páginas de los diccionarios de todos los idiomas humanos de todas las épocas en busca del significado de aquellos dos vocablos—. ¡Oh! Ya entiendo... No, no tengo ninguna nave espacial.

—¿No? Entonces ¿qué es lo que utiliza? ¿Un tubo hiper-espacial quizás? Desde el punto de vista matemático, los tubos hiperespaciales son una mera fantasía. Pero es evidente que ha utilizado usted algún medio para trasladarme a su planeta.

—¿Planeta? Yo no tengo ningún planeta —dijo Asmodeo, más aturdido que nunca—. Quiero decir... Bueno, después de todo, mi existencia se remonta al Principio, cuando no existían aún los planetas.

—¡Un momento! —se erizó el hombre, todo lo que puede erizarse una persona calva—. Puedo pertenecer a una especie tecnológicamente inferior a la suya, pero no tiene usted por qué insultar mi inteligencia. Hemos comprobado que el universo fue creado hace 5.000 millones de años por lo menos.

—8.753.271.413 —asintió Asmodeo lentamente.

—¿Cómo? Bueno, en tal caso, ¿pretende usted tener una edad semejante? ¡Es absurdo! El problema mnemónico invalida la afirmación...

—¡Alto! —exclamó Asmodeo—. Un momento, por favor, milord..., ciudadano..., camarada..., como se llamen ustedes ahora en la Tierra.

—Puede llamarme "mister". Mr. Hobartt Clipp. Ningún investigador que esté bien de la cabeza antepone el "doctor" a su nombre. Se expondría a que cualquier idiota se presentara a él enumerando una serie de síntomas...

—Mister Clipp —Asmodeo estaba recuperando su habitual suavidad—. Me alegro mucho de conocerle. Me llamo Asmodeo. Es decir, éste es mi nombre público. Mi verdadero nombre no hace al caso. —Blandió su puro en un gesto expansivo—. Permítame explicarle la situación. Soy lo que ustedes describen como un ángel caído, un demonio, un diablo...

Hobart Clipp profirió una exclamación ahogada y agitó amenazadoramente su puño.

—¡Oiga, amigo! No puedo permitir que nadie me tome el pelo. Soy un agnóstico de toda la vida y un republicano de Taft.

—Lo sé —dijo Asmodeo—. De no ser así no podría haberle invocado. Tiene que existir cierta predisposición psicoespiritual para que ello sea posible. Muy pocos mortales nos han visitado en cuerpo. Aquí estuvo Dante, pero aquélla fue una visita organizada. Y, que yo sepa, únicamente algunos de nuestros más remotos investigadores invocaron a hombres. Esto fue hace muchísimo tiempo, y el arte se ha perdido. Actualmente está considerado como un mito. Y no es que los antiguos investigadores hayan muerto. Los diablos no pueden morir; es parte de su tormento. —Asmodeo expelió un anillo de humo—. Pero, dado que el ansia fundamental de los ex ángeles en cuestión era de conocimiento fueron castigados con el olvido. Han perdido todo recuerdo de sus ritos mágicos. Lo que ahora está de moda es la ciencia: radiación, lavado de cerebro, investigación de motivos, etc. He tenido que revivir el Fausto Invertido sin ayuda de nadie.

Clipp había escuchado con creciente estupefacción.

—¿Quiere usted decir que esto es... es... es... el infierno? —tartamudeó.

—No interprete mal las cosas, por favor. He podido evocarle a usted, a causa de la afinidad. Pero esto no significa que sea usted un alma perdida, ni siquiera que vaya a convertirse en una de ellas. Lo que ocurre es que tiene usted cierta... ejem... predisposición mental...

—¡Esto es una infamia! —exclamó Clipp resueltamente—. Soy un pacífico astrónomo, un solterón empedernido, soy amable con los gatos y voto la lista que me ordena el partido. Me fastidian los chiquillos y los perros, pero nunca he maltratado a un animal de ninguna clase. Me he embarcado en algunas disputas científicas, sí, que a menudo se convierten en personales, pero, comparado con la inmensa mayoría de los hombres, empeñados en estúpidas pendencias, creo que puedo considerarme como un ser de lo más pacífico.

—¡Oh! ¡Desde luego, desde luego! —se apresuró a asentir Asmodeo—. La afinidad a que me he referido afecta a su independencia. Usted vive únicamente para su... ¿cómo la ha llamado?... su astrología...

—¡CABALLERO! —rugió Hobart Clipp.

Las paredes temblaron. Siguió una disertación que hizo que el diablo se tapara los oídos.

Cuando Hobart Clipp fue calmándose, Asmodeo continuó:

—Como le estaba diciendo (sí, sí, le pido perdón, ha sido un simple lapsus idiomático), su pasión dominante ha sido siempre una insaciable curiosidad científica. No le tiene usted apego a ningún ser humano, ni a la humanidad en sí, ni a... ejem... nuestro Distinguido Adversario. Ni, desde luego, a nuestra propia causa. Espiritualmente, es usted un desarraigado. Y esto es lo que ha hecho posible que yo le invoque.

—Creo que me está diciendo usted la verdad —dijo Clipp pensativamente—. No puedo imaginar a ningún visitante interplanetario embaucándome con una historia tan absurda. Además, me he dado cuenta de que aquí están suspendidas las leyes de la naturaleza. Con esas alas tan ridículas, no podría usted volar en ningún universo lógico.

Asmodeo, que estaba muy orgulloso de sus alas, se sintió tan herido en su vanidad que ni siquiera pudo encontrar una réplica adecuada.

—Pero, dígame —prosiguió diciendo Clipp—, ¿cómo es posible la inmortalidad? Sólo registrando sus experiencias, saturaría usted todas las moléculas de todas sus neuronas en un simple milenio. ¿Cómo podría manejar tan ingente masa de datos?

—La existencia espiritual no está sujeta a las leyes físicas —dijo Asmodeo en tono más bien sombrío—. No tengo nada de material.

—¡Ah! Comprendo. Entonces, lógicamente, puede usted existir en cualquier medio ambiente material, viajar a cualquier velocidad, etcétera —dijo Clipp, con cierta avidez.

—Sí, desde luego. Pero, mire...

—¿Y existió realmente un definido instante de creación? —inquirió Clipp.

—Desde luego. Ya se lo he dicho. Pero...

Los ojos de Clipp relucieron como ascuas.

—¡Oh! ¡Si el imbécil de Hoyle pudiera estar aquí...!

—Vamos a nuestro asunto —dijo Asmodeo—. Voy a hacerle una proposición. Usted es un ser físico que se encuentra en un lugar inmaterial, de modo que puede usted cruzar todas las barreras y es inmune a cualquier violencia, y puede moverse a cualquier velocidad, del mismo modo que puedo hacerlo yo en la Tierra. En realidad, cuando salga usted de aquí, regresará al universo mortal, no sólo en el mismo punto del espacio, sino también en el mismo instante del tiempo.

—Menos mal —dijo Clipp—. Confieso que esto me tenía preocupado. Estaba exponiendo una placa en el Observatorio. ¡Una investigación de suma importancia, y sólo me conceden una noche a la semana! Verá, si puedo obtener ese dato, mi teoría acerca de la variabilidad de las estrellas Wolf-Rayet quedará... Dígame qué opina usted de mi idea. A las temperaturas estelares internas, suelen producirse transiciones dentro de los núcleos, y...

—¡El que habla aquí soy yo! -gritó Asmodeo—. ¿Quién hizo la invocación, vamos a ver? Quiero que haga usted algo por mí. A cambio, yo puedo ayudarle a usted. Puedo convertirle en el hombre más rico del mundo.

—Bueno —Clipp se frotó las huesudas manos—. Parece que la cosa se va aclarando. Sin embargo, no quiero la riqueza. No deseo pasarme el tiempo en una oficina, discutiendo con un montón de recaudadores de impuestos. Y, si por casualidad me dejaban algún dinero, ¿quiere decirme qué haría con él, en nombre del Cielo?

Asmodeo dio un brinco.

—Cuidado con las palabras —dijo—. Bueno, si yo le hiciera joven de nuevo... ya sabe... vino, mujeres, canciones...

—¿Se da usted cuenta de lo aburrida que resulta una mujer, por inteligente que sea? —gruñó Clipp—. En cierta ocasión estuve a punto de casarme. Fue en 1926. La que había de ser mi esposa estaba llevando a cabo un trabajo bastante apreciable sobre los eclipses binarios. Pero luego empezó a hablar de un vestido que había visto en una tienda, y... En cuanto al vino, no estoy dispuesto a embotar mis sentidos con el alcohol. ¿Canciones? Me basta con la colección de discos que tengo en mi biblioteca.

—¿Qué me dice de la inmortalidad?

—Como le he dicho antes, la inmortalidad física sería peor que inútil. Y, según usted, poseo ya la inmortalidad espiritual, cosa que yo ignoraba.

Asmodeo se rascó detrás de los cuernos.

—Bueno, ¿qué es lo que desea?

—Tengo que pensarlo un poco. Y usted, ¿qué es lo que quiere de mí?

—¡Ah! —dijo Asmodeo, relajándose. Dio la vuelta a su mesa-escritorio, se sentó, y sonrió—. Se trata de algo completamente honesto, aunque admito que será difícil e incluso penoso de hacer. Dentro de poco van a celebrarse unas elecciones...

—¡Oh! Yo tenía entendido que Satanás es el señor supremo del infierno...

—Lo es —Asmodeo golpeó cuidadosamente su cabeza sobre la mesa—. Pero, ¿quién oyó hablar nunca de un estado totalitario sin elecciones? El Partido del Congreso está organizado de modo que obtenga siempre el 98,7 por ciento de los votos que expresan la voluntad popular. Nuestro Padre de las Profundidades seguirá presidiendo, como siempre. Pero hay algunos puestos por ocupar en el plano ejecutivo, inmediatamente debajo de Él. Esto se convierte en una cuestión de política.

—¿Tiene el infierno alguna política, aparte de descarriar a las almas?

—Ejem... no. Pero el procedimiento tiene que variar con el cambio de los tiempos. Además, todos nosotros somos ángeles rebeldes. La política es algo que encaja perfectamente con nosotros. Ahora, en mi opinión, la actual doctrina de alimentar ideologías terrestres está produciendo una disminución de los ingresos. Tengo estadísticas que demuestran que la desesperación está conduciendo a un número mayor de personas cada año hacia la pied... ejem... apartándolas de la impiedad. La situación tiene muchos puntos de contacto con el renacimiento espiritual que se produjo a la caída del Imperio Romano. Pero Moloch y su facción no están de acuerdo, esos ciegos, deformes, analfabetos, traidores, revisionistas enemigos del pueblo, instrumentos de las celestialidades...

—¡Por favor! —suspiró Clipp.

Asmodeo dominó su indignación.

—Ese es el cuadro, tal como yo lo veo —declamó—. Es necesario introducir métodos más sutiles. La automatización y la semana de treinta horas nos ofrecen unas posibilidades como no habíamos tenido desde Babilonia. Pero, antes de que podamos aprovecharlas, tenemos que relajar la situación internacional. Esto es lo que los moloquistas no quieren ver... suponiendo que no estén a sueldo de...

—¡Por favor! —repitió Clipp—. Soy demasiado viejo para perder el tiempo en estas tonterías. Dígame, concretamente, qué es lo que desea de mí.

Asmodeo se envaró. ¡Ahora!

—El Sello de Salomón —susurró.

—¿Eh? ¿Cómo?

—Fue recuperado en la Tierra hace un millar de años. No voy a describirle todas las dificultades que tuvimos con aquel pequeño proyecto, ni las dificultades que provocó cuando estuvo aquí; finalmente, el Congreso acordó que debía ser aislado. El propio Jefe lo puso en la Caldera de Pedro Botero. Y allí ha estado desde entonces. En la actualidad casi nadie se acuerda de él, ya que ningún demonio puede acercarse a la Caldera. Es el lugar donde arden las peores llamas de todo el infierno.

—Pero, yo...

—Usted es un mortal, y las llamas no le producirán ningún daño físico. Admito que padecerá usted torturas espirituales. Sugiero que vaya usted corriendo hasta la caldera, se sumerja en las llamas y deje que ellas le arrastren hacia adelante. Verá el Sello sobre un ara. Cójalo y salga corriendo. Eso es todo... excepto entregarme el Sello, claro está.

Clipp reflexionó.

—Todavía no sé lo que deseo a cambio.

—Escriba usted mismo el contrato —sugirió Asmodeo generosamente.

Sacó un pergamino de su mesa-escritorio y colocó una pluma al lado.

—Hum... —gruñó Clipp, paseando por el interior del signo místico.

Asmodeo empezó a sudar. Invocar a esta clase de seres traía sus complicaciones. El libro le había advertido acerca de la astucia y la falta de escrúpulos de los mortales.

Clipp se detuvo. Chasqueó sus secos dedos.

—Sí —murmuró—. Exactamente.

Volviéndose hacia Asmodeo, con ojos que brillaban enfebrecidos detrás de las gafas, dijo:

—Muy bien. Le serviré a usted de acuerdo con sus deseos. Pero, cuando esté en mi lecho de muerte, usted acudirá a mi lado y me obedecerá en lo que desee yo.

—No puedo salvarle, si es usted condenado —le advirtió Asmodeo—. Aunque, una vez esté usted aquí, puedo buscarle algún enchufe.

—No espero ser condenado —dijo Clipp—. Hasta ahora he llevado una vida irreprochable, y no pienso cambiar.

—En tal caso... de acuerdo. —Asmodeo se rió en su interior—. Cuando se esté usted muriendo, acudiré a pagar mi deuda. Haré lo que usted desee, siempre que esté a mi alcance, naturalmente.

Empezó a escribir.

—Otra cosa —dijo Clipp—. ¿Puede usted proporcionarme una botella de Miltown?

—¿Qué? —Asmodeo alzó la mirada al techo, parpadeando y rebuscando en sus archivos mentales—. ¡Oh! Una medicina, ¿no es cierto? Sí, será bastante fácil, ya que se necesita una receta, y, por lo tanto, puede ser violada una ley. Pero ya le he dicho a usted que no sufrirá ningún daño físico aquí, ni siquiera las heridas nerviosas conocidas con el nombre de locura.

—¡Una botella de Miltown y menos cháchara, por favor!

Asmodeo pescó en el aire el frasco de píldoras y se lo entregó a Clip, procurando no pisar el símbolo de Mobius. Cuando hubo redactado el contrato se lo entregó también. Clipp lo leyó atentamente, asintió y se lo devolvió a Asmodeo.

—Su firma, por favor —dijo.

Asmodeo se rascó la muñeca con una pezuña y garabateó su nombre con icor. Clipp recuperó el documento, lo dobló y se lo metió en el bolsillo trasero del pantalón.

—Bien —dijo—, ¿dónde están esas Calderas de Pedro Botero?

Asmodeo borró la raya de Mobius. Clipp se movió rápidamente de un lado a otro de la oficina, estirando las entumecidas piernas. Aunque el libro afirmaba que una vez concertado el pacto ya no había ningún peligro, y que el hombre no podría blandir un crucifijo contra él aunque deseara hacerlo, Asmodeo no las tenía todas consigo. Se apresuró a decir:

—Puedo trasladarle a usted hasta el lugar donde se encuentra la Caldera. Se le aparecerá como un mar de lava, con un enorme fuego ardiendo en el centro. Recuerde que el pacto le obliga a traerme el anillo, a pesar de lo que pueda sufrir. Cuando lo tenga, pronuncie mi nombre y le traeré aquí de nuevo.

—Muy bien. —Clipp cuadró sus delgados hombros—. En marcha.

Asmodeo se humedeció los labios. Esta era la parte más difícil. Si alguien se daba cuenta... Pero, ¿quién iba a acercarse a aquellas terribles llamas? Agitó su cola. Se produjo una especie de fogonazo, y el mortal desapareció.

Asmodeo se sentó, agotado. ¡Aquel mortal le hacía perder la paciencia a cualquiera! Cogió una botella de aguardiente. Tras haber bebido un largo trago, pensó con cierta íntima satisfacción que pasaría un largo rato antes de que Clipp, horrorizado ante las llamas de la Caldera, encontrara el anillo y estuviera de regreso.

¡Asmodeo!

El demonio se sobresaltó.

—¿Quién es?

¡ASMODEO!

—¿E... es us... ted, Ma... majestad?

¡Asmodeo! ¡Habráse visto! ¿Acaso estás sordo? ¡Sácame de este maldito agujero! ¡Si a ti te sobra el tiempo, yo tengo mucho trabajo que hacer!

La cola de Asmodeo se agitó frenéticamente. Hobart Clipp apareció de nuevo en la oficina.

—¡Bueno! —gruñó el mortal—. ¡Ya era hora!

—El anillo —jadeó Asmodeo—. ¿No ha podido...?

—¡Oh! Aquí está.

Clipp dejó caer el Sello de Salomón sobre la mesa-escritorio. Asmodeo lanzó un aullido y voló hasta la parte superior de una estantería.

—¡Cuidado! —gritó desde allí—. ¡El anillo es espirituactivo!

Clipp contempló el anillo de hierro con la piedra color de sangre engastada en él. Bostezó.

—¿Dónde quiere usted que lo ponga? —preguntó.

—En ese cajón, el de la izquierda —dijo Asmodeo, sin bajar de la estantería—, hay un estuche preparado.

Mientras introducía el anillo en el estuche, Clipp bostezó de nuevo.

—¡Aaaaah! Tendré que tomarme un buen tazón de café, antes de continuar mi tarea.

Cuando el anillo estuvo en lugar seguro, Asmodeo bajó volando.

—¿Cómo se las ha arreglado usted? —preguntó—. Creí que invertiría días, semanas...

Clipp se encogió de hombros.

—Usted dijo que las llamas eran un tormento espiritual. De modo que me empapé de Miltown. No sentí más que una leve depresión. Y aquí está su anillo.

Asmodeo cogió el estuche con manos temblorosas. Apretándolo contra su pecho, lanzó un rugido.

—¡Eh, amigo! ¡Cálmese! —dijo Clipp.

—¡Es la Señal! —aulló Asmodeo—. ¡Es el Compulsor! ¡Es Lo que todos deben obedecer, todos, gigantes y genios! ¡Ahora verás, Moloch! ¡Espera que se reúna el Congreso, miserable pensador negativo! ¡Espera y verás! ¡Espera y verás!

Clipp agarró la gesticulante cola y le dio un fuerte tirón.

—Si puede usted interrumpir un momento su discurso —dijo—, le agradeceré que me devuelva a mi Observatorio. La actual compañía no me resulta satisfactoria, ni estética ni intelectualmente.

Asmodeo, volátil como la mayoría de los diablos, se dominó a sí mismo inmediatamente.

—Desde luego —dijo—. Gracias por el servicio que me ha prestado.

—Nada de gracias. Espero recibir el pago a su debido tiempo.

—Cualquier cosa que esté a mi alcance —repitió Asmodeo.

Y viendo la codicia que ardía en el alma del hombre, tuvo que hacer un gran esfuerzo para no estallar en una carcajada. Pronunció las palabras de despedida, y Hobart Clipp desapareció.

A continuación, Asmodeo se concedió una hora para recrearse en la contemplación del Sello de Salomón. El Poder, pensó, el Poder

Fundamental, descansaba entre aquellos triángulos entrelazados. Se reuniría el Congreso. Estallaría el griterío, a medida que las distintas fracciones exponían sus puntos de vista y se enfrentaban con los de las demás. Y, de repente, Asmodeo se pondría en pie, blandiendo el Sello. Incluso el Jefe... Asmodeo rechazó aquella idea. Al menos de momento. Le bastaba con tener al Congreso arrastrándose a sus pies. A pesar de que su programa afectaba directamente a la Tierra, había algunos problemas de política infernal que... Sí.

Pero, ahora tenía que ocultar el Sello. Si alguien lo encontraba, si alguien llegaba a sospechar que lo poseía, antes del momento adecuado para exhibirlo... Asmodeo se estremeció al pensarlo. Abrió la ventana y se alejó volando en la oscuridad.

El camino hasta la Caldera era largo y tortuoso. Lástima que no pudiera transportarse a sí mismo hasta allí. Pero para ello tenía que ser un mortal, y, ¿quién deseaba vivir en constante peligro de salvación? Le bastaba con poder ir a cualquier parte, a cualquier velocidad, en el espacio-tiempo material continuo.

Llegó a su punto de destino sin encontrar a nadie. El fuego le quemaba dolorosamente incluso desde aquella distancia. Apenas podía mantener abiertos los ojos. A pesar de todo, consiguió encontrar el escondite que había preparado. Apartó una piedra, dejando al descubierto el agujero que había excavado en la pared, y metió en él el estuche con el Sello. Permaneció unos instantes absorto, saboreando el revuelo que armaría cuando llegara el momento. Luego volvió a colocar la piedra en su lugar y salió volando.

Estaba a salvo. Nadie, ni siquiera el propio Lucifer, se acercaba a la Caldera. Y, aunque se hubiera acercado, no podía sospechar que el Sello no estaba ya entre las llamas. El Sello estaba allí, seguro por toda la eternidad. Y lo hubiera estado, a no ser por la angélica sagacidad de Asmodeo.

Su risa no dejó de sonar en todo el camino de regreso a su despacho.

Una vez allí, abrió la puerta, se instaló detrás de su mesa y llamó a la secretaria. La secretaria entró dando pequeños brincos.

—¿Ha terminado uzted, jefe? —preguntó.

—Sí. Voy a dictarle una carta.

—Huele muy mal aquí —se quejó la secretaria.

—Ejem... Bueno... —Asmodeo olfateó el aire. Efectivamente, olía un poco a ser humano—. Es que he estado probando un nuevo sistema para aumentar la producción.

—¿Máz penozo?

—¿Cómo? ¡Oh! Quiere usted decir "más penoso"... Bastante, bastante. —Asmodeo no pudo resistir a la tentación de fanfarronear un poco, aunque de un modo indirecto. Encendió un puro y se retrepó en su sillón giratorio. Su rabo, surgiendo por el agujero practicado en el asiento, se agitó vanidosamente—. En estos últimos tiempos he llevado a cabo ciertos experimentos sobre el dolor —explicó Asmodeo—. Existen aspectos muy interesantes.

—¿Zí?

La secretaria suspiró. Había planeado salir temprano. Aquella tarde había una prueba para coristas, en las Worldly Follies, y, naturalmente, su jefe iba a retenerla, precisamente entonces, hasta las tantas.

—Sí —dijo Asmodeo—. Piense en el antiguo sistema Fausto, por ejemplo. Ya sabe usted cómo funciona, ¿no? El mortal invoca a un demonio, o es abordado por un demonio si es lo bastante pecador para hacerlo posible. El mortal vende su alma a cambio de algún servicio diabólico. ¿Ha pensado usted nunca dónde está la parte realmente dolorosa? ¿Hasta qué punto el hombre resulta siempre estafado?

—A no zer que conziga burlar el contrato... —dijo la secretaria maliciosamente.

Asmodeo respingó.

—Bueno, sí. Se han dado algunos casos. Es uno de los motivos de que el sistema haya perdido vigencia. Aunque estoy seguro de que una técnica moderna, utilizando la lógica simbólica para llegar a un acuerdo realmente inquebrantable, podría ser muy útil, si la facción de Moloch... Bueno. Supongamos que el contrato se cumple por ambas partes. ¿Se da usted cuenta de lo infinitamente desleal que resulta? El servicio o servicios que el mortal puede pedir son finitos. Riqueza, poder, mujeres, gloria, son como gotas de rocío en una cálida mañana. La vida más larga puede contarse por años. ¡En tanto que la servidumbre y los tormentos que acepta a cambio son infinitos! ¡Eternos! ¿Se da usted cuenta del dolor que tiene que experimentar el hombre al ver, demasiado tarde, cómo ha sido estafado?

—Zí, jefe. Eza carta...

—Luego, tenemos el... puramente mítico... Fausto Invertido —continuó Asmodeo—. Una curiosa leyenda. El demonio invoca a un mortal y le ofrece convertirse en su siervo a cambio de un servicio que el hombre puede prestarle. Desde luego, este trato no resulta tan desfavorable para el mortal como el anterior. Pero, no obstante, el demonio dispone de toda la eternidad. El servicio que obtiene es fundamental para algún plan que trasciende del tiempo en sí. En tanto que el mortal, por su propia naturaleza, sólo puede exigir un pago finito. Cualquier riqueza material que desee puede serle concedida fácilmente. Si desea que el demonio se convierta en su esclavo mientras dure su vida, la cosa sería algo más complicada, aunque su existencia es necesariamente finita, aun en el caso de que pida al demonio que se la prolongue. Fisiológicamente, la vida de un hombre no podría prolongarse más allá de un millar de años. Además, el demonio podría ocuparse de atender a sus necesidades, sin descuidar por ello sus propias tareas eternas. ¡Oh! ¡Pobre mortal!

Asmodeo acompañó su risa con el repiqueteo de sus pezuñas sobre el suelo.

—Zí, jefe —dijo la secretaria en tono resignado—. Ahora, zi quiere dictarme eza carta...

* * *

El Congreso debía reunirse al cabo de diez años: demasiado pronto, pero la política del infierno había tenido un desarrollo más precipitado de lo que Asmodeo había supuesto. Tuvo que correr de un lado para otro, adulando a unos delegados, sobornando, amenazando, embaucando a otros. Incluso, en el más profundo secreto, había apelado a los buenos sentimientos —en un plan relativo, desde luego— de algunos demonios. Si los rivales de Asmodeo se enteraban de ello...

¿Si se enteraban? Bueno, mucho mejor. Esperarían que se reuniera el Congreso para formular aquellos cargos contra él. Y esto le proporcionaría un momento ideal para anonadarles con el Sello de Salomón.

Después, habría que pensar en algo suficientemente punitivo para la facción de Moloch... Tal vez una temporada en la Caldera de Pedro Botero... Asmodeo se recreaba tanto en la contemplación de aquel dichoso futuro, que llegó a olvidar el motivo fundamental de la existencia del infierno.

Había supuesto que Hobart Clipp moriría muy pronto. Pero el viejo astrónomo resistió toda una década. El Congreso estaba a punto de inaugurarse. Asmodeo, solo en su oficina, estaba preparando un discurso para la sesión de apertura... y en aquel preciso instante oyó la invocación.

—¿Qué? —se sobresaltó—. ¿Quién me llama ahora?

¡Asmodeo! ¿Es que no me oyes? ¿Qué clase de servicio es ése?

Por un instante, el demonio no pudo recordar quién le llamaba. Luego:

—¡Oh, no! —exclamó—. ¡Ahora, no!

Si no vienes ahora mismo, Asmodeo, presentaré una reclamación en toda regla contra ti, informando de todo lo ocurrido entre nosotros.

Asmodeo se atragantó, tendió sus alas y emprendió el vuelo hacia la Tierra. No tenía opción. El contrato, firmado con su propio icor, le obligaba a cumplir lo estipulado. Bueno, pensó enfurecido, atendería a aquel imbécil (*Sí, sí, sí, deja ya de aullar, saco de huesos. En seguida estaré ahí...*) Luego podría volver en el mismo punto de la eternidad y continuar sus preparativos. Aunque el viejo estúpido era capaz de pedirle algo cuya realización exigiera años enteros. Unos años más que Asmodeo tendría que esperar para su instante de triunfo...

—Bueno, no grite usted tanto. Aquí estoy. He venido tan pronto como he podido.

La habitación era magnífica, con sus fotografías astronómicas, la Vía Láctea, la galaxia Andrómeda, como si tuviera ventanas abiertas al espacio y al tiempo. El anciano estaba en la cama. Tenía más aspecto de momia que antes, y respiraba penosamente. Pero los ojos que se clavaron en Asmodeo eran todavía maliciosamente azules.

—¡Ah! Ya era hora. —La que hablaba no era su voz física—. ¡Vaya una formalidad! Debí suponerlo...

—Siento que esté usted enfermo —dijo Asmodeo, tratando de suavizar las cosas a fin de que el anciano se aviniera a razones y no le hiciera una petición descabellada—. ¿Está usted seguro de que éste es el momento?

—¡Oh! Sí, desde luego. El imbécil del médico quería llevarme a un hospital. Pero no estoy dispuesto a morir con un tubo de oxígeno pegado a la nariz y atendido por una empalagosa enfermera. ¡No, por Galileo que no! Pero sé que me ha llegado la hora. Noto los síntomas de la reacción Cheyne-Stokes. Es cuestión de minutos.

—En la habitación contigua he visto a una enfermera. ¿Quiere usted que la avise?

—¡No! No quiero que venga a meter las narices aquí. Tú y yo tenemos que hablar de negocios, amiguito. —Clipp se interrumpió a efectos del intenso dolor que experimentaba. Cuando el dolor hubo pasado, continuó—: Sí, eso es, tú y yo tenemos que hablar de negocios.

Asmodeo se inclinó.

—Desde luego, desde luego. Puedo hacerle recobrar la salud inmediatamente. ¿Desea que le devuelva un cuerpo de veinte años?

—¡Ohhhh! —se lamentó Clipp—. ¿Crees acaso que soy tan estúpido como tú? Me veo obligado a insistir en que no debes decirme más que las palabras absolutamente indispensables. No dices más que tonterías... No. Escucha. Yo he vivido para mi ciencia. Y hasta cierto punto he muerto por ella. La semana pasada me caí de la escalera del Observatorio. No creo estar anotado en las listas del infierno...

—No, no lo está usted —admitió Asmodeo a regañadientes. Arrastró impacientemente sus pezuñas por el suelo, miró su reloj y se preguntó cuánto iba a durar aquello.

—Bueno. Magnífico. Lo único que deseo es continuar mis investigaciones. Voy a morir. Pero cuando haya muerto tomarás mi alma, la cual supongo tendría que ir al Purgatorio...

—Así es —admitió Asmodeo mientras el cuerpo de Hobart Clipp luchaba por respirar.

—Sí... Tomarás mi alma a fin de que pueda explorar el universo material.

—¿Cómo?

—Todo el cosmos. Eso es, todo el cosmos. —Clipp se aferró desesperadamente a las sábanas—. No quiero que me sea servido nada en bandeja, ni siquiera el conocimiento. Quiero descubrirlo por mí mismo. Podemos empezar por estudiar el interior de la Tierra. Hay algunos interesantes problemas por resolver: la estructura del núcleo, el magnetismo, etc. Luego el Sol. Creo que podré invertir un millar de años en el estudio de las reacciones nucleares bajo las condiciones solares, sin hablar de la corona y de las manchas del sol. Luego los planetas. Luego el Alfa Centauro y sus planetas. Y así sucesivamente. Desde luego los problemas cosmológicos nos ocuparán también bastante tiempo... —Sus ojos relucían tan ardientemente que Asmodeo tuvo que cubrirse el rostro con un ala—. ¡El metagaláctico universo espacio-tiempo! ¡Poder estudiar su origen, su evolución, su estructura, su... sí, su destino!

—Pero... ¡esto nos llevará por lo menos un billón de años! —se horrorizó Asmodeo.

Clipp le dirigió una sonrisa de lobo desdentado.

—¿De veras? Entonces, antes de que haya transcurrido ese tiempo, las estrellas se habrán consumido, el espacio habrá alcanzado su máxima expansión, se habrá deshinchado de nuevo para volver a expansionarse. Lo cual significa que habrá empezado otro ciclo.

—Sí —sollozó Asmodeo.

—¡Maravilloso! —exclamó Clipp—. ¡Una investigación literalmente eterna, sin tener que llenar fichas de ninguna clase, sin tener que presentar ningún informe!

—¡Pero yo tengo mucho trabajo!

—Lo siento —replicó Clipp implacablemente—. Y recuerda que no quiero que me molestes con tu estúpida conversación. No eres más que mi medio de transporte. Esto va a colocarme a cien codos por encima de Kepler. Me pregunto si también él... quizás... ¡Ah, ah...!

Asmodeo oyó acercarse al Ángel Negro y voló al exterior. Allí gritó, y maldijo, y pidió justicia. Se revolcó por el suelo, y lo pateó y lo aporreó con sus puños. Nadie le contestó. Eran las primeras horas de una fría mañana primaveral, los pájaros trinaban, los renuevos de los árboles susurraban, el cielo sonreía...

De pronto el alma de Hobart Clipp atravesó la pared, miró a su alrededor y se frotó unas manos inexistentes.

—¡Ah! —exclamó—. ¡Gracias a Dios que ha terminado todo! Bueno, ¿nos vamos?

EL HECHIZO DE LA SOLEDAD

J. T. McIntosh

Ord estaba sentado en su sillón giratorio contemplando el Sistema Solar. La claridad de visión, no afectada por la cortina de doscientas millas de atmósfera de la Tierra, era tal, que desde su posición en la órbita de Plutón podía ver perfectamente, sin ningún aparato óptico, todos los planetas excepto el propio Plutón, oculto en un racimo de brillantes estrellas, y Mercurio, eclipsado en aquel momento por el Sol.

Pero Ord sabía exactamente dónde tenía que mirar. Todos los días, durante dos mil jornadas, había estado mirando el Sistema Solar. Había visto a Mercurio girar alrededor del Sol veinticinco veces; a Venus, más reposado, nueve; la Tierra había dado seis de los viajes familiares a través del espacio que significan años; Marte estaba en su cuarto viaje; pero Júpiter no había dado más que media vuelta.

—El poder verlos supongo que le sirve de ayuda —dijo detrás de él una voz musical, alegre. Aunque hablara con frecuencia de cosas serias, la voz de Una reía siempre—. Si no hubiese podido ver los planetas se habría convertido usted en un caso perdido hace ya mucho tiempo.

—¿Quién puede afirmar que no lo soy? —preguntó Ord—. Usted no, desde luego.

No se volvió aún. Prolongó el placer de la espera, saboreándolo casi extáticamente segundo a segundo..., como un empedernido fumador que retrasa deliberadamente, con un cigarrillo en la boca, el momento de encenderlo.

—Creo —replicó ella con su cantarina voz de siempre— que mientras hable usted tan cuerdamente acerca de la locura no hay peligro a que desvaríe.

El momento había llegado. No pudo esperar más. Hizo girar el sillón y la miró con una lenta e irónica sonrisa. Había visto mujeres más hermosas, pero ninguna, quizá, que conociera sus limitaciones como las conocía ella.

Una llevaba siempre aquella inmaculada blusa blanca, de cuello abierto, metida en la cintura de sus pantalones color verde botella. En su frente había cierta irregularidad que ella trataba siempre de disimular dejando caer una cascada de su hermoso pelo rubio ceniciento sobre un lado de su rostro. Sus dientes eran espléndidos en una sutil media sonrisa, que era todo lo que Una se permitía. En consecuencia, Una sabía cuáles eran sus atractivos y cuáles sus defectos, que disimulaba hábilmente.

—¿Cuánto falta ahora, Colin? —preguntó Una—. No controlo el paso del tiempo como hace usted. ¿Dónde pueden estar si se pusieron en marcha en el momento de fallar las señales?

—No he vuelto a pensar en ello desde que usted me lo preguntó la última vez. —No podía disimular el temblor de su voz—. Pero pueden estar muy cerca.

En el gesto de asentimiento de Una hubo cierta expresión de pesar.

Ord miró más allá de ella, en la pared opuesta, las ventanas de observación. No estaba encarcelado.

La estación espacial, a tres mil seiscientas millas de distancia del Sol, había sido diseñada para un hombre que tendría que estar siempre solo, que tendría que pasar dos años en completa soledad por el fabuloso sueldo de un encargado de estación espacial, y todo había sido dispuesto de modo que diera una impresión de comodidad y de habitabilidad, sin que se notara demasiado el vacío. El observatorio, la sala de máquinas, la antesala, el taller, el dormitorio, el cuarto de baño, los almacenes, incluso un cuarto de repuesto en el cual desaparecía Una, aunque no había sido diseñado para Una ni para nadie como ella.

Mientras miraba hacia las ventanas de observación, Ord estaba pensando en la actividad de la Tierra, seis años antes, cuando una de las tres señales direccionales de Plutón había fallado. Quedaban numerosas señales direccionales para guiar las naves a través del espacio, pero el repentino fallo de la señal de la Estación Dos debió tener algún efecto sobre la mayor parte de los viajes interplanetarios. Cinco minutos en el viaje a la Luna, en determinadas épocas; dos o tres días en los viajes a Marte o a Venus, según las posiciones relativas del punto de partida, el punto de destino y las otras dos señales direccionales de Plutón; semanas, incluso meses, en el viaje a alguno de los asteroides y los satélites de los otros planetas.

Quedaban dos radios de la rueda direccional, pero aquello dejaba un boquete de unos ciento veinte grados, al que sólo llegaban débilmente las señales direccionales de los puntos de destino de los navíos, sin ninguna señal universal que las reforzara.

La situación no era nueva. Quizás algún día existirían tantas líneas de señales en el Sistema Solar, que las naves no tendrían que conocer siquiera su emplazamiento. Se limitarían a apuntar sus cabezas en la dirección que desearan seguir y navegarían tranquilamente como galeones empujados por el viento. Pero los viajes interplanetarios no tenían aún un volumen suficiente como para hacer factible el duplicar las señales.

Si una señal fallaba, fallaba sencillamente, y tenía que transcurrir mucho tiempo antes que ésta fuera puesta nuevamente en funcionamiento, a no ser que el fallo se produjera en un momento propicio, por ejemplo cuando una nave estaba en camino para relevar a un oficial de estación y revisar las instalaciones. Sin embargo, a través de la historia, el fallo de algo fabricado por el hombre se había producido en los momentos más inoportunos.

Ord siguió mentalmente a la nave encargada de las reparaciones en su viaje de seis años. Una semana para prepararlo. Dos días para llegar a la Luna. Tres semanas para alcanzar Marte, que hubieran sido dieciséis días si la Estación Dos hubiese emitido sus señales. Luego, dificultades. Únicamente la pequeña señal de Ganímedes le ayudaría en su camino desde Marte. Casi nueve meses hasta Júpiter. Pero, por lo menos, al llegar allí la nave adquiriría alguna velocidad para ayudar a los cohetes durante los tres mil doscientos millones de millas..., y la larga y penosa búsqueda de la silenciosa mota en el espacio que era la estación espacial.

Once meses en total con la señal; más de seis años sin ella.

Una de las cosas que habían ayudado a Ord a soportar los cinco años de más que había tenido que pasar a bordo de la estación, a miles de millones de millas de distancia del hombre más cercano, era el pensamiento de los salarios que iban acumulándose en su cuenta. Los oficiales de estación eran necesarios y las diversas líneas espaciales tenían que aceptar la responsabilidad por ellos.

Tendría el porvenir asegurado, a los veintinueve años, cuando regresara a la Tierra.

Una se encogió de hombros.

—¡Oh! Ha sido muy agradable conocerle a usted.

—Yo también me he alegrado de conocerla, Una. He aprendido mucho. Los otros...

—Está usted quebrantando la norma número uno —le interrumpió ella—. No hablar nunca de «los otros». Procure no quebrantar la norma número dos.

—¿Qué norma es ésa?

—Debería saberlo. ¿Quiere que la quebrante yo? De un modo especial, no hablar de los que puedan venir.

Una hizo un gesto rechazando el tema, como si lo arrancara de un cuaderno de notas, arrugándolo y tirándolo.

—¿Vamos a jugar al ajedrez? —preguntó a continuación—. Hace mucho tiempo que no lo hacemos.

—De acuerdo. Pero no aquí. Vamos a la antesala.

Ord pasó delante, como si Una no conociera el camino tan bien como él. Colocó las piezas rápidamente, aleccionado por una larga práctica. Una no se sentó frente a él, sino que se posó en el borde del sofá. Siempre mantenía intacta su alargada y graciosa línea.

Acababan de hacer la primera referencia indirecta a algo que había estado creciendo desde hacía mucho tiempo. Indudablemente, Ord estaba cada día más cansado de Una. No era culpa suya ni de nadie. Aquella partida de ajedrez era una especie de despedida.

Una jugaba rápida y decididamente. Un movimiento un poco más rápido provocó la acostumbrada queja de Ord.

—Me gustaría que prestara usted un poco más de atención —protestó—. Si gana usted, me hace quedar como un imbécil al tomarme tanto tiempo para pensar las jugadas. Y si gano yo, no pierde usted nada porque es evidente que juega a la ligera.

Una se echó a reír.

—No es más que un juego —respondió.

Una ganó la primera partida.

—Suerte —gruñó Ord—. Ni siquiera se dio cuenta del peligro que corría al enrocarse bajo la amenaza del alfil.

—Tal vez no. Pero la amenaza se ha quedado en eso: en una simple amenaza.

Jugaron la inevitable segunda partida, e inevitablemente, también, ganó Ord.

Al igual que todos los jugadores de ajedrez que han ganado una partida que sabían que podían ganar cuando y como quisieran, se sintió relajado y satisfecho de sí mismo.

Ord bostezó.

Una se puso en pie.

—Sé cuando me echan de un sitio —dijo.

—No, por favor...

Una sonrió y desapareció en su habitación.

Ord pasó largo rato contemplando la cerrada puerta. Le habían advertido contra la *solitosis*, pero para él no era tan mala como decían. Y él tenía motivos para saberlo...

Se puso en pie y se dirigió a la sala de máquinas. Entre otras cosas, la estancia ofrecía un cuadro completo de las condiciones en que se encontraba toda la estación en cada momento. Podía sentarse delante de los discos e interruptores y contadores y comprobarlo todo, desde la temperatura exterior hasta la presión del aire en la más apartada de las habitaciones.

Podía ver claramente, por ejemplo, que la temperatura en la habitación de Una, en aquel momento, estaba por encima del cero absoluto..., pero muy por debajo de la temperatura conveniente para un dormitorio. Además, la presión del aire era sólo de ocho libras.

En una palabra, aunque había visto a Una entrar en la habitación y podía verla salir de nuevo, Una no estaba allí. La puerta nunca había sido abierta.

Una no existía.

El saber esto era un factor de mucho peso. Hacía mucho tiempo que Ord temía que llegara el momento en que no supiera distinguir la realidad de lo imaginado.

Pero si regulaba la presión de la habitación, aumentaba su temperatura y luego entraba en ella, vería a Una durmiendo en la cama. Y si un día se le ocurría matarla, Una moriría, y él tendría que apechugar con la dificultad de enterrarla fuera de la estación, en el espacio.

Todo esto era real..., para él.

Pero podía ver y apreciar los hechos indicados por los aparatos de control. Y aunque estaba cansado de Una, no podía pedirle sencillamente que se desvaneciera; había tenido que buscar una nave para llevarla allí, y tendría que buscar otra para que se marchase.

La solitosis no era una cosa nueva; había sido descubierta poco después del comienzo de los vuelos espaciales. Desgraciadamente, nadie había descubierto un sistema para combatirla, salvo eliminar las condiciones que la producían. El espacio no es simplemente un vacío; es un vacío superlativo: sin horizonte, sin firmamento, sin luz solar, sin tierra, ni verdor, ni edificios, sin tiempo ni continuidad, sin ningún miembro de la raza humana. Lo peor de todo era la falta de personas. Un eremita puede huir deliberadamente de la civilización, pero si le dejan solo en un mundo desierto se convertirá en un psicópata. Esto, a grandes rasgos, es la *solitosis*.

Existía un motivo para la permanencia de un oficial de estación espacial —que podía atender al manejo de la estación— y también para que sólo hubiera uno. Dos hombres no eran suficientes para protegerse el uno al otro de la *solitosis*. El número conveniente eran cuatro. Pero dejar a cuatro hombres en una estación espacial resultaba antieconómico. Dejar menos de cuatro y más de uno era peligroso para todos, ya que la *solitosis* puede ser homicida.

La solución lógica era dejar un solo hombre, que se convertiría en una víctima de la *solitosis*, desde luego, pero que generalmente no se causaba ningún daño a sí mismo y que recuperaba su estado normal al ser relevado.

Era muy sencillo. Y eficaz. Desde luego, los oficiales de las estaciones espaciales tenían que ser retribuidos generosamente para que se decidieran a aceptar dos años de desequilibrio mental. Los resultados asumían formas distintas, pero siempre existían momentos buenos y momentos malos.

Ningún oficial de estación estaba en condiciones de saber lo que iba a sucederle antes de firmar el contrato, ya que a ninguno de aquellos hombres le estaba permitido exponerse dos veces a la *solitosis*.

Pero Ord estaba más interesado en el problema de Una. Sabía, desde luego, que él no podía aportar ninguna solución. Su *solitosis* tenía características especiales. Evidentemente, en alguna parte de su cerebro estaba gestándose una decisión. Pero Ord ignoraba cuál era. Tenía que esperar y ver lo que sucedía. Aunque, estando tan cansado de Una, conocía las líneas generales.

Poniéndose el traje espacial, Ord salió al exterior. Cincuenta años antes, numerosas naves habían llegado allí para la construcción de la estación, cuyo poste de señales había sido transportado por seis cargueros. Cada nave de la flota había empujado o arrastrado una enorme mole de piedra para que la estación pudiera tener un punto de apoyo. Poco a poco surgió un nuevo planeta: un planeta de pequeño tamaño, aunque lo suficientemente amplio como para servir de base a la estación y capaz de seguir a Plutón en su órbita con un consumo mínimo de energía. En aquellos momentos se estaba construyendo una estación —la Estación Tres— en el propio Plutón.

Flotando suavemente sobre las rocas de aquel mundo oscuro y sin aire, cuya superficie sólo permitía el aterrizaje de una nave, Ord se detuvo ante el diminuto navío que Una había utilizado. El navío era tan real como ella, ni más ni menos. Ord había olvidado los detalles de la historia que explicaba la llegada de Una. La idea que una muchacha pudiera llegar completamente sola a una estación del espacio, en cualquier clase de nave, era tan absurda que Ord no se había preocupado de inventar una explicación convincente. Una, igual que las otras, se limitó a aparecer. Había intentado contarle una historia justificando su llegada, pero él la había interrumpido en seco. Así, la cosa resultaba más satisfactoria.

La nave, por lo que podía ver, se encontraba en perfectas condiciones. Aunque en realidad no la había examinado nunca de cerca. Ord no sabía de un modo consciente que estaba creando todo lo que veía, pero esto era lo que estaba haciendo.

Flotó de nuevo hacia la estación y entró en la sala de máquinas para examinar una vez más el poste de señales. No tenía ninguna avería grave. Ord hubiera podido repararlo en unas cuantas horas de haber dispuesto de las necesarias herramientas y de seis manos, lo cual era más de lo que la mayoría de los oficiales de estaciones del espacio podían decir.

Aquélla era la principal dificultad que presentaba un trabajo como el de Ord: los oficiales de estación debían poseer experiencia. Pero, ¿cómo podían tener experiencia si nunca habían realizado aquel trabajo?

Echó una última ojeada a la sala de máquinas y salió de allí.

A Ord se le ocurrió la idea de volver a la nave de Una, encontrar algún desperfecto y repararlo, de modo que ella pudiera irse. Pero aquello sería mimar su *solitosis*. Prefería estar lo más cuerdo posible.

En cierta ocasión había provocado la aparición de hombres, pero aquello no le dio resultado. No había conseguido interesarse lo suficientemente en su aspecto físico como para hacerlos reales. Podía conversar con ellos y disfrutar conversando, pero siempre eran fantasmas, y lo parecían. Las mujeres nunca habían sido fantasmas para él.

En realidad siempre había temido que llegara el momento en que creyera realmente en su existencia. Y, desde luego, había pensado a menudo en la posibilidad que cuando alguien llegara realmente, él creyera que se trataba de otra alucinación. Pero existían pocos motivos para temer aquello mientras le resultara tan fácil demostrarse a sí mismo que estaba solo en la estación.

Se quitó el traje espacial y se lavó y afeitó cuidadosamente, ya que había decidido, hacía mucho tiempo, que los hábitos normales de la existencia humana debían ser cuidadosamente conservados. A continuación se vistió, aunque en la estación no hacía frío. Al acostarse, Ord no se olvidaba nunca de ponerse el pijama.

Hubo una época —la época de Suzy y Marge— en que la vida aparente en la estación fue lo que podía haberse esperado de un hombre solitario. Pero Ord descubrió, de un modo claro y sencillo, que aquello planteaba demasiadas complicaciones. Una se había deslizado, quizás excesivamente, en dirección opuesta. Sus relaciones con ella hubieran podido proporcionar el tema de una novela victoriana para jóvenes, con la única diferencia que a Ord no le importaba que Una fumase.

Durmió doce horas. Se despertó una vez, medio convencido del hecho que había oído algo, pero no se movió, ya que no deseaba alimentar su propia neurosis.

Sólo cuatro horas después de haberse levantado empezó a preguntarse por qué no aparecía Una. Quizás estaba enferma. Quizás, aunque Ord no podía creerlo, había decidido inconscientemente morir para él de una manera definitiva.

Ord suspiró, se dirigió a la sala de máquinas y elevó a un grado normal la temperatura y la presión del aire de la habitación de Una. Luego entró en la habitación.

Una se había marchado, pero su perfume persistía. Ord se dirigió a la sala de observación y trató de localizar el navío de Una. Había desaparecido también.

Ord estaba un poco disgustado, pero no se acusó a sí mismo. Resultaba más fácil y más satisfactorio acusar a Una. Al menos podía haberle dicho adiós. A fin de cuentas, a él le había gustado Una. Y le hubiera gustado conocer a la verdadera Una, si es que existía en alguna parte. Se había cansado de ella principalmente porque nunca se había convertido en un personaje verdadero, creíble. Siempre había sido una mujer-tipo, y no de carne y hueso.

Permaneció en el observatorio buscando una nave con la mirada. Sonrió al pensar que lo que él creyera que era una nave, trayendo a otra muchacha con otra fantástica historia de haberse perdido en el espacio, pudiera ser en realidad la nave con el relevo.

Se alegraba del hecho que su *solitosis* no hubiera asumido la forma que asumió en Benson. Benson había perdido toda noción del tiempo. Había pasado millones de años subjetivos esperando la nave de relevo, aunque sólo tuvo que esperar dos años. A Benson no le había importado demasiado. Creyó haberse convertido en un gigante mental. En realidad su cociente de inteligencia había aumentado unos quince puntos. Luego volvió a disminuir en once puntos, pero desde luego Benson no tenía motivos para lamentar sus dos años de soledad. Sin embargo, Ord se alegraba porque a él no le hubiera afectado en el mismo sentido.

Tal como había esperado, la nave estaba allí preparándose a aterrizar. No era la nave del relevo, puesto que era demasiado pequeña. En realidad era demasiado pequeña para haber hecho el viaje desde la Tierra.

Ord se sintió de mejor humor. Se había portado tontamente en las últimas horas de Una, pero estaba dispuesto a compensarlo con las primeras horas de quienquiera que fuese la recién llegada. Porque la que llegaba era una mujer, evidentemente. La pequeña nave dio vueltas y más vueltas, como si no se decidiera a aterrizar. Ord pasó cinco interminables horas mordiéndose las uñas. Sin embargo, el aterrizaje no presentaba ninguna dificultad... Pero las mujeres solían hacer aquellas cosas. No quedaba duda en que la muchacha quería mantenerlo en suspenso. Y que ella tendría una explicación para todo.

Al final la nave aterrizó, y Ord, embutido ya en su traje espacial, salió apresuradamente a su encuentro. Cuando se aproximaba a la nave salió una figura de su interior y a través de la mirilla del casco vio Ord un rostro femenino.

La muchacha empezó a gesticular señalando la nave. Ord señaló la estación espacial. Ella sacudió la cabeza en el interior del enorme casco y volvió a señalar la nave. Ord estaba muy intrigado. Aquello era completamente nuevo.

De pronto, para indicar lo que quería decir, la muchacha se inclinó, arrastró ligeramente la nave y luego levantó la mirada hacia Ord. Éste acabó por comprender. La muchacha temía que la nave no estuviera segura allí.

Ord se echó a reír y trató de tranquilizarla sin palabras. Desde luego, una ligera brisa hubiera sido suficiente para romper la débil atracción del planeta y arrastrar a la nave. Pero en un mundo construido por el hombre, sin atmósfera, aquello no era ningún problema. Lo demostró cargándose la nave al hombro y elevándose un poco. Por un instante casi compartió el temor de la muchacha a que la nave no regresara al planeta, pero luego la gravedad la captó y la nave descendió suavemente. Era evidente que se necesitaba una considerable fuerza para separar la nave del pequeño mundo.

La muchacha dio media vuelta, dispuesta a ir con Ord a la estación espacial.

Ord cerró la cámara reguladora de la presión y empezó a quitarse su traje espacial. La muchacha, sin embargo, no estaba aún satisfecha. Examinó los contadores para asegurarse del hecho que la presión era suficiente. Luego abrió su casco y respiró lenta y precavidamente.

—Usted debe ser Baker —dijo.

Aquello fue otra sorpresa. Baker era el anterior oficial de la estación, y Ord había olvidado por completo su nombre. Por un instante Ord se preguntó horrorizado, si la muchacha era uno de los sueños que Baker había tenido siete años antes. Pero la *solitosis* de Baker no había adoptado aquella forma.

—No —respondió—. Me llamo Ord. Colin Ord.

—Antes de seguir adelante —dijo la muchacha—, dígame una cosa: ¿de qué modo le afecta a usted la *solitosis*?

Esto también era nuevo.

—Me hace ver cosas que no existen —respondió Ord cautelosamente.

—¿Y usted sabe que no existen?

—A veces.

—¿Sabe usted que yo estoy aquí?

Ord sonrió.

—Ni siquiera me lo he preguntado.

Repentinamente la muchacha le apuntó con un revólver.

—De una cosa puede usted estar seguro —dijo—. Este revólver está aquí. No deseo mostrarme desagradable, pero creo que debemos disipar todo posible malentendido. No soy un regalo para solitarios oficiales de estaciones espaciales, y en el momento en que usted haga algo que demuestre que cree que lo soy, este revólver se encargará de recordarle que está en un error. ¿Comprende?

—Perfectamente. Le he dicho a usted mi nombre. ¿Cuál es el suyo?

—Elsa Catterline. Desea usted saber por qué estoy aquí, ¿verdad?

—No de un modo especial.

Ella le miró con cierto asombro. Pero inmediatamente empezó a quitarse el casco y el traje espacial. Ord no hizo ningún movimiento para ayudarla. Siempre existía la posibilidad que ella pudiera ser realmente peligrosa.

—De todas maneras, voy a contárselo —continuó Elsa—. Maté a un hombre... El porqué y el cómo no importan. Tuve acceso a una nave experimental. Ésa que está ahí fuera. Pensé que si desaparecía durante un par de años...

—No siga —dijo Ord—. No le estoy haciendo preguntas.

—Lo sé. Y me pregunto por qué.

Elsa ganó la batalla con su traje espacial y surgió de su interior. Los ojos de Ord se ensancharon. Era hermosa, realmente hermosa, aunque él ya lo había esperado. Lo sorprendente era que llevaba la clase de atuendo que las muchachas de los relatos de las revistas llevan en circunstancias similares.

Por primera vez pensó Ord seriamente en la posibilidad que la muchacha fuese real. A veces los personajes reales son más fantásticos que los imaginarios.

—Me pregunto... —empezó a decir Ord.

—No lo haga —le interrumpió Elsa.

—Sólo estaba pensando en el mal rato que va a pasar usted cuando ese revólver empiece a pesarle en la mano. Porque es un revólver pesado. ¿Quiere que le proporcione un estuche?

Elsa enrojeció enfurecida. En aquel momento parecía el tipo de muchacha capaz de matar a un hombre. Su nariz, sus ojos y su boca estaban en el lugar exacto en donde ella misma los hubiese colocado, de haber podido hacerlo, para conseguir el mejor efecto, y todo en ella era compacto y perfecto, y producía una impresión de «eficacia». No la eficacia necesaria para manejar una nave espacial, o simplemente un revólver, sino la eficacia para obtener siempre lo que deseaba. Otra cosa que añadir a la creciente lista de puntos interesantes que Ord encontraba en Elsa era que no se trataba del tipo de muchacha que le hubiese atraído en circunstancias normales.

—Lo del revólver, si me permite decírselo —dijo Ord—, ha sido una idea estúpida. ¿Qué espera usted conseguir con él? ¿Cuánto tiempo pasará antes que se lo quite de las manos? Un par de horas, a lo sumo... Suponiendo que no se canse de empuñarlo ni tenga un solo momento de descuido, más pronto o más tarde necesitará dormir. ¿Puede usted cerrar una puerta en mi estación y estar segura que yo no podré abrirla? Yo no quiero mantenerla a usted en suspenso..., y usted no puede. —Se encogió de hombros—. Pero si ése es su gusto...

Súbitamente la muchacha dejó caer el revólver y le miró con expresión sonriente.

—No soy ninguna estúpida —dijo—. Pero tenía que estar segura que no era usted violento. Creo que puedo confiar en usted, Ord.

Él asintió fríamente.

—Desde luego —dijo.

Lo malo era que todo esto no aclaraba la cuestión de si Elsa era real o no. Que podía ser la sucesora de Una era tan evidente que no podía ni preguntárselo. Pero también era posible —difícil, pero posible— que una muchacha de la clase a que Elsa parecía pertenecer se hubiese apoderado de una nave espacial para escapar con ella.

Ord se sintió repentinamente cansado de todo aquel asunto. Deseaba volver a la Tierra. Wordsworth podía haber dicho lo que fuera acerca del hechizo de la soledad. Pero Wordsworth no se había pasado varios años solo en una estación espacial.

Ord deseaba la presencia de personas a su alrededor que le ayudaran a mantenerse cuerdo. Deseaba poder olvidar por unas horas, incluso por unos días, que existían unos seres llamados mujeres.

Sólo veinticuatro horas antes se había felicitado a sí mismo porque la *solitosis* no le había afectado irremediablemente. Y ahora no sabía si Elsa era real o no. En uno u otro caso, el síntoma resultaba desalentador. Si era real, debió haberlo sabido inmediatamente. Si no era más que otro fantasma, debió haberlo sabido inmediatamente también.

—Voy a echarle una ojeada a su nave —dijo.

Creyó que ella iba a objetar algo, pero se limitó a encogerse de hombros.

—Hubiese sido mejor que no se quitara el traje espacial —dijo.

Veinte minutos después estaba Ord en el interior de la pequeña nave. No llevó a cabo ninguna revisión. Ésta podía esperar. Allí había luz y había aire. Catorce libras por pulgada cuadrada señalaban los contadores.

Encontró un encendedor de gasolina y manipuló en él torpemente con sus enormes y semirígidos guantes. La llama ardió. Pero aquello no significaba nada. Si no había ningún encendedor, y él lo veía, también podía verlo arder donde no había aire.

En su traje espacial había una válvula para comprobar la presión del aire. Ord la abrió. El pequeño disco giró hasta alcanzar las catorce libras. El problema consistía en saber si había abierto realmente la válvula. Probó de nuevo, concentrándose, asegurándose de realmente asir la válvula. Sólo necesitaba darle media vuelta. La giró lentamente, penosamente. La vio girar. La aguja marcó catorce libras.

Ord notó que el sudor empapaba su frente. Tratando de engañarse a sí mismo, de dar un salto por delante de su propia mente, asió repentinamente la válvula y la hizo girar de nuevo. Se dijo a sí mismo que sólo estaba comprobándola. Miró hacia abajo.

Ninguna presión.

Levantó sus pesados brazos y se tambaleó como un sonámbulo dirigiéndose hacia la cámara reguladora de la presión de la nave. Sin bajar los brazos entró de nuevo en el cuarto de navegación.

El disco, que no había tocado, seguía sin señalar presión alguna. En la nave no había aire. No había ninguna nave.

Ahora que sabía esto, fue capaz de abrir y cerrar la válvula.

Elsa no era más real que Una.

* * *

Durante la última hora, Ord había pasado un mal rato. Se había dado cuenta que estaba perdiendo sus últimas defensas en su lucha por conservar la salud mental. Había ganado otra vez la batalla, pero quizás era la última batalla que podía ganar. La próxima vez podía fracasar en su intento de demostrar que todo era una ilusión.

Elsa había terminado. Había sido demasiado real e insuficientemente real. ¿Por qué habría dejado que Una se marchara?

Entró en la estación y se quitó el traje espacial. Encontró a Elsa en la antesala con el aspecto de una portada de revista.

—Márchese —le dijo abruptamente—. Fue un error que viniera usted aquí. Lo siento.

Elsa se movió rápidamente en busca del revólver. Ord se contuvo a tiempo, recordándose a sí mismo lo que sabía, y cuando Elsa disparó no sintió nada.

Ord se echó a reír.

—El instinto de conservación es demasiado fuerte —dijo—. No puedo dejarme matar, suceda lo que suceda.

Dio un paso hacia adelante. Elsa luchó por la posesión del revólver. Mordió a Ord en la muñeca y él sintió el dolor. Pero se apoderó del revólver.

—Si usted dispara contra mí no sucede nada —le recordó a Elsa—. Pero si yo disparo contra usted, usted morirá. Lo sabe, ¿verdad?

Elsa asintió hoscamente. Dio media vuelta, se puso el traje espacial y se marchó.

Al cabo de veinte minutos, su nave emprendió el vuelo. Ord no le dedicó la menor atención.

Seguía conservando el revólver en su mano. Lo metió en un cajón. Allí estaría hasta que se olvidara de él. Y entonces desaparecería.

A partir de aquel momento decidió que no habría más rendiciones ante la *solitosis*. No habría más Elsas, ni Susies, ni Margots. Cuando flaqueara su voluntad volvería a traer a Una o trataría de obtener una compañía masculina.

Durante unos días creyó que estaba ganando su batalla. Durmió bien y permaneció solo. Pasó mucho tiempo en la sala de observación, pero no vio ninguna nave.

Lo malo era que la lucha no tenía lugar en el plano consciente de su mente. Nada le advertiría antes que viera aparecer una nave; ninguna decisión consciente la llevaría hasta él. Luego sería demasiado tarde para convencerse del hecho que no había ninguna nave.

Finalmente llegó. Un diminuto punto luminoso moviéndose visiblemente. En cuanto lo vio, Ord salió de la sala de observación y luchó consigo mismo. Podía convencer a la otra parte de su mente que se trataba de un error, y cuando regresara a la sala de observación sería un error: el móvil punto luminoso habría desaparecido. Ya había ocurrido otras veces.

Pero la *solitosis* era progresiva, pensó tristemente cuando cuatro horas después volvió a entrar en la sala de observación y vio la nave. Si la cosa no se producía en un año, se producía en dos. O en cuatro, o en seis. Una, inteligente y reservada, había sido el último apoyo de una mente bajo constante fuego. Una era parte de la dolencia, sí, pero de una dolencia controlada aún firme y confiadamente. Cuando permitió que Una se marchara, quedó completamente indefenso.

Esta vez la nave era un bote salvavidas de un navío mucho mayor. No era ninguna novedad. Susy había llegado en un bote salvavidas. Lo mismo que Dorothy mucho más tarde.

Ord contempló el aterrizaje de la nave, notando que todo su cuerpo se empapaba en sudor. Cerró los ojos un momento tratando de concentrarse. Se le había presentado la ocasión de descubrir de una vez para siempre si era capaz de distinguir lo verdadero de lo falso. No despediría al nuevo visitante como despidió a Elsa cuando descubrió que era otro fantasma. Pero tenía que saber. Hasta que llegó Elsa, siempre había podido conocer la verdad. Perdiera lo que perdiera, no podía renunciar a aquel conocimiento.

Vio la figura embutida en un traje espacial que salía del bote salvavidas, y entonces bajó a la cámara reguladora de la presión y esperó.

* * *

Por un instante, el rostro que había detrás de la mirilla del casco apareció sumamente borroso. Luego fue aclarándose paulatinamente, como se aclara una imagen en una pantalla al ser enfocada debidamente.

Ord dio un suspiro de alivio. No había demostrado aún que la nueva muchacha era un fantasma, pero le iba a ser posible hacerlo después de todo. El rostro de Elsa, desde el primer segundo, había sido tan claro como el suyo propio en un espejo. ¿Cómo podía saber si era real o no?

La muchacha abrió la mirilla de su casco.

—¿Colin Ord? —inquirió vivamente—. Soy el doctor Lynn, de las Líneas Cuatro Estrellas. Marilyn Lynn. —Sonrió con una sonrisa amistosa y tranquilizadora. Una sonrisa profesional: la sonrisa de un buen médico, hombre o mujer, joven o viejo—. Cacofónico —añadió—, pero ya hace mucho tiempo que me he acostumbrado a él.

—Muy bonito —dijo Ord—. Como primera observación de un náufrago al llegar a una isla desierta, no está mal. Cuénteme el resto de la historia sin perder tiempo. ¿O acaso va a hacerse la tímida?

—No voy a decirle nada —dijo la muchacha— hasta que sepa algo más acerca de usted.

—¡Magnífico —respondió Ord—. El tono, la inflexión, la dicción... Todo encaja.

Vio con un sentimiento de alivio que pertenecía al tipo de Una. Era bonita, naturalmente, pero no fantástica. Y cuando se quitó el traje espacial vio que llevaba pantalones y un blusón, lo cual era razonable. Parecía inteligente. No era demasiado joven: tenía por lo menos los mismos años que él.

Ella le miró también con ojos críticos.

—No importa —dijo Ord—. Veo cosas que no existen. Especialmente personas.

Ella asintió.

—Ya lo he comprendido. ¿De modo que no cree usted que estoy aquí?

—Bueno, dígame una cosa —respondió Ord en tono escéptico—. ¿Lo creería usted si se encontrara en mi caso? —Recordó una línea de un verso (de Lear, probablemente) y citó—: «¿Qué harías en mi caso, para demostrarme que tú eres tú?»

Ella estaba sopesando la situación con mucha calma. No parecía importarle que Ord se diera cuenta de lo que estaba haciendo.

—¿Sabe usted que no soy real? —preguntó.

—No. Eso llegará con el tiempo. Al menos así ha ocurrido hasta ahora.

—¿Quiere usted decir que siempre se ha demostrado a sí mismo que sus... visitantes eran simples fantasías?

—Con un poco de lucha —admitió Ord.

—Muy interesante. Parece un caso de *solitosis* controlada. Es el primero del que tengo noticia.

Ord se echó a reír cínicamente.

—Desde luego, alimento mi ego. Y el final siempre es el mismo.

La muchacha señaló el traje espacial que se había quitado.

—¿Puede usted decir si esto es real o no?

—De momento, no. Más tarde, sí... Por lo menos así lo espero.

La acompañó a la antesala. Ella miró a su alrededor y asintió. Parecía complacida.

—Todo está limpio y ordenado. No puede usted imaginarse cuánto me alegro de haberle conocido, señor Ord.

—Eso no la hace parecer a usted real —replicó Ord rudamente—. Todas las otras dijeron lo mismo.

Marilyn le miró con una expresión de sorpresa.

—¿Por qué tendría que desear que me aceptara usted como real? —preguntó.

Fue como un bofetón. Ord no tenía la menor idea del porqué, pero esto no amortiguó el efecto.

—Es cierto —dijo lentamente—. ¿Por qué tendría que desearlo?

—Hábleme de las otras —sugirió Marilyn.

Como todo buen médico, daba la impresión que lo que motivaba sus preguntas era un interés personal, no clínico. Un buen médico, se dijo Ord, era fundamentalmente un artista, no un científico.

Habló largo y tendido. Adornó un poco el relato, pero habló sinceramente, de un modo especial en lo referente a Una y a Elsa, sus compañeras más recientes.

—Una es interesante —dijo Marilyn—. Era la única que sabía todo lo que usted hacía. No le permitía a usted hablar de ello, pero lo sabía.

Maquinalmente, Ord empezó a hacer café. Marilyn le contempló en silencio.

—¿Cuándo sabrá usted si yo soy real o no? —preguntó finalmente.

—No puedo decírselo. Tal vez dentro de cinco minutos, tal vez dentro de unas horas. Tal vez...

—No me diga cómo lo hará —le interrumpió Marilyn—. Todavía no. Primero hágalo. ¿No corro peligro? Quiero decir si va usted a disparar contra mí para comprobar si muero, o algo por el estilo...

Ord sonrió.

—Nada de eso. Si disparo contra usted, morirá..., como las brujas del cuento. Morían si estaban allí, y morían si no estaban.

—Su cerebro se ha conservado bastante ágil.

—Naturalmente. No he oído decir que la *solitosis* afectara a la inteligencia. ¿Y usted?

Marilyn guardó un significativo silencio.

Ord frunció las cejas.

—¿Quiere usted decir que sucede a menudo? ¿O siempre?

—Siempre, no. Frecuentemente. Es algo obvio, ¿no le parece? La mente desequilibrada, lógicamente, no funciona tan bien como una mente normal.

—¿Fue Benson la excepción que confirma la regla?

Marilyn asintió. Sabía quién era Benson. Esto, como todas las demás cosas, no demostraba nada.

Marilyn tomó la taza de café.

—¿Es esto parte de la prueba? —preguntó—. ¿Si se ha bebido realmente más café del que usted beba?

—No, eso no serviría de nada. Me sería muy fácil hacer la mitad del que creo que hago, llenar una taza y creer que lleno dos, tomar una inexistente taza de una inexistente muchacha, de este modo. —Tomó la taza de Marilyn—. Ahora puedo llenarla de nada, y más tarde...

Se interrumpió súbitamente, ya que había visto algo muy raro en el rostro de la muchacha. Horror, o tristeza, o comprensión, no podía asegurarlo.

—¿Qué le pasa? —preguntó Ord.

—No lo sé. Tal vez he entendido mal.

—¿Algo que yo he dicho? —continuó Ord—. Resulta fácil hacer la mitad de lo que creo que hago... Usted no lo ignora seguramente. Y tomar una taza cuando creo que tomo dos. Taza inexistente, muchacha inexistente... Si no existe la taza, debo mantener alerta una parte de mi cerebro para no verter café en ella...

Frunció las cejas.

—Ahí está de nuevo... Esta vez ha tratado usted de disimularlo, pero no lo ha conseguido del todo. Algo que yo he dicho o he hecho la ha asustado a usted, o la ha disgustado, o tal vez la ha interesado simplemente. No estoy manejando un café imaginario, ¿verdad? Parece real.

Marilyn había recobrado de nuevo el completo dominio de sí misma. Se echó a reír.

—No, desde luego. Está usted manejando un café real, lo cual significa que una parte de su mente sabe ya que soy real. Pero es la parte en la que usted no confía.

—No estaré haciendo algo que ignoro que estoy haciendo, ¿verdad?

Marilyn sacudió la cabeza.

—Puesto que insiste en pensar en ello, a pesar de lo que le he dicho..., lo que me ha impresionado han sido unas palabras suyas: que sabía usted lo que decía. Y eso no es horrible, ni aterrador, ni tiene por qué ponerme triste. Es algo que no podría explicárselo...

—¿Es eso lo único que va a decirme?

Marilyn contestó con otra pregunta.

—¿Hacen sus válvulas lo que usted les ordena?

—No. Usted sabe que no.

Marilyn dejó la taza sobre la mesa.

—Yo fregaré los platos —dijo—. ¿Servirá esto para demostrar algo?

—A veces, las mujeres más inteligentes hacen unas preguntas increíblemente tontas —respondió hoscamente Ord—. La próxima vez que los utilizara, podría imaginar que los había fregado yo mismo. ¿No le parece?

—Desde luego. —Sus ojos, castaños, muy hundidos bajo unas delgadas cejas, le siguieron mientras Ord se levantaba súbitamente—. ¿Adónde va usted?

—A descubrir si es usted real.

—A mi nave... Adelante.

Ord se dirigió a la cámara reguladora de la presión y se puso su traje espacial. Seguía pensando qué podía haber dicho para hacer aparecer aquella extraña expresión en el rostro de Marilyn. Pero era evidente que, sin ayuda, no conseguiría nunca resolver el problema. Lo que había dicho era tan sencillo, tan evidentemente cierto... No dudaba que, con el tiempo, ella acabaría diciéndoselo. No importaba.

En lo que había sucedido, no había nada que resolviera el problema del momento. Posiblemente, para añadir a todos los demás argumentos contra la posibilidad que Marilyn fuese una mujer real, existía el hecho que, en caso de serlo, habría insistido en ello. Pero, después de todo, ¿lo habría hecho? Marilyn era un médico, quizás un psiquiatra. Conocía la *solitosis*.

Un médico de cualquier clase, se dijo a sí mismo, al encontrarse ante alguien que padeciera *solitosis*, procuraría llevarse bien con él, seguirle la corriente, no decirle nada, no negar nada, no insistir en nada.

Esto era de vital importancia. Ord lo sabía, aunque ignoraba exactamente por qué.

La prueba que había dado resultado con la nave de Elsa era tan buena como cualquier otra. Podía no dar resultado dos veces consecutivas, pero él debía intentarlo, de todos modos.

Abrió la válvula de su traje espacial, comprobando que no registraba ninguna atmósfera. Luego levantó los brazos. Después de abrir la cámara reguladora de la presión de la nave, mantuvo las manos unidas por los pulgares. Unos instantes después se encontraba en el cuarto de navegación de la pequeña nave, que era el único cuarto que allí había, y sus manos seguían unidas.

La aguja registraba quince libras. Ord se sintió invadido por una penosa sensación de fracaso.

Había concentrado todas sus fuerzas, asegurándose del hecho que la válvula estaba realmente abierta y que no había tenido una sola oportunidad para cerrarla. Probó de nuevo, abriéndola y cerrándola.

Debía saber ya que cada prueba sólo daba resultado una vez. Reflexionó, tratando de conservar la calma.

La *solitosis* no era una psicosis suicida, o por lo menos nunca lo oyó decir. Ni lo había leído. Había tenido una prueba de ello cuando Elsa disparó contra él y no sintió nada, a pesar que ella parecía absolutamente real. Podía sentir un dolor, como cuando Elsa le había mordido, pero era un dolor momentáneo.

Golpeó con el puño la masa que veía frente a él. En el lugar donde la nave había aterrizado no existía ninguna roca de aquella altura. Y allí había una masa, o no había nada.

Su guante estaba construido para resistir un vacío, pero no estaba almohadillado contra un impacto. Su mano le dolió y siguió doliéndole.

Tercamente, siguió golpeando aquella masa hasta que no pudo obligarse a sí mismo a soportar aquel dolor.

Allí había una masa. Por lo tanto, había una nave. Su mano ilesa ascendió hasta la mirilla de su casco. Vaciló, luego se recordó a sí mismo que la *solitosis* no era suicida. Abrió la mirilla. Sintió su nariz, sus ojos, su barbilla. Se pellizcó la mejilla.

La mirilla de su casco estaba abierta, y podía respirar.

Sólo quedaban dos posibilidades. O bien Marilyn y todo lo que había llegado con ella eran reales, o bien él había llegado a un extremo tal en su *solitosis*, que ni siquiera podía estar seguro de si había salido de la estación...

Y si Marilyn era real...

Trató de rechazar aquella idea, que se adentró insidiosamente en su cerebro. Estaba dispuesto a creer en Marilyn, pero había algo que él no podía ignorar. La *solitosis* ataca a todo el mundo. La gente puede luchar contra ella, pero no puede evitar su ataque. Sin embargo, a Marilyn no la había afectado. La *solitosis* se reconoce inmediatamente. Incluso él podía reconocerla.

No podía decir si Marilyn existía subjetiva u objetivamente... ¿Podía decir acaso que existía la estación, que existía la Tierra, que existía una Galaxia? ¿Había alguna diferencia esencial entre Una y su madre o su hermana? ¿Eran todas ellas seres nacidos en su mente?

La propia vida podía ser una idea de su mente. La materia podía ser simplemente un concepto. Él existía. Podía aceptar este hecho. Pienso, luego existo. ¿Podía aceptar algo más?

Se obligó a sí mismo a volver a la normalidad, limitando el problema a Marilyn. Ella existía, y dado que había llegado en una nave en la cual él podía abrir la mirilla de su casco, existía más de lo que Una había existido.

Aferrándose obstinadamente a esta idea, cerró la mirilla de su casco y regresó a la estación. Ahora parecía estar muy lejos.

El esfuerzo mental puede ser más agotador que el esfuerzo físico. Y Ord acababa de realizar un gran esfuerzo mental. Fuera cual fuese la verdad, había luchado demasiado denodadamente para acercarse a ella o para alejarse.

Abrió la cámara reguladora de la presión, entró en la estación y se desplomó sin sentido.

Veinticuatro horas más tarde, supo que se había demostrado la existencia de Marilyn por encima de cualquier razonable duda. Había estado enfermo, y Marilyn le había cuidado.

—Se ha demostrado usted lo que quería demostrarse —le dijo Marilyn, cuando lo peor hubo pasado—. Pero, ¿cree que valía la pena?

—Valía la pena —dijo Ord, sentándose en la cama—. No hay ninguna filosofía importante que no se haya basado en la realidad. Para un hombre, es lo que más importa.

Marilyn sacudió la cabeza, sonriendo.

—Es lo que más le importa a usted -dijo—. Y la *solitosis* afecta a lo que más le importa al individuo. Pero, no debemos seguir hablando de esto.

Había en ella una ternura, un valor, que ninguno de los fantasmas podían haberle dado, porque los fantasmas no eran más que reflejos de sí mismo. Él los había hecho tal como eran.

—¿Cómo ha evitado usted la *solitosis*? —preguntó.

Marilyn volvió a sonreír.

—Del único modo posible. En la Lioness, la nave del relevo, hay cincuenta hombres y mujeres. La cifra está muy por encima del punto crítico. Pasará aún algún tiempo antes que ellos puedan aterrizar en este pequeño mundo, pero mientras estén maniobrando me ayudarán a conservar la salud mental, sólo con estar allí. Porque yo sé que están allí. Cuando usted lo sepa, se sentirá mucho mejor.

Ord no hizo más preguntas. Las explicaciones largas y complicadas no resultaban nunca satisfactorias. Cuanto más sencilla era la explicación, más fácil resultaba creerla.

—El aterrizaje les llevará mucho tiempo —dijo—. Pero ahora no me importa.

Vio la misma sombra cruzar por el rostro de Marilyn.

—Dígame —inquirió rápidamente.

—Míreme.

La miró. Tenía una belleza tranquila, serena. Llevaba aún el blusón y los pantalones. Ord vio también, con una leve sensación de pesar, que, aunque no llevaba anillo de boda, en su dedo anular había una franja de un color más claro, en el lugar donde había llevado uno.

—¿Sí? —la apremió Ord.

—No me di cuenta hasta que usted habló de una muchacha inexistente —dijo Marilyn en voz baja—. Yo era real, sí, pero no tal como usted me veía.

Se anticipó con un gesto a toda posible objeción.

—No, no es tan terrible —continuó—. Casi todas las cosas eran como usted pensaba. Es natural que se envíe a un médico a visitar a una persona enferma. Yo soy médico, y en tiempos fui una muchacha. Pero de eso hace ya cuarenta años. Y usted me ha hecho joven y hermosa.

Ord se esforzó para que su risa sonara natural.

—¿Eso es todo? Me ha tenido preocupado, dejándome pensar que...

La muchacha no oyó aquellas palabras. No pensaba en el valor que había demostrado al presentarse allí, sola. Todos los médicos tienen que correr sus peligros.

—Resultaba agradable ser de nuevo una muchacha —murmuró pensativamente—. Podía verme a mí misma en sus ojos, y —casi— era joven de nuevo. Me gusta usted. Si no hubiese sido algo tan absolutamente ridículo, me hubiese enamorado de usted.

»En las próximas semanas, Ord, yo seguiré envejeciendo mientras usted irá mejorando. Tendremos un excelente punto de referencia para comprobar su mejoría. Cuando me vea usted tal como realmente soy, estará curado.

Ord apoyó cariñosamente la mano en el brazo de Marilyn. Estaba pensando en el valor que había demostrado al anticiparse a la llegada de la nave de relevo, sola, porque pensó que podía ayudar a un hombre que tal vez no estaba en su sano juicio.

—Creo —dijo— que ahora la estoy viendo tal como es.

EL VIDRIO DE IARGO

Colin Kapp

El Panamanian Girl, procedente de la Tierra, arribó a Port Suma, en largo, con un cargamento de máquinas, herramientas, piezas de cerebros electrónicos y un poeta. Este último saludó a los azulados cielos de largo con una sonrisa que los igualaba en esplendor, y dio una airosa inclinación a su gorra para bailar con su sombra sobre las blancas y brillantes arenas. El capitán de la nave Se quitó tristemente su propia gorra, contemplando cómo se alejaba el poeta. Tres meses de vuelo espacial son muchos meses para no acoger con agrado cualquier demostración de agudeza que hiciera menos aburrido el viaje. Y el poeta había dado pruebas de una exuberancia espiritual realmente asombrosa. En las paredes interiores de la nave resonaba aún el eco de sus versos:

> *Me llamo Jason van Tere.*
> *Siempre soy bien acogido*
> *Reconozco que mi estro*
> *es a veces poco diestro...*

—¡Dios se apiade de Iargo! —le dijo el capitán al primer oficial.

El Inspector de aduanas estaba muy impresionado por el espectáculo de la enorme nave que acababa de aterrizar, y no le extrañó lo más mínimo encontrar el nombre de un poeta en la hoja de ruta.

—¿Tiene algo que deba declarar?

—Únicamente dos troqueos, un ditirambo y seis pies yámbicos.

El Inspector simuló consultar sus catálogos con una sonrisa comprensiva, ya que en otra época también él había sido un hombre culto.

—Los troqueos están libres de impuestos, los ditirambos no pagan derechos de aduana, y los pies yámbicos son de libre importación. —Estalló en una carcajada ante su propia agudeza—. ¡Poeta, bienvenido a Iargo! Un artista es aquí un objeto de lujo, pero tenga cuidado, dispensador de aleluyas, no sea que consideren herética su poesía. La ley de la Compañía no respeta a los individuos.

—No —dijo el vate—, pero la justicia poética también respeta a ley de la compañía.

A la sombra de un árbol enorme, el capitán de la policía esperaba que se acercan el poeta, asombrado por el andar saltarín de su presa.

—Standez, de la policía de Iargo —dijo el capitán, mostrando su carnet—. Le estaba esperando.

El poeta estudió al oficial con los ojos entornados.

—¿Debo entender que mi presencia no es bien acogida?

—No exactamente, aunque los tiempos no están como para que tengamos demasiados miramientos. Como usted ya debe da saber, existen muchos puntos de... digamos fricción entre la Compañía y la Tierra. Por lo tanto, su posición es algo delicada. Se ha presentado usted en Port Suma en una nave de carga y sin anunciar previamente su llegada. Esto le hace ya sospechoso.

—¿Sospechoso dé qué? —preguntó el poeta con expresión divertida—. ¿Teme usted que haga sabotaje con mis versos? He venido en calidad de poeta, poco conocido, quizás, pero no por ello menos lírico.

—¿De veras? No es usted muy ingenioso, que digamos. El Servicio Secreto de Iargo nos ha advertido que el Comité Especial Terráqueo enviaría un agente para provocar dificultades a la Compañía que administra estos territorios. He tenido anteriores contactos con el C.E.T., y no subestimo su astucia ni sus recursos. Es posible que sea usted ese agente, aunque dudo que se hayan decidido a enviar a un necio.

El poeta no se inmutó.

—Soy Jason van Tere, poeta, retozón y príncipe de la perversidad; especialista en cosas inesperadas, soy el maestro de lo desconcertante y de lo desatinado. Convierto en paradoja lo ortodoxo, y extraigo el caos de la consonancia. Soy un verdadero diablo.

—Cuando usted lo dice... —replicó Standez secamente—. Pero eso no contesta a mis preguntas. Lo que tengo que decidir es si es usted un loco de buena fe, o un sutil saboteador. ¿Qué es lo que le ha traído a usted aquí?

—Represento al elemento inesperado en la sociedad humana.

—Una ocupación peligrosa —dijo Standez—. Yo represento a las fuerzas de la ley y el orden. Somos mutuamente opuestos.

—En tal caso, mantengamos un statu quo entre nosotros.

—Que me aspen si le entiendo a usted —dijo Standez—. Es demasiado listo para ser un loco, y demasiado ridículo para ser inteligente. Pero, idiota, intelectual, o impostor, su talento es indiscutible. Y no me gusta ver destruidas las cosas raras.

—Entonces, ¿puedo marcharme?

—Por una rara casualidad, no le he visto llegar a usted. Estaba mirando hacia el otro lado. Dentro de una semana quedaré muy sorprendido al encontrarle a usted aquí Entonces tendrá usted una autorización oficial para quedarse, o un bonito entierro. Usted es quien debe decidirlo.

* * *

Pero el poeta no le escuchaba. Sus ojos vagabundeaban por Port Suma, una ciudad ribereña edificada contra las blancas laderas del Monte Deseo, como un pueblo de tarjeta postal. Las dispersas terrazas, con brillantes parasoles y marquesinas junto a las encaladas paredes, sugerían un espíritu carnavalesco. El poeta imaginaba que podía percibir en el aire la cálida excitación de la semana de Carnaval. Pero un escalofrío inundó su corazón.

—Iargo ha cambiado —murmuró—. No hay en él alegría, ni imaginación. Intuyo muchas dificultades. La última vez que estuve aquí, llevaba una corona de laurel en la cabeza y me dispensaron una acogida digna de un príncipe. Ahora ha acudido a recibirme un policía miope y una elástica sentencia de muerte.

Standez se encogió de hombros.

—El tiempo y la Compañía han cambiado muchas cosas. Quizás alguno de nosotros no ha cambiado al mismo ritmo.

—El tiempo —dijo el poeta— es algo que no puede dominarse. Pero la Compañía tendrá que andarse con mucho cuidado.

—Está usted jugando a un juego —dijo Standez—. Haga usted un solo movimiento sospechoso, y dispararemos primero, para condolernos después. No podríamos obrar de otro modo, ni siquiera para salvar nuestras almas.

—No se preocupe. No llevo nada más ofensivo que un retruécano cargado.

* * *

En el mundo que la Compañía administraba en Iargo había empezado una nueva empresa del vidrio. El fabuloso vidrio de Iargo era único. Se pagaba más caro que los diamantes, y la Compañía conservaba celosamente su secreto.

—Un vidrio milagroso —dijo el comerciante—. Con más brillo que el diamante, más transparente que el cristal, resplandeciendo con los millones de luces que reflejan el alma de Iargo.

—Y su angustia —dijo el poeta.

Cogió el magnífico jarrón y lo examinó cuidadosamente. Era fuego, ardiendo con brillo cegador en cada matiz espectral, y perfecto en su forma. De cualquier lado que lo volviera, centelleaba y llameaba con lenguas de fuego helado.

—¿Está en venta este jarrón?

—En otra época te hubiera dicho que no —dijo el comerciante—. Mis hijos y yo hemos pasado hambre y nunca nos hemos decidido a vender esta pieza. Pero, ahora, el comercio de Iargo está muerto, y para vivir tengo que venderlo todo, incluidos mis hijos. Hazme una oferta.

—Medio mega —dijo el poeta.

El comerciante se quedó mirándolo, con la boca abierta por el asombro.

—La oferta es realmente generosa, pero ni siquiera en mi pobreza quiero que nadie pueda llamarme ladrón. Si te pidiera cinco kilos, sería pedirte demasiado.

—Medio mega —dijo el poeta—. Y ni un crédito menos.

—¡Pero eso es una locura! Me ofreces cien veces su valor... ¿Qué modo de regatear es ése?

—Cambio valores antiguos por valores nuevos —dijo el poeta, contando los billetes.

—Forastero —dijo el comerciante, con lágrimas en los ojos—, en Iargo podemos hacer algo con los valores nuevos. Estamos viviendo unos tiempos muy duros. Las cosechas han ido mal, y los alimentos escasean. Los comerciantes vidrieros han perdido su principal medio de vida desde que la

Compañía se hizo cargo del comercio de exportación. Se avecinan tiempos terribles.

Miró a su alrededor con expresión asustada, como si temiera que sus palabras hubiesen sido oídas.

—Forastero —continuó— he hablado demasiado. Perdona mi confusión y mi falta de modales. Te enviaré el jarrón a tu hotel. Y, ahora, para sellar nuestro trato, permíteme que te ofrezca una copa de vino.

El poeta levantó su copa con una especie de reverencia y paladeó sibaríticamente la bebida.

—Vuestro vino de Iargo es bueno: tiene cuerpo, es dulce y no le falta graduación.

—¡Por usted! —dijo el comerciante.

—¡Por la confusión! —brindó Jason van Tere.

En su habitación del hotel, el poeta abrió el paquete en el que había llegado embalado el jarrón y, cogiendo este ultimo, se acercó a la ventana. Incluso a la escasa claridad del atardecer, el jarrón brillaba como una fabulosa joya. Tenía una belleza sumamente frágil, pero en aquella pequeña obra de arte permanecían ocultas la fuerza y la autonomía de la Compañía de Iargo. La manufactura era exquisita... pero hubiera podido ser igualada por los artesanos de media docena de mundos: sólo el vidrio de Iargo era realmente único.

El poeta dejó el jarrón sobre la mesa y lo contempló con expresión pensativa durante un considerable período de tiempo. Luego, con evidente emoción, golpeó el jarrón con un pesado cenicero y lo hizo añicos.

El hecho de que el destrozado jarrón le hubiera costado al Comité Especial Terráqueo una respetable fortuna hizo asomar una sonrisa de desdén a sus labios. El vidrio de Iargo poseía un índice de refracción superior al del diamante, y el hecho tenía intrigados a todos los mundos civilizados. Pero no había modo de descubrir aquel secreto, que desafiaba definiciones y análisis. El poeta sólo necesitaba descubrir aquel secreto para acabar con el predominio de la Compañía.

Se sentó en medio de la creciente oscuridad, contemplando los fragmentos y perdido en sus pensamientos, soñando en el Iargo que había conocido en cierta ocasión y en su época de estudiante en Heidelberg, cuando todas las cosas eran limpias y estaban llenas de promesas.

* * *

En Port Suma había viñedos, que se extendían por las laderas del Monte Deseo y flanqueaban la polvorienta carretera que discurría a través de las aldeas y pueblos. Aquí, el curso de la vida se había visto menos afectado por el nuevo estado de cosas, ya que los vinos de Partos y Menatin, aunque agradables al paladar, no tenían suficiente «clase» para convertirse en articulo exportable. Las casas de labor se bastaban a si mismas, y los campesinos se limitaban a trabajar sus tierras y a ocuparse de sus propios asuntos.

Eran las pequeñas cosas las que denunciaban la nueva situación; los pequeños detalles son reveladores para quienes estudian los cambios. La vigilante mirada del poeta observó la hierba que crecía entre las piedras del enlosado sendero que conducía a la iglesia, y el fatalismo que reflejaban los ojos de los campesinos a medida que las nuevas filosofías oficiales extirpaban las antiguas de su corazón. En Menatin, sin embargo la perversidad había perdido su fachada.

Era la época de la fiesta de la cosecha, pero la Compañía la había abolido y sustituido por el festival de Dionisio. Los ancianos no habían claudicado y seguían mostrando su desaprobación, pero los más jóvenes, ansiosos de novedades y de encontrar una válvula de escape a su sentimiento de frustración, vertían sus corazones y sus almas en una salvaje orgía báquica. El vino corría en abundancia, enloqueciendo a los participantes de la nueva fiesta y a sus bacantes, que se entregaban al placer con absoluto abandono.

* * *

El poeta contempló la escena con la mayor atención, distinguiendo bajo aquella discordante locura la mano experta de un manipulador profesional de hombres. Aquellas orgías eran un producto de la propaganda y tendían de un modo deliberado a la regresión de los hombres a la barbarie física y mental, un clima favorable al despotismo y a la esclavitud, y a unos sistemas legales contrarios a las normas más elementales del mundo civilizado. El poeta se preguntó los motivos de que aquella zona hubiera sido «trabajada» con más intensidad que las otras.

—Los dioses paganos han vuelto a hacer acto de presencia entre vosotros —dijo alguien en voz baja, detrás de él.

El poeta se volvió hacia el negro traje talar del sacerdote de la capilla de la Misión.

—Hara, Afrodita, Ares, Dionisio y Némesis —dijo el poeta—. Los dioses de la venganza, del amor, de la guerra, del vino y de la retribución. Algo para distraer a. la gente de la creciente limitación de su libertad. Hay que ser muy valiente para llevar esas ropas en Iargo, padre. Estos tiempos son muy peligrosos para dedicarlos a esos ideales.

—He perdido algo más importante que la vida —dijo el sacerdote—. ¿Qué puedo temer ahora? Veo que eres extranjero y consciente. Ven conmigo, tengo algo que divulgar antes de que las nuevas prácticas acaben conmigo.

Asombrado, el poeta siguió al sacerdote hasta la casa Misión.

—¿Está usted siempre tan dispuesto a abrir su corazón a los desconocidos?

El sacerdote era un hombre anciano y paciente, con el pelo blanco y una sonrisa de infinita comprensión.

—El que contempla el festival de Dionisio con la expresión que había en tus ojos no es un desconocido para mí Sean cuales sean sus creencias. Lo que voy a decirte puede costarte la vida. Por lo tanto, debes decidir si quieres escucharlo o no.

—Soy un poeta, Padre. No temo a las palabras.

—Entonces, escúchame, ya que no me queda mucho tiempo. La gente de Iargo se está muriendo de hambre. El pan y la harina escasean, y escasearán todavía más. Han dicho que el mal tiempo ha arruinado las cosechas.

—Eso he oído.

—Has oído una mentira Tengo amigos en todo Iargo, y todos me han dado los mismos informes: las cosechas han sido excelentes.

—Lo sé —dijo el poeta—. He estado en los campos y los he visto en todo su esplendor. En Iargo hay más misterios de los que la Compañía quiere admitir.

* * *

Incluso antes de que las fogatas fueran encendidas, el vino había cobrado su tributo a los participantes en la fiesta y el letargo había tendido su manto de plomo sobre el lugar las fogatas, descuidadas una vez encendidas, arrastraban largas columnas de humo a través del increíble anochecer.

Una hora después de la puesta del sol, el poeta se encontraba en el borde de la enorme garganta blanca de la montaña. La campana de la Misión tañía tristemente. De pronto, una hilera de luces taladró las sombras de la montaña: por la carretera avanzaba un grupo de vehículos ocupados por soldados embutidos en el temido uniforme negro y amarillo de la Guardia de la Compañía. El poeta se apresuró a ponerse fuera de su vista y los contempló mientras pasaban, súbitamente angustiado al darse cuenta del propósito que les guiaba.

La noche se hizo oscuridad y silencio, quebrado solamente por el quejumbroso tañido de la campana. Luego, también la campana enmudeció tras el tableteo de unas ametralladoras, y las llamas de la incendiada Misión se alzaron como alma valerosa alma en un mar de oscuridad.

* * *

El poder absoluto produce una absoluta corrupción. La Administración de la Compañía de Iargo estaba absolutamente corrompida.

Iargo se estaba muriendo de hambre, pero los graneros estaban llenos. Ninguna Administración coquetea con la revolución, a menos que las ganancias a obtener justifiquen el riesgo.

El vidrio de Iargo era único. Las exportaciones aumentaban proporcionalmente al poder de la nueva Administración. ¿Cómo equiparar los índices de refracción con los estómagos vacíos?

Por la mañana, el poeta se encontraba en las afueras de Klitz, donde funcionaban las grandes fundiciones de vidrio. En la parte alta del valle el aire era puro y vigorizaste, pero, a medida que descendía, las vaharadas sulfúricas de las grandes chimeneas creaban una especie de neblina que se aferraba desagradablemente a la garganta.

El poeta se dirigió a una casa de aspecto antiguo edificada contra la escarpada pared meridional de la montaña. El ocupante de la casa le contempló con el ceño fruncido.

—¿No te cuerdas de mi? —preguntó van Tere.

Sterner le miró fijamente.

—La cara no la recuerdo... pero las manos... ¡Ah, las manos! Son las manos de un artista. Las he visto trabajar en alguna parte.

—Hace ocho años, en la Tierra, en la Exposición Galáctica. Ganaste el primer premio de improvisación en el elaborado del vidrio.

—Y tú, el segundo —dijo Sterner, alegremente—. Ahora lo recuerdo. Fue una lucha muy reñida.

—Perdí ante un maestro —dijo el poeta—. Pero me prometiste que algún día me enseñarías el verdadero arte, tal como se practica en Iargo. He venido a recordarte aquella promesa.

Sterner empujó la jarra de vino a través de la mesa.

—¡Imposible! —dijo—. Perdóname pero los tiempos han cambiado. Ahora ya no hay exposiciones. Ahora sólo hay trabajo y más trabajo. La Compañía es muy exigente en sus contratos, y su incumplimiento acarrea duras sanciones. Si deseas presenciar los trabajos de elaboración del vidrio, ¿por qué no vas a una de las fábricas de la Compañía?

—Porque no he sido bien recibido en Iargo, y porque tú eres uno de los pocos vidrieros independientes que puedes enseñarme lo que deseo aprender.

—De modo que es eso... —Sterner se puso en pie y dirigió una cautelosa mirada a través de la ventana—. Confieso que tu presencia me sorprende, ya que todos los puertos están cerrados a los visitantes. ¿Acaso eres un espía?

—Algo por el estilo —asintió el poeta—. Soy un agente del C.E.T. y ando a la caza de la Compañía de Iargo.

Sterner le miró desabridamente.

—¿Esa es la protección que nos fue prometida bajo la Ley Galáctica? Ningún hombre puede luchar contra la Compañía.

—Yo puedo hacerlo. La Compañía está perdida si se ve privada del monopolio del vidrio, y este monopolio depende de la fórmula secreta del vidrio de Iargo. Estoy tratando de descubrir ese secreto.

—No cuentes conmigo —dijo Sterner, sacudiendo gravemente la cabeza—. Soy un verdadero vidriero de Iargo. Aunque deplore el despotismo de la Compañía, tengo que ser fiel al gremio.

—No te pido que hables. Sólo te pido que me dejes trabajar. Conozco todos los vidrios de la Galaxia, pero para llegar a conocer el vidrio de Iargo tengo que estudiarlo en la masa. Necesito trabajarlo con mis propias manos para obtener las pistas que estoy buscando.

—Con esa locura firmarías nuestra sentencia de muerte. Una sola palabra a la Guardia de la Compañía, y nos colgarían sin remisión.

—Puedes reconocer las manos —dijo el poeta—, pero no sabes nada del hombre.

* * *

Por la noche, la zona vidriera de Klitz se convertía en una especie de infierno. De un extremo a otro del taller aparecía iluminado por la claridad rojiza de un millar de hornos, cuyo brillo maligno quedaba amortiguado por las pesadas nubes de humo que planeaban sobre el valle. La mayoría de las fundiciones eran propiedad de la Compañía, pero Sterner, uno de los pocos vidrieros independientes que quedaban, seguía trabajando en sus propios hornos, en reconocimiento a la excepcional habilidad que él y su equipo poseían.

Su taller era pequeño y los procedimientos de elaboración no se habían modernizado. Sus operarios seguían soplando el vidrio del modo más primitivo y, a la vez, más perfecto. Utilizando herramientas tan antiguas como la historia del vidrio, aquellos excelentes artesanos producían verdaderas obras de arte que hubieran hecho palidecer de envidia a los vidrieros de Bizancio o de Venecia.

* * *

Trabajaban por parejas, uno reuniendo la masa y soplándola, otro ayudando. Sterner tenía que atender a varios hornos, de modo que el poeta se limitó a manejar el soplador y el puntel, para calcular su peso y acostumbrar sus dedos al desconocido talego contempló a los otros atentamente, observando todos sus movimientos, que efectuaban con la solemnidad de un rito.

De pronto se presentó Sterner, con una evidente expresión de ansiedad en los ojos.

—La Guardia de la Compañía está registrando esta zona. Si te quedas aquí, tienes que trabajar.

El poeta asintió y enrolló un pedazo de masa en la punta del soplador. Calculó la cantidad de masa necesaria con la mayor precisión y empezó a trabajar.

Apenas se dio cuenta de la llegada del oficial de la Guardia. No era ya un poeta, era una figura sudorosa siluetándose contra la rojiza claridad de la boca de uno de los hornos. El oficial habló con Sterner, el cual se apresuró a mostrarle el taller. Se detuvieron delante del poeta, que en aquel momento hacía girar el soplador para dar forma concéntrica a la masa, con una sonrisa en los labios.

—Estamos buscando a un extranjero que ayer pasó por Menatia —dijo el oficial—. Es muy posible que haya venido a Klitz.

—¿Un vidriero? —preguntó Sterner.

—No, creo que es un poeta. Es un ratón de biblioteca y un agitador de masas.

—Puede usted echar una mirada por aquí —dijo Sterner—, pero sólo verá vidrieros.

Van Tere enrolló fácilmente la masa sobre el bloque de mármol y con paciente habilidad sopló a través del tubo de acero hasta formar un globo de vidrio de espesas paredes. Luego recalentó el vidrio y sopló y enrolló y modeló como un consumado artífice. El oficial de la Guardia se quedó contemplando cómo trabajaba, admirado por su maestría.

—No creo que esté aquí —dijo el oficial, mirando a su alrededor.

—Entonces —dijo Sterner—, tendrá que disculparme, pero debo atender a mi trabajo.

* * *

Van Tere había modelado un maravilloso jarrón. Sterner le ayudó a modelar el pie. Los dos hombres trabajaron en colaboración hasta que el jarrón estuvo terminado. A continuación lo introdujeron en el horno de recocido donde debía tener lugar el lento y prolongado enfriamiento.

—Un trabajo maravilloso —dijo el oficial de la Guardia mientras se marchaba—. Antes de ingresar en la milicia estuve empleado también en una fundición de vidrio.

El poeta se secó el sudor que empapaba mi frente. Los ojos de Sterner reflejaban su admiración, y detrás de su admiración... el temor.

—Ahora tienes que marcharte de aquí, ya que no puedo correr más riesgos. Espero que hayas encontrado lo que buscadas.

Pero el poeta no le contestó. Estaba mirándose las manos y recordando la sensación del vidrio, preguntándose dónde había "sentido" un vidrio como aquél antes de su viaje a Iargo.

Desde Klitz, el poeta tomó el camino de las montañas, descendiendo por la ladera occidental hasta las tierras bajas, donde los rastrojos azulados de los campos seguían esperando la codiciosa atención de los campesinos Cuando amaneció había dejado Klitz muy atrás. Junto al tronco de un árbol descubrió una espiga que los segadores no habían cortado. La arrancó y la colocó en la cinta de su sombrero, como si fuera una pluma.

La cosecha había sido ubérrima en toda la región; el suelo era feraz y los pocos tallos que quedaban en pie aparecían doblados por el peso del grano. El sacerdote de Menatin no se había equivocado en sus cálculos. Aquí, como en otras partes, había habido una espléndida cosecha. ¿Por qué mentía la Compañía, afirmando todo lo contrario y diciendo que se acercaba una época de hambre?

Detrás del poeta, azul y verde, el amanecer de Iargo se extendía a través del cielo, anunciando el suave sol de otoño. El poeta se estremeció ligeramente, no a causa del aire fresco, sino debido a la opresiva sensación que turbaba su pensamiento. Y, alzando el cuello de su chaqueta contra un imaginario viento, continuó su marcha hacia Port Suma.

En la plaza central, un mendigo ciego cogió diestramente al vuelo la moneda de plata y le dio las gracias con una sola palabra: «¡Policía!» El poeta lanzó al aire otra moneda de plata que fue atrapada tan diestramente como la primera.

—¿Dónde y cuántos?

—Seis, señor En el hotel. Han tendido una trampa.

Se pasó significativamente un dedo por la garganta.

—Gracias —dijo el poeta—. Me has servido muy bien.

Dejando al mendigo convertido en un hombre relativamente rico, se encaminó hacia el hotel.

* * *

Su habitación había nido registrada. Los cajones estaban abiertos, el empapelado de las paredes había sido arrancado, y todas sus maletas hablan sido vaciadas sobre la cama.

—¿Encontraron ustedes lo que buscaban?

El capitán Standez estaba asomado a la ventana. Al oír la voz del poeta se volvió bruscamente.

—No, aunque no esperaba encontrar nada especial. Sé que anda usted detrás del secreto del vidrio de Iargo, pues de no ser así no hubiera ido a Klitz.

—No puede usted probar nada —dijo tranquilamente el poeta.

—En Iargo no necesitamos muchas pruebas. Un confidente le vio a usted en Menatin e informó a la Guardia de la Compañía. Sospecharon que iría usted a Klitz, y también sospecharon los motivos de su viaje. Ahora me han comunicado oficialmente que está usted aquí, y me han dado una buena reprimenda por no haber informado acerca de su llegada.

—Un mal día, ¿verdad?

El poeta apartó algunos de los objetos que llenaban su cama y se sentó.

—Peor hubiera sido para usted —dijo Sterner—, si el registro hubiese sido encomendado a la Guardia de la Compañía. A estas horas echaría usted de menos las uñas de sus dedos, y estaría esperando que le arrancaran las de los dedos de los pies.

—¡Oh, no! Si la Guardia de la Compañía hubiese efectuado este registro a estas horas me encontraría a veinte millas de aquí.

Sandez dirigió una mirada al pequeño grupo de mendigos reunidos delante del hotel.

—No lo dudo.

—¿Conoce usted algún motivo razonable para que no le detenga y le entregue a la Guardia de la Compañía?

—Conozco un centenar de motivos, pero me limitaré a citarle uno. ¿Ha oído usted hablar de un sacerdote llamado Joseph Hervey que regentaba la Misión de Menatin?

—Le conozco muy bien. He vivido mucho tiempo en Menatin.

—Pues bien, fue asesinado a sangre fría por la Guardia de la Compañía. Luego incendiaron la Misión. Su delito fue creer en la humanidad. ¿Qué opina usted de eso capitán?

Sandez permaneció silencioso Iargo rato.

—No está en mis manos el cambiar las cosas —dijo finalmente—. Soy como la gran mayoría de los hombres: me inclino ante el poder, y mantengo la boca cerrada. Eso me permite tener un lecho seguro, aunque no duerma en él muy profundamente.

—Entonces, estoy en sus manos —dijo van Tere con resignación—. Si usted no quiere ayudarse a si mismo, yo no puedo ayudarle. Pero no me entregará vivo a la Guardia de la Compañía.

—Eso es lo que creo —dijo Standez—. Y por ello voy a correr un riesgo. A la puesta del sol saldrá de Port Suma un carguero Axial. Sé que puede costarme el empleo, pero procuraré que embarque usted en ese carguero.

* * *

Standez andaba muy erguido, con aire marcial, a pesar de cojear ligeramente a causa de una antigua herida en la pierna. En cambio, el poeta corveteó a través de los cobertizos de la Aduana como un payaso, ante la mirada suspicaz de los dos agentes que le seguían, pistola en mano.

Cuando llegaron al pie de la escalerilla de la nave, Standez tendió su mano a van Tere y en su voz había una nota de pesar al decir:

—¡Adiós, poeta! Ha llegado el momento de separarnos. Hasta cierto punto, estoy decepcionado. Se presentó usted aquí con la promesa de un león, y se marcha con la mansedumbre de un cordero. Por un momento, había llegado a creer que podía ofrecernos algo.

—No juzgue nunca por las apariencias —dijo el poeta—. De mi siempre puede esperarse lo más absurdo. Nunca dejo las cosas a medio hacer. Por eso puedo asegurarle que cuando esta nave despegue, despegará con ella el poder de la Compañía de Iargo.

Standez se quedó mirándole, con una expresión mezcla de esperanza y de incredulidad.

—¿El vidrio, acaso? No, no es posible.

—Si, el secreto del vidrio —dijo el poeta—. En seis meses anularé a la Compañía en los mercados Galácticos. Y, sin los ingresos que le proporcionan las exportaciones, la Compañía no podrá sobrevivir. Ya ve si es fácil acabar con una tiranía...

El poeta entró en la nave. Standez permaneció unos instantes con la mirada clavada en la puerta por la que acababa de desaparecer Jason van Tere. Luego se llevó la mano a la visera de la gorra y se alejó con aire pensativo.

* * *

A bordo de la nave, el poeta cogió la espiga que adornaba su sombrero y la golpeó suavemente contra la mesa hasta que se desprendieron los granos. Hizo un pequeño montón con ellos y pasó sus dedos una y otra vez por los hinchados granos de trigo. Luego se acercó a la mirilla y contempló la redondeada mole de Iargo, que iba empequeñeciéndose debajo de él.

«¡Adiós, corazones pusilánimes!»

* * *

La historia del Hombre está entretejida con hilos de vidrio. La obsidiana en estado natural fue utilizada para enfurecer las puntas de las lanzas y las flechas de la Edad de Piedra, y el vidrió elaborado por la mano del hombre tenía diez mil años de historia cuando nació Jesús de Nazaret. Pero, ¿cuáles fueron los orígenes del vidrio? ¿Se produjo por la fusión accidental de arena y sosa en la fogata de algún artesano primitivo? O, quizás, por la rara coincidencia de que las cenizas de los cereales quemados al ser fundidas, producían uno de los numerosos tipos de vidrio... como ocurría en Iargo, donde las cosechas eran quemadas y fundidas para producir el milagroso vidrio, admiración de toda la Galaxia.

NINGÚN LUGAR COMO LA TIERRA

John Benyon

I

El paisaje era monótono. Para unos ojos que habían contemplado los de la Tierra, ni siquiera era un paisaje. El panorama de Marte se repetía incansablemente. Enfrente y a la izquierda, las aguas lisas se extendían hasta el horizonte como una sábana de seda. A la derecha, a cosa de una milla de distancia, veíase una playa de arenas rojizo-amarillentas entre las cuales crecían algunos raquíticos arbustos. A lo lejos, en último término, se alzaban los blancos picachos de unas montañas color púrpura.

En el suave calor del mediodía, Bert se dejaba llevar por su embarcación. Detrás de él, un abanico de olas se extendía suavemente, y luego las aguas se apaciguaban de nuevo. Más atrás aún, el inmenso silencio lo dominaba todo, sin conservar ni rastro del paso de la embarcación. El escenario apenas había cambiado durante los numerosos días y los cientos de millas de tranquilo viaje.

Su embarcación era un extraño artilugio. No había ninguna semejante en Marte... ni en cualquier otro lugar. La había construido el propio Bert... que carecía completamente de conocimientos acerca de la construcción de embarcaciones. Se ajustó a una especie de plan —mejor dicho, una burda idea—, y tuvo que modificarlo tantas veces que al final no quedó nada de la idea primitiva. El resultado había sido una mezcla de sampán, de batea y de tanque para recoger el agua de la lluvia, en su forma más primitiva; pero Bert estaba satisfecho.

Iba tendido indolentemente en la popa, con un brazo colgado sobre la caña del timón y el otro descansando sobre el pecho. Sus largas piernas, enfundadas en unos pantalones muy remendados, terminaban en unas extrañas botas confeccionadas con fibras entretejidas. También las botas eran obra suya. Su rostro delgado se adornaba con una rojiza barba, y sobre ella dos ojos oscuros miraban hacia adelante con escaso interés.

Bert escuchaba el ronroneo del viejo motor como hubiera escuchado el de un gatito; en realidad, consideraba aquel motor como a un viejo amigo, cuidando de él cariñosamente y siendo recompensado por los amistosos gruñidos de la máquina que le conducía hacia adelante. A veces, Bert le hablaba al viejo motor en tono estimulante o le contaba sus pensamientos; era una costumbre que le disgustaba y que reprimía en cuanto se daba cuenta, pero con mucha frecuencia incurría en ella de un modo inconsciente. Experimentaba verdadero afecto hacia él, no sólo porque le transportaba a lo largo de centenares de millas de agua, sino también porque rompía el silencio que le rodeaba por todas partes.

A Bert no le gustaba aquel profundo silencio, pero tampoco le inspiraba temor. No le había impulsado, como a muchos otros hombres, a vivir en los poblados donde había vecindad, ruido y una ilusoria esperanza. Su inquietud era más fuerte que el desagrado que le inspiraban los lugares solitarios; le había empujado hacia adelante cuando los aventureros, no encontrando ninguna aventura, habían renunciado o se habían entregado a la desesperación. Igual que un gitano, Bert necesitaba mantenerse en continuo desplazamiento.

Muchos años antes había sido Bert Tasser; pero pasó tanto tiempo sin oír pronunciar su apellido, que casi lo había olvidado: lo mismo que todo el mundo. Era solamente Bert... para todos los que le conocían, era solamente Bert.

"Pronto llegaremos", murmuró, dirigiéndose al paciente motor o hablando consigo mismo, y se sentó a fin de poder ver mejor.

Un ligero cambio estaba empezando a producirse en su visión de la playa; los árboles aparecían en mayor número entre la raquítica vegetación; eran árboles de tronco delgado con hojas de aspecto metálico, sensibles al más leve soplo del viento. Bert las veía brillar delante de él, y sabía que, si en aquel momento detenía el motor, el gran silencio quedaría salpicado por el chasquido de aquellas diminutas y duras hojas.

"Campanillas —murmuró Bert—. Sí, nos estamos acercando."

Sacó un manoseado mapa de un cajón que tenía a su lado y lo consultó; a continuación sacó un cuaderno de notas igualmente manoseado y leyó la lista de nombres escritos en una de las páginas. Seguía murmurándolos cuando volvió a guardar los papeles en el cajón y concentró su atención en el panorama que se extendía ante él. Pasó media hora antes de que un objeto oscuro se hiciera visible, rompiendo la monótona línea de la ribera.

"Allí está", dijo Bert, como para estimular al motor a recorrer las últimas millas.

* * *

El edificio, que visto desde lejos tenía una forma extraña, no era más que las ruinas de una antigua y sólida construcción realizada en roca rojiza. La base era cuadrada y en otros tiempos había sostenido alguna clase de torre, aunque resultaba imposible adivinar su forma primitiva, ya que sólo quedaban los primeros veinte pies de la estructura superior. Situada a un centenar de metros de la orilla, resultaba deprimente en su aislamiento. Su tamaño y el grado de deterioro que había experimentado con el paso del tiempo sólo eran apreciables a medida que uno se acercaba a él.

Bert varió el rumbo de la embarcación dirigiéndola hacia la orilla. Cuando la quilla tomó contacto con la rojiza arena, el navegante paró el motor y los sonidos indígenas poblaron el aire: el tintineo de las hojas de los árboles, el plañidero chirrido de una desvencijada rueda girando lenta y desigualmente un poco a su izquierda, cerca de la orilla, y unos golpes intermitentes que procedían del ruinoso edificio.

Bert entró en la camareta de su embarcación. Estaba lo suficientemente abrigada como para mantenerle caliente en las frías noches, pero resultaba bastante oscura, ya que el cristal era un artículo de lujo. Buscando a tientas, Bert encontró una bolsa de herramientas y un saco vacío y se los colgó de un hombro. A continuación se apeó de la embarcación, hundiéndose unas pulgadas en el agua, y la arrastró hasta dejarla completamente varada en la orilla. Luego se dirigió hacia el edificio.

La antigua construcción estaba rodeada de pequeños huertos, muy cuidados, que se extendían entre acequias de riego. Contra una de las paredes del cuadrado de piedra se levantaba una cerca formada por trozos irregulares de roca que podían haber formado parte de la desaparecida torre. A pesar de su tosca apariencia, ejercía a la perfección la función que le habían asignado. De su interior llegaba ocasionalmente el gruñido de algunos animales. En otra de las paredes se abría un hueco que, en tiempos anteriores, podía haber sido una puerta, y a ambos lados de ella veíanse unos agujeros que, a pesar de la falta de cristales, tenían aspecto de ventanas. Delante de la puerta, una mujer machacaba grano sobre una losa ligeramente cóncava con una especie de maza de piedra que sostenía con ambas manos. Su piel era de color pardo-rojizo, llevaba el pelo, muy negro, recogido en la parte mas alta de la cabeza, y vestía una falda de burdo tejido adornada con un complicado dibujo amarillo. Era de mediana edad, pero no mostraba ninguna señal de envejecimiento. Al oír los pasos de Bert levantó la mirada y habló en el dialecto local:

—Hola, terrestre —dijo—. Te estábamos esperando, pero has tardado mucho.

Bert contestó en el mismo dialecto.

—¿De veras, Annika? Nunca estoy al corriente de las fechas, pero me pareció que había llegado el momento de acercarme por aquí.

Dejó caer la bolsa y el saco, e inmediatamente una docena de animalitos se acercaron a olerlos. Decepcionados, alzaron sus diminutos rostros simiescos hacia Bert, el cual sacó de uno de sus bolsillos un puñado de nueces y obsequió con ellas a los animales. Luego se sentó en una piedra. Recordando la lista de nombres del cuaderno de notas, preguntó por el resto de la familia.

* * *

Estaban perfectamente, al parecer. Yanff, el hijo mayor, se encontraba ausente, pero Tannack, el más joven, estaba allí, lo mismo que las muchachas, Guika y Zaylo; el marido de Guika también, y sus hijos. Desde la última visita de Bert, había llegado otro niño. A excepción de este último, todos estaban trabajando en el campo, pero no tardarían en regresar.

Bert miró en la dirección señalada por la mano de la mujer, y vio las manchas oscuras moviéndose en la lejanía.

—Parece que tus cosechas son abundantes —dijo.

—Los Poderosos no nos olvidan —respondió la mujer, sencillamente.

Bert contempló a la mujer mientras trabajaba; su aspecto le hizo pensar en unos cuadros que había visto hacía muchos años —¿de Gauguin, quizás?—, aunque Annika no era la clase de mujer que Gauguin había pintado. Posiblemente, Gauguin no hubiese visto ninguna belleza en ella, del mismo modo que el propio Bert no la había visto al principio. Los marcianos, con su delicada estructura y sus frágiles huesos, le habían parecido unos extraños seres la primera vez que los vio. Pero ya se había acostumbrado a ellos, y suponía que las mujeres terrestres le parecerían seres extraños... si existiera la posibilidad de que pudiera volver a verlas.

Consciente de la observación de que era objeto, Annika interrumpió su trabajo y se volvió a mirar a Bert; no sonrió, pero en sus oscuros ojos había amabilidad y comprensión.

—Estás cansado, terrestre —dijo.

—Hace mucho tiempo que estoy cansado —dijo Bert.

Annika asintió comprensivamente, y reanudó su trabajo.

Bert comprendió, y supo que Annika, a su modo, había comprendido. Los marcianos eran gente amable, simpática y sincera. Fue una tragedia, un eslabón en la cadena de tragedias similares, que los primeros terrestres que ocuparon Marte considerasen a los indígenas como a una raza débil e inferior, apta únicamente para ser explotada. La cosa había cambiado, bien porque los terrestres llegaron a conocer mejor a los marcianos, como le había ocurrido al propio Bert, bien porque vivían en poblados independientes, sin mantener apenas contacto con los indígenas; pero Bert se sentía aún avergonzado de sus compañeros de raza cuando pensaba en ciertas cosas.

Al cabo de unos momentos, Annika dijo:

—¿Cuánto tiempo llevas dando vueltas por ahí?

—Casi siete de vuestros años. Unos catorce de los nuestros.

—Es mucho tiempo. —Annika sacudió la cabeza—. Mucho tiempo para andar rodando solo. ¿Es que los terrestres no son como nosotros? —Le miró de nuevo, como tratando de ver la diferencia—. Creo que no somos tan distintos —añadió, y volvió a sacudir lentamente la cabeza.

—Estoy bien así —replicó brevemente Bert. Cambió de tema—. ¿Qué tenéis para mí esta vez? —preguntó, y permaneció sentado, escuchando sin atención lo que Annika le decía acerca de las cacerolas que necesitaban un arreglo y de las nuevas que le hacían falta, de la rueda de la noria que no extraía el agua acostumbrada, y del fracasado intento de Yanff de volver a colocar la puerta cuando se salió de sus goznes. Su atención estaba ausente: tal vez porque esto les sucede a las personas que pasan demasiado tiempo solas.

II

El "Estoy bien así" había sido un engaño. Bert lo sabía, y también sabía que Annika se había dado cuenta. Ninguno de los terrestres estaba "bien".

Algunos de ellos lo demostraban, otros no, pero en el fondo todos sentían lo mismo. Algunos vagabundeaban incansablemente, como Bert; la mayoría de ellos preferían pudrirse lenta y alcohólicamente en los poblados. Unos cuantos, agarrándose a las sombras mientras soñaban, se habían unido a muchachas marcianas y trataban de convertirse en indígenas. Bert los compadecía. Estaba acostumbrado a ver iluminarse sus rostros y conocía su avidez por hablar cuando se encontraban con él; y siempre de recuerdos, de nostálgicas remembranzas.

Bert había escogido la vida vagabunda. El estancamiento había dejado sentir sus efectos en el poblado muy pronto, y no se necesitaba una gran perspicacia para intuir lo que iba a suceder allí. Había pasado todo un año marciano construyendo su embarcación, equipándola, fabricando ollas y cacerolas para comerciar con ellas, y almacenando herramientas y provisiones.

Y se había puesto en marcha. Sólo visitaba el poblado cuando tenía necesidad de combustible para el motor de su embarcación, o de objetos para comerciar. En este último caso permanecía allí una temporada, durante el invierno, a fin de fabricarlos. Y siempre se alegraba de marcharse. En cada una de sus visitas el empeoramiento se hacía más evidente, y era mayor el número de los hombres que buscaban refugio en la bebida.

Pero recientemente Bert había notado un cambio en sí mismo. La inquietud seguía empujándole a alejarse de los poblados, pero aquel impulso había cambiado. Ya no experimentaba la misma satisfacción al llevar a cabo las correrías y viajes que había planeado. No sentía la tentación de unirse a los hombres de los poblados, pero había empezado a comprender el instinto gregario que les mantenía apegados a aquellos lugares, y a comprender también por qué encontraban necesario beber tanto. Y a veces le preocupaba el hecho de haber cambiado hasta el punto de ser capaz de simpatizar con aquellos hombres.

Cosas de la edad, se decía. Cuando efectuó su primer y último vuelo espacial tenía veintiún años recién cumplidos; la mayoría de los otros hombres eran diez, quince, veinte años más viejos. Bert pasaba ahora por el estado anímico que ellos habían pasado años antes, cuando empezaron a perder la esperanza y a anhelar ansiosamente las cosas que habían perdido para siempre.

* * *

Ninguno de ellos sabía, ni sabría nunca, lo que había sucedido en la Tierra. Su nave estaba a cuatro días de distancia de la Estación Lunar, en ruta hacia Marte, cuando sucedió. Uno de sus compañeros, un hombre un poco mayor que él, le había hecho levantar de su litera y le había arrastrado hasta una de las mirillas de observación. Juntos habían contemplado un espectáculo destinado a permanecer imborrable en su memoria: la Tierra se abría como una granada, vomitando fuego por todas sus grietas.

Alguien había dicho que una de las pilas atómicas había reventado, provocando una reacción en cadena; otros objetaron que, de haberse producido aquel hecho, la Tierra no se hubiera abierto, sino que habría quedado envuelta en una especie de nebulosa, seguida por la no-existencia. Hubo opiniones para todos los gustos. La verdad era que nadie sabía nada. Lo único cierto era que la Tierra se había desintegrado en innumerables asteroides que continuaban girando alrededor del Sol como una lluvia de guijarros cósmicos.

Algunos de los hombres tardaron mucho tiempo en creer lo que habían visto; fueron los más afectados cuando se convencieron de la verdad. Otros descubrieron que sus mentes no aceptaban lo sucedido como un hecho; para ellos la Tierra continuaba existiendo, inalcanzable, pero real. La desmoralización había cundido entre los tripulantes de la nave, y algunos habían expresado su opinión de que debían regresar a la Tierra, irrazonablemente convencidos de que su puesto estaba allí para prestar la ayuda que estuviera a su alcance; posteriormente se habían mantenido en sus trece, quejándose de que su opinión no se hubiese tenido en cuenta. El capitán de la nave decidió que lo único que podían hacer era continuar su viaje hacia Marte.

Otras naves habían llegado a Marte; y, con ellas, varios centenares de hombres; además de los tripulantes había mineros, perforadores de pozos, refinadores, buscadores de minerales, exploradores, peones, oficinistas..., todos juntos en un mundo extraño para ellos.

Llegaron también dos mujeres, camareras o azafatas. Buenas muchachas y amables al principio, pero de físico poco agraciado. Pero las circunstancias estaban en contra de ellas y la presión fue muy grande. Habían caído rápidamente en las asombrosas profundidades de maldad que las mujeres decentes pueden alcanzar una vez que han comenzado a deslizarse pendiente abajo. Antes de morir violentamente habían sido causa de un gran número de asesinatos. Con su desaparición se tranquilizaron las cosas y la bebida se convirtió en la principal de las distracciones.

Podía haber sido peor, se dijo Bert a sí mismo. Fue peor para aquellos que habían tenido esposas y familiares. Para él la pérdida había sido mínima: su madre había muerto unos años antes; su padre era un hombre viejo... Había existido una muchacha en su vida, una hermosa muchacha de cabellos dorados, más hermosa en su recuerdo a medida que pasaba el tiempo: se llamaba Elsa. En realidad no había significado gran cosa para Bert; y aunque le resultaba agradable pensar que Elsa podía haberse casado con él, nunca se había esforzado en descubrir si él se hubiera casado con ella. Aparte de esto, Bert tenía el pequeño consuelo de pensar que estaba en Marte, en condiciones mucho mejores que los que habían quedado atrapados en el hirviente calor de Venus o en las frías lunas de Júpiter. Las perspectivas que se le ofrecían en Marte no eran muy brillantes, pero al menos conservaba su juventud y su vigor. Y al llegar a esta conclusión fue cuando se le ocurrió construir su barco.

* * *

Bert seguía creyendo que aquella decisión fue la más juiciosa de las que tomara durante toda su vida. El trabajo le había mantenido demasiado ocupado para desmoralizarse, y luego, cuando la embarcación estuvo terminada, había sido como un explorador, un pionero a lo Iargo de los millares de canales. Había tenido ocasión de tratar a los marcianos y de descubrir que eran muy distintos de como se los habían descrito. Había tenido que aprender idiomas cuya estructura difería completamente de la del suyo, y las variaciones locales de aquellos idiomas. Ahora hablaba perfectamente cuatro y se hacía entender en varios más. Descubrió que había llegado a "pensar" en uno de aquellos idiomas. A lo Iargo de canales que a veces eran como mares en calma de sesenta o setenta millas de anchura, y otras veces de menos de una milla, había viajado lentamente de un lugar habitado a otro. La multiplicidad y la extensión de aquellos canales le había asombrado al principio y seguía asombrándole. Los marcianos no fueron capaces de contestar satisfactoriamente a sus preguntas: los canales eran algo que había sido hecho por los Poderosos hacía mucho, muchísimo tiempo. Bert llegó a aceptar los canales con todo lo demás, y estaba agradecido a los Poderosos, quienes quiera que hubiesen sido, por haber proporcionado aquella fuente de vida al planeta.

* * *

Bert llegó a apreciar sinceramente a los marcianos. Su tranquilidad, su falta de prisa y su proceder filosófico y calmoso eran un poderoso antídoto a su perpetua inquietud. No tardó en descubrir que lo que sus compañeros habían tildado de pereza y de debilidad no era más que un concepto distinto de lo que era el trabajo y un concepto distinto de lo que era la vida. Y Bert descubrió también que sus conocimientos podían suplir algunas deficiencias de los marcianos, a cambio de los productos que ellos sabían hacer crecer.
En consecuencia, había ido de un lado para otro efectuando pequeños trabajos y comerciando con sus artículos, sin permanecer mucho tiempo en el mismo lugar. Sólo últimamente se había dado cuenta de que la inquietud que todavía le poseía no podía calmarse con su vagabundeo solitario... y tal vez ni siquiera con su vagabundeo a secas.

* * *

Bert no se había dado cuenta de que Annika había dejado de hablar cuando sus pensamientos se descarriaron. No tenía la menor idea del tiempo que había transcurrido cuando ella interrumpió su trabajo para levantar la mirada y decir:
—Aquí están.
Los dos hombres iban delante, conversando, con las cabezas inclinadas. Su aspecto era frágil, desde el punto de vista terrestre, pero Bert había dejado de

aplicar criterios terrestres desde hacía mucho tiempo, y sabía de lo que eran capaces aquellos hombres. Las mujeres iban detrás. Guika llevaba en brazos al más pequeño de los niños, en tanto que los otros dos andaban cogidos de la mano de Zaylo, charlando y riendo con ella. Guika, pensó Bert, tendría unos veinticinco años terrestres; su hermana Zaylo era unos cuatro años más joven. Al igual que su madre, llevaban unas faldas de tela burda con llamativos dibujos, y sus peinados eran muy altos; como ella, también eran suavemente rítmicas en sus movimientos. Bert tardó unos momentos en reconocer a Zaylo; no había visto a la muchacha en sus dos últimas visitas, y el cambio que había experimentado era muy notable.

Tannack, el hijo, apresuró el paso cuando vio a Bert. Su saludo fue alegre y amable. El resto de la familia le rodeó, como de costumbre, con la mayor cordialidad.

Annika recogió su harina y desapareció en el interior de su casa. Los demás se quedaron charlando y riendo con Bert, mostrándose complacidos de volver a verle.

Durante la comida, Tannack volvió a informarle de las cosas que se habían gastado, estropeado o roto. Nada grave, nada que un hombre medianamente hábil no pudiera arreglar por sí mismo, pero la falta de habilidad mecánica de los marcianos era lo que les hacía valorar el trabajo dé Bert. Un defecto que a Bert le llevaba cinco minutos localizar y arreglar, a un marciano le llevaba semanas enteras de conjeturas y de tanteos, equivocados la mayoría de las veces. Aquella falta de habilidad mecánica asombraba a Bert, a pesar del tiempo que había vivido entre ellos. Los marcianos no se habían desarrollado en este sentido más allá de lo estrictamente necesario. Bert se había preguntado si esta característica, así como la pasividad de que daban muestras, era debida al hecho de que no habían sido nunca la raza dominante del planeta. Los "Poderosos" que habían construido los canales y las ciudades y edificios ahora en ruinas, y que habían desaparecido hacía siglos, o tal vez millares de años, fueron los gobernantes; parecía como si bajo su dominio la idea de guerrear y de luchar no hubiera tenido ninguna oportunidad para desarrollarse, ni el sentido mecánico tampoco. A Bert le hubiera gustado mucho conocer la identidad de aquellos Poderosos y el aspecto que tenían, pero nadie podía decírselo.

Cuando terminaron de comer, Bert salió de la casa, encendió una pequeña fogata y sacó sus herramientas. Los marcianos le llevaron varios cacharros para que los arreglara y se marcharon a realizar sus propias tareas. Los tres chiquillos se quedaron con él, sentados en el suelo y charlando mientras Bert trabajaba. Deseaban saber por qué Bert era distinto de Tannack y de los otros, por qué llevaba chaqueta y pantalones, para qué servía su barba. Bert empezó a hablarles de la Tierra, de los grandes bosques y de las verdes colinas, de las grandes nubes que en verano flotaban en un cielo intensamente azul, de las enormes olas verdes con crestas de espuma blanca, de los arroyos, de las montañas, de países en los cuales no había desiertos y las flores crecían por doquier al llegar la primavera, de ciudades antiguas y de pequeñas aldeas. Los niños no comprendían la mayor parte de lo que les explicaba Bert y quizá no creían lo poco que comprendían, pero seguían escuchando y Bert siguió hablando hasta que apareció Annika y envió a los chiquillos a reunirse con su madre. Cuando se hubieron marchado se sentó Annika cerca de Bert.

Pronto el Sol se ocultaría, y Bert notó el enfriamiento paulatino del tenue aire. Annika no pareció darse cuenta.

—No es bueno estar solo, terrestre —dijo—. Cuando uno es joven hay muchas cosas que ver, y la soledad puede resistirse. Pero más tarde no es buena.

Bert gruñó sin alzar la mirada de la marmita de hierro que estaba arreglando:

—El buey suelto...

Annika miraba a lo lejos; más allá de las tintineantes campanillas y más allá de las lisas aguas que se extendían detrás de ellas.

—Cuando Guika y Zaylo eran niñas, solías contarles cosas de la Tierra..., pero no eran las mismas cosas que estabas explicando a los hijos de Guika. En aquella época hablabas de ciudades enormes en las cuales vivían millones de personas, de grandes naves que por la noche eran como castillos iluminados, de máquinas que viajaban por el suelo a increíbles velocidades y de otras que volaban aún más de prisa; de voces que podían hablar a través del aire por toda la Tierra, y de otras muchas cosas extraordinarias. Y a veces cantabas extrañas canciones terrestres que hacían reír a las niñas. Esta noche no has hablado de ninguna de esas cosas.

—Hay muchas cosas de que hablar —replicó Bert—. No hay que contar siempre lo mismo. ¿Por qué tendría que hacerlo?

—Uno suele hablar de las cosas que realmente le interesan —murmuró Annika.

Bert sopló en su pequeña fogata y le dio media vuelta al soldador. Permaneció silencioso.

—El ayer se opone al futuro —añadió Annika—. No se puede vivir de cara al pasado.

—¡Futuro! ¿Qué futuro tiene Marte? Es un planeta senil, moribundo... —dijo Bert en tono impaciente.

—¿No estaba la Tierra también empezando a morir desde el momento en que comenzó a enfriarse? —preguntó Annika—. Sin embargo, valió la pena edificar, valió la pena crear civilizaciones allí, ¿no es cierto?

—Bueno..., ¿valió la pena? —inquirió amargamente Bert—. ¿Para qué?

—Si la respuesta fuera no, sería mejor para nosotros no haber existido.

—¿Y qué? —preguntó Bert en tono de reto.

Annika se volvió a mirarle.

—No crees lo que estás diciendo...

—¿Qué otra cosa podría creer? —preguntó Bert.

La claridad iba debilitándose. Bert cubrió el fuego con una piedra y empezó a empaquetar sus herramientas. Annika dijo:

—¿Por qué no te quedas aquí con nosotros, terrestre? Ya es hora de que descanses.

Bert miró a la mujer con expresión asombrada y empezó a sacudir negativamente la cabeza. Se había hecho a la idea de que era un vagabundo y no le sería fácil modificarla. Pero Annika continuó:

—Podrías ayudarnos mucho. Sabes hacer cosas que para nosotros son muy difíciles. Eres fuerte..., tienes la fuerza de dos de nuestros hombres. —Miró más allá del edificio en ruinas, hacia los pequeños campos cultivados—. Este es un buen lugar para vivir. Con tu ayuda podría ser mejor. Podríamos tener más campos y más ganado. Y nosotros te somos simpáticos, ¿no es cierto?

—Sí —dijo Bert—. Siempre me ha gustado venir aquí, pero...

—¿Pero qué, terrestre?

—Esa es la palabra: terrestre. Yo no pertenezco a este planeta. Ni a ningún otro. Soy un simple visitante que va de paso.

—Podrías pertenecer a este planeta... sí quisieras. Si ahora volviera a ser creada la Tierra sería para ti más extraña que Marte.

Bert no podía creerlo. Volvió a sacudir la cabeza.

—De todos modos, ¿qué importa todo eso?

—Importa mucho —dijo Annika—. Importa que te des cuenta de que la vida no puede ser detenida sólo porque tú lo quieras. Tú no estás al margen de la vida; formas parte de ella.

—¿Y qué voy a sacar de eso?

—Aprenderás que la simple existencia no es suficiente. Vivimos para algo. Vivimos para dar... y para aceptar.

—Comprendo —dijo Bert en tono dubitativo.

—No creo que lo comprendas... todavía. Pero sería mejor para ti, y mejor para nosotros, que decidieras quedarte. Y está Zaylo.

—¿Zaylo? —repitió Bert sorprendido.

III

Zaylo se presentó en la orilla mientras Bert estaba reparando la rueda de la noria a la mañana siguiente. La muchacha se sentó en el suelo, con la cara apoyada en las rodillas. Bert alzó la mirada y sus ojos se encontraron. Algo completamente inesperado le sucedió a Bert. Hasta entonces había considerado a Zaylo como a una chiquilla; ahora..., ahora era distinto. Bert notó una especie de opresión en el pecho, la piel de sus sienes se tensó y sus manos temblaron hasta el punto de que casi dejó caer la barra de hierro que estaba empuñando. Se reclinó contra la rueda, mirando a la muchacha, pero incapaz de hablar. Transcurrió un largo período de tiempo antes de que pudiera decir algo, y las palabras sonaron desmañadas a sus propios oídos.

Bert no pudo recordar después lo que habían hablado. Sólo podía recordar a Zaylo. Su expresión, la profundidad de sus ojos oscuros, los suaves movimientos de su boca, el brillo del sol sobre su piel, la encantadora curva de sus mejillas... Un montón de cosas en las cuales no se había fijado antes.

Y, sin embargo, una parte de su atención no estaba concentrada en la presencia de la muchacha y discurría por sus propios cauces. Bert se veía a sí mismo en su embarcación deslizándose a lo largo de interminables canales bañados por el sol, con amplias extensiones desérticas a uno y otro lado, sentado en su camareta para resguardarse de las repentinas tormentas de polvo, y luego desembarcando en la próxima zona habitada para efectuar sus acostumbrados trabajos. Esta era la vida a la cual estaba habituado, la vida que había escogido... Podía continuar en ella, como antes, y olvidar a Zaylo. Pero Bert sabía que ya no podía ser como antes, porque no sería fácil olvidar a la muchacha. Había cosas que Bert no se resignaría a dejar atrás. Zaylo sonriendo mientras jugaba con los hijos de su hermana, Zaylo andando, sentada, de pie. Zaylo en una palabra. Había sueños que se alzaban con fuerza incontenible, imágenes que se introducían en su mente a pesar de su propósito de alejarlas. Zaylo sentada a su lado, el leve peso de la cabeza de Zaylo sobre su hombro, el placer que sería tener un lugar donde descansar el propio corazón. Todo esto le hería como un cuchillo escarbando en una herida...

* * *

Después de cenar, Bert se separó de los demás y fue a refugiarse en su embarcación. Mirando a Zaylo a través de la mesa, le había parecido que la muchacha leía en él como en un libro abierto y veía todo lo que pasaba en su interior. No hizo ningún gesto, ninguna señal, pero se daba cuenta de todo con una tranquilidad casi alarmante. Bert no sabía si esperaba o temía que Zaylo pudiera seguirle a la embarcación..., pero la muchacha no lo hizo.

El sol se puso mientras Bert estaba sentado allí, inconsciente de que había empezado a tiritar con el frío de la noche marciana. Al cabo de unos instantes se puso rápidamente en pie. Hundió un remo en el agua, clavándolo en la arena para empujar la embarcación hacia el centro del canal. Phobos esparcía una leve claridad a través de los campos cultivados y las áridas tierras que se extendían más allá. La torre en ruinas se erguía como una deforme sombra negra.

Bert dirigió una última mirada hacia atrás. Marte era una trampa para mantenerle vivo, pero él no dejaría que le domesticara. Él pertenecía a la Tierra, a las cosas de la Tierra, al recuerdo de la Tierra. Hubiera sido mejor morir cuando los océanos y las montañas de la Tierra se habían abierto; haberse convertido en una molécula entre los innumerables millones de ellas que giraban en el vacío. La existencia no era ahora una vida para ser vivida; era una señal de protesta contra los azares del destino.

Bert volvió la mirada hacia el cielo con la esperanza de ver alguno de los asteroides que en otro tiempo fue un trozo de la amada Tierra: quizás entre las miríadas de puntitos que brillaban lo vio.

Una ola de desesperanza le inundó; un insondable abismo de soledad se abrió en su interior. Bert levantó los puños sobre su cabeza y los blandió contra las indiferentes estrellas, maldiciéndolas mientras las lágrimas se deslizaban por sus mejillas.

* * *

Mientras el zumbido del motor se perdía lentamente en la distancia y el silencio de la noche se poblaba de nuevo del tintineo de las campanillas, Zaylo miró a su madre con ojos húmedos.

—Se ha marchado —murmuró desesperadamente.

Annika oprimió cariñosamente la mano de su hija.

—Es fuerte, pero la fortaleza procede de la vida..., y él no puede ser más fuerte que la vida. Volverá pronto..., muy pronto, creo. —Alzó la mano y acarició los cabellos de Zaylo—. Cuando vuelva, hija mía, sé amable con él. Los terrestres tienen unos cuerpos muy grandes, pero en realidad no son más que chiquillos.

* * *

A la izquierda se encontraban las ruinas de una gran ciudad. Según los marcianos, su nombre era Thalkia. Distinta a cualquier ciudad edificada a orillas del agua; distinta, en realidad, a cualquiera de las ciudades que Bert había visto en la Tierra. No había ningún vestigio de muelles.

En su lugar, media docena de caminos, empedrados y bordeados de altas paredes, descendían hasta el agua. Aquellos caminos le habían sugerido a Bert la idea de que los Poderosos que habían construido la ciudad utilizaban alguna clase de embarcación anfibia capaz de navegar por el canal y penetrar, utilizando los caminos, hasta los mismos lugares donde debían descargar. Era otra de sus intuiciones acerca de los Poderosos que, unida a las demás, no le revelaban prácticamente nada.

Bert se había detenido allí varias veces y había recorrido las ruinas de la ciudad. No le expresaban nada: ni siquiera le permitían conjeturar el tamaño o la naturaleza de los Poderosos. Las arenas rojizas lo habían invadido todo. Entre ellas se erguían algunas columnas y paredes de piedra roja en tono más oscuro. Aquí y allá grandes dinteles, arquitectónicamente fabulosos y estructuralmente imposibles en la Tierra, seguían en pie. Era evidente que los Poderosos habían evitado la línea recta, prefiriendo la curva sutil, y habían sentido una especial inclinación por las columnas triangulares. Y era evidente también que sus procedimientos de construcción eran perdurables. A favor de la distinta gravedad había allí una solidez que nadie en la Tierra, a excepción quizá de los que construyeron las pirámides egipcias, había logrado. A Bert le sobrecogían aquellos restos del trabajo estructural; los más antiguos que ojos humanos pudieron contemplar. Por contraste, la civilización de la Tierra le parecía ingrávida y burbujeante. Bert estaba convencido de que Thalkia existía ya cuando los hombres vivían su etapa prehistórica. Cada vez que había visitado aquellas ruinas se había sentido anonadado por su antigüedad y se había marchado con el deseo de emprender algún día unas excavaciones que le permitieran descubrir algo más acerca de los Poderosos.

Sin embargo, aquel día, cuando su embarcación pasó junto a Thalkia, no se despertó en él ningún interés. Su brazo estaba sobre la caña del timón, y miraba hacia adelante sin tener conciencia de lo que sus ojos veían.

Bert pasaba ahora por el proceso de descubrir la paradoja de que se necesita un cerebro fuerte para desprenderse de ciertos recuerdos, y de que si el cerebro es realmente fuerte, uno no consigue desprenderse de ellos. Desde luego todos sus esfuerzos para dejar atrás a Zaylo habían fracasado. La muchacha se interponía entre él y todas las cosas.

Cuando sus ojos se posaron en las sólidas ruinas de Thalkia, estaban viendo a Zaylo. A Zaylo, con el cabello recogido sobre la cabeza, con sus delicados brazos y sus manos suaves, con la curva de sus hombros, con sus ojos oscuros y sus labios rojos, iluminados por una sonrisa...

Pero Bert no deseaba ver a Zaylo. Deliberadamente, la apartó de su cerebro. "Aquello —se dijo a sí mismo en voz alta— son las ruinas de Thalkia, una de las mayores ciudades de Marte. Esto significa que me encuentro a cinco o seis millas del hogar de Farga. Vamos a ver..."

Consultó su cuaderno de notas para refrescar su memoria acerca de la familia de Farga. Su hijo, Clinff, se habría convertido ya en un hombre. Un muchacho muy listo, mejor dotado mecánicamente que... Esto le condujo a pensar que también Zaylo había crecido y se había convertido en una mujer. Bert la estaba contemplando mientras andaba con la gracia de una joven Diana sobre unos delicados pies que apenas parecían posarse en el suelo, y apreciaba el ritmo de su paso, el airoso porte de la cabeza, la...

Bert se estremeció y murmuró algo en voz baja. Sí, Clinff tenía más sentido de la mecánica que la mayoría de los marcianos. Tal vez pudiera enseñarle... Resultaba sorprendente lo difícil que era para los marcianos captar los principios mecánicos más sencillos. La palanca, por ejemplo. Cuando había tratado de explicárselo a Zaylo, la muchacha había fruncido deliciosamente el entrecejo...

* * *

Farga salió a su encuentro mientras Bert varaba la embarcación en la orilla. El marciano sonreía y agitaba la mano en señal de bienvenida... una costumbre que había observado en los terrestres y que aplicaba siempre en sus contactos con ellos. Bert tuvo la impresión de que a Farga le había sorprendido ligeramente su visita, pero no tardó en olvidarla. Llevaba un saco de utensilios y de herramientas colgado del hombro. Farga trató de levantar otro saco más pequeño, que Bert había dejado en el suelo, pero no lo consiguió. El terrestre lo levantó fácilmente con una mano. Farga sacudió la cabeza, con una sonrisa.

—En las lunas de Júpiter, yo también sería un hombre fuerte —observó.

—Si pudiera regresar ahora a la Tierra, creo que sería tan débil como un gatito —dijo Bert.

—¿Como un qué?

—Como un... bannikuk —rectificó Bert.

La sonrisa de Farga se hizo más amplia.

—¡Tú... un bannikuk! —dijo.

Emprendieron la marcha hacia la casa, acompañados por el tintineo de las campanillas.

Bert se alegró, y se sorprendió un poco, al ver que la casa de Farga seguía en pie. Después de que el propio Farga había construido las paredes con piedras planas, sin unirlas con cemento, Bert había escogido algunos materiales adecuados para techarla en las ruinas de Thalkia y los había transportado hasta allí. Cuando los hubo colocado dudó que las paredes tuvieran la fuerza necesaria para soportarlos, pero Farga había quedado satisfecho, de modo que los dejaron. Al cabo de algunos años de estancia en Marte, Bert seguía equivocándose en sus cálculos sobre el peso y la fuerza; lo más probable era que Farga tuviera razón; además, la estructura no tenía que combatir ninguna tormenta: sólo el frío y el calor.

El lugar respondía al patrón clásico de las viviendas marcianas. Unos cuantos campos de cultivo a lo largo de la orilla del canal, una noria para regarlos, y la casa, una parte de la cual era taína y granero, y la otra vivienda. Meulo, la esposa de Farga, apareció en el umbral de la puerta cuando los dos hombres se acercaban.

El interior de la casa estaba limpio. El suelo era de piedra, lo mismo que la mesa y los asientos. En un rincón había un sencillo telar —un objeto bastante valioso, ya que algunas de sus partes eran de madera—, y en el otro estaba la cama, con un colchón de tallos secos, semejantes a la paja. Nadie podría decir que los marcianos eran sibaritas. Sobre la mesa, Meulo había colocado un plato lleno del fruto que los terrestres llamaban "patazanas", ya que tenían aspecto de patatas y, con un poco de imaginación, sabían a manzanas.

Bert dejó caer su carga y se sentó. Inmediatamente aparecieron cuatro bannikuks y empezaron a trepar por los pantalones del forastero. Meulo los ahuyentó. Bert cogió una patazana y la mordisqueó.

—¿Todo marcha bien? —preguntó.

Sabía cuál había de ser la respuesta. La vida de un agricultor en Marte era frugal, pero no azarosa. No tenía el azote del mal tiempo, ni el de las plagas. Sus principales dificultades eran las derivadas del desgaste o la rotura de sus herramientas. Farga recitó una lista de calamidades menores. Meulo añadió una o dos más. Bert asintió.

—¿Y Clinff? —preguntó—. ¿Dónde está?

Farga sonrió.

—Ya sabes cómo es... siempre interesado en las máquinas, casi como un terrestre. Cuando se enteró de la noticia no hubo modo de detenerle. Quiso ir a ver la nave con sus propios ojos.

Bert se interrumpió a medio bocado.

—¿La nave? —repitió—. ¿Por el canal?

—No, no. La nave voladora. —Farga miró a Bert con una expresión de curiosidad—. ¿Acaso no te has enterado?

—¿Quieres decir que han puesto en funcionamiento una de las naves? —preguntó Bert.

Por lo que él recordaba, la docena de naves que se encontraban en el poblado principal no podrían volar nunca. El combustible que quedaba en todas ellas apenas hubiera permitido un despegue y el subsiguiente aterrizaje... de modo que nadie lo había intentado. Quizás habían conseguido obtener un combustible satisfactorio. En tal caso, tenían que haber trabajado con mucha rapidez, ya que no se hablaba de ello cuando Bert salió del poblado, seis meses antes. ¿Y con qué objeto iban a intentarlo? No podían regresar a una Tierra que había dejado de existir. Luego recordó que durante los primeros años de su estancia en Marte había oído rumores semejantes acerca de naves espaciales. A fin de cuentas, los marcianos no dejaban de tener imaginación...

—¿Cuándo sucedió la cosa? —preguntó cautelosamente.

—Hace tres días —respondió Farga—. Pasó al sur de aquí. Yatan, que es un amigo de Clinff, vino a decírselo, y se marcharon juntos.

Bert se quedó reflexionando. Todas las naves del poblado, menos tres, habían sido desguazadas. Aquellas tres habían sido conservadas intactas porque... bueno, algún día, podrían ser utilizadas para algo. En realidad, nadie creía en tal posibilidad.

—¿Qué clase de nave era? ¿Vio su nombre o su número?

—Sí, pasó bastante baja, como ya te he dicho. Yatan explicó que llevaba un nombre muy largo, en letras terrestres —vuestras, no rusas—, y luego A-4.

Bert miró fijamente a Farga.

—No lo creo. Debió equivocarse.

—Tampoco yo lo creo. Yatan dijo que era distinta de todas las naves del poblado. Más corta y más ancha. Por eso se marcharon Clinff y él a verla.

Bert permaneció completamente inmóvil, mirando a Farga sin verle. Sus manos empezaron a temblar. Hizo un esfuerzo para dominar su excitación. Las A-4 eran un nuevo tipo de nave propulsada por energía atómica... Al menos, eran un tipo nuevo en la Tierra, quince años antes. En aquella época había unas cuantas en servicio más o menos experimental. Todo el mundo había dicho que pasados unos cuantos años substituirían por completo a las naves que utilizaban combustible líquido. Pero ninguna de ellas había llegado a Marte cuando se produjo el desastre. Quizás el muchacho estaba en lo cierto... Lo que había dicho acerca de la forma era verdad. Bert recordaba que al ver aquellas naves en las fotografías que habían publicado los periódicos, le habían parecido muy cuadradas, en comparación con las existentes hasta entonces, de líneas más alargadas.

Bert se puso en pie.

—Tengo que ir al poblado —murmuró, como si se dirigiese a sí mismo.

Meulo empezó a protestar, pero su marido la interrumpió con un gesto de su mano. Bert no pareció darse cuenta. Sus ojos estaban como perdidos en un punto muy lejano. Echó a andar hacia la puerta como un sonámbulo. Farga dijo:

—Te dejas tus herramientas.

Bert dirigió una mirada vaga a su alrededor.

—¿Mis...? ¡Oh, sí, sí!

Sin plena conciencia de lo que estaba haciendo, las recogió.

Le vieron marcharse, desaparecer en dirección a la orilla. No tardaron en oír el familiar ruido del motor de su embarcación, pero su habitual fut-fut les pareció más precipitado. Farga rodeó los hombros de Meulo con su brazo.

—Creo que no debí decírselo —murmuró—. ¿Qué esperanzas pueden quedarle? El mundo de los terrestres ha desaparecido. Y nadie puede devolvérselo.

—Si no tú, otro se lo hubiera dicho —respondió Meulo.

—Sí..., pero, en tal caso, me hubiera ahorrado el ver en el rostro de un hombre tanta soledad... y tanta esperanza inútil.

* * *

Cuando se presentó la noche, tan súbitamente como siempre, Bert encendió la luz y siguió viajando. Por primera vez, lamentó no haber construido su embarcación para que desarrollara más velocidad. La tercera noche se quedó dormido sobre la caña del timón y la embarcación derivó y fue a chocar contra la orilla, tal vez para recordarle la necesidad que tenía de dormir. Al quinto día llegó al poblado.

Durante todo aquel viaje, Zaylo sólo turbó sus sueños. Cuando estaba despierto, su cerebro se llenaba de recuerdos de la Tierra... Era una estupidez, desde luego. De dondequiera que procediese la nave, era evidente que no podía haber llegado de los circulantes asteroides en que se había convertido la Tierra. Pero la asociación de ideas era inevitable. Era como si una vieja caja cerrada en su mente se hubiera abierto, dejando salir al exterior escenas y recuerdos. Y Bert no hacía ningún esfuerzo para volverlos a encerrar...

Durante las últimas millas, el agua que le rodeaba podía haber sido la de un océano. Se producía allí la fusión de varios importantes canales, y este hecho, unido a la curvatura de Marte, no le permitía ver la menor señal de tierra. Al cabo de una hora, Bert había fondeado la embarcación en su habitual atracadero. Saltó a tierra y se encaminó rápidamente hacia el poblado.

* * *

En el instante en que traspasó la valla que rodeaba el poblado se dio cuenta de que el lugar había experimentado un cambio. En anteriores visitas, la depresión ambiente se había cerrado a su alrededor como un manto cada vez más espeso. Pero, ahora, la impresión era distinta. Los pocos hombres que encontró a su paso mientras se dirigía hacia el casino central no andaban arrastrando los pies, como antes. Parecían haber recibido una inyección que les hacía andar con un objetivo determinado.

En el bar del casino, la transformación no era tan completa. Varios habituales estaban sentados a sus mesas de costumbre, demasiado alcoholizados y hundidos para poder cambiar en poco tiempo. Después de reconfortarse con un trago, Bert miró a su alrededor en busca de alguien que pudiera informarle de un modo coherente. Vio a un grupo de tres hombres hablando ávidamente ante una mesa situada junto a la ventana. Reconoció a los dos hombres barbudos que llevaban una vida de vagabundeo fuera del poblado, como él mismo. Cruzó la habitación para unirse a ellos. El hombre que llevaba el peso de la conversación era pálido y cetrino comparado con los otros, pero sus modales eran más dominantes. Cuando Bert se acercó, estaba diciendo:

—Les aconsejo que se inscriban inmediatamente. Estoy convencido de que les escogerán para la primera tanda. Y usted también —añadió, dirigiéndose a Bert, mientras éste ocupaba una silla—. Necesitamos hombres como ustedes. La mitad de los hombres que hay aquí están acabados. No pasarían el examen médico... ni soportarían el cambio. Yo puedo tomar nota de sus nombres ahora mismo, si quieren, y puedo recomendarles a ustedes. En cuanto el médico haya dado su visto bueno, quedarán alistados. ¿Qué me dicen?

Los dos hombres asintieron sin vacilar. El hombre pálido escribió sus nombres y luego se volvió hacia Bert, con una mirada interrogadora.

—Acabo de llegar. ¿De qué se trata? —preguntó Bert, en tono tranquilo. Se enorgullecía del dominio que estaba ejerciendo sobre la excitación que le poseía—. Lo único que he oído decir es que ha llegado una nave —añadió.

—Está aquí ahora —dijo uno de los hombres barbudos.

—Ha venido de Venus —añadió el otro.

El hombre pálido tomó la palabra. Los dos hombres barbudos le escucharon con tanta avidez como si lo que decía fuera nuevo también para ellos. En sus ojos había un brillo de decisión. Bert no había visto una mirada como aquélla desde hacía mucho tiempo.

—¿No ha estado nunca en Venus? —preguntó el hombre pálido.

Bert sacudió negativamente la cabeza.

—Mi primer y último viaje fue a Marte —dijo.

—En Venus hay un futuro. Aquí no lo hay —dijo el hombre pálido—. En Venus, las cosas marchan bien. Se lo hubiéramos comunicado a ustedes hace mucho tiempo, pero las comunicaciones por radio desde allí resultan imposibles, a causa de la capa estática que rodea a aquel planeta.

Continuó explicando que desde la época de los primeros aterrizajes se hizo evidente que Venus era un lugar con muchas posibilidades.

—Aquí en Marte —dijo— las condiciones eran mucho mejores de lo que se había esperado. La atmósfera era más densa y más rica en oxígeno de lo que se creía, y las temperaturas más soportables. Según las investigaciones, pensábamos que sólo podían existir líquenes o formas de vida similares. Bueno, estábamos equivocados. Pero, de todos modos, éste es un planeta moribundo. Existen los provechosos depósitos de minerales que por algún motivo los Poderosos no se molestaron nunca en extraer, pero nada más. No cabe ni pensar en una tentativa seria de colonización. En lo que respecta a las lunas de Júpiter, sólo podrían vivir allí los hombres que estuvieran dispuestos a pasarse toda la vida embutidos en un traje espacial recalentado. Pero Venus es algo distinto...

* * *

De un modo más bien elemental empezó a explicar por qué Venus era distinto. Cómo las condiciones de aquel planeta podían ser consideradas similares a las de la Tierra, millones de años antes de su desaparición. Cómo la densidad de la atmósfera ayudaba a condensar el calor del Sol, de modo que, si bien los trópicos resultaban inhabitables, las condiciones de los polos se podían soportar. De hecho, era posible emprender la colonización de zonas limitadas.

—Nos encontramos aún en la fase preparatoria de esa posible colonización. Habíamos llegado a establecer una base de exploración en la isla de Melos, cerca del polo septentrional, cuando descubrimos, de un modo más o menos casual, que los eslavos habían enviado dos grupos de emigrantes y habían establecido una colonia en una isla próxima al polo meridional.

—Nunca había oído hablar de ello —dijo Bert.

—No me extraña. Los eslavos lo mantuvieron en secreto, lo cual no resulta extraño, ya que siempre sintieron una inclinación patológica por la clandestinidad. Nosotros nos mantuvimos quietos, ya que no deseábamos provocar un conflicto. Pero, teníamos que hacer algo, y nos pareció que lo mejor era establecer nuestra propia colonia.

»Bueno, los eslavos nos llevaban ventaja. Los emigrantes que habían llegado a Venus eran una especie de deportados. Nosotros, en cambio, debíamos obtener emigrantes voluntarios. La cosa no era fácil. Tal vez recuerde usted una campaña de propaganda que se hizo en nuestro país, cantando las excelencias de los pioneros. Banderas, gallardetes, desfiles y todo eso. Algunos picaron. Pero tenían que haber otros incentivos, y teníamos que asegurar a aquellos emigrantes un mínimo de comodidades en Venus... En este aspecto superamos a los eslavos. Ellos se habían limitado a enviar a sus emigrantes con el equipo que consideraron estrictamente necesario...

»Bien, los componentes de nuestra primera expedición firmaron por un mínimo de cinco años, al final de los cuales recibirían una pensión. Aquella primera expedición se componía de veinticinco familias. Otras veinticinco familias se encontraban en el espacio, en ruta hacia Venus, cuando se produjo el desastre que acabó con la Tierra.

* * *

Bert asintió.

—Lo recuerdo perfectamente. Tenían que despegar una semana después de nuestra salida.

—Y despegaron, pero no llegaron a Venus. Esto nos planteó una situación muy difícil. Nuestra colonia se componía de unos cuantos exploradores, botánicos, químicos, etc., pero nos faltaban mineros y buscadores de minerales, entre otras cosas. Y teníamos allí unas cincuenta mujeres, y casi un centenar de niños. También teníamos un planeta con un gran futuro por delante. Decidimos trabajar de firme. Pero necesitábamos hombres, todos los hombres que pudiéramos obtener. Y nuestro progreso sería más rápido, si dispusiéramos de más capataces.

—¿Capataces? ¿Para controlar a quién? —preguntó Bert.

—A los griffas. Están trabajando para nosotros.

—Yo creía...

—Usted creía que los griffas sólo eran buenos para proporcionar abrigos de pieles, ¿verdad? Eso es lo que creía todo el mundo. Teniendo en cuenta el precio de las pieles, nadie se preocupó de acercarse a ellos a más distancia de la de un tiro de fusil. Pero, estaban en un error. Los griffas son lo bastante inteligentes como para realizar un trabajo útil, y pueden ser adiestrados con relativa facilidad. Son pequeños, desde luego, pero hay grandes cantidades de ellos. El problema es que tienen que ser vigilados continuamente. Tienen que tener a un hombre que se encargue de ellos... y ésta es nuestra principal limitación.

—De modo que me está ofreciendo usted un trabajo de capataz...

—Algo por el estilo... para empezar. Pero, Venus es un lugar con mucho porvenir, y habrá numerosas oportunidades de mejorar. Algún día, tendrá todo lo que tuvo la Tierra.

»Tal vez el clima no sea demasiado bueno, pero disponemos de casas apropiadas para vivir, y gozamos ya de algunas ventajas de la civilización. Yo creo que está usted sorprendido. Aquí en Marte no hay nada a hacer. ¿Qué me dice usted?

—Han tardado ustedes mucho tiempo en descubrir que nos necesitaban —dijo Bert.

—No, lo sabíamos desde el primer momento. El problema estribaba en obtener combustible para venir aquí. Y el obtenerlo nos ha costado mucho trabajo y mucho tiempo. Solucionado ese problema, estamos en condiciones de llevarnos cuarenta y cinco hombres en este viaje, escogiendo los mejores, en primer lugar, que serán los que tendrán mejores oportunidades en el futuro, naturalmente. No creo que desaproveche usted la ocasión. ¿Puedo anotar su nombre?

—Tengo que pensarlo —dijo Bert.

Los tres hombres se quedaron mirándole.

—¡Santo cielo! —exclamó el hombre pálido—. Una oportunidad que es casi un milagro para salir de esta ratonera... y dice que tiene que pensarlo.

—Cuando llegué aquí tenía veintiún años —dijo Bert—. Ahora tengo treinta y cuatro, en años terrestres. Es mucho el tiempo que he estado viviendo aquí para marcharme sin pensarlo. Le haré haber mi decisión.

* * *

Bert se separó de los tres hombres, consciente de que le seguían con la mirada. Sin darse cuenta, se encontró en la orilla del canal. Se sentó allí entre las campanillas y se quedó contemplando el agua.

Lo que estaba viendo de nuevo era una torre en ruinas junto a la orilla de otro canal. Una vida que transcurriría allí plácidamente, armoniosamente. Un grupo de personas que se limitaban a vivir de un modo sencillo, gozando de lo que la vida les ofrecía sin torturarse con indefinidas especulaciones. Personas que estaban completamente satisfechas de ser parte de un proceso, que no se sentían continuamente inclinadas a dominar y a controlar todo cuanto las rodeaba. Marte era un planeta moribundo, sí. Pero todo el sistema solar, todo el universo se encaminaba hacia la muerte. ¿Era realmente más importante luchar durante millares de años para sojuzgar a un planeta, que vivir durante unos cuantos siglos en paz? ¿Qué creían perseguir los terrestres con sus luchas, sus esfuerzos y su agitación? Ninguno de ellos era capaz de definir su objetivo final. Y en tales condiciones, su agitación podía ser simplemente un tic nervioso. Todos sus alardes podían proceder, sencillamente, de un dominante egoísmo impuesto sobre una especie de trascendente curiosidad simiesca...

Los marcianos no eran así. No se veían a sí mismos como árbitros, como seres destinados a convertirse en dioses. Sino simplemente como una parte de la vida.

Bert recordó unos versos de un poema. Whitman se había referido a unos animales, pero a Bert le pareció que la idea era perfectamente aplicable a los marcianos:

No maldicen ni se quejan de su condición,
No permanecen despiertos en la oscuridad llorando por sus pecados,
No hablan continuamente de sus deberes para con Dios,
Ninguno está insatisfecho... ninguno enloquece con la obsesión de poseer
cosas...

La imagen de Zaylo irrumpió repentinamente en los pensamientos de Bert. Una imagen que le infundió una sensación de paz y tranquilizó su mente y su corazón.

"Ya es hora de que descanses, terrestre", le había dicho su madre.

Pero Bert había huido porque descansar, establecerse, crear un hogar allí, le había parecido una traición a todo lo que la desaparecida Tierra le había enseñado. Hubiera sido como rendirse a Marte, y contra ello había protestado una voz en su interior: "Soy el Dueño de mi Destino".

Y, ahora, se le presentaba la ocasión de unirse a otros que pensaban del mismo modo. Pocos, pero decididos a levantarse de nuevo por encima de la catástrofe que había destruido su mundo.

Una visión de la Tierra, tal como había sido, substituyó a la imagen de Zaylo en la mente de Bert. Ciudades llenas de vida, extensas campiñas ricas en cosechas, la música de grandes orquestas, las voces de las multitudes, los buques que cruzaban los mares y las naves que cruzaban los aires. El mundo hecho para el hombre por el hombre... el glorioso sueño de la compleja mente del hombre convertido en realidad. Ninguno de los que vivían ahora volvería a ver el genio de la Tierra en su pináculo. Pero el espíritu seguía existiendo. Y algún día podía recrear en Venus todas las cosas que parecían haberse perdido con la Tierra. Y tal vez sería una civilización aún más esplendorosa.

Lo que le ofrecían era una oportunidad de ayudar a levantar de nuevo la civilización. Esto, o una existencia inútil en Marte...

La imagen de Zaylo se irguió de nuevo ante él, encantadora, suave, como bálsamo para un espíritu lastimado, como paraíso para un alma solitaria...

Pero junto a ella, brillaron las espirales y las torres de nuevas ciudades, irguiéndose hacia el cielo venusino, grandes naves surcando los mares de Venus, miríadas de personas riendo, amando, viviendo en un mundo que él había ayudado a edificar.

Bert gimió en voz alta.

El eco de un antepasado puritano, dijo: "El camino difícil es el bueno; el camino fácil es el equivocado".

El susurro de otro se mofó: "El camino de la vanidad es el equivocado; el camino de la sencillez es el bueno".

Ninguna ayuda por aquel lado.

Bert continuó sentado, mirando fijamente el agua.

Un sonido llegó del poblado, detrás de él. Súbitamente, se dio cuenta de que unos hombres estaban cantando. Los cantos de los borrachos eran algo habitual. Pero hacía mucho tiempo que Bert no oía cantar a unos hombres alegremente, con optimismo, con esperanza en sus corazones. Alzó la cabeza y escuchó:

¡Oh! Me han dicho que hay montones de oro
en las orillas del Sacramento...

El canto flotó a través de las arenas como una antífona. Cuarenta y nueve fantasmas de carromatos avanzando, avanzando, a través de praderas y desiertos, cruzando montañas, avanzando siempre. Sin mucho oro, quizás... sobre una tierra árida. Pero una tierra que sus hijos harían florecer como un jardín, allá, junto al Pacífico...

Bert se puso en pie. La decisión le inundó como un licor fuerte. En aquel instante se sintió estrechamente unido a los hombres que cantaban. Se irguió, cuadrando los hombros. Y echó a andar hacia el poblado. Mientras andaba, empezó a cantar:

¡Oh-h-h! Me han dicho que hay montones de oro
en las orillas del Sacramento...

* * *

Bert dejaba vagar su mirada a través de la ventanilla mientras el ferrocarril eléctrico de vía estrecha proseguía su avance. Las perpetuas nubes que nunca permitían ver el sol planeaban, grises, sobre el paisaje. La hierba que crecía en los espacios libres tenía un aspecto enclenque, insípido. Más allá, el bosque se alzaba como una pared tejida con los mismos incoloros materiales. Los detalles lejanos quedaban borrosos, desde luego, porque estaba lloviendo... cosa que en Venus ocurría las nueve décimas partes del tiempo.

A uno de los lados de la vía del tren se extendía el campo de aterrizaje. Varias naves espaciales reposaban allí como ballenas medio despanzurradas. Hacía mucho tiempo que habían sido desprovistas de todos sus instrumentos útiles, y sus propias cortezas habían sido recortadas para atender a la necesidad de metales duros. Sólo el pequeño Rutherford A-4 estaba intacto, dispuesto a despegar en dirección a Marte para un segundo viaje, pasados un par de días. Alrededor de la nave se afanaban varias figuras. Habían calculado que durante la próxima conjunción podría efectuar tres viajes, después de los cuales tendría que reposar una temporada, hasta que se produjera la siguiente conjunción.

Más allá del campo de aterrizaje, columnas de negro humo surgidas de fábricas y talleres se extendían por encima de los descoloridos árboles.

Opinárase lo que se opinara de ello, había que reconocer que, en trece años, se había llevado a cabo una obra ingente en el planeta.

A través de las otras ventanillas del tren, las cuales se asomaban al lado interior de la curva que la línea estaba tomando, podían verse las casas del poblado. Salpicados entre ellos, había unos magníficos árboles, cuyas ramas se extendían en forma de gallardetes. Sus hojas, excesivamente largas, se rizaban al viento, retorciéndose como los cabellos de una Medusa. En la parte central del poblado se erguían las altas empalizadas del serrallo. Unas empalizadas protegidas con puntiagudas estacas...

El vecino de Bert notó la dirección de su mirada.

—Pierde usted el tiempo, amigo —dijo.

Bert volvió la cabeza para mirarle. Vio a un hombre de estatura mediana, unos diez años más viejo que él. Al igual que todos los colonos venusinos, tenía la piel pálida y un aspecto de blandura.

—¿Qué quiere usted decir? —inquirió Bert.

—Sólo lo que he dicho —respondió el hombre—. Es usted uno de los que llegaron de Marte, ¿no es cierto?

—Sí —dijo Bert.

El hombre continuó:

—¿Y cree usted que algún día van a decirle: "De acuerdo, ha sido usted un buen muchacho", y le dejarán entrar allí?

—He pasado el examen médico —dijo Bert—. Me han inmunizado contra todo lo inmunizable, y me han dado un certificado diciendo que gozo de buena salud y soy apto para engendrar.

—Desde luego, desde luego —dijo el hombre—. Todos tenemos certificado. Es papel mojado.

—Pero, dice...

—Lo sé... ¿Qué hubiera hecho usted si no le hubiesen dado el certificado? Armar un escándalo. Y a ellos no les interesan los individuos escandalosos, de modo que se lo dieron. No les costaba nada hacerlo.

—¿Usted cree? —inquirió Bert.

—Desde luego... Y ahora le darán a usted un trabajo para que pueda demostrar que es un individuo capaz y digno de confianza. Si quedan satisfechos con su trabajo, le recompensarán con los plenos derechos de ciudadanía. Muy bien. Pero se encontrará usted con que no han podido formarse una opinión completa a través de ese primer trabajo, y le darán otro, y tal vez un par más de ellos, antes de que se hayan formado una opinión concreta acerca de usted. Y entonces, si es usted muy, muy bueno y respetuoso, se convertirá en un ciudadano. Y si no lo es le darán otra opción para que pueda conquistar la ciudadanía. Créame, amigo, lo tienen muy bien montado.

—Pero, ¿y si me convierto en un ciudadano?

—Si lo consigue, le felicitarán a usted. Le darán palmaditas en la espalda. Le dirán que es usted un tipo estupendo, digno de convertirse en uno de los padres de la nueva nación venusina. Desgraciadamente, le dirán, desgraciadamente no hay una esposa para usted, de momento. De modo que no podrá usted instalarse aún en el serrallo. Una verdadera lástima. Pero, si sigue usted portándose bien... Y usted seguirá portándose bien. Y, cuando haya transcurrido cierto tiempo, volverá a presentarse a ellos. Y le dirán que lo lamentan mucho, pero que todavía no hay nada a hacer. En realidad, hay muchos hombres que esperan turno antes que usted. Lo malo es que las mujeres soportan el clima de aquí mucho peor que los hombres. Claro que las cosas se irán arreglando. Lo que tiene usted que hacer es no perder la paciencia... y continuar siendo un buen muchacho. Dentro de unos años, el equilibrio se habrá restablecido. Entonces podrá usted instalarse en el serrallo, casarse, convertirse en padre de familia y en un Fundador del Estado. Si pierde usted la paciencia y les dice unas cuantas cosas, le privarán a usted de la ciudadanía... como a mí. Y si trata de provocar desórdenes de cualquier tipo... bueno, prepárese a desaparecer.

—¿Quiere usted decir que le engañan a uno con vanas promesas? —preguntó Bert.

—Ni más ni menos, amigo. Chris Davey se hizo el amo de este lugar al día siguiente de llegar la noticia de que la Tierra había desaparecido. Desde entonces, él y sus esbirros gobiernan esto a su antojo. El resultado es mucho trabajo para todo el mundo, menos para ellos.

Bert volvió a mirar a través de la ventanilla. El poblado había quedado ahora detrás de ellos. Al otro lado de la vía del tren, los campos de cultivo mostraban unas cosechas desconocidas, con plantas y tallos casi incoloros. Grupos de griffas, de apenas un metro de estatura, se afanaban en su trabajo mientras la lluvia empapaba sus plateadas pieles. De cuando en cuando podía verse a un hombre, embutido en un largo impermeable y tocado con una gorra de visera, que iba de un grupo a otro, inspeccionando el trabajo. Otro elemento de su uniforme era un látigo.

—De todos modos, hay que reconocer que han obtenido algunos resultados —dijo Bert, señalando con un gesto las negras columnas de humo procedentes de las fábricas, casi ocultas ahora por la lluvia y la niebla.

—Sí, hay que reconocerlo —asintió el hombre—. Gracias, principalmente, a los griffas. Hay una gran abundancia de griffas, afortunadamente para usted y para mí.

—¿Por qué? —preguntó Bert.

—Porque nos necesitan para vigilarles. Los griffas no trabajarían si no estuvieran vigilados por un hombre. Y eso hace que los esbirros de Chris Davey tarden en decidirse a prescindir de un hombre. Míreme a mí. Yo soy lo que ellos llaman un elemento subversivo... y no estaría aquí ahora si no necesitaran a todos los hombres que puedan obtener para vigilar a los griffas. Por eso decidieron ir a Marte en busca de más hombres, a pesar de lo complicado y costoso del viaje.

—¿Y qué es lo que los griffas obtienen con todo esto? —preguntó Bert.

—La posibilidad de vivir unos años más... si trabajan —respondió el hombre.

Bert no hizo ningún comentario. En silencio, continuó contemplando el blanquecino paisaje a través de la incesante lluvia. Súbitamente, el tren se metió en un desvío y se detuvo, seguramente esperando el paso de otro tren en dirección contraria por la vía única. Su vecino le ofreció a Bert un bollo del extraño pan local. Bert le dio las gracias y mordió el bollo. Durante un rato los dos hombres masticaron en silencio, hasta que su vecino dijo:

—No es lo que usted esperaba, ¿eh? Bueno, no es lo que ninguno de nosotros esperaba. Pero no hay otra cosa.

—¡Huh! —gruñó Bert, sin comprometerse.

Su mente había estado vagando muy lejos de allí. Había vuelto a su viejo bote, deslizándose perezosamente a lo largo del canal. En sus oídos había sonado el amistoso zumbido del motor, mezclado con el tintineo de las campanillas. Sus pulmones habían vuelto a llenarse del aire tenue y refrescante de Marte. Más allá de la orilla, extensiones de arena rojiza, y más allá todavía, montañas de color púrpura... En alguna parte una rueda de noria que necesitaría sus servicios. Y, junto a ella, una torre en ruinas, de piedra roja. Y en el umbral de la puerta de la torre, Zaylo, de pie, con el pelo recogido muy alto sobre su cabeza, los ojos graves, los labios ligeramente sonrientes...

* * *

—No —añadió Bert—. No es lo que esperaba. —Hizo una breve pausa, y preguntó—: ¿Cómo se llegó a la actual situación?

—Bueno, al principio había aquí un Administrador, el cual se desenvolvió bastante bien mientras tuvo una autoridad detrás de él. Pero, desaparecida aquella autoridad, el Administrador quedó abandonado a sus propias fuerzas. Chris Davey aprovechó la ocasión. La única oposición seria procedió de Don Modland, el cual deseaba el establecimiento de un régimen democrático.

Pero Don no tardó en desaparecer, y esto ejerció una especie de efecto desmoralizador general. Davey y su pandilla se movieron rápidamente. Construyeron la empalizada del serrallo, para seguridad de las mujeres y los niños... dijeron. Si uno pertenece a la pandilla de Davey, vive allí. Si no pertenece a ella, nunca pisará aquel lugar. Tendrá que contentarse creyendo que podrá pisarlo... algún día.

»Tal vez sea cierto lo que dicen acerca de los promedios de nacimientos y de muertes que se producen allí. Lo más probable es que no lo sea. No hay modo de comprobarlo. El lugar está vigilado. Sería muy difícil entrar... y más difícil todavía salir, vivo. Si uno pertenece a la pandilla de Davey puede ir armado. Si no pertenece a ella, tiene prohibido llevar armas. A Chris sólo le preocupan los resultados, y no le importan los medios que sus esbirros empleen para obtenerlos.

—¿Se ha entronizado a sí mismo como una especie de... rey de Venus? —sugirió Bert.

—Así parece. Por lo menos, de esta parte de Venus. Lo gobierna todo a su antojo. Lo peor de todo es que, aunque no nos guste, está realizando una gran labor. A su manera, está levantando un mundo nuevo.

»Una de las cosas en las que insiste con más frecuencia es que hemos de progresar más rápidamente que los eslavos establecidos en el sur. Si ellos consiguen cruzar los trópicos de algún modo, vamos a pasarlo muy mal. Por tanto, es preferible que nos adelantemos a ellos.

—¿Atacándolos, quizás?

—Ese es el plan... cuando estemos preparados para ponerlo en práctica.

* * *

Pasó el tren que estaban esperando. Un tren de carga, con vagones descubiertos llenos de mineral de hierro, de géneros diversos, y dos vagones de pasajeros enganchados en último lugar. Su propio tren salió del desvío y prosiguió su marcha. Bert continuó mirando a través de la ventanilla. La mano de su compañero se posó en su rodilla.

—Alegre esa cara, amigo. Después de todo, seguimos vivos. No todos pueden decir lo mismo...

—En Marte también estaba vivo —dijo Bert.

—Entonces, ¿por qué vino usted aquí? —le preguntó el otro.

Bert trató de explicárselo. Se esforzó por describirle su visión de una Tierra renacida. El otro le escuchaba benévolamente, con una expresión ligeramente pensativa.

—Comprendo. Como dijo el Viejo: "...una nación nueva, concebida en libertad y basada en la premisa de que todos los hombres son iguales..."

—Algo por el estilo —convino Bert.

—Hijo mío —dijo el otro hombre—, era usted muy joven cuando se marchó de la Tierra, ¿verdad?

—Tenía veintiún años —dijo Bert.

—A los veintiún años, las nubes de la gloria lo embellecen todo. El Viejo pronunció unas palabras muy hermosas, pero, ¿se ha detenido usted alguna vez a pensar cuántos imperios tuvieron que levantarse y ser destruidos, cuántos miles de millones de seres tuvieron que morir en la esclavitud antes de que un hombre pudiera pronunciar esas palabras?

—No lo había pensado nunca —admitió Bert—. Pero las palabras fueron pronunciadas. De modo que, ¿por qué no puede ser ésta una nación "concebida en libertad"?

—Bueno, sospecho que tal vez el Viejo no pronunció las palabras exactas. Verá, cuando un ser es concebido, tiene que pasar a través de todas las fases... evolucionar antes de nacer a la verdadera vida.

—Al oírle, nadie diría que es usted un elemento subversivo —dijo Bert.

—No tendrá usted que cambiar mucho para convertirse en un elemento subversivo. Lo único que tiene que hacer es decir "¿Por qué?" en lugar de decir "Sí". Insista en sus "¿Por qué?", y quedará usted condenado a vigilar griffas en los peores lugares de trabajo, lo mismo que yo.

—Pero, no existe ningún motivo para volver a lo primitivo. Todo lo que se ha dicho y se ha hecho está descrito en los libros... unos libros que existen aquí, en Venus. Y esos hombres tratan de establecer algo así como un antiguo estado esclavista. Todos sabemos que hay un sistema de vida mejor que ese... Contando, como cuentan, con toda la experiencia de la Tierra, y con la posibilidad de edificar una nueva Tierra aquí, ¿cree que van a tirar por la borda todas las enseñanzas de la Historia?

El otro hombre le contempló unos instantes en silencio, y luego dijo:

—Hijo mío, creo que enfoca el problema de un modo equivocado. Lo que están haciendo, precisamente, es edificar una nueva Tierra. Y de lo que usted se queja es de que no hayan empezado a edificar un nuevo cielo.

Bert le miró fijamente.

—No es eso. Puedo recordar perfectamente la Tierra.

—También yo. La diferencia estriba, como ya he dicho, en las nubes de la gloria. ¿Qué hacía usted en la Tierra?

—Fui a la escuela, luego a la Universidad, y luego a la Academia de Vuelos Espaciales.

—Yo trabajé en fábricas, en buques, en puertos, en puertos espaciales, en ferrocarriles... Anduve de un lado para otro. ¿Cree que no tengo motivos para conocer la Tierra mucho mejor que usted?

Bert tardó unos segundos en contestar. Finalmente, murmuró:

—Había hermosas ciudades, personas felices, música... y hombres excelentes, también.

—¿Ha contemplado alguna vez un iceberg? La parte que uno ve parece muy bonita, iluminada por el sol.

—Había lo suficiente para demostrar cómo podía ser un mundo.

—Desde luego, desde luego. Todos sabemos cómo deberían ser las cosas. Todos tenemos nuestros pequeños paraísos. —Hizo una pausa, como si meditara. Luego, mirando de nuevo a Bert, añadió—: Tal vez... algún día.

Hemos recorrido mucho camino en unos cuantos miles de años... pero todavía estamos creciendo. Hace falta tiempo, hijo mío, mucho tiempo.

—Pero, aquí las cosas están equivocadas. Ese Chris Davey y los suyos han dado marcha atrás. Parecen haber olvidado todo lo que hemos aprendido. Tenemos que ir hacia adelante, no hacia atrás. Los habitantes de Marte...

—Sí, hijo mío, háblame de Marte. Nunca he estado allí.

Bert le habló de Marte. Del planeta en sí, de sus habitantes, de la sencillez de sus vidas, del modo cómo gozaban de ella como un don en sí misma, y no como un medio para obtener otras cosas. Y al vivir de aquel modo eran felices.

El pequeño tren seguía avanzando. Una oscura línea de colinas se hizo visible a través de la cortina de lluvia, pero Bert no la vio. Sus ojos estaban llenos de desiertos rojos cruzados por plácidos canales, de manchas de verdor junto a pequeñas viviendas. Sin darse cuenta, se encontró hablándole al desconocido acerca de Zaylo...

El desconocido no dijo nada. Un par de veces pareció que iba a formular una pregunta, pero permaneció callado. Bert continuó hablando, ajeno a la piedad que se reflejaba en los ojos de su oyente.

Casi habían llegado al final del trayecto cuando el otro hombre se decidió a interrumpir a Bert. Señaló hacia las colinas, ahora muy cercanas. En sus laderas, la vegetación verde gris estaba salpicada con las manchas oscuras de los trabajadores.

—Allí es donde vamos a trabajar —dijo.

Súbitamente, el tren se detuvo con una sacudida. Bert se puso en pie, cogió su equipaje y siguió al otro hombre bajo la incesante lluvia. Se sentía físicamente agotado. Al andar, arrastraba trabajosamente los pies. Se preguntó cuánto tardarían sus músculos en adaptarse a Venus. De momento, el lugar gravitaba tan pesadamente sobre su cuerpo como sobre su espíritu...

* * *

Bert estaba de pie en una elevación del terreno que dominaba la pequeña cantera, contemplando el panorama que se extendía ante sus ojos. En aquel momento no llovía, y el campo de visión era bastante extenso. Pero lo más probable era que volviera a llover de un momento a otro, y Bert no se había quitado el largo impermeable que constituía, prácticamente, un uniforme local. En la parte izquierda del cinturón llevaba un machete. La otra "herramienta" de trabajo, un látigo, con su tralla de doce pies de longitud cuidadosamente enrollada, colgaba de la parte derecha de su cinturón, al alcance de su mano.

Debajo de él trabajaban los cincuenta griffas que tenía a su cargo. Estaban cargando mineral de hierro en unas pequeñas vagonetas que luego empujaban hasta el término de la línea del ferrocarril. A Bert le desagradaba profundamente aquel espectáculo. Los griffas le inspiraban una mezcla de piedad y de sentimiento de camaradería. Eran seres inteligentes, aunque la opinión general coincidía en que eran terriblemente perezosos. Bert no compartía esa opinión. La pereza es un término muy relativo, y a nadie se le ocurriría tildar de perezoso a un árbol o a una flor. Un griffa salvaje desconocía por completo lo que era el trabajo. Cuando le capturaban y le enseñaban a trabajar, no le gustaba. ¿Por qué había de gustarle? La mayoría de los cautivos preferían morir. Para ellos, vivir en cautividad era como no vivir. Lo único que les impulsaba a trabajar era el deseo de evitar el dolor. Eran lo suficientemente inteligentes como para aprender a realizar tareas bastante complicadas, pero nadie había sido capaz de infundirles la idea del deber. Trabajaban a la fuerza, y Bert era el representante de aquella fuerza. A Bert le desagradaba también tal representación.

Y, al mismo tiempo, experimentaba la molesta sensación de que su posición en la sociedad venusina no era muy distinta de la de aquellos parias...

Sus pensamientos se vieron bruscamente interrumpidos por la presencia del jefe de capataces, que acababa de llegar a la cantera. Bert bajó a reunirse con él.

El recién llegado no le saludó. Iba vestido igual que Bert, pero en su cinto llevaba la insignia de su autoridad: una pistola. Por la expresión de su rostro, era evidente que estaba de mal humor. Sus crueles ojos contemplaron a Bert con autoritaria insolencia.

—La producción de esta cantera está descendiendo. ¿Por qué —preguntó. Pero no parecía esperar una respuesta. Miró a su alrededor y añadió, sarcásticamente—: ¡Mírelos! Su obligación es la de hacer trabajar a esas ratas. ¿Por qué diablos no la cumple?

—Están trabajando —dijo Bert, tranquilamente.

—¡Trabajando! —exclamó el otro.

Hizo chasquear su látigo. Un griffa hembra lanzó un terrible alarido y cayó al suelo. Sus dos compañeros, atados con cadenas a su cintura, permanecieron en pie, temblando, con sus ojos oscuros llenos de temor. El resto, después de una breve pausa, empezó a trabajar con más actividad. La mano de Bert se crispó. Se quedó mirando al griffa caído, contemplando la sangre que empapaba ya su plateada piel.

Bert alzó los ojos para encontrarse con la fría mirada del jefe de capataces.

—A usted no le gusta esto —le dijo el hombre, mostrando sus dientes.

—No —dijo Bert.

—Es usted muy blando. Y ésta es una tarea para hombres. Cuando lleve aquí un poco más de tiempo, lo aprenderá.

—Lo dudo —dijo Bert.

—Será mejor que lo aprenda —dijo el jefe de capataces, en tono amenazador.

—No he venido aquí para ayudar a edificar un estado esclavista —dijo Bert.

—¿No? A usted le gustaría empezar por arriba, ¿verdad? No puede construirse una casa empezando por el tejado. ¿Puede usted citarme alguna gran nación o Imperio de la Tierra que no haya pasado por la etapa esclavista?

—Es un error —dijo Bert.

—¿Conoce usted un sistema mejor? ¿Amor y ternura, quizás? —inquirió el hombre, en tono sarcástico—. Es usted muy blando —repitió.

—Es posible —admitió Bert—. Pero insisto en creer que si no hay un sistema mejor que el de martirizar a esos pobres seres para edificar algo, no vale la pena edificarlo.

—¿Dónde tiene usted la Biblia, predicador? No hay más que un sistema para conseguir que el trabajo a realizar sea hecho, y es este...

Su látigo restalló de nuevo. Otro pequeño griffa gritó, y otro...

Bert vaciló un par de segundos. Luego empuñó su propio látigo. La tralla silbó en el aire antes de enroscarse en el cuello del jefe de capataces. Bert tiró con todas sus fuerzas. El hombre avanzó tambaleándose hacia él, tropezó en una roca y cayó de cabeza. Bert se inclinó sobre él y le golpeó con la empuñadura del látigo, para evitar que sacara su pistola.

El golpe fue superfluo. El jefe de capataces no estaba en condiciones de utilizar una pistola, ni un látigo... ni volvería a estarlo.

* * *

Los griffas habían interrumpido su trabajo para contemplar cómo Bert colgaba de su cinturón la pistola del jefe de capataces. Luego, Bert separó su mirada del hombre caído en el suelo y contempló al asombrado grupo de trabajadores. Súbitamente, dio media vuelta y se encaminó hacia el depósito de herramientas. Cogió las largas tenazas que se utilizaban para cortar la cadena que unía a un griffa muerto a sus compañeros. Se acercó de nuevo a ellos y empezó a trabajar.

Cuando hubo terminado, los griffas seguían rodeándole, asombrados, con sus ojillos llenos de temor.

—¡Largo, estúpidos! ¡Marchaos de una vez! —gritó Bert.

Los griffas echaron a correr en todas direcciones. Bert se sentó en una piedra, recobrando sus fuerzas y pensando en lo que tenía que hacer a continuación. De repente, se puso en pie con expresión decidida.

Cuando se alejaba de la cantera, empezó a llover de nuevo.

* * *

Una vez iniciado el proceso de aceleración, Bert salió de su escondite y se mezcló con los demás. Transcurrió una hora antes de que alguien le tocara en el hombro y le preguntara:

—Oiga, ¿qué diablos está usted haciendo aquí?

El capitán y el primer oficial le contemplaban con evidente incertidumbre. La pistola que Bert llevaba al cinto era un distintivo de autoridad.

—¿Sucede algo? —inquirió Bert, tranquilamente.

—No figura usted en la lista de pasajeros. ¿Cómo es que está aquí? —preguntó el primer oficial.

Bert pareció sorprendido.

—¿No estoy en la lista? Alguien debió de olvidarse de transmitir la orden. Ayer me encargaron esta misión, pero me dijeron que usted sería informado debidamente, capitán.

—Bueno, no he sido informado. ¿Y en qué consiste esa misión?

—En... ejem... bueno, una especie de sargento de reclutamiento. Verá, hablo cuatro dialectos marcianos, y me hago entender en varios más.

—¿Reclutar marcianos, quiere usted decir?

—Esa es la idea. Son débiles, pero pueden servir perfectamente para vigilar a los griffas.

Bert no apartó la mirada del capitán mientras hablaba, esperando que no se le ocurriría la idea de que un marciano trasladado a Venus quedaría aplastado por la gravitación. No se le ocurrió. Probablemente, ni siquiera había visto un marciano. Se limitó a fruncir las cejas.

—Debieron informarme —gruñó.

—Desde luego —convino Bert—. Y no me explico cómo dejaron de hacerlo. Pero, puede usted pedir la confirmación por radio —sugirió.

—¿Sabe usted algo acerca de las comunicaciones por radio con Venus? —inquirió el primer oficial, desdeñosamente.

—No, pero en Marte...

—En Marte tal vez, pero Venus no es Marte. Bueno, puesto que está usted aquí, será mejor que haga algún trabajo útil en la nave.

—¡A sus órdenes, mi capitán! —exclamó alegremente Bert.

* * *

Al parecer, nadie había tocado la vieja embarcación desde que Bert se marchó de Marte. El motor rateó un poco al principio —como antes—, pero no tardó en adquirir un ritmo regular. Bert se echó a reír en voz alta. El fut-fut sonaba como música a sus oídos. Instalado en su viejo asiento, con el brazo sobre la caña del timón, dejó que la embarcación se deslizara por el gran canal.

Más allá de la intersección, y en un canal más pequeño, se detuvo. De un departamento de la camareta sacó unas ropas remendadas y unas botas de las que solía confeccionarse él mismo. Las ropas que le habían dado en Venus, y las pesadas botas que las acompañaban, fueron a parar al agua. Vaciló antes de desprenderse de la pistola, pero su vacilación fue muy breve: en Marte nadie utilizaba ni necesitaba tales cosas. Bert se sintió más ligero después de haberse librado de los últimos vestigios de su estancia en Venus. Las angustias de las últimas semanas pasadas en aquel planeta, el largo viaje desde las canteras hasta el poblado, andando únicamente de noche por temor a que le vieran, la larga espera oculto en el campo de aterrizaje, alimentándose de raíces, empapado por la continua lluvia, esperando ansiosamente el regreso del Rutherford A-4, que debía emprender seguidamente su tercer y último viaje aprovechando la conjunción, y, finalmente, la peligrosa tarea de introducirse a bordo... todo aquello empezaba a convertirse en un mal sueño.

Bert se puso los pantalones, con un trozo de cuerda por cinturón. Se disponía a poner de nuevo el motor en marcha, cuando el eco de una explosión llegó rodando hasta él a través del desierto.

Bert miró hacia atrás.

A lo lejos, junto a la línea del horizonte, una nube de humo negro creció y se extendió. Bert sonrió. El Rutherford A-4 no haría ningún viaje más en busca de esclavos.

Bert silbó alegremente mientras volvía a poner el motor en marcha.

* * *

Fue como un cuadro soñado que repentinamente adquiriera una existencia real. Mientras avanzaba hacia la torre en ruinas, Bert oyó el familiar sonido que producía Annika, la madre de Zaylo, en su tarea de moler grano. Al verle, Annika interrumpió su trabajo.

—Hola, terrestre —dijo. Sus ojos escrutaron ávidamente el rostro del recién llegado—. ¿Has estado enfermo? —preguntó.

Bert sacudió la cabeza y se sentó en una piedra.

—He estado pensando —dijo—. ¿Recuerdas que la última vez que estuve aquí me dijiste que si la Tierra fuera recreada sería más extraña para mí que Marte?

—Lo recuerdo, terrestre.

—En aquel momento, no te creí.

—¿Y bien...?

—Ahora comprendo lo que querías expresar. —Hizo una pausa—. Tengo la impresión... bueno, me parece que nunca ha existido un lugar como la Tierra que yo recordaba.

Annika asintió.

—Un paraíso en la memoria, no es bueno —dijo—. Un paraíso ante uno, es mejor. Pero lo mejor de todo es crear un paraíso alrededor de uno.

—Tú comprendes las cosas, Annika. Yo era como un hombre rico al cual hubieran desposeído de todo su dinero: lo único importante para él era recuperarlo.

—¿Y ahora...? preguntó Annika.

—Ahora, he dejado de atormentarme. Ya no lo quiero. He dejado de llorar por la Luna... o por la Tierra. Me limitaré a vivir, y la vida que se me ha dado. De modo que esta vez...

Zaylo, al verle, se había detenido en el umbral de la puerta de la torre. Permaneció allí inmóvil un instante, con los ojos brillantes de alegría, los labios entreabiertos...

Zaylo no era tal como Bert la recordaba. Era diez veces más bella que cualquiera de sus recuerdos.

—De modo que esta vez —repitió Bert— he venido para quedarme.

EQUILIBRIO

John Christopher

Luigi dijo:

—¡Signor!

Max Larkin abrió los ojos, sorprendido y agradecido por milésima vez por la radiante claridad del sol. Su hamaca, colgada entre dos olivos, se hallaba en el extremo más apartado de su jardín. Debajo de él, Castellammare era una explosión de blancos y verdes: el blanco de las piedras logrado por el sol y el verde de las hojas de los naranjos. Y más allá de los verdes y de los blancos se extendía el esmaltado azul de la bahía de Napoles. Larkin se volvió en redondo. Luigi estaba de pie delante de él en actitud respetuosa.

Max dijo:

—¿Y bien?

—Alguien desea verle, signor Larkin. Al parecer, se trata de algo urgente. ¿Le hago pasar o le pongo en la calle?

Detrás de Luigi, la pequeña avenida de cipreses se extendía hasta la villa a lo largo de un centenar de metros. Max pudo ver al hombre embutido en una chaqueta de cuero que se acercaba. Le dijo a Luigi:

—Demasiado tarde. Ahí está. No te preocupes, Luigi. Sírvenos vino. Creo que el Nobile 89 estará bien.

El visitante era un hombre muy joven; tenía aspecto de estar muy acalorado bajo la chaqueta de cuero, que ostentaba insignias y galones de la United Chemicals, pero a su edad, supuso Max, la consciencia de su categoría tenía más fuerza que la simple comodidad. Hizo un gesto señalando una silla colocada a la sombra de un olivo y se reclinó en su hamaca.

* * *

El visitante dijo:

—¿El superintendente Larkin?

Max asintió.

—El mismo. Pero ahora estoy retirado. Ya no utilizo ese título. ¿Qué puedo hacer por usted?

—Me llamo Mellin. Hans Mellin. Vengo de parte del director Hewison. —Miró a Max con expresión de reproche—. Al director Hewison no le fue posible comunicar con usted a través del videófono.

Max dijo:

—No me extraña. Lo tengo desconectado. La única tarea de la que me ocupo actualmente es la de recoger mi pensión, y para ello me valgo del antiguo sistema de escribir cartas.

Mellin dijo:

—Me envía para que le recoja a usted. Desea consultarle un asunto.
Max preguntó:
—¿Dónde está Hewison? Si el verle significa cruzar el Atlántico...
Mellin le interrumpió:
—Está en su casa de Austria. Puedo llevarle a usted allí en tres horas. Mi autogiro está aparcado enfrente de la villa.
Max sonrió.
—Prefiero ir en tren. Déme las señas para localizarlo. O quizá sea preferible que mande un automóvil a recogerme a la estación.
Mellin objetó:
—Pero el director desea que vaya usted conmigo en el autogiro...
Max dijo:
—Tiene usted que saber que pasé dieciocho años en Venus y que probablemente aún estaría allí si mi cuerpo no hubiera tenido la buena ocurrencia de contraer unas fiebres palúdicas, lo cual me dio opción para retirarme. Y ahora que estoy aquí he prometido que entre la tierra y yo no habrá nunca más de dieciocho pulgadas de separación —Miró pensativamente la hamaca en la cual estaba tendido—. Bueno..., digamos treinta y seis. Puede usted regresar en el autogiro y decirle a Hewison que me pondré inmediatamente en camino. ¿En qué estación tengo que apearme?
Con cierto aturdimiento, Mellin respondió:
—En Graz.
—¡De acuerdo! —convino Max—. Dígale a Hewison que salgo en seguida para allá. Tomaré el rápido de Viena que sale de Nápoles a las ocho. ¡Oh! Aquí está el vino. ¿Quiere usted acompañarme?
Mellin miró la bandeja.
—Creo que no. Tengo un poco de prisa. Pero si no le importara desprenderse de una botella me la bebería por el camino.
Max se reclinó más profundamente en su hamaca.
—Dale al oficial Mellin una botella de vino, Luigi. Creo que el de la última cosecha será más adecuado para su... ejem... paladar.

* * *

Max pudo disponer de un coche-cama para él solo, en el rápido de Viena. En la mitad meridional de Europa seguían funcionando los ferrocarriles. El Departamento de Transportes y Comunicaciones los mantenía en servicio para los turistas, aunque cada día eran menos utilizados. A las once de la mañana siguiente llegó Max a Graz. El automóvil que le estaba esperando era un vehículo enorme, de color gris perla, con el banderín rojo del director en el capó. Emprendieron la marcha a través de las colinas sin que el poderoso motor se dejara oír.
La mansión austríaca de Hewison era visible a varias millas de distancia: el conductor se la señaló al pasajero del automóvil. A medida que se acercaban a ella, sus detalles eran más apreciables. Y su buen gusto era más discutible. Max recordó súbitamente que Hewison había hecho construir sus castillos

unos seis o siete años antes. Era un vergonzoso maridaje de los estilos gótico y siglo XXI. En las esquinas se erguían unas altas torres, y entre ellas se levantaban unos fríos pilones de aluminio. En un espacio de muchas millas cuadradas, aquél era el único lugar donde el paisaje no estaba irremediablemente contaminado..., si se prescindía del castillo. Max dio un suspiro de alivio cuando el automóvil cruzó el puente levadizo.

La habitación que le fue destinada estaba situada en uno de los pilones. Desempaquetó algunas de sus cosas y esperó a que le avisaran para el almuerzo. Por algún extraño motivo, el amplio comedor estaba pintado de color verde mar. El tablero de jade de la alargada mesa estaba rodeado de un borde cuadrado de esmeralda translúcida, adornado con reproducciones de peces tropicales. El aspecto del comedor resultaba más impresionante por el hecho de que Hewison y él eran los únicos comensales.

La comida era buena. Max quedó algo sorprendido al comprobar que el plato principal era jabalí venusino. En la Tierra, su precio era de cincuenta dólares europeos la libra, pero Hewison sabía perfectamente que era un bocado muy apreciado por un oficial que hubiera estado en Venus. A menos que... Max contempló a su anfitrión atentamente. ¿Se trataba acaso de una artimaña de Hewison para evocar en él la nostalgia? Hewison le devolvió la mirada y en su expresión no había la menor sombra de malicia.

Después del almuerzo, Hewison le condujo a la biblioteca para tomar café. La estancia, decorada al viejo estilo inglés, contenía numerosos cuadros al óleo con escenas de caza. Hewison sacó unos excelentes cigarros y un coñac menos excelente. Aún no había dicho nada acerca de los motivos que le habían impulsado a reclamar la presencia de Max.

* * *

—¿Qué le parece todo esto? —preguntó Hewison. Max contestó diplomáticamente:

—Lo encuentro impresionante.

Hewison dijo:

—Me gusta este castillo. Y me gusta esta biblioteca. Creo que voy a poner bibliotecas en todas mis residencias. Últimamente incluso he leído algunos libros. Muy interesantes por cierto. Hay un tipo llamado... déjeme ver... —Se acercó a una de las estanterías y regresó con un libro en la mano- ...Korzybski. El título es Significados Generales. -Dirigió una mirada penetrante a Max—. ¿Lo ha leído usted? Dice que toda la naturaleza del pensamiento humano es errónea. El hombre aprende a actuar por razonamientos superficiales... y tiene que aprender a integrarse.

Max se puso en pie. Se acercó a Hewison, el cual estaba hojeando el libro, probablemente en busca de una cita. Empezó a hablar con amabilidad.

—Director Hewison, no he venido aquí desde Castellammare para discutir con usted las opiniones de Korzybski ni de cualquier otro filósofo nominalista de tercera fila del siglo XX. Me he ganado mi retiro y estoy disfrutando de él. Si aquel jabalí que me ha servido en el almuerzo era un preludio para pedirme que haga otro trabajo en Venus para usted, temo que lo ha desperdiciado lastimosamente. Aunque yo quisiera ir allí, el Consejo Médico no me lo permitiría. Y en mi situación actual soy completamente feliz. —Su voz subió ligeramente de tono—. De modo que si no tiene usted nada más importante de que hablarme tomaré el tren de regreso esta misma tarde.

Hewison le contempló en silencio unos instantes y luego cloqueó, dejando el libro de Korzybski sobre una pequeña mesa de madera de nogal.

—Bueno —dijo—, entonces vamos a hablar del asunto. No deseo que regrese usted a Venus: conozco todos los pormenores de su ficha médica. El trabajo que quiero que haga para mí, no le obligará a moverse de este planeta.

Max observó, a la defensiva:

—Como usted ya sabe, disfruto de una pensión. Lo único que tengo que hacer es sentarme a tomar el sol.

Hewison dijo:

—Le explicaré la cuestión. En primer lugar, su aspecto político.

—¿No puede ahorrármelo? —inquirió Max.

—La situación es la siguiente —continuó Hewison, pasando por alto la pregunta—. Gracias a usted, la Atómica se encargó de cortar en flor la tentativa de provocar dificultades fuera de las lóbregas aguas de Venus. Se quedaron quietos. Nunca dudé de que estaban tramando algo, pero hasta ahora no nos habían dado verdaderos motivos de preocupación.

—¿De quién está usted hablando? —preguntó Max.

Hewison dijo:

—De la División Genética. Tendré que retroceder un poco. Veinte años. ¿Se acuerda usted de De Passy?

* * *

Max asintió. Recordaba perfectamente a De Passy. Había sido el auténtico genio de la División de Genética. La televisión había aireado profusamente su rostro el mismo año en que Max había obtenido su título universitario. Sus trabajos sobre los gérmenes del plasma habían sido revolucionarios. Y luego, cuando no tenía más que treinta y cuatro años...

—Su autogiro se estrelló, ¿no es cierto? —inquirió Max—. ¿Fue en Dorset?

—En Hampshire —respondió Hewison—. ¡Lamentable! —Alzó la mirada y contempló fijamente a Max—. Pero, desgraciadamente, necesario.

Max dijo:

—¿Quiere usted decir que el U.C. le asesinó?

Hewison no respondió·directamente.

—Había dos o tres compañías representadas —dijo—. Verá..., teníamos que tomar alguna medida con respecto a De Passy. Afortunadamente, trabajaba con un solo ayudante... que murió al mismo tiempo que él. De Passy llevaba entre manos algo muy grande: la creación artificial de super-genios.

Max dijo secamente:

—Esa parece ser la mejor excusa para asesinarle.

Hewison parecía un hombre cansado y sorprendentemente viejo. ¿Qué edad tendría? No más de ochenta años.

Hewison continuó hablando:

—Sí, el mejor motivo, la mejor excusa. ¿Ha pensado usted en lo que podría ser un super-genio? Piense en los genios normales, tal como los hemos conocido en el pasado. Piense en lo unilaterales que han sido. Newton el matemático... y Newton el teólogo, trabajando incansablemente para poner en claro unos conceptos sin obtener resultados admisibles. Einstein el matemático... y Einstein el bien intencionado, pero completamente ingenuo científico social. Aparte del estrecho campo de su especialidad, el genio se encuentra en igualdad de condiciones —y a menudo en inferioridad— con el resto de los humanos. Así ha ocurrido siempre.

Hewison se puso en pie y empezó a pasear arriba y abajo por la tupida alfombra de Axminster.

—No necesito explicarle en qué consiste el mundo directivo —continuó—. Sabe usted perfectamente cómo se mantiene el equilibrio de poderes: cada compañía maneja su propia autoridad, dirige sus propias investigaciones, cooperando como una entidad libre e independiente con todas las demás compañías. Unidades Químicas, División de Genética, Transportes y Comunicaciones, Atómica, Cultivos sin Tierra, etc. Ahora imagine a una Compañía con los servicios de un hombre capaz de destacar poderosamente no en un solo campo de la investigación, sino en todos. Desde 1900 los científicos se han visto obligados a especializarse cada vez más, renunciando a la extensión en favor de la necesaria profundidad. Pero imagine a alguien capaz de abarcarlo todo: todo el campo de la genética, más el campo de la química molecular y atómica, más la física subatómica, más todas las otras ramas de la ciencia que puedan citarse. Ese hombre —ese superhombre—, trabajando para una sola Compañía, haría que el equilibrio de poderes se convirtiera en un sueño. Si la Genética dispusiera de él, la Genética tendría la primacía. Y eso era lo que pretendía conseguir De Passy conociendo o no las consecuencias. Y por eso...

* * *

Hewison hizo una pausa. Max terminó por él:

—...Y por eso su autogiro cayó súbita e inexplicablemente desde una altura de cuatro mil pies, si mal no recuerdo. Comprendo. Pero supongo que no me ha hecho venir usted aquí para descargar su conciencia de ese peso...

Hewison dijo:

—Creímos que la muerte de De Passy había acabado con el problema. Revisamos su laboratorio de arriba abajo. Pero algo quedó por descubrir. Verá, De Passy estaba casado. Nunca se nos ocurrió pensar que podía haber... experimentado con su propia esposa. Ni siquiera cuando murió, al dar a luz seis meses más tarde, se nos ocurrió la idea. Sin embargo, posteriormente... Hasta nosotros han llegado ciertos rumores. No sabemos hasta qué punto podemos concederles crédito. La sección de Propaganda de la División de Genética es capaz de esparcir los rumores más inverosímiles con el fin de desconcertar a las otras Compañías y de coaccionarlas en sus tratos futuros. Y sabe dónde esparcirlos para que lleguen a nosotros. Pero, verdaderos o falsos, los rumores aseguran que la esposa de De Passy tuvo un hijo..., y que ese hijo es el primero, el único de los super-genios de De Passy.

Max volvió a sentarse. Dijo:

—¿Y la Sección de Contacto? Es tarea suya, ¿no es cierto?

Hewison dijo en tono paciente:

—Lo sería en circunstancias normales. Pero, desgraciadamente, durante los últimos diez años hemos estado trabajando en estrecha alianza con la División Genética..., especialmente contra la Atómica. Siempre deseé conservar algunos de nuestros agentes en reserva para una eventualidad como ésta, pero no me hicieron caso. La Atómica les inspira demasiado temor. De modo que ahora no contamos con ningún agente que pueda encargarse del trabajo porque en Genética los conocen a todos. Usted, Larkin, es el único as que podemos sacarnos de la manga.

Max dijo:

—¿Qué es lo que puedo hacer yo? ¿Simular una repentina afición a los cromosomas y pedir a Genética que me admita como mozo de laboratorio?

Hewison se detuvo delante de la butaca en que estaba sentado Max.

—¿Recuerda el nombre de Linstein? Fue compañero suyo en la Universidad; se conocieron ustedes íntimamente. Hace unos meses se retiró de la División de Genética. El puede proporcionarle la información que deseamos.

Max dijo:

—¿Y no resultará sospechoso mi repentino deseo de renovar mi amistad con Linstein?

—No, porque será él quien se acerque a usted. Linstein es un apasionado de la filatelia. Dentro de dos semanas se celebrará en Napoles una exposición de sellos. Al llegar allí, Linstein se encontrará con que no le han reservado las habitaciones que había pedido a un hotel. Y en el momento oportuno, alguien le recordará que vive usted en Napoles y le dará su dirección.

* * *

Otto Linstein había sido de baja estatura y muy charlatán cuando tenía una carrera ante él. Ahora, jubilado, seguía siendo de baja estatura y más charlatán que nunca, pero en su inagotable conversación había una nota de tristeza. De cualquier modo, los temores que Max había experimentado en el sentido de que pudiera resultar difícil mantenerle junto a él sin despertar sus sospechas resultaron completamente infundados. Linstein, al igual que la mayoría de los hombres que se creen víctimas de una injusticia, necesitaba amigos y no tenía ninguno. Sin gran insistencia por parte de Max, convirtió su estancia por una noche en la villa de Napoles en una semana, seguida de otra y de otra más. Cuando al fin se cansó de Italia, insistió en devolver la hospitalidad que había disfrutado. Max y él embarcaron en Napoles, atracaron en Southampton tres días después, y aquella misma tarde se instalaban en el ático habitado por Linstein.

Aquellas tres semanas habían resultado completamente infructuosas. Linstein habló mucho acerca de la División de Genética, pero solamente en una ocasión dijo algo que podía ser un indicio. Calentado por un buen vino de Orvieto, Linstein había pronunciado un brindis vagamente amenazador "por el futuro de la División de Genética". Esto sucedió el segundo día de su estancia en Napoles, y Max no había querido tirarle de la lengua a fin de no despertar sospechas. Desde entonces Linstein se había limitado a hablar de la política general seguida por la División, una política exclusivamente destinada, al parecer, a frustrar todas sus posibilidades de ascenso.

Ahora, en Londres, Max empezaba a creer que todo el asunto era una simple suposición de Hewison sin ningún fundamento real. No obstante, se había comprometido a realizar una tarea y no podía abandonarla basándose en sus propias suposiciones. Una docena de veces le tendió a Linstein pequeñas trampas para conducirle a hablar del tema deseado. Y una docena de veces Linstein, sin la menor suspicacia, eludió el tema. Ante esto Max decidió aplicar medidas heroicas. Una noche, en su segunda semana de estancia en Londres, después de cenar introdujo en el coñac de su anfitrión uno poco de Vita, la incolora, insípida y paralizadora cocción preparada por el viejo Kajan en los marjales de la Long Province, en Venus.

* * *

Linstein fijó su mirada en Max unos instantes, y luego, blandiendo histéricamente su cigarro, estalló en una incontenible carcajada. Max le dedicó la más comprensiva de sus sonrisas. Secándose los ojos, Linstein tartamudeó:

—Es curioso, Larkin. ¿Dónde diablos obtuvo el brebaje que mezcló con mi coñac? ¿En Venus?

Max asintió.

—Me vio usted hacerlo, ¿eh? Es algo para... para hacer hablar. Ahora me dirá usted todo lo que deseo saber, ¿verdad?

Linstein se echó a reír de nuevo.

—Esto es lo más divertido del asunto. Se lo hubiera dicho a usted en cuanto me lo hubiera preguntado... Adelante. Pregunte.

—Muy bien. En primer lugar, ¿es cierto que De Passy realizó con éxito un experimento con su propia esposa? ¿Ha obtenido Genética alguno de los super-genios que De Passy estaba tratando de crear?

Linstein asintió.

—Desde luego.

—¿Y se dan cuenta de lo que están manipulando?

—Por descontado —fanfarroneó Linstein con la inconsciencia del borracho—. ¡La supremacía mundial! Eso es lo que vamos a obtener. Pero no queremos forzar las cosas. Maduran despacio, como usted ya sabe. En la actualidad el super-genio está todavía en la edad de jugar. Pero dentro de diez años...

Max dijo amablemente:

—Tercera y última pregunta: ¿dónde está el super-genio?

Esperó pacientemente que Linstein terminara de reír. Por fin Linstein dijo:

—Mire, Larkin, estábamos esperando todo esto. En realidad nosotros mismos lo planeamos. Me jubilaron para provocar esta situación. Me he divertido muchísimo observándole durante el mes que llevamos juntos.

Max dijo:

—No ha contestado usted a mi pregunta.

—¡No puedo hacerlo! No se hubieran atrevido a utilizarme para este trabajo si supiera algo más de lo que acabo de decirle, Larkin. En cada una de las habitaciones de este piso hay un videófono conectado con el cuartel general de la División de Genética. Imagen y sonido. Sospechaban que la Unidad de Química podía tener otro agente... y ahora lo saben. —El timbre de la puerta principal del piso vibró insistentemente—. Ahí están. Vienen por usted, Larkin. Temo que vienen por usted.

Contempló con expresión aturdida cómo Max se encaminaba hacia la puerta. La sorpresa que experimentó a continuación resultó casi lastimosa. Detrás de Max había dos hombres con el uniforme de la Unidad Química. Max dijo:

—La cámara está oculta en el quinto globo de plástico. Anoche esta habitación fue registrada. ¿Comprende, Linstein?

Con la garganta repentinamente seca, Linstein murmuró:

—¿Qué van a hacer conmigo? ¿Van a...?

Max sonrió tristemente.

—No me atrevería a hacerle ningún daño a un antiguo compañero de Universidad... pudiendo evitarlo. En la Unidad Química no somos biólogos, pero tampoco somos tontos. Le sumiré a usted en una profunda hipnosis. Cuando despierte, mañana por la mañana, sólo recordará que pasamos una agradable velada en el Museo de Arte Moderno. No creo que Genética tenga cámaras instaladas allí. Vamos, Karl, ocúpese de él.

* * *

En la pantalla del videófono, detrás de Hewison, Max pudo ver, a través de una ventana abierta, el ondulado valle austríaco. Acababa de contarle al director lo que había sucedido.

—Y esto es todo —terminó Max.

—Estupendo, Max. Ha hecho usted un buen trabajo. No creo que nadie hubiese podido mejorarlo. Ahora la Sección de Contacto se ocupará del asunto, y espero que consiga algún resultado positivo.

—En su lugar yo no sería demasiado optimista, Hewison —dijo Max—. Los de Genética no son tontos, y lo han demostrado. Saben lo que tienen y lo están ocultando perfectamente.

Hewison asintió.

—Sí, lo sé.

Max dijo en tono casual:

—Supongo que no deseará usted que regrese a Europa todavía, ¿verdad? Hay un par de cosas que me gustaría solucionar.

A los ojos de Hewison asomó una expresión de inquietud.

—Max —dijo—, si va usted a intentar algo por su cuenta dígamelo, dígaselo a su viejo amigo Duncan Hewison. No intente nada sin decírnoslo. —Hizo una pausa—. Si sucediera algo...

Max sonrió.

—...no podría comunicarle ninguna información a mi viejo amigo el director Duncan Hewison, ¿no es eso? No se preocupe. En realidad no se trata de nada concreto: la más vaga de las ideas. Si tropiezo con algo importante se lo comunicaré inmediatamente. Hasta pronto.

Desconectó el videófono y el preocupado rostro de Hewison desapareció de la pantalla. Luego, pensativamente, Max salió de la cabina pública y se encaminó hacia un puesto de periódicos.

* * *

Al día siguiente abandonó el apartamento de Linstein sin poder evitar una divertida sonrisa al ver la expresión de asombro que asomó al rostro de Linstein cuando le anunció su marcha. Evitó el hotel de moda —el Bermondsey— y tomó una habitación en un destartalado hotel de Mayfar. Identificó fácilmente al agente de la División de Genética que se dedicó a seguirle y aprovechó la primera oportunidad para charlar con él. Las Ediciones Nova le ofrecían un jugoso contrato por un libro que iba a titularse "Dieciocho años entre los salvajes venusinos". El agente de la División de Genética tomó buena nota de la información.

Max permaneció en el hotel toda una quincena. Durante el día iba de editor en editor regateando precios por su proyectada autobiografía, y por la noche le contaba los resultados a su recién adquirido amigo. Un montón de editores estaban interesados en lo que iba a ser la obra del siglo; pero, a fin de cuentas, Max acabaría por aceptar el contrato de la Nova...

En las Ediciones Nova —cuyo director-gerente era un tal William Renfrew, cuyo hijo había contraído una deuda de gratitud con Max Larkin en Long Province, Venus— Max apartó la cubierta del tejado y se encaminó hacia el autogiro que estaba aguardándole. Renfrew andaba a su lado.

—Entonces, ¿servirá como doble? —preguntó Renfrew.

—Desde luego —aseguró Max—. He estado llevando gafas oscuras desde el primer día. Lo único que tiene que hacer es ir a almorzar al Central Automat. Después no importa que descubran el truco. Habrá transcurrido ya el tiempo que necesito.

William Renfrew dijo con aire de duda:

—¿Está usted seguro de que sabe lo que está haciendo? Podría ponerle en contacto con Hewison a través del videófono de mi oficina...

Max contestó:

—Este es un asunto grave; tan grave como para inducirme a subir a un autogiro, algo que había jurado no volver a hacer durante el resto de mi vida. Demasiado grave para dejar que Hewison meta las narices en él hasta que yo lo estime oportuno. Si algo sale mal..., ya sabe usted cuál es el tiempo límite.

Se instaló en el autogiro y lo hizo despegar verticalmente. Debajo de él, el rostro de Renfrew fue borrándose, y los brillantes tejados nuevos de Bermondsey se convirtieron en un mar de reflejos de aluminio. Max puso rumbo al Norte. A su izquierda, muy lejos, un huso plateado, que dejaba tras sí un rastro de rojizas flores de fuego, ascendía hacia el cielo. La nave matinal de la línea de pasajeros Londres-Venusberg era un espectáculo fascinante. Max ya se había sentido fascinado treinta años antes cuando, siendo un chiquillo, vivía con sus padres muy cerca del puerto espacial y conocía su futuro con apasionada certeza. Sería navegante espacial. Resultaba muy raro que su ambición de niño no se hubiera cifrado en una profesión más novelesca... Pero su padre fue destinado a Europa, y con el paso de los años sus ambiciones infantiles se desvanecieron. Sin embargo, habían dejado en él cierto sedimento.

Max pensó que en aquel momento estaba dedicándose voluntariamente a esa profesión admirada por los niños: la de agente secreto. Pero él nunca la había admirado, y ahora sólo experimentaba una gran ansiedad por terminar aquella tarea desagradable.

Cuando llegó al pequeño pueblo, primer objetivo de su viaje, Max descendió y se encaminó a la oficina de correos. Allí le proporcionaron los informes. Puso de nuevo en marcha el autogiro, siguiendo el camino que le habían indicado.

Dejó el autogiro en la colina y continuó a pie. El centinela, apoyado en su rifle Klaberg, le observó mientras se acercaba.

El centinela dijo:

—Lo siento, señor. Está prohibido el paso. Recinto atómico. Será mejor que regrese al pueblo.

Cuidaban hasta del último detalle.

Max habló:

—¿Dónde están los demás? Quiero verles a todos reunidos.

Mostró la pequeña insignia, un duplicado exacto de la que habían encontrado colgada del cuello de Linstein por una fina cadena. Era de oro, con las letras DG grabadas en el centro, rodeadas por la inscripción en letras de menor tamaño: Sección de Contacto. Había sido un provechoso descubrimiento. El centinela asintió respetuosamente y pronunció unas palabras a través del pequeño micrófono que llevaba en su muñeca izquierda. Dos hombres salieron del barracón situado ante el edificio principal. Una tercera persona salió del edificio principal: Max se dio cuenta de que era una mujer.

Se detuvieron, agrupados, delante de él.

—En lo que respecta a la paciente... —empezó a decir Max.

Alzó la mano derecha. La sacudió suavemente, rompiendo una diminuta cápsula, como si estuviera bendiciéndoles a todos. Los cuatro rostros le miraron con fijeza mientras la nubécula surgía de su mano y avanzaba hacia ellos. Casi inmediatamente se desplomaron al suelo, como muñecos inertes.

Max se encaminó lentamente hacia el edificio principal. Era mayor de lo que le había parecido a simple vista. Incluía un jardín interior con una piscina y un campo de tenis. Max cruzó el vestíbulo, se detuvo ante una puerta abierta y miró hacia el interior. Dudó durante unos segundos antes de decidirse a avanzar.

La figura tendida en el diván se volvió en redondo al oír el sonido de sus pasos. Max inclinó gravemente la cabeza.

—Buenos días —dijo—. ¡Buenos días, miss De Passy!

Helen de Passy habló:

—Se ha mostrado usted muy inteligente en este asunto.

Max se preguntaba en aquel momento qué era lo que había esperado encontrar. ¿Un monstruo deforme con una enorme cabeza y unos miembros débiles y delicados? Sí, había esperado algo semejante, aunque lógicamente no existían razones para ello.

Sin duda se había sorprendido al encontrar a la muchacha. Max se quedó parado ante ella. Era hermosa y perfectamente proporcionada. Estas circunstancias no debían influir en su actuación, pero influyeron. El rostro de la muchacha sonreía bajo su frente amplia. Su pelo caía sedoso sobre sus hombros. En su barbilla había un indicio de debilidad, de atractiva debilidad. Max trató de descubrir la clave de su armonía y finalmente lo consiguió. Serenidad. Y ésta no es una cualidad que se asocie de antemano con un super-genio.

Max adquirió consciencia de lo que la muchacha estaba diciendo, y encontró una respuesta.

—Fue algo que dijo Linstein —explicó—. Dijo que el super-genio estaba aún en edad de jugar. Intuí lo que aquello significaba. Linstein es un científico. Y, para los científicos, el arte es considerado como una especie de juego. Me pareció probable que el super-genio se dedicara a Keats, y a Shakespeare, y a Beethoven, antes de dedicarse a Darwin y a Planck. —Max hizo una pausa—. Los genios artísticos necesitan verse publicados, descargar su talento sobre el regazo del mundo. Efectué una discreta investigación. Descubrí a media docena de brillantes escritores que trabajaban con editores distintos, y entre todos ellos había una cosa en común: su dirección, cierto pueblo de Hampshire. A partir de ahí, todo resultó fácil.

Helen De Passy preguntó:

—¿Y los centinelas?

La respuesta de Max fue:

—Leotina. Es una especie de gas adormecedor, que desprenden las plantas trepadoras de Marte. Con media docena de dosis microscópicas queda uno inmunizado. Y sus efectos duran seis horas, aproximadamente.

Helen De Passy hizo un gesto de comprensión. Max continuó:

—Todavía no comprendo cómo le permitieron que publicara esos libros.

La muchacha sonrió.

—¿Quién lee libros? Unos miles de personas. Para ellos mis libros eran una especie de juguetes. Para ellos sólo cuenta el genio científico. Por eso me permitieron publicar esos inofensivos libros, bajo un seudónimo. No creían que fuera lo bastante prolífica como para dar vida a siete personalidades distintas —se le ha escapado a usted una—, y la gente de la calle no podía apreciarlo.

Sus palabras resonaron en los oídos de Max:

"...para ellos mis libros eran una especie de juguetes. Para ellos sólo cuenta el genio científico..."

¿Sería una posible solución? Su pulso latió aceleradamente, pero el tono de su voz era completamente normal cuando preguntó:

—¿Se han equivocado acaso? Me refiero a su... genio. Usted debe saberlo. ¿Es puramente artístico?

La muchacha le miró fijamente, y Max se sintió por un instante como un chiquillo enfrentándose con el inescrutable mundo de los adultos. Aquella mirada le expresó todo lo que deseaba saber.

Helen De Passy dijo, sonriendo:

—No. Ha escogido usted el momento preciso. Empiezo a... interesarme por la ciencia. En estos momentos estoy estudiando la Teoría de Renthal acerca de la Óptica Polar.

* * *

La esperanza se desvaneció.

—¿Qué cree que va a sucederle a usted? ¿Está dispuesta a ser utilizada por la División de Genética? ¿Conoce sus planes?

La muchacha se puso en pie. Llevaba un vestido recto, que realzaba su maravillosa línea. Su pelo se agitó unos instantes en la leve corriente de aire que penetró por la puerta.

—No puede usted imaginar lo sola que me encuentro. Desde el primer momento me he sentido sola. —Miró a Max a los ojos—. Sólo podría imaginárselo si desde su más tierna infancia hubiese usted sido atendido, cuidado y vigilado por... simios.

Pronunció la última palabra en un tono tan despreciativo, que Max se estremeció.

Helen De Passy continuó, amargamente:

—Me pregunta usted si conozco sus planes. ¿Cómo podría ignorarlos? Durante años enteros he procurado eludirlos, limitándome a escribir palabras y música que para ellos no significaban nada, sabiendo que no podían obligarme a otra cosa, y que no se atreverían a amenazarme. Pero, últimamente... —vaciló unos instantes— últimamente he llegado a darme cuenta de que no soy responsable de sus actos.

—¿Que no es usted responsable? —inquirió Max asombrado.

—Sí —respondió la muchacha—. Imagine que es usted un chiquillo, vigilado por simios. Ellos sospechan su naturaleza y su poder para poner armas en sus manos. Lo que desean de usted no es la verdad, sino el poder.

¿Cuánto tiempo, sabiendo lo que les conviene, se resistirá usted a entregarles aquellos dones? ¿Cuánto tiempo transcurrirá antes de que se olvide de la piedad y de la responsabilidad y les dé lo que le piden?

Max permaneció silencioso. La muchacha continuó:

—Mi padre... —vaciló un instante—. Mi padre sólo pensaba en los frutos del genio. Para él, era una debilidad el hecho de que Einstein, siendo un genio matemático, fuera un hombre amable y sencillo. No se daba cuenta de que, sin aquella sencillez, Einstein no podría haber vivido en este mundo. Un hombre puede superar a sus compañeros en un determinado campo del conocimiento, y seguir teniendo puntos de contacto con ellos. Para mí, para el super-genio -subrayó amargamente la palabra—, no existe ninguna posibilidad de contacto. Resulta muy difícil evitar que la compasión se convierta en odio.

Max dijo:

—Si su padre hubiera vivido... es posible que hubieran existido otros super-genios. ¿Ha pensado usted en continuar sus trabajos?

La muchacha dijo:

—Ellos me advirtieron acerca de esto. Ustedes asesinaron a mi padre, pero, si hubieran fracasado en el intento, la División de Genética se habría encargado de realizarlo. Desean un juguete que les dé el poder; no una nueva raza que pueda suplantarles.

Max dijo:

—¿Qué piensa usted hacer?

Helen De Passy sonrió soñadoramente:

—Óptica Polar de Renthal. Existe una interesante línea que puede ser aplicada fácilmente. La retina humana puede manejar prácticamente cualquier impulso luminoso procedente del espacio normal... cualquier concentración razonable. Pero la luz combada de Renthal es otra cosa. Yo puedo meterla dentro de un transmisor de bolsillo. —Se echó a reír—. Los simios quieren cerillas; no será culpa mía si se queman los ojos unos a otros con ellas.

* * *

Max dijo:

—Dentro de unos instantes voy a llamar al Director de la Unidad Química por su videófono. Los aviones de la Unidad Química pueden estar aquí dentro de una hora para recogerla a usted. Me ocuparé de que disponga de un lugar donde pueda hacer lo que se le antoje..., sin que nadie la moleste. Puede usted continuar la obra de su padre. Puede usted... tener hijos que sean como usted misma.

La miró fijamente.

—¿Quiere usted acompañarme?

Helen De Passy dijo, en tono indiferente.

—Iré con usted. Pero no por lo que me ofrece. ¿Me permitirán vivir sola? ¿Permitirán que pueble el mundo de seres semejantes a mí? Usted conoce a sus jefes. ¿Cree que tienen menos apetencias de poder que los de la División de Genética? —sonrió—. ¿Cree que si tuvieran a su alcance el medio de obtener su supremacía, renunciarían a él?

Max pensó en Hewison y en el tortuoso equilibrio de poderes entre las Compañías. Había luchado en favor de la Unidad Química cuando la Atómica primero, y luego la División de Genética, amenazaron con conseguir la supremacía en el poder. ¿Significaba su actuación el deseo de contener el poder en manos de la Unidad Química?

Max sabía que Helen De Passy estaba en lo cierto. ¿Un transmisor de bolsillo que producía ceguera? Hewison opinaría que aquel instrumento debía ser aprovechado... sólo para casos de emergencia, naturalmente. Y luego, inevitablemente, se produciría la emergencia. Hewison le recompensaría espléndidamente por aquel servicio. Le regalaría Napoles, si lo deseaba. Durante un momento, el brillo de aquella recompensa le cegó.

Le dijo a Helen De Passy:

—¿No le importa a usted lo que pueda suceder?

La muchacha sacudió negativamente la cabeza, en silencio. En el jardín, un ave canora pobló el aire de trinos.

Max habló, en tono casi suplicante:

—La analogía que usted ha utilizado —entre hombres y simios— no tiene sentido. Puede existir una correlación de intelecto entre usted, nosotros y ellos, pero hay algo más que eso. Un simio no es malo, ni es bueno. Los hombres son las dos cosas. Por ser lo que es, usted ha visto el mal, pero el bien también existe.

La muchacha le miró desdeñosamente.

—Está usted arguyendo al margen de la realidad. No existe ninguna alternativa. No hay ningún lugar al que yo pueda ir para vivir sola y tranquila. Los hombres me encontrarán, porque desean el poder que yo puedo darles.

—Por lo menos... puede usted renunciar a una parte de su personalidad. La música, la literatura, la pintura... esas cosas no ciegan ni destruyen. Puede usted limitarse a ellas.

Helen De Passy dijo:

—La División de Genética me permitió entregarme a ellas porque creyó que no estaba aún completamente desarrollada. ¿Cree que la División de Genética —o cualquier otra Compañía— me permitiría reservarme otras capacidades? Existen medios de persuasión, y... —se ruborizó levemente— yo soy sensible al dolor. Tiene usted que enfrentarse con los hechos. Puedo ser un fenómeno, un accidente, pero existo, y los hombres querrán utilizarme. A mí no me importa, puesto que en mi soledad me distraigo jugando con los juguetes de mi cerebro. Para los hombres, esos juguetes pueden significar desgracia y dolor, pero eso no es asunto mío. Lo único que puede usted hacer es servir a su Compañía y cobrar la recompensa.

* * *

Helen De Passy hizo un gesto, señalando el videófono. De mala gana, maquinalmente, Max se acercó al aparato, lo conectó, ajustó los mandos... ¿Lo único que podía hacer? Contempló el rostro de Hewison en la pantalla, tan ansioso como de costumbre.

Hewison dijo:

—¿Dónde está usted? ¿Qué ha sucedido?

Max dijo, lentamente:

—Encontré al hijo de De Passy. Una muchacha. No tiene usted que preocuparse más a causa de este asunto.

Hewison dijo, ávidamente:

—¿Dónde están ustedes? Mis hombres pasarán a recogerles dentro de una hora.

—No es necesario que se moleste —dijo Max—. Dispongo de un autogiro. En cuanto a miss De Passy —vaciló una fracción de segundo— resultó muerta durante la lucha que se produjo cuando la encontré. Sólo quería tranquilizarle al respecto.

Notó la expresión disgustaba del rostro de Hewison mientras desconectaba el videófono.

Helen De Passy dijo, suavemente:

—¿Cree usted que podrá ocultarme?

Max sacudió negativamente la cabeza.

—No —dijo—. No podría ocultarla a usted, del mismo modo que no podría ocultar al sol.

La muchacha dijo:

—Entonces, ¿está usted pensando en quién podrá ser el mejor postor?

Max sacó la pistola Klaberg de su funda y la sopesó cuidadosamente en su mano. Un fugitivo rayo de sol hizo brillan el metal del arma.

Max dijo:

—Para usted hay un solo postor ahora. No me gusta tener que obrar así. Soy un hombre escrupuloso, y el hecho de que sea usted joven y bonita empeora las cosas. Pero sé que el hombre vive siempre al borde de la tiranía, y sé que la libertad no podrá existir... si usted continúa viviendo. En cierto sentido, también será mejor para usted.

Max Larkin recordaría siempre la expresión de Helen De Passy, erguida, como una diosa solitaria, sonriendo inescrutablemente, mientras él apretaba el gatillo.

EL ROBOT QUE QUERÍA APRENDER

Harry Harrison

Al igual que los esclavos o siervos humanos, los robots sólo necesitarán —desde el punto de vista de sus dueños, por lo menos— la educación estrictamente indispensables. Un siervo sólo "necesitaba saber lo que tenía que hacer, y cómo hacerlo"... rápidamente. Cualquier otro conocimiento era inútil, y potencialmente peligroso, dado que tiende a provocar preguntas tan inconvenientes como: "¿Es justo que las cosas sean como son?". Y, cuando uno se daba cuenta, el fiel Wamba estaba estudiando el modo de prenderle fuego a la casa de su dueño, y afilando significativamentesu hoz... Es demasiado pronto para saber si los robots reaccionarán del mismo modo, pero ellos están destinados también a "conocer" exclusivamente la clase de trabajo que hayan de realizar

Sin embargo, algunos robots tendrán acceso a un tipo de información que podemos calificar de excesiva; un robot bibliotecario, por ejemplo, tendrá que almacenar una enorme cantidad de conocimientos para responder a una simple pregunta...

Lo malo del Archivador 13-B445-K era que deseaba aprender cosas que no le incumbían en absoluto. Cosas hacia las cuales ningún robot debe encaminar su atención... y mucho menos su capacidad investigadora. Pero el Archivador era un tipo de robot muy extraño.

Lo que le ocurrió con la rubia de la sala 22 debió haberlo considerado como una advertencia. Acababa de salir del almacén con un montón de libros, y al entrar en la sala 22 la vio empinada sobre la punta de los pies para alcanzar un volumen de la estantería.

Pasó junto a ella, y unos metros más allá se detuvo. Se quedó mirándola fijamente, con un extraño brillo en sus ojos metálicos.

La muchacha era muy bonita pero, aun en este caso, no era lógico que llamase la atención de un robot... sin embargo el Archivador se la llamó. Se quedó allí, mirando, hasta que la rubia se volvió súbitamente, al notar la intensidad de su mirada.

—Si fueras un ser humano, Buster —le dijo—, te daría una bofetada. Pero, como no eres más que un robot, me gustaría saber por qué diablos me estás mirando con tanto interés.

Sin vacilar ni una milésima de segundo, el Archivador respondió: Se le está cayendo la media.

Y a continuación dio media vuelta y se marchó.

La rubia sacudió la cabeza, se subió la media, y anotó mentalmente un tanto en favor de la electrónica.

Hubiera quedado muy sorprendida de haber sabido que el Archivador la había estado mirando a ella. Desde luego, no le había mentido al contestar —puesto que era incapaz de mentir—, pero había expresado la verdad parcialmente, el Archivador estaba enfrentándose con un problema con el cual no se había enfrentado hasta entonces ningún robot.

El amor estaba adquiriendo un apasionante interés ante él.

Es inútil decir que ese interés era puramente académico, pero no dejaba de ser interés. Y lo que había empezado a despertarlo era la naturaleza de su trabajo.

Un Archivador es un robot muy inteligente, y no se fabrican muchos de esa clase. Sólo se encuentran en bibliotecas importantes, encargados de manejar las colecciones más extensas y complicadas. Llamarles simples bibliotecarios sería menospreciarlos y tildar de sencillo a su trabajo. Desde luego, para colocar libros en las estanterías o rellenar fichas se necesita muy poca inteligencia, pero esas tareas eran desempeñadas por unos robots que podríamos llamar rudimentarios. El catalogar los conocimientos humanos ha sido siempre muy complicado. Y los robots Archivadores habían heredado esa tarea. Sus metálicos hombros la soportaban mucho mejor de lo que la habían soportado nunca los redondeados hombros de los bibliotecarios humanos.

Además de una memoria perfecta, el Archivador poseía otros atributos que normalmente corresponden al cerebro humano. Conexiones abstractas, por ejemplo. Si era preguntado acerca de unos libros sobre un determinado tema, podía pensar en libros que trataban de otros temas pero que estaban relacionados directa o indirectamente con los primeros. Podía recoger una sugerencia, digerirla y ofrecer un resultado inmediato en forma de una montaña de libros.

Esas características suelen estar limitadas al "homo sapiens". Son las que le colocan en el peldaño más alto de la escala animal. Si el Archivador era más humano que los otros robots, los únicos culpables eran sus constructores.

Desde luego, a él no le preocupaba este problema: se limitaba a interesarse en ciertas cosas. Todos los Archivadores tienen esa tendencia al interés, ya que están construidos para eso. Otro Archivador, el 9B-367-O, bibliotecario en la Universidad de Tashkent, había concentrado su interés en los idiomas, debido a la inmensa cantidad de material de que disponía. Hablaba millares de idiomas y de dialectos, todos aquellos de los cuales existían textos en la biblioteca de la Universidad, y gozaba de una excelente reputación en los círculos lingüísticos. Esto era debido a las características de su biblioteca. El Archivador 13B, el que se interesó por la rubia, trabajaba en los polvorientos pasillos dé la biblioteca de New Washington. Y además de tener acceso a una impresionante colección de microfilms, lo tenía también a toneladas de libros impresos sobre papel y que databan de algunos siglos.

El Archivador había concentrado su interés, en las novelas de tiempos pretéritos.

Al principio se sintió confundido por las referencias a amar y romance así como por los sufrimientos que parecían acompañarles. No pudo encontrar ninguna definición satisfactoria de aquellos vocablos, y estaba intrigado. La intriga le condujo al interés, y finalmente a la obsesión. Desconocedor por completo del mundo, se convirtió en una autoridad en Amor.

El Archivador no tardó en comprender que aquélla era la más delicada de todas las instituciones humanas En consecuencia, mantuvo sus investigaciones en secreto, guardando los resultados en los espaciosos circuitos de su cerebro. También comprendió que todos sus conocimientos procedían de libros escritos en tiempos pretéritos, que probablemente diferían de la realidad presente. En consecuencia, cuando vio a una pareja hablando amorosamente en la sección de zoología se ocultó entre las sombras y abrió al máximo su micrófono receptor. El diálogo que escuchó fue bastante soso, comparado con las líricas efusiones que había encontrado en los libros. Esta comparación resultó interesante y aleccionadora.

A partir de entonces se dedicó a escuchar las conversaciones entre hombre y mujer siempre que tenía ocasión para ello. Trató también de mirar a las mujeres desde el punto de vista de los hombres, y viceversa. Esto era lo que le había conducido a la contemplación de la rubia en la sala 22.

Y fue también lo que le condujo a su definitiva locura.

Unas semanas después, un investigador solicitó su ayuda y le entregó un montón de notas. Entre las notas había una cartulina que no tenía nada que ver con los libros que el hombre deseaba, y el Archivador se la devolvió a su dueño, el cual se la guardó en el bolsillo distraídamente. En cuanto el hombre tuvo sus libros y se hubo marchado, el Archivador se sentó y volvió a leer la cartulina. Sólo la había contemplado por espacio de un segundo, pero no necesitaba más: la imagen de la cartulina había quedado impresa para siempre en su cerebro. El Archivador, pues, leyó la cartulina y una idea empezó a tomar forma en sus circuitos.

La cartulina era una invitación a un baile de máscaras. El Archivador conocía perfectamente en qué consistía aquella clase de diversión: en docenas de las polvorientas novelas que había leído se describían con pelos y señales. La gente que acudía a ellos se disfrazaba, la mayoría con disfraces románticos.

¿Por qué no podía ir un robot a un baile de máscaras, disfrazado convenientemente?

Una vez metida aquella idea en su cabeza, no hubo modo de sacarla de allí. Era una Idea antirobot, acerca de un acto absolutamente antirobot. Pero el Archivador intuyó por vez primera la posibilidad de romper la barrera entre sí mismo y los misterios del romance amoroso. Esto le hizo sentir más deseos de ir. Y, desde luego, fue.

Como es natural, el Archivador no podía comprarse un disfraz, pero esto no era problema: los almacenes estaban llenos de cortinajes viejos. Un manual de corte y confección le permitió aprender la técnica, y un grabado de un libro le dio la idea para su disfraz. Por lo visto, estaba predestinado a acudir al baile como un caballero a la antigua usanza.

Buscó un trozo de cartulina igual que la que había visto, e hizo un duplicado exacto de la invitación. Su máscara era en parte rostro, y en parte máscara. Los detalles no plantearon ninguna dificultad a su ingenio ni a su técnica. Mucho antes de la fecha fijada, el Archivador estaba completamente preparado. Los últimos días los pasó releyendo los libros que hablaban de bailes de disfraces, y aprendiendo los pasos de baile más modernos.

Estaba tan entusiasmado con su idea, que no se detuvo ni un solo instante a pensar en la absurdidad de lo que iba a hacer. No era más que un científico estudiando una especie animal. El hombre.

* * *

Llegó la gran noche y el Archivador salió de la biblioteca a última hora, con lo que parecía un paquete de libros y que desde luego no lo era. Nadie le vio esconderse entre los árboles del jardín de la biblioteca. Si alguien le hubiera visto, quizás le habría relacionado con el elegante caballero que surgió unos instantes después. Únicamente el vacío papel de envolver daba una muda evidencia de su disfraz.

El porte del Archivador en su nueva personalidad correspondía a lo que cabía esperar de un robot superior que se ha estudiado un papel a la perfección. Subió las escaleras que conducían al vestíbulo de tres en tres, y entregó su invitación con una reverencia. Una vez dentro se encaminó directamente al bar y se tragó tres copas de champaña, vertiéndolas a través de un tubo de plástico hasta un recipiente ubicado en su tórax. Sólo entonces dejó que sus ojos vagaran sobre las bellezas reunidas en el salón.

De todas las mujeres que allí estaban, solamente una prendió su atención. El Archivador pudo comprobar inmediatamente que era la más bella del baile y la única que merecía ser conquistada. Y el Archivador se dispuso a emprender la conquista, en memoria de los 50.000 héroes de aquellos antiguos libros.

Carol Ann van Damm estaba asediada, como de costumbre. Llevaba el rostro cubierto con una máscara, pero ningún disfraz podía ocultar del todo su belleza. Todos sus habituales pretendientes estaban allí, solicitando un baile, ávidos por conquistar a la muchacha y el dinero de su padre. Lo de siempre... Carol Ann van Damm se aburría y apenas podía disimular sus bostezos.

Hasta que el grupo de pretendientes fue hendido cortés pero irrevocablemente por los anchos hombros del desconocido. Era un león entre lobos.

—Este es nuestro baile —dijo seguro de sí mismo.

Casi automáticamente, Carol cogió la mano que se tendía hacia ella, incapaz de contradecir a aquel hombre. Al cabo de un instante estaban valsando admirablemente. Los músculos del desconocido eran duros como el acero, pero bailaba con la ligereza y la gracia de un profesional.

—¿Quién es usted? —susurró la muchacha.

—Su príncipe, que ha venido a raptarla —murmuró el Archivador en la rosada orejita.

—Habla usted como en los cuentos de hadas —rió Carol.

—Esto es un cuento de hadas, y usted es la heroína.

Las palabras del desconocido penetraban hasta lo más íntimo de su ser. Los labios del Archivador musitaban las palabras que ella había deseado oír toda su vida.

De repente, una llamada de la orquesta sobresaltó a la muchacha.

—Las doce —susurró—. La hora de quitarse el antifaz.

—Su antifaz cayó al suelo, pero el Archivador no hizo el menor movimiento—. Vamos, vamos —añadió Carol—, quítatelo.

Era una orden y, como robot que era, tuvo que obedecer. Haciendo una reverencia, dejó su rostro al descubierto.

Carol Ann lanzó un grito y luego estalló:

—¿Qué clase de burla es ésta, pedazo de hojalata? ¡Contesta!

—Sólo amor, querida. El amor que me ha traído aquí esta noche y me ha arrastrado a tus brazos.

La respuesta era bastante cierta, aunque el Archivador la expresó de acuerdo con lo que exigía su disfraz.

Carol Ann perdió los estribos.

—¿Quién te ha enviado aquí? ¡Contesta! ¿Qué significa ese disfraz? ¡Contesta! ¡CONTESTA! ¡CONTESTA!

El Archivador trató de clasificar las preguntas y contestarías una a una, pero la muchacha no le dio tiempo para hablar.

—¡Es la broma más indecente de todos los tiempos! ¡Enviarte aquí disfrazado de hombre! ¡A un robot! ¡A una máquina con dos patas! ¡Hacerme creer que eras un hombre, cuando no eres más que un robot!

Súbitamente, el Archivador se puso en pie, y sus palabras surgieron roncas a través de su altavoz:

—Soy un robot...

En su acento había ahora una nota de mecánica desesperación. Las ideas perseguían a las ideas a través de los retorcidos circuitos electrónicos de su cerebro:

Soy un robot... un robot... debo de haber olvidado que soy un robot... ¿qué puede estar haciendo aquí un robot?... un robot no puede amar a una mujer... una mujer no puede amar a un robot... sin embargo ella ha dicho que me amaba... pero yo soy un robot... un robot...

Con un mecánico estremecimiento dio media vuelta y empezó a alejarse de la muchacha. A cada paso que daba, sus dedos de acero desgarraban las ropas de su disfraz y la carne de plástico. Su camino quedó sembrado de jirones de tela. Atravesó el jardín y salió a la calle, mientras las ideas giraban en círculos cada vez más amplios en el interior de su cabeza.

Su cerebro había perdido el control, y su cuerpo no tardó en perderlo también. Sus piernas anduvieron más rápidamente, sus motores vibraron con más intensidad y la bomba central de lubricación, instalada en su tórax, se agitó desacompasadamente.

Luego, lanzando un chirrido mecánico, el Archivador levantó los dos brazos y se precipitó hacia adelante. Su cabeza chocó contra el ángulo de una escalera y el canto de granito se hundió en el metal. Los complicados circuitos que formaban su cerebro quedaron descargados instantáneamente.

El Robot Archivador 13-B445-K estaba completamente muerto.

Esto fue lo que leyó en el informe el mecánico al cual fue enviado al día siguiente. No decía completamente muerto, desde luego, pero si completamente estropeado. Sin embargo, al examinar el cadáver metálico, ocurrió una cosa muy curiosa.

Un segundo mecánico le ayudaba en el examen. El fue quien abrió el tórax y desenroscó la estropeada bomba de lubricación.

—Aquí está la avería —anunció—. Defecto de funcionamiento de la bomba. Se rompió el pistón, la bomba dejó de funcionar, las articulaciones se descentraron por falta de aceite... y el robot cayó y se partió la cabeza.

El primer mecánico se limpió la grasa de las manos y examinó la bomba estropeada. Luego miró a través del agujero abierto en el pecho del robot.

—Casi podría decirse que ha muerto con el corazón destrozado...

Los dos hombres se echaron a reír, mientras la bomba iba a reunirse con el montón de chatarra en que se habían ido convirtiendo los miembros del Robot Archivador 13-B445-K.

EL MECÁNICO

Harry Harrison

En la era interplanetaria, los robots serán un elemento tan esencial y tan corriente como la cocina automática en la era atómica, pongamos por ejemplo. Pero. al tiempo que será atendida por sus criados mecánicos, el hombre tendrá que prestarle a ellos pequeños servicios. Los aviones automáticos tienen que ser atendidos por mecánicos. La iluminación automática tiene que ser instalada y atendida. Y esta necesidad no desaparecerá. Las naves espaciales tendrán que encontrar su camino a través de su oscuro océano espacial, con la misma seguridad con que cualquier otra nave surca ahora los mares terrestres. La navegación será superperfeccionada y automatizada... pero continuará siendo navegación. Y necesitará la ayuda de determinados puntos de referencia. Balizas luminosas, por ejemplo.

Y las balizas luminosas, por sólida que sea su construcción, están sujetas a averías...

El viejo tenía cara de pocos amigos, lo cual significaba que alguien iba a pasar un mal rato. Dado que estábamos solos, no se necesitaba una gran dosis de inteligencia para imaginar que ese alguien sería yo. Me adelanté a hablar, por aquello de que la mejor defensa es un buen ataque.

—Me marcho. No se moleste en decirme el desagradable trabajo que ha inventado para mí, puesto que me marcho, y no querrá usted revelarle los secretos de la compañía a una persona que ha dejado de pertenecer a ella...

El rostro del viejo se distendió en una amplia sonrisa y me pareció oírle cloquear mientras pulsaba un botón de su escritorio. Uno de los cajones de la mesa se abrió y el viejo sacó de él un grueso documento legal.

—Este es su contrato —dijo—. Establece cómo y hasta cuándo trabajará usted aquí. Un contrato encuadernado en acero y vanadio que no podría usted romper con una trituradora molecular.

Me incliné rápidamente, cogí el contrato y lo lancé al aire con un solo movimiento. Antes de que llegara al suelo había desenfundado mi Solar y, disparando contra él, lo reduje a cenizas.

El viejo volvió a apretar el botón y sacó otro contrato del cajón. Su sonrisa se hizo más amplia si cabe.

—Tenía que haber dicho un duplicado de su contrato... como éste.

Hizo unas rápidas anotaciones.

—Se le descontarán trece créditos de su sueldo por el importe del contrato que ha destruido... así como cien créditos de multa por disparar un Solar en el interior de un edificio.

Me dejé caer sobre una silla derrotado, esperando que descargara el golpe. El viejo palmeó cariñosamente mi contrato.

—De acuerdo con este documento, no puede usted marcharse. Nunca. En consecuencia, tengo un pequeño trabajo que creo va a gustarle. Un trabajo de reparación. La baliza luminosa de Centauro se ha apagado. Es una baliza Mark III...

—¿Qué clase de baliza? —pregunté.

Había reparado balizas hiperespaciales de un extremo a otro de la Galaxia y estaba convencido de haber trabajado en todos los tipos o modelos que se habían fabricado. Pero nunca había oído hablar de aquélla.

—Una Mark III —repitió el viejo socarronamente—. Creo que es el tipo más antiguo de baliza que se ha fabricado... y en la Tierra nada menos. Teniendo en cuenta su emplazamiento en uno de los planetas del Centauro, no me extrañaría nada que fuera la primera baliza espacial que se instaló.

Contemplé las fotografías que me entregó el viejo y me estremecí de horror.

—¡Esto es una monstruosidad! Parece más una destilería que una baliza... y por lo menos tiene quinientos metros de altura. Soy mecánico, no arqueólogo. Este montón de chatarra tiene más de dos mil años. Será mejor darlo de baja e instalar una baliza nueva.

El viejo se inclinó por encima de su mesa, echándome el aliento a la cara.

—Costaría un año instalar una baliza nueva..., además de ser demasiado cara..., y esa reliquia se encuentra en una de las principales rutas. En la actualidad algunas de nuestras naves se ven obligadas a dar un rodeo de quince años-luz.

Volvió a echarse hacia atrás, se secó las manos en su pañuelo y me recitó el Párrafo Cuarenta y Cuatro de las Obligaciones de la Compañía.

—Este departamento recibe el nombre oficial de Mantenimiento y Reparación, cuando en realidad tendría que llamarse Fuente de Complicaciones. Las balizas hiperespaciales están fabricadas para durar eternamente... o casi eternamente. Cuando una de ellas se estropea, no es nunca un accidente, y repararla no es nunca un asunto sin importancia.

Me lo estaba diciendo a mí... el tipo que hacía todo su trabajo sentado cómodamente en una oficina dotada de aire acondicionado.

Empezó a divagar.

—¡Cómo me gustaría mandar todo esto al diablo! Me dedicaría tranquilamente a la construcción de naves y me ahorraría muchos quebraderos de cabeza. Pero las cosas son como son. Y ahora poseo una flota de naves que están equipadas para hacerlo casi todo... manejadas por un montón de irresponsables como usted.

Asentí lúgubremente a su índice acusador.

—¡Cómo me gustaría prenderles fuego a todos ustedes! Pilotos, mecánicos, soldados y cuantos intervienen en las reparaciones. Tengo que intimidar, sobornar y chantajear a la gente para que haga un sencillo trabajo. Si usted está asqueado, imagine cómo estaré yo. ¡Pero las naves tienen que seguir viajando! ¡Las balizas tienen que funcionar!

Era una despedida, y me apresuré a ponerme en pie. El viejo me entregó las notas acerca del Mark III y dedicó su atención a otros papeles, como si yo hubiera dejado de existir. En el instante en que llegaba a la puerta, el viejo alzó la mirada y me apuntó de nuevo con su índice.

—Y no se haga ilusiones vanas sobre la posibilidad de eludir su contrato. Podemos retener la cuenta corriente que posee en el Banco de Algol II mucho antes de que usted consiga sacar el dinero.

Sonreí sin demasiadas ganas, lo reconozco, como si nunca se me hubiese ocurrido la idea de mantener en secreto aquella cuenta. Mientras me dirigía hacia el vestíbulo traté de imaginar un medio de transferir el dinero subrepticiamente... sabiendo que en aquel mismo instante el viejo estaba planeando algún medio para evitarlo.

El asunto resultaba muy deprimente, de modo que me detuve a echar un trago antes de dirigirme al espaciopuerto.

* * *

Cuando la nave estuvo dispuesta, yo tenía ya una ruta trazada. La baliza más próxima a la averiada de Centauro se encontraba en uno de los planetas de Beta Circinus, y hacia allí debía encaminarme primero. Un corto viaje de sólo nueve días por el hiperespacio.

Para comprender la importancia de las balizas hay que comprender el hiperespacio. No es que haya mucha gente que lo entienda, pero resulta bastante fácil darse cuenta de que en ese no-espacio las normas ordinarias no tienen aplicación. La velocidad y las medidas son un problema de afinidad y no hechos constantes.

Las primeras naves que entraron en el hiperespacio no tenían ningún lugar adonde ir... ni ningún medio para saber si se habían movido. Las balizas resolvieron aquel problema y abrieron todo el universo. Están construidas sobre planetas y generan enormes cantidades de energía. La energía es convertida en radiaciones que son proyectadas a través del hiperespacio. Cada baliza tiene un código de señales que forma parte de sus radiaciones y representa un punto mensurable en el superespacio. La triangulación y la cuadratura de las señales de la baliza para convertirlas en datos destinados a la navegación se llevan a cabo de acuerdo con sus propias reglas. Las reglas son complicadas y variables, pero al fin y al cabo son reglas que un navegante puede seguir.

Para un salto hiperespacial son necesarias por lo menos cuatro balizas para una exacta orientación. Si se trata de un viaje largo, los navegantes utilizan hasta siete u ocho. De modo que cada una de las balizas es importante y todas tienen que estar funcionando. De atender a su funcionamiento nos encargamos los otros mecánicos y yo.

Viajamos en naves perfectamente equipadas con todo el material necesario; sólo un hombre en cada nave, porque la pesada maquinaria destinada a la reparación no deja espacio para más. Debido a la verdadera naturaleza de nuestro trabajo, pasamos la mayor parte del tiempo volando a través del espacio normal. Después de todo, cuando una baliza sufre una avería, ¿cómo puede ser localizada? A través del hiperespacio no, desde luego. Lo único que puede hacerse es acercarse el máximo a ella utilizando otras balizas y luego terminar el viaje por el espacio normal. Esto puede exigir meses enteros de navegación, y a menudo los exige.

El trabajo que me había encargado el viejo no parecía ofrecer perspectivas demasiado desagradables. Partiendo de los supuestos que me facilitó la baliza de Beta Circinus, le planteé un complicado problema de ocho incógnitas al piloto automático, utilizando como puntos de referencia todas las balizas a las cuales podía llegar. El piloto me proporcionó una ruta con un aproximado punto de llegada; con un factor de seguridad que formaba parte de la estructura y que yo no podía eliminar de la máquina.

Hubiera preferido correr el riesgo de estrellarme contra un planeta próximo a pasar el tiempo enjaulado a través del espacio normal. Pero, al parecer, la técnica sabía también esto. El piloto automático proporcionaba siempre un factor de seguridad, de modo que uno no podía meterse dentro de un sol, por mucho que lo intentara. Estoy convencido de que al prever aquel factor de seguridad la técnica no obedeció a motivos humanitarios. Lo único que le importaba a la técnica era no perder la nave.

* * *

A través de un salto de veinticuatro horas el robot analizador escudriñó todas las estrellas, comparándolas con el espectro del Próximo Centauro. Finalmente hizo sonar un timbre y parpadear una luz. Miré a través del ocular.

Una última lectura con la fotocélula me dio la magnitud aparente, y una comparación con su magnitud absoluta mostró su distancia. No era tan larga como yo había creído: un vuelo de seis semanas, día más día menos. Después de marcar un rumbo en el piloto automático me introduje en el tanque de aceleración y me quedé dormido.

El tiempo transcurrió rápidamente. Rellené mi cámara por vigésima vez y casi terminé un curso de física nuclear por correspondencia. La mayoría de los mecánicos siguen esos cursos. Tienen un valor en sí mismos, ya que uno no sabe nunca qué clase de extraños elementos tendrá que manejar. Además, la compaña le paga a uno de acuerdo con las especialidades que domina. Todo esto, unido a un poco de pintura al óleo y unos ejercicios de gimnasia, me ayudó a pasar el tiempo. Estaba dormido cuando sonó el timbre de alarma que anunciaba la presencia de un planeta.

El planeta dos, donde según los antiguos mapas estaba situada la baliza, era una especie de globo de aspecto húmedo y pulposo. Trabajé duramente para poder utilizar con provecho las antiguas directrices, y finalmente localicé la zona correcta. En este oficio se aprende muy pronto cuándo y dónde se arriesga la propia piel. Por lo tanto, envié un Ojo Volador a la atmósfera exterior para que efectuara una investigación preliminar.

Los que habían instalado la baliza habían sido lo suficientemente perspicaces como para escoger un lugar fácilmente localizable, equidistante sobre una línea entre dos de los picos montañosos más altos. Tras haber localizado los picos, hice que el Ojo recorriera la distancia existente entre el primero y el segundo. El Ojo tenía un hocico y una cola de radar, y procuré que coincidieran respectivamente con cada uno de los picos. Al producirse la coincidencia corté los controles del Ojo y empecé a descender.

Desconecté el radar, conecté el tele-explorador y me senté a esperar que la baliza apareciera en la pantalla.

La imagen parpadeó, quedó automáticamente enfocada... y una gran pirámide apareció en la pantalla. Refunfuñando, hice girar el Ojo en círculos, examinando el terreno circundante. Era un terreno llano, pantanoso, sin la menor elevación. Lo único que sobresalía en un radio de diez millas era aquella pirámide..., que decididamente no era mi baliza.

¿O acaso lo era?

Hice descender más el Ojo. La pirámide era un burda construcción de piedra, completamente lisa. En la cima se divisaba un débil resplandor. La examiné más de cerca. En la cumbre de la pirámide había una cavidad llena de agua. Al verla me pareció recordar algo.

Fijando el Ojo en una ruta circular, rebusqué entre los planos del Mark III... y allí estaba. La baliza tenía un plano de sedimentación y encima de él una cavidad destinada a contener agua; el agua era utilizada para enfriar el reactor que proporcionaba energía al monstruo. Si el agua estaba aún allí, la baliza también estaba allí... en el interior de la pirámide. Los indígenas, que no habían sido mencionados por los imbéciles que construyeron la cosa, habían edificado una hermosa y recia pirámide de piedra alrededor de la baliza.

Dirigí otra mirada a la pantalla y comprobé que había fijado el Ojo en una órbita circular a unos veinte pies sobre la pirámide. La cima del montón de piedra estaba ahora cubierta de una especie de lagartos, al parecer las formas de vida locales. Iban armados con lo que parecían ballestas y trataban de alcanzar al Ojo: una nube de flechas y de piedras volaba en todas direcciones.

Conecté el circuito que devolvería automáticamente el Ojo a la nave.

A continuación me dirigí a la cocina para echar un buen trago. Mi baliza no sólo estaba encerrada en el interior de una montaña de piedra hecha a mano, sino que mi presencia había conseguido irritar a los seres que la habían construido. Un buen comienzo para un trabajo; un comienzo capaz de inducir a un hombre más fuerte que yo a buscar consuelo en la bebida.

Normalmente un mecánico permanece alejado de las civilizaciones indígenas. Son veneno puro. A los antropólogos puede no importarles que les diseccionen en beneficio de su ciencia, pero un mecánico no está dispuesto a ninguna clase de sacrificio por su trabajo. Por este motivo la mayoría de las balizas están situadas en planetas deshabitados. Si una baliza tiene que ser instalada en un planeta habitado, suele colocarse en algún lugar inaccesible.

Los motivos de que aquella baliza hubiera sido instalada al alcance de las garras locales se me escapaban de momento. A su debido tiempo me interesaría por ellos. Lo primero que tenía que hacer era establecer contacto. Para establecer contacto tiene uno que conocer el idioma local.

Y para esto hacía mucho tiempo que yo había ideado un sistema a prueba de imprudencias.

Tenía un «espía» que había construido yo mismo. Parecía un trozo de roca de un pie de longitud aproximadamente. Una vez en el suelo pasaba completamente inadvertido, pero resultaba un poco desconcertante verlo flotar. Localicé una ciudad indígena a unos mil kilómetros de distancia de la pirámide y dejé caer el Ojo. Aterrizó de noche a orillas del revolcadero de fango local. Allí acudirían a revolcarse los indígenas en gran número durante el día. Por la mañana, cuando llegaron los primeros indígenas, puse en marcha el aparato de grabación.

Al cabo de unos cinco días locales tenía un mar de conversación indígena en el archivador de la máquina de traducir y había anotado unas cuantas frases. Esto resulta muy fácil cuando se dispone de una máquina archivadora. Uno de los lagartos le gargarizó algo a otro, y el segundo se volvió en redondo. Anoté aquella expresión con la frase: «¡Eh, George!», y esperé una oportunidad para utilizarla. Aquel mismo día, más tarde, divisé a uno de ellos que iba solo y le grité: «¡Eh, George!» La frase gargarizó a través del altavoz en el idioma local y el lagarto se volvió en redondo.

Cuando uno tiene suficientes frases de referencia como ésta en el archivador de la máquina de traducir, la máquina se encarga de llenar las lagunas existentes. En cuanto la MT fue capaz de traducir de corrido cualquier conversación que oyera, pensé que había llegado el momento de establecer contacto.

Lo encontré con bastante facilidad. Era una versión centáurica de un pastor: apacentaba un rebaño de una forma de vida local especialmente repugnante, en las marismas situadas en las afueras de la ciudad.

Yo tenía uno de los Ojos oculto en una especie de caverna y aguardé a que pasara por delante de ella.

Esto ocurrió al día siguiente. Susurré por el micrófono:

—¡Bienvenido, nieto pastor! El espíritu de tu abuelo te habla desde el paraíso.

El pastor se detuvo como si acabaran de pegarle un tiro. Antes de que pudiera moverse pulsé un interruptor, y un montón de dinero local, una especie de conchas de diversos colores, salió rodando de la cueva y aterrizó a sus pies.

—Ahí va algún dinero del paraíso, porque has sido un buen muchacho. — No procedía del paraíso, desde luego: la noche anterior lo había extraído de la Tesorería—. Vuelve mañana y charlaremos un poco —le grité a la figura que se alejaba precipitadamente.

Me complació muchísimo comprobar que antes de emprender la huida recogía el dinero.

Después de aquello el Abuelo del paraíso sostuvo muchas conversaciones íntimas con su Nieto, el cual no pudo resistir la tentación del dinero celeste. El Abuelo no había estado en contacto con las cosas desde su muerte, y el Pastor se alegró de poder satisfacer su curiosidad.

Me enteré de todo lo que necesitaba saber acerca de la historia, pasada y reciente, de aquel pueblo, y la información que obtuve no fue precisamente agradable.

Además de la pirámide construida alrededor de la baliza había una pequeña guerra alrededor de la pirámide.

Todo había empezado con el seísmo. Al parecer, los lagartos locales vivían en las distantes marismas cuando fue instalada la baliza, pero los constructores no les habían dado demasiada importancia. Eran una raza inferior que habitaba en un lejano continente. La idea de que la raza pudiera desarrollarse y llegar hasta aquel continente no se les había ocurrido a los mecánicos de la baliza. Pero eso fue precisamente lo que sucedió.

Un pequeño seísmo geológico formó un puente de tierra entre los dos continentes, y los lagartos empezaron a afluir al valle de la baliza. Y encontraron un brillante templo de metal del cual fluía un continuo chorro de agua mágica; el agua destinada a enfriar el reactor, que se renovaba a través de un condensador atmosférico instalado en el techo. La radiactividad del agua no perjudicaba a los indígenas. Produjo algunas mutaciones que resultaron beneficiosas.

Se edificó una ciudad alrededor del templo y, con el paso de los siglos, fue alzándose la pirámide alrededor de la baliza. Una categoría especial de sacerdotes servía al templo. Todo marchó bien hasta que uno de los sacerdotes violó el templo y destruyó las aguas sagradas. Desde entonces se habían producido revueltas, asesinatos y destrucciones. Pero las aguas sagradas no volvieron a fluir. Ahora, muchedumbres armadas luchaban alrededor del templo todos los días y un grupo de sacerdotes vigilaba la fuente sagrada.

Y yo tenía que meterme en medio de aquel jaleo y reparar la baliza.

La cosa hubiera resultado bastante fácil de haber tenido cierta libertad de acción. Hubiera podido hacer una fritada de lagartos, arreglar la baliza y largarme. Pero las «formas de vida indígenas» estaban muy bien protegidas. En mi nave había células espías, las cuales no había conseguido localizar en su totalidad, y a mi regreso proporcionarían un interesante informe de mis actividades.

Había que emplear la diplomacia. Suspiré y saqué el equipo de plasticarne

Utilizando como modelo tres instantáneas que había tomado del Pastor, moldeé una pasable cabeza de reptil sobre mis propias facciones. La quijada quedaba un poco corta, ya que yo no poseía sus dentadas mandíbulas, pero esto no tenía demasiada importancia. Mi aspecto no tenía que ser exactamente igual que el suyo, sino únicamente perecido, lo suficiente para tranquilizar a los indígenas. Es natural. Si yo fuera un ignorante aborigen de la Tierra y me tropezara con un Espicano, cuyo aspecto recuerda el de un pez disecado, echaría a correr inmediatamente. Pero si el Espicano llevara un vestido de plasticarne que le diera un aspecto vagamente humanoide, no vacilaría en acercarme a él para entablar conversación por lo menos. Esto era lo que me proponía hacer.

Cuando estuvo modelada la cabeza, la uní a un atractivo traje de plástico verde, añadiéndole una cola. Estaba realmente satisfecho de que aquellos seres tuvieran cola. Los lagartos no iban vestidos y yo deseaba llevarme un montón de equipo electrónico. Moldeé la cola sobre un armazón de metal, y en el hueco así formado introduje todo el material que podía necesitar. A continuación me puse el traje.

Me contemplé en un espejo. El efecto era horrible, pero eficaz. La cola arrastraba por el suelo, pero esto hacía mayor el parecido.

Aquella noche llevé la nave hacia las colinas más próximas a la pirámide, un lugar seco al que los anfibios indígenas no se acercarían. Un poco antes del amanecer, el Ojo me cogió por debajo de los hombros y emprendimos el vuelo. Planeamos por encima del templo, a unos dos mil metros, hasta que se hizo de día, y entonces nos dejamos caer.

Nuestra llegada debió constituir un gran espectáculo. El Ojo estaba camuflado para que pareciera un lagarto volador, una especie de pterodáctilo de cartón, y sus alas, que se agitaban lentamente, no tenían nada que ver con nuestro vuelo, desde luego. Pero bastaba para impresionar a los indígenas. El primero que tropezó conmigo se puso a gritar y cayó de espaldas. Los otros llegaron corriendo. Se apelotonaron unos encima de otros, y cuando aterricé en la plaza, situada enfrente del templo, llegaban los sacerdotes.

Plegué mis brazos en un saludo regio.

—¡Salud, oh nobles servidores del Gran Templo! —dije.

Desde luego no lo dije en voz alta, sino que me limité a susurrarlo para que pudiera ser captado por el micrófono que llevaba oculto en el cuello. El micrófono trasladó mis palabras a la MT, y la traducción surgió por el altavoz que llevaba en la mandíbula.

Los indígenas parlotearon y la traducción surgió casi instantáneamente. Tenía el volumen muy alto y toda la plaza resonó.

Algunos de los más crédulos se aplastaron contra el suelo y otros huyeron gritando. Un tipo receloso levantó una lanza, pero nadie volvió a intentarlo después de que el Ojo pterodáctilo hubo agarrado al belicoso indígena para dejarlo caer en una charca.

Aprovechando la sorpresa general, me acerqué a las puertas del templo.

—He de hablar con vosotros, nobles sacerdotes —dije.

Y antes de que encontraran una respuesta adecuada me había colado en el templo.

El templo era un pequeño edificio construido contra la base de la pirámide, y esperé no quebrantar demasiados tabúes entrando en él. Nadie me detuvo, de modo que la cosa parecía marchar bien. Me encontré en una sala de forma alargada, con una especie de piscina en uno de los extremos. En la piscina chapoteaba un viejo reptil, uno de los jefes evidentemente. Me dirigí hacia él. Me acogió con una mirada fría, de pez, y luego gruñó algo.

La MT susurró a mi oído:

—¡En nombre de los trece pecados! ¿Quién eres y qué estás haciendo aquí?

Erguí mi escamosa figura en un noble gesto y señalé hacia el techo.

—He venido en nombre de tus antepasados para ayudarte. Estoy aquí para reparar las Aguas Sagradas.

Esto despertó un murmullo de conversaciones detrás de mí, pero no pareció convencer al jefe. Se hundió lentamente en el agua hasta que sólo fueron visibles sus ojos. Luego volvió a emerger y me apuntó con un dedo amenazador.

—¡Eres un embustero! ¡Tú no eres ningún antepasado nuestro! Vamos a...

—¡Un momento! —grité antes de que llegara tan lejos en sus palabras que le resultara imposible retroceder—. He dicho que tus antepasados me han enviado aquí en calidad de emisario... No soy uno de tus antepasados. No trates de hacerme ningún daño si no quieres que la cólera de los Muertos se vuelva contra ti.

Mientras pronunciaba estas palabras me volví hacia los otros sacerdotes, utilizando el movimiento para disimular el lanzamiento de una bomba de humo detrás de mí. La bomba abrió un hermoso agujero en el suelo, con un gran despliegue de ruido y de humo.

El Primer Lagarto supo entonces que yo hablaba en serio e inmediatamente convocó una reunión de sacerdotes. Tuvo lugar en la piscina pública, desde luego, y yo tuve que meterme en ella. Chapoteamos y gargarizamos durante una hora hasta dejar sentados los extremos más importantes de la operación.

Descubrí que todos ellos eran sacerdotes nuevos; los anteriores habían sido hervidos por haber permitido que las Aguas Sagradas dejaran de fluir. Yo les expliqué que estaba allí únicamente para ayudarles a recobrar las aguas. Cuando esto hubo quedado en claro salimos de la piscina dejando grandes charcos de agua y de fango en el suelo. Nos acercamos a una puerta cerrada y vigilada que conducía al interior de la pirámide. Mientras la abrían, el Primer Lagarto se volvió hacia mí.

—Ya debes de conocer la norma —me dijo—. Después de lo ocurrido con los antiguos sacerdotes fue ordenado que en adelante sólo los ciegos pudieran entrar en el recinto sagrado.

Puedo jurar que al pronunciar aquellas palabras sonreía, si treinta dientes asomando por lo que parecía una raja en una vieja maleta pueden llamarse una sonrisa.

Hizo una seña a un sacerdote que se acercó portando un brasero de carbones encendidos lleno de hierros calentados al rojo. Dejó el brasero en el suelo, removió los carbones, sacó uno de los hierros y se volvió hacia mí. Estaba a punto de aplicar el hierro a uno de mis ojos cuando reaccioné.

—Desde luego —dije—, la norma es la ceguera. Pero, en mi caso, tendréis que cegarme antes de que abandone el sagrado recinto, no ahora. Necesito mis ojos para ver y reparar la Fuente de las Aguas Sagradas. Cuando las aguas vuelvan a fluir, yo mismo me aplicaré el hierro candente.

Tardaron medio minuto en digerir aquello, pero acabaron por reconocer que tenía razón. El verdugo local hizo una mueca de disgusto y añadió un poco más de carbón al brasero. La puerta se abrió de par en par y entré en la pirámide; a continuación la puerta volvió a cerrarse detrás de mí y me encontré a solas en la oscuridad.

Pero no por mucho tiempo... Oí un ruido cerca de mí y decidí encender mi linterna. Tres sacerdotes se acercaban al lugar donde me encontraba: las cuencas de sus ojos eran un deforme montón de carne quemada. Sabían lo que yo deseaba, y me señalaron el camino sin pronunciar una sola palabra. Una agrietada escalera de piedra nos condujo ante una sólida puerta de metal, de la cual colgaba un letrero redactado con una escritura arcaica: BALIZA MARK III. PROHIBIDA LA ENTRADA A TODA PERSONA AJENA AL SERVICIO. Los constructores de la baliza habían confiado de un modo absoluto en la eficacia del letrero, ya que la puerta no tenía cerradura. Uno de los lagartos hizo girar el pomo y nos encontramos en el interior de la baliza.

Con los sacerdotes ciegos tropezando detrás de mí, localicé el cuarto de máquinas y encendí las luces. En las baterías de emergencia había un resto de carga, lo suficiente para proporcionar una débil claridad. Los reguladores e indicadores parecían encontrarse en buen estado; los revisé cuidadosamente y descubrí lo que ya había sospechado.

Uno de los lagartos había conseguido abrir una caja destinada a proteger los interruptores, los había estado manoseando y había cambiado accidentalmente la posición de uno de ellos: esto había producido el trastorno.

Mejor dicho, había iniciado el trastorno. La cosa no va a solucionarse volviendo a su posición normal el interruptor de la válvula del agua. Aquella válvula sólo debía ser utilizada en el curso de una reparación después de haber humedecido la pila. Como el agua había sido cortada mientras la pila estaba funcionando, los dispositivos de seguridad habían humedecido automáticamente la carga.

Hacer surgir de nuevo el agua no era ningún problema, pero en el reactor no quedaba ningún combustible.

No iba a complicarme la vida con el problema del combustible. La mejor solución sería instalar un nuevo generador. Yo tenía uno en la nave que era diez veces menor que el de la baliza y producía cuatro veces más energía. Antes de enviar a buscarlo revisé el resto de la baliza. En dos mil años tenía que haber alguna señal de desgaste.

Los mecánicos de aquella época remota habían trabajado bien, tuve que reconocerlo. El noventa por ciento de la maquinaria no tenía partes movibles y, en consecuencia, no había sufrido ningún desgaste. Otras partes habían sido reforzadas, previendo su posible desgaste. El conducto alimentador le agua que descendía del techo, por ejemplo. Las paredes del conducto tenían unos tres metros de espesor... y la abertura del conducto no era mayor que mi cabeza. De todos modos, había algunas cosas que yo podía hacer y anoté las piezas que necesitaba.

Las piezas, entre ellas el nuevo generador, estaban en la nave. El Ojo se encargó de recogerlas y de colocarlas en una caja metálica. Una hora antes de que amaneciera, el Ojo depositó la caja en el exterior del templo y se marchó sin ser visto.

Contemplé a los sacerdotes a través de mi «espía» mientras trataban de abrirla. Cuando se dieron por vencidos les grité unas órdenes a través de un altavoz instalado en la caja. Se pasaron la mayor parte del día arrastrando la pesada caja por el templo y subiéndola por las angostas escaleras que conducían a la baliza. Entretanto, me tomé un sueño reparador. Cuando desperté, la caja estaba junto a la puerta de entrada a la baliza.

Las reparaciones no me llevaron mucho tiempo, aunque los sacerdotes ciegos gruñeron lo suyo cuando me oyeron abrir un boquete en la pared para encajar el nuevo generador. Incluso coloqué un aparato en el conducto del agua para que sus Aguas Sagradas tuvieran la habitual radiactividad refrescante cuando empezaron a fluir de nuevo. En cuanto hube terminado con todo esto hice lo que los lagartos estaban esperando.

Conecté el interruptor que daba paso al agua.

Transcurrieron unos minutos mientras el agua empezaba a gorgotear a través del seco conducto. Luego llegó un rugido del exterior de la pirámide que debió de sacudir sus paredes de piedra. Entrechocando mis manos por encima de mi cabeza, me dispuse a enfrentarme con la ceremonia de quemar mis ojos.

Los lagartos ciegos estaban esperándome junto a la puerta, y su aspecto mohíno no presagiaba nada bueno. Cuando empujé la puerta descubrí el motivo de aquella actitud: la habían cerrado y atrancado por la parte exterior.

—Hemos decidido —dijo un lagarto— que te quedes aquí para siempre cuidando de las Aguas Sagradas. Nosotros atenderemos a todas tus necesidades.

Una deliciosa perspectiva: pasar toda la vida encerrado en una baliza con tres lagartos ciegos. A pesar de su hospitalidad no podía aceptarla.

—¡Cómo! ¡Os atrevéis a disponer a vuestro antojo del mensajero de vuestros antepasados!

Había dado todo el volumen a mi altavoz y la vibración casi me arrancó la cabeza de cuajo.

Los lagartos gruñeron algo, y yo ajusté mi Solar para que proyectara un rayo delgado como la hoja de un cuchillo y lo hice correr alrededor de la jamba de la puerta. Al cabo de un instante la puerta se derrumbó en medio de un gran estrépito.

Bajé corriendo las escaleras, abriéndome paso entre la multitud de asombrados sacerdotes y fui a enfrentarme con el Primer Lagarto, que seguía en su piscina. Al ver que me acercaba, se hundió lentamente debajo del agua.

—¡Qué falta de cortesía! —grité—. Los antepasados están muy enojados, y sólo por su gran bondad permiten que las aguas fluyan de nuevo. Ahora tengo que marcharme. ¡Adelante con la ceremonia!

El verdugo estaba demasiado asustado para moverse, de modo que me acerqué al brasero y cogí uno de los hierros candentes. Una presión en las sienes hizo caer sobre mis ojos una lámina de acero debajo de la piel de plástico. A continuación apliqué el hierro candente a mis ficticias cuencas, y el plástico despidió un impresionante olor a quemado.

Un grito se alzó de la multitud mientras yo dejaba caer el hierro y zigzagueaba ciegamente. Tengo que admitir que la cosa resultó bastante fácil.

Antes de que pudieran reaccionar apreté el interruptor y mi pterodáctilo de plástico entró volando. No pude verlo, desde luego, pero supe que había llegado cuando los garfios de sus garras aferraron las láminas de acero de mis hombros.

* * *

Cuando alcé las láminas que cubrían mis ojos y practiqué unos agujeros en el chamuscado plástico, pude ver la pirámide disminuyendo de tamaño detrás de mí, el agua derramándose de la base y una alegre multitud de reptiles revolcándose en su corriente radiactiva. Pasé revista a los hechos para comprobar si había olvidado alguna cosa.

Primero: La baliza estaba reparada.

Segundo: Los sacerdotes tenían que estar satisfechos.

El agua fluía de nuevo, mis ojos habían sido debidamente quemados y ellos volvían a encontrarse en una posición preponderante. A lo cual había que añadir:

Tercero: El hecho de que, si se producía otra avería en la baliza, los sacerdotes no pondrían obstáculos al mecánico que acudiera a repararla en las mismas condiciones. Por lo menos yo no había hecho nada que pudiera despertar su antagonismo hacia los futuros mensajeros de sus antepasados.

De todos modos mientras me despojaba del disfraz de lagarto pensé que no me disgustaría en absoluto que, llegado el caso, encargaran el trabajo a otro mecánico.

BRAZO DE LA LEY

Harry Harrison

No existe ningún motivo que impida que los robots puedan ser diseñados para hacer cualquier cosa que el hombre pueda hacer. Existen muchos trabajos que los hombres llevan a cabo y que traspasarían de buena gana a los robots. No hay nadie, por ejemplo, que pase por la vida con el ideal de ser basurero, aunque la recogida de basuras sea una función importante y esencial en un medio civilizado. Una prueba de lo poco deseable de ese empleo reside en el hecho de que los departamentos de limpieza, en sus categorías inferiores, están nutridos por los grupos menos privilegiados. Una mirada a su basurero le dirá a usted rápidamente qué grupo social se encuentra en la escala más baja de su comunidad.

Indudablemente, los robots pueden ser basureros y lavaplatos, y pueden realizar todas aquellas tareas que exigen un gran esfuerzo o implican un gran desgaste físico Pueden desempeñar, también, los empleos más peligrosos: limpieza de fondos acuáticos o submarinos, reparación de generadores atómicos en espacios radiactivos que producirían la muerte instantánea a un ser humano...

Era un enorme ataúd de madera que parecía pesar una tonelada. El musculoso individuo se limitó a introducirlo a través de la puerta de la Comisaría y dio media vuelta dispuesto a marcharse. De modo que tuve que gritarle a su espalda:

—¿Qué diablos es eso?

—¿Cómo quiere que lo sepa? —inquirió a su vez mientras se introducía en la cabina—. Lo único que sé es que ha llegado esta mañana en el cohete de la Tierra.

Dicho lo cual, puso el camión en marcha y desapareció envuelto en una nube de polvo rojo.

—Bromistas —gruñí para mí mismo—. Marte está lleno de bromistas.

Cuando me incliné sobre la caja para examinarla, noté un acre sabor a polvo. El jefe Craig debió haber oído el escándalo, ya que salió de su oficina y me ayudó a examinar la caja.

—¿Cree que es una bomba? —me preguntó en tono preocupado.

—¿Por qué iba a molestarse alguien en enviarla..., especialmente en un cacharro de este tamaño? Y desde la Tierra.

El jefe asintió y dio la vuelta para mirar por el otro lado. En el exterior de la caja no constaban las señas del remitente. Al fin decidimos abrirla. Tras ímprobos esfuerzos conseguí desprender la tapa.

Así fue cómo entablamos conocimiento con Ned. Y todos hubiéramos sido mucho más dichosos si el conocimiento hubiera terminado allí. Si hubiésemos vuelto a clavar la tapa y devuelto el envío a la Tierra... Ahora sé lo que quieren decir cuando se refieren a la Caja de Pandora.

Pero nos limitamos a quedarnos al lado de la caja, en pie, como dos embobados. Ned permanecía completamente inmóvil devolviéndonos la mirada.

—¡Un robot! —dijo el jefe.

—Muy observador; se nota que ha pasado usted por la academia de policía.

—¡Ja, ja! Ahora vamos a enterarnos para qué lo han enviado.

Yo no había pasado por la academia, pero esto no fue obstáculo para que encontrara la carta. Sobresalía ligeramente del interior de un voluminoso libro en un departamento de la caja. El jefe tomó la carta y la leyó con muy poco entusiasmo.

—¡Bien, bien! Los de la United Robotics se han vuelto locos... «Los robots, convenientemente utilizados, pueden resultar muy valiosos en los trabajos policiales...» Quieren que colaboremos en una especie de test... «El robot que incluimos es el último modelo experimental; está valorado en ciento veinte mil créditos.»

El jefe y yo dirigimos de nuevo nuestra mirada al robot, compartiendo el deseo que la caja, en vez de contenerle a él, hubiera contenido los ciento veinte mil créditos. El jefe frunció el ceño y movió los labios mientras terminaba de leer la carta. Me pregunté cómo íbamos a sacar al robot de su ataúd.

Experimental o no, era un modelo realmente impresionante. Llevaba un uniforme de color azul marino, aunque los casquillos, circuitos, etc., eran de metal dorado. Alguien se había estado devanando los sesos más de una hora para conseguir aquel efecto. El parecido del robot con un policía de uniforme era extraordinario, y conste que en estas palabras no hay ninguna segunda intención. Lo único que parecía faltarle era la insignia y el revólver.

Entonces me di cuenta del débil brillo de los ojos de cristal del robot. Nunca se me había ocurrido que «aquello» pudiera funcionar por sí mismo. Pero no se perdía nada con probarlo.

—Sal de esa caja —dije.

El robot se irguió con la rapidez de un cohete, plantando sus dos pies delante de mí y llevándose la mano derecha a la sien.

—Robot Policía Experimental, número de serie XPO-456-934B, a sus órdenes, señor.

Su voz vibraba de atención y casi pude oír el zumbido de aquellos tensos músculos de cable. Podía tener caderas de acero inoxidable y un montón de alambres por cerebro..., pero me produjo el mismo efecto de un agente de verdad. El hecho que tuviera la estatura de un hombre, dos brazos y dos piernas, y llevara aquel uniforme, ayudaba a aquel efecto. Lo único que tenía que hacer era entrecerrar un poco los ojos, y allí estaba Ned, el agente novato, recién salido de la escuela y dispuesto a entrar de servicio. Sacudí la cabeza para alejar aquella fantasía. Lo que tenía delante de mí no eran más que seis pies de máquina que unos sabios habían construido para divertirse un poco.

—Descansa, Ned —dije. Ned seguía saludando—. Puedes relajarte. Si continúas tan tenso puedes herniarte. Y, de todos modos, yo no soy más que el sargento. El jefe de Policía es éste...

Ned dio media vuelta y se encaró con Craig con la misma ligereza de movimientos de una máquina bien engrasada. El jefe se limitó a contemplarle como a algo que hubiera caído del cielo repentinamente, mientras Ned repetía su rutinaria presentación.

—Me pregunto si sabrá hacer algo que no sea saludar y presentarse —dijo el jefe mientras daba la vuelta al robot examinándolo de arriba abajo.

—Las funciones, operaciones y normas de actuación responsable de los Robots Policía Experimentales están definidas en las páginas 184 a 213 del manual. —La voz de Ned se apagó durante unos segundos mientras se volvía a hurgar en su caja para sacar el volumen que acababa de mencionar—. En las páginas 1.035 a 1.267, inclusive, se encuentra una ampliación más detallada de aquellas normas.

El jefe, que era incapaz de leer la página cómica de un periódico de un tirón, le dio vuelta entre sus manos al volumen de seis pulgadas de espesor, como si fuera a morderle. Cuando hubo adquirido una vaga idea de lo mucho que pesaba y de la calidad de su encuadernación, lo dejó sobre la mesa de mi oficina.

—Cuídese de eso —me dijo, encaminándose hacia su despacho—. Y también del robot. Haga algo con él.

La capacidad de atención del jefe no había sido nunca muy grande, y esta vez había sido tensada hasta el máximo.

Empecé a hojear el libro pensativamente. Nunca había tenido el menor contacto con robots, de modo que sabía de ellos lo mismo que cualquier hombre de la calle. Probablemente menos. El libro estaba muy bien impreso, con abundantes fórmulas matemáticas, diagramas, mapas en nueve colores, etcétera. Había que leerlo con mucha atención. Una atención que yo no estaba dispuesto a prestarle de momento. Cerré el libro y contemplé al nuevo empleado de la ciudad de Nineport.

—Detrás de la puerta hay una escoba. ¿Sabes utilizarla?

—Sí, señor.

—Entonces vas a barrer esta habitación, procurando levantar la menor cantidad de polvo posible.

Realizó un trabajo perfecto.

Contemplé ciento veinte mil créditos de maquinaria barriendo mi oficina y me pregunté por qué lo habrían enviado a Nineport. Probablemente porque en el Sistema Solar no había otro destacamento de policía más pequeño y menos importante que el nuestro. Los técnicos habrían supuesto que éste era un buen campo de pruebas. Si la cosa fracasaba, no tendría la menor repercusión. Se presentaría alguien para redactar un informe y asunto terminado. Bueno, no quedaba duda que ellos habían escogido el lugar adecuado. Nineport no era el desierto, pero le faltaba muy poco para serlo.

Por eso precisamente estaba yo allí. Yo era el único policía «de verdad» del destacamento. Necesitaban al menos uno para hacerse la ilusión del hecho que los engranajes de la ley funcionaban debidamente. El jefe, Alonzo Craig, era un inepto que había aceptado aquella plaza por la paga, que le permitiría regresar a la Tierra con sus buenos ahorros. Y había otros dos agentes. Uno de ellos viejo, que estaba borracho la mayor parte del tiempo. Y otro muy joven y atolondrado, como todos los jóvenes. Yo había pasado diez años en las fuerzas de la policía metropolitana, en la Tierra. El motivo por el que saliera de ellas no le importa a nadie. He pagado con creces cualquier error que pudiera haber cometido con este destino en Nineport.

Nineport no es una ciudad; es sólo un lugar de paso. Los únicos ciudadanos permanentes son los que abastecen a los que van de camino. Hoteleros, tahúres, taberneros, etc.

Es un puerto espacial, pero sólo llegan naves de transporte, para recoger el metal de algunas minas que siguen funcionando. Y algunos de los que están establecidos aquí se presentan en busca de provisiones. Podría decirse que Nineport es una ciudad que acaba de perder el barco. Dentro de cien años no creo que quede ni rastro de ella. De todos modos, yo no estaré ya aquí, así que me importa un comino.

Volví mi atención al libro de entradas. Cinco borrachos en la jaula, una riña nocturna... Mientras tomaba nota se presentó Fats arrastrando al sexto.

—Se ha encerrado en el lavabo de señoras del espaciopuerto y se ha resistido a la detención —informó.

—Enciérrelo con los otros.

Fats se llevó a su víctima arrastrándola, tal como la había traído. Siempre me ha maravillado la habilidad que demuestra Fats para manejar a los borrachos, dado el caso que generalmente va más cargado que ellos. Nunca le he visto tambalearse ni completamente sobrio. Pero para entendérselas con los borrachos no tiene rival. Seguramente porque comparte sus mismos instintos naturales. Fats cerró la puerta de la jaula detrás del número seis y regresó a mi oficina.

—¿Qué es eso? —preguntó, contemplando al robot a lo largo de la purpúrea belleza de su nariz.

—Un robot. He olvidado el número que su madre le dio en la fábrica, de modo que podemos llamarle Ned. Va a trabajar aquí.

—¡No está mal! Podrá limpiar la jaula en cuanto saquemos de ella a esos tipos.

—Eso es trabajo mío —dijo Billy, que entró en aquel momento. Agarró su porra y frunció el ceño por debajo de la visera de su gorra de uniforme. No es que Billy sea estúpido: lo que ocurre es que la mayor parte de su fuerza se ha acumulado en su espalda en vez de acumularse en su cerebro.

—Desde ahora será el trabajo de Ned, porque voy a ascenderte. A partir de hoy me ayudarás en algunos de mis trabajos.

Billy se enfurecía a veces, y yo temía que su enorme fuerza pudiera acarrearle algún disgusto. Mi explicación le tranquilizó, ya que se sentó al lado de Fats y se dedicó a contemplar cómo Ned limpiaba el suelo.

Las cosas siguieron de este modo durante una semana aproximadamente. Ned se entregaba a su tarea con tanto entusiasmo, que la Comisaría no tardó en adquirir un aspecto positivamente antiséptico. El jefe, que siempre tenía un ojo abierto para esta clase de cosas, descubrió que Ned podía archivar la tonelada de informes atrasados que inundaban su oficina. Todo esto mantenía ocupado al robot, y nos acostumbramos a él hasta el punto que apenas nos dábamos cuenta de su presencia. El propio Ned trasladó su caja al almacén y se arregló allí una especie de ataúd-cama.

El manual quedó enterrado en mi mesa-escritorio y nunca se me ocurrió volver a hojearlo. De haberlo hecho, podría haber visto algunos de los grandes cambios que se aproximaban. Ninguno de nosotros tenía la más ligera idea de lo que un robot puede o no puede hacer. Ned ejercía las funciones de hombre de limpieza-archivador, y así debería haber continuado. Y hubiera continuado así si el jefe no hubiera sido tan perezoso. La cosa empezó del siguiente modo:

Eran las nueve de la noche aproximadamente, y el jefe se disponía a marcharse cuando llegó la llamada. El jefe levantó el receptor, escuchó unos instantes y volvió a colgar.

—El bar de Greenback. Otro atraco. Dicen que vayamos en seguida.

—Esto es una novedad. Falta un mes para que se inicien los atracos. ¿Para qué diablos paga lo que China Joe le exige si no va a protegerle?

El jefe se mordió pensativamente el labio inferior durante un buen rato y finalmente tomó una decisión.

—Será mejor que vaya usted allí para ver qué pasa.

—A sus órdenes —dije, poniéndome la gorra—. Pero no hay nadie más por aquí, y tendrá que quedarse usted de guardia en la oficina hasta que yo regrese.

—¡Vaya una lata! —murmuró—. Me estoy muriendo de hambre y me fastidia mucho tener que quedarme aquí sentado esperando.

—Yo iré a hacer el informe —dijo Ned dando un paso hacia adelante y haciendo su bien engrasado saludo.

Al principio el jefe no lo tomó en serio. Era como si un renacuajo acabara de ofrecerse para sustituirle en su trabajo.

—¿Cómo podrías hacer tú un informe? —gruñó, devolviendo el renacuajo a su sitio.

Pero la frase, que pretendía ser insultante, le salió en forma de pregunta. Y en menos de tres minutos Ned le hizo al jefe un resumen de las actividades a desarrollar por un oficial de policía para hacer un informe de un atraco o de un robo cuya denuncia acabara de recibirse. Por la mirada de asombro que apareció en los salientes ojos del jefe comprendí que Ned acababa de sobrepasar todas las posibilidades de comprensión de mi superior.

—¡Basta! —balbuceó finalmente Craig—. Si sabes tanto, ¿por qué no haces un informe?

Lo cual me sonó como otra versión del si eres tan listo, ¿por qué no eres rico?, que solíamos decir a los muchachos aplicados en la escuela. Ned, por lo visto, se lo tomó al pie de la letra y se volvió hacia la puerta.

—¿Quiere usted decir que desea que haga un informe sobre ese atraco?

—Sí —dijo el jefe, sólo para librarse de él, y vimos desvanecerse su forma azul a través de la puerta.

—Debe ser más listo de lo que parece —dije—. Ni siquiera ha preguntado dónde está situado el bar de Greenback.

El jefe asintió y el teléfono sonó otra vez. Su mano descansaba aún sobre el receptor, de modo que lo levantó con un movimiento reflejo. Escuchó durante unos instantes, y por la palidez que adquirió su rostro se hubiera dicho que alguien le estaba extrayendo la sangre del cuerpo.

—Los atracadores continúan en el bar —balbució finalmente—. Llama el chico de Greenback..., para preguntar qué estamos haciendo. Dice que está escondido debajo de una mesa en la trastienda...

No oí el resto porque crucé la puerta corriendo y subí al automóvil oficial de un salto. Podían ocurrir un centenar de cosas si Ned llegaba allí antes que yo. Disparos, heridos, montones de cosas. Y la policía cargaría con las culpas por enviar a un robot a efectuar el trabajo de un agente. Nunca había sentido calor en Marte, pero en aquellos momentos estaba sudando.

Nineport tiene catorce reglas de tráfico y las quebranté todas antes de haber recorrido una manzana. A pesar de mi rapidez, Ned fue más rápido que yo.

Cuando di la vuelta a la esquina le vi abrir la puerta del establecimiento de Greenback y meterse dentro. Destrocé los frenos, pero llegué a tiempo de obtener un asiento de primera fila.

Los atracadores eran dos. Uno de ellos estaba detrás del mostrador revisando el contenido de la caja. El otro montaba guardia al otro lado. Sus armas no estaban a la vista, pero el espectáculo de Ned, embutido en su chaqueta azul y entrando en el establecimiento como un huracán, fue demasiado para sus excitados nervios. Empuñaron rápidamente sus pistolas mientras Ned se paraba en seco. Empuñé mi propio revólver, esperando ver salir volando por la ventana, de un momento a otro, trozos de robot.

Los reflejos de Ned eran excelentes. Lo cual es de esperar, supongo, de un robot.

«TIREN SUS ARMAS. QUEDAN USTEDES DETENIDOS.»

Su voz resonó con tanta fuerza, que mis tímpanos vibraron largo rato. El resultado fue el que podía esperarse. Los dos pistoleros dispararon a la vez, y el aire se llenó del zumbido de los proyectiles. Los cristales de la puerta saltaron hechos añicos y me dejé caer sobre mi estómago. Por el ruido de los disparos, supe que ambos maleantes soltaban bombones del 50. Unos bombones que lo atraviesan todo.

Pero a Ned no parecían causarle el menor efecto. La única medida de precaución que adoptó fue la de cubrirse los ojos. Una especie de pantalla provista de una pequeña abertura cayó sobre ellos. A continuación avanzó hacia el primer pistolero.

Sabía que Ned era rápido, pero no creía que tanto. Un par de proyectiles se estrellaron contra él mientras cruzaba la sala, pero antes que el atracador pudiera variar su puntería Ned se había apoderado de su pistola. Agarró al ladrón de un brazo, haciéndole objeto de la llave más diabólica que yo había visto hasta entonces, y cuando la pistola cayó de los inertes dedos la agarró limpiamente en el aire. Con el mismo movimiento con que introdujo la pistola en uno de sus bolsillos, sacó un par de esposas y las colocó rápidamente en las muñecas del atracador. El atracador número dos se encaminaba rápidamente hacia la puerta, y yo estaba esperándole para hacerle objeto de un caluroso recibimiento. Pero, no fue necesario. Había recorrido la mitad del camino cuando Ned se plantó delante de él. Cuando el asombrado pistolero quiso reaccionar, se encontraba esposado y caído en el suelo, junto a su compañero.

Entré en el bar, le pedí a Ned las armas de los bandidos y llevé a cabo la detención oficial. Esto fue todo lo que Greenback vio al salir de su escondrijo de detrás del mostrador, y era lo único que yo deseaba que viera. El suelo estaba materialmente cubierto de trozos de vidrio, y el establecimiento olía como el interior de una botella de Jack Daniels. Greenback empezó a aullar como un lobo al contemplar aquellos destrozos. No parecía estar enterado de la llamada telefónica que nos puso sobre aviso, de modo que entré en la trastienda y allí encontré al chico que había hecho las llamadas.

Resultó ser un caso de supina ignorancia. El chico sólo llevaba unos días al servicio de Greenback, y no sabía que al producirse un atraco había que avisar a los hombres de China Joe en vez de llamar a la policía. Le dije a Greenback que aleccionara mejor al chico, para evitar estropicios como los que acababan de producirse. Luego empujé a los dos esposados atracadores hacia el automóvil. Ned subió con ellos y los tres se instalaron en el asiento posterior.

El jefe seguía sentado en su oficina, tan pálido como antes, cuando nos presentamos delante de él. No lo hubiera creído posible, pero palideció un poco más.

—De modo que los ha detenido —murmuró. Antes que yo pudiera contestar, le asaltó una segunda y más terrible idea. Agarró a uno de los pistoleros por la manga de la camisa, y le dijo—: Tú perteneces a la banda de China Joe, ¿no es cierto?

—No conozco a ningún China Joe. Hemos llegado hoy mismo a esta ciudad, y...

—Freelance, por Dios —suspiró el Jefe, dejándose caer en su sillón—. Encierre a estos hombres y dígame rápidamente lo que ha sucedido.

Metí a los dos pistoleros en la jaula y luego, de regreso en la oficina del jefe, levanté un dedo no demasiado firme hacia Ned.

—Aquí está el héroe —dije—. Los capturó a los dos con una sola mano. Es el robot-huracán, capaz de barrer todo el mal de esta depravada comunidad. Y es a prueba de balas, también.

Pasé un dedo por el amplio pecho de Ned. La pintura había desaparecido en muchos lugares, arrancada por los proyectiles, pero el metal apenas estaba arañado.

—Esto va a producirme muchos quebraderos de cabeza —gimió el Jefe.

Yo sabía que se estaba refiriendo a los muchachos que manejaban el negocio de la protección. A los hombres de China Joe no les gustaba que se produjeran tiroteos y detenciones sin su aprobación. Pero Ned creyó que el Jefe tenía otra clase de preocupaciones, y se apresuró a aclarar la situación.

No habrá ninguna dificultad —dijo—. En ningún momento he violado ninguna de las Leyes Restrictivas Robóticas, las cuales forman parte de mis circuitos de control y son, por lo tanto, completamente automáticas. Los hombres que empuñaron sus pistolas violaron la ley robótica y la humana al recurrir a la violencia, primero con amenazas y luego con hechos. No he lastimado a esos hombres..., me he limitado a detenerles.

Aquello estaba por encima de la capacidad de comprensión del Jefe, pero a mí me gustaba creer que era capaz de entenderlo. Y me había estado preguntando cómo era posible que un robot —una máquina— pudiera estar involucrado en cosas tales como la violación de la ley. Ned tenía también la respuesta para esto.

—Los robots han estado desempeñando estas funciones durante muchos años. ¿Ha olvidado usted los medidores automáticos de velocidad para determinar si los automovilistas violaban las reglas de tráfico? Un robot detector de alcohol está más capacitado que un oficial de policía para juzgar si un conductor ha bebido demasiado. En cierta época, los robots podían incluso tomar decisiones acerca de la conveniencia de matar. Antes de la promulgación de las Leyes Restrictivas Robóticas, los apuntadores automáticos de cañones eran de uso general. Su desarrollo final fue una batería completa de cañones antiaéreos de largo alcance. El explorador automático localizaba a todas las aeronaves en un radio determinado. Las que no enviaban correctamente la señal de identificación eran detenidas y en caso necesario destruidas por unos cañones automáticos..., disparados por un mecanismo robot.

Los argumentos de Ned no podían ser discutidos. Lo único que podía reprocharle, tal vez, era su vocabulario de profesor universitario. Pero preferí desviar la dirección de mi ataque.

—Sin embargo, un robot no puede ocupar el puesto de un policía, que es un complicado trabajo humano.

—Desde luego que lo es, pero la función de un robot policía no consiste en ocupar el puesto de un policía humano. Fundamentalmente, yo combino las funciones de numerosas piezas del mecanismo policial, integrándolas y haciéndolas asequibles inmediatamente. Además, puedo ayudar a los procedimientos mecánicos de la ley. Si usted detiene a un hombre, le coloca las esposas. Pero si me ordena a mí que lo haga, yo no tomo ninguna decisión moral. No soy más que una máquina que coloca unas esposas a un hombre...

Mi mano se alzó para detener el torrente de argumentos robóticos. Ned estaba atiborrado hasta las orejas de hechos y de cifras, y yo sabía que llevaba las de perder si insistía en discutir con él. Cuando Ned detuvo a los atracadores no quebrantó ninguna ley, desde luego. Pero existen otras leyes, aparte de las que están contenidas en los códigos.

—China Joe no se sentirá muy satisfecho cuando se entere de esto —dijo el jefe, expresando mis propios pensamientos.

La Ley de la Selva. La que no figura en los códigos. La que regía en Nineport. El lugar era lo suficientemente grande para albergar a una notable población de jugadores de ventaja, y de explotadores del vicio en todas sus formas. Una población gobernada por China Joe. Lo mismo que el departamento de policía. Nos tenía a todos en su bolsillo, y era él quien pagaba realmente nuestros sueldos. Y éstas no eran cosas que uno pudiera explicarle a un robot.

—Sí, China Joe...

De momento creí que era el eco de las palabras que acababa de pronunciar el jefe, pero luego me di cuenta que alguien acababa de entrar en la oficina. Alguien llamado Alex. Seis pies de hueso, músculo y mala intención. El brazo derecho de China Joe. Obsequió con una pálida sonrisa al jefe, el cual se hundió todavía más en su sillón.

—China Joe desea que le explique usted las causas por las cuales sus agentes van por ahí deteniendo a la gente y provocando el destrozo de botellas de excelente licor. Lo del licor es lo que le ha puesto más furioso. Dice que ya está harto de usted, y que después de esto, puede...

—Queda usted detenido, de acuerdo con el artículo 46, párrafo 19, de las normas revisadas...

Ned había actuado antes que pudiéramos darnos cuenta del hecho que se movía. Delante de nuestras propias barbas, estaba deteniendo a Alex y firmando nuestras sentencias de muerte.

Alex no era lento. Mientras se volvía para ver quién le había agarrado, empuñaba ya su revólver. Disparó una sola vez, directamente contra el pecho de Ned, antes que el robot se apoderase del arma y esposara al pistolero. Mientras todos los presentes boqueábamos como peces sacados del agua, Ned recitó el pliego de cargos en un tono que, me atrevería a jurar, era de satisfacción.

—El detenido es Peter Rakjomskj, alias Alex el Hacha, reclamado en Ciudad Canal por asalto a mano armada e intento de asesinato. Reclamado también por la policía local de Detroit, Nueva York y Manchester, bajo la acusación de...

—¡Quítenme esto de encima! —aulló Alex.

Podíamos haberlo hecho, y haber tratado de arreglar las cosas, si Benny Bug no hubiera oído el disparo. Asomó la cabeza por la puerta de la oficina el tiempo justo para echar una asombrada ojeada a lo que estaba sucediendo allí.

—¡Alex! ¡Se están cargando a Alex!

Inmediatamente desapareció, y cuando corrí hacia la puerta ya no pude ver a nadie. Los muchachos de China Joe siempre circulaban por parejas. Y, pasados diez minutos, el propio China Joe estaría enterado de todo.

—Hazle la ficha —le dije a Ned—. Soltarle ahora no solucionaría nada. De todos modos, ha empezado ya el fin del mundo.

En aquel momento entró Fats, murmurando algo en voz baja. Al verme, disparó el pulgar por encima de su hombro.

—¿Qué pasa? He visto el pequeño Benny Bug salir de aquí como alma que lleva el diablo y desaparecer en su automóvil a toda velocidad...

Entonces, Fats vio a Alex con las esposas puestas e inmediatamente se le disiparon los efectos de la borrachera. Se quedó con la boca abierta un par de segundos, y luego su cerebro empezó a funcionar. Sin tambalearle lo más mínimo, se acercó a la mesa del jefe y depositó sobre ella su insignia de policía.

—He llegado a la conclusión que soy demasiado viejo y demasiado bebedor para pertenecer a la policía. Por lo tanto, acepte mi dimisión. Porque si quien yo sé me encuentra aquí cuando se presente con sus amigos, no viviré un día más para contarlo.

—Rata —gruñó el jefe a través de sus apretados dientes—. Abandona el barco cuando se está hundiendo. ¡Rata!

Fats dio media vuelta y se marchó.

A partir de aquel momento, el Jefe pareció despreocuparse de todo. Ni siquiera parpadeó cuando recogí la insignia de Fats de encima de su mesa.

No sé por qué lo hice; tal vez porque pensé que era de justicia. Ned había empezado todo el lío, y yo estaba lo bastante furioso como para desear que le tocara también su parte, en el momento del desenlace. En su pecho había dos anillas, y no me sorprendió descubrir que la insignia encajaba perfectamente en ellas.

—Ahora, ya eres un verdadero policía —le dije, en tono sarcástico.

Debí tener en cuenta que los robots son inmunes al sarcasmo. Ned se tomó mis palabras muy en serio.

—Este es un gran honor, no solamente para mí sino para todos los robots. Procuraré cumplir lo mejor posible todas mis obligaciones.

Me pareció oír estremecerse de alegría a todos sus cables mientras llenaba la ficha de Alex.

Si la situación no hubiese sido tan mala, hubiera gozado de veras con el espectáculo de Ned en acción. Llevaba almacenado en su cuerpo más material policíaco del que Nineport había tenido nunca. De una de sus caderas surgió un tampón, y Ned apoyó en él los dedos de Alex, haciéndolos rodar ligeramente, para estamparlos a continuación en una cartulina. Luego mantuvo apartado al detenido a la distancia de su brazo, mientras algo producía un ruido seco en su abdomen: unos segundos después caían dos instantáneas de una abertura lateral. Las fotos quedaron pegadas a la cartulina. Un espectáculo realmente fascinante, aunque no quise continuar presenciándolo. Tenía cosas más importantes en que pensar. Como en seguir viviendo, por ejemplo.

—¿Se le ocurre algo, jefe?

Por toda respuesta obtuve un gruñido. En aquel momento se presentó Billy, el resto de la plantilla. Le expuse claramente la situación, diciéndole que podía escoger entre quedarse o marcharse. Sea por estupidez, sea por bríos, escogió quedarse, y me sentí orgulloso de él. Ned fue a encerrar al detenido y empezó a barrer.

Así estábamos cuando se presentó China Joe.

A pesar del hecho que le estábamos esperando, su llegada nos puso el corazón en un puño. Le acompañaban los más «duros» de sus hombres, que se mantenían agrupados ante la puerta. China Joe avanzó un paso, con las manos enterradas en las mangas de su larga túnica de mandarín. Sus facciones asiáticas eran completamente inexpresivas. No perdió el tiempo hablando con nosotros; se limitó a decir a sus hombres:

—Limpien esto, muchachos. El nuevo jefe de policía llegará dentro de unos momentos y no quiero que encuentre holgazanes remoloneando por aquí.

Esto me puso furioso. A pesar de todo, sigo siendo un policía. Sobornado y todo lo que se quiera, pero hay ocasiones en que el espíritu del Cuerpo pesa más que todas las consideraciones. Al mismo tiempo, sentía una gran curiosidad acerca de China Joe. En todo el tiempo que llevaba tratándole no había conseguido hacerme con un solo dato sobre su verdadera personalidad.

—Ned, échale un buen vistazo al tipo de la bata, y dime quién es.

Los circuitos electrónicos funcionaban muy de prisa. Ned disparó la respuesta casi inmediatamente.

—Es un seudo-oriental, que utiliza el color amarillento de su tez para crearse otra personalidad. No es chino. Ha sufrido también una operación en los ojos, cuyas cicatrices son aún visibles. Todo ello destinado, evidentemente, a ocultar su verdadera identidad, aunque las medidas Bertillón de sus orejas y de otros rasgos permiten identificarle. Está en la lista de Reclamados Especiales de la Interpol, y su verdadero nombre es...

China Joe estaba furioso, y con motivo.

—Esta es la cosa..., el cacharro de hojalata dirigido por radio... Ya hemos oído hablar de él, y vamos a hacerle un regalo...

Entonces me di cuenta que uno de los tipos que acompañaban a China Joe estaba arrodillado detrás de un tubo lanzacohetes. Cargado con proyectiles antitanque, sin duda. Éste fue mi último pensamiento antes de oír el silbido del proyectil.

Es posible que aquella arma acabe con un tanque. Pero no puede cargarse a un robot. Al menos, no a un robot-policía. Ned se deslizaba por el suelo, boca abajo, cuando estalló la pared trasera: No hubo un segundo disparo. Ned agarró el tubo del bazooka y allí acabó la cosa.

Me refiero al arma antitanque, claro. Porque el verdadero escándalo empezó a continuación. Billy decidió que la persona que disparaba un proyectil antitanque en una comisaría de policía estaba quebrantando la ley, y avanzó con su porra en alto. Me arrimé a él, puesto que no quería perderme la diversión. Ned estaba debajo de un montón de cuerpos, pero yo estaba seguro que él sabría cuidar de sí mismo.

Resonaron un par de apagados disparos y alguien aulló. Después de esto nadie se atrevió a disparar, por miedo a herir a un compañero. Un tipo llamado Brooklyn Eddie me golpeó en la cabeza con la culata de su revólver. Para corresponder a su atención, le aplasté la nariz de un puñetazo.

* * *

Lo que siguió está envuelto en una especie de niebla. Pero recuerdo que el espectáculo fue de los que hacen época.

Cuando la niebla se disipó un poco, me di cuenta que yo era el único que estaba en pie. Mejor, dicho, apoyado. Menos mal que allí estaba la pared.

Ned entró por la puerta que daba a la calle arrastrando un paquete que tenía un leve parecido con Brooklyn Eddie. Tuve la fundada esperanza que aquello hubiera sido obra mía. Las muñecas de Eddie estaban esposadas. Ned le soltó amablemente junto al montón de pistoleros..., y repentinamente me di cuenta del hecho que todos llevaban la misma clase de esposas. Me pregunté vagamente si Ned las fabricaba a medida que las iba necesitando, o si las tenía almacenadas en una pierna hueca, o algo por el estilo.

Me dejé caer sobre una silla, profiriendo un suspiro de alivio.

Había manchas de sangre por todas partes, y si un par de los hombres de China Joe amontonados en el suelo no hubieran gruñido, hubiera creído que estaban todos muertos. Uno de ellos lo estaba, desde luego. Una bala le había atravesado el pecho, y la mayor parte de la sangre era probablemente suya.

Ned hurgó un momento en el montón y sacó a Billy al exterior. Estaba inconsciente, pero en su rostro se dibujaba una beatífica sonrisa y de su muñeca colgaban los astillados restos de su porra. Cuesta muy poco hacer dichosas a ciertas personas. Una bala le había atravesado la pierna, y no hizo el menor movimiento cuando Ned cortó la pernera de sus pantalones y le vendó la herida.

—El falso China Joe y otro hombre se han escapado en un automóvil —informó Ned.

—No te preocupes por ellos —conseguí balbucear—. No irán muy lejos.

Entonces me di cuenta que el jefe continuaba sentado en su sillón, tal como se encontraba al empezar el escándalo. Al acercarme a él comprobé que Alonzo Craig, Jefe de Policía de Nineport, estaba muerto.

Un solo disparo. Arma de calibre pequeño, tal vez un 22. Le había atravesado el corazón, y la escasa sangre que brotó de la herida quedó empapada por las ropas. Una pistola de pequeño calibre... Un arma fácil de ocultar en la manga de una túnica de mandarín.

Todo mi cansancio desapareció como por arte de magia. Lo único que sentía era una rabia ciega. Tal vez Craig no había sido el tipo más listo ni el más honrado del mundo. Pero no merecía un final como éste. Asesinado a sangre fría por un pistolero que creyó que le había traicionado.

Inmediatamente después caí en la cuenta que debía tomar una decisión. Con Billy fuera de combate y Pats dimitido, yo era todo el destacamento de policía de Nineport. Lo que tenía que hacer ahora era ponerme a salvo, antes que fuera demasiado tarde.

Ned entró en la oficina, recogió a dos de los bandidos y fue a encerrarlos en una de las celdas.

Tal vez fue la vista de su espalda azul, o tal vez estaba cansado de correr. Lo cierto es que tomé la decisión antes que mi cerebro llegara a definirla. Cuidadosamente, le saqué al Jefe su insignia dorada y me la coloqué en el lugar que ocupaba la que había llevado hasta entonces.

—El nuevo Jefe de Policía de Nineport —dije, sin dirigirme a nadie en particular.

—Sí, señor —dijo Ned, al pasar por mi lado.

Soltó a uno de los detenidos para saludarme, y luego reanudó su tarea. Le devolví el saludo.

La furgoneta del hospital se llevó al muerto y al herido. Cuando el médico me hubo curado y vendado la cabeza, mis ideas empezaron a aclararse. Ned fregó el suelo. Yo me tragué diez aspirinas y esperé a que mis ideas se hubieran aclarado del todo para decidir lo que tenía que hacer.

* * *

Cuando estuve en condiciones de meditar bien el asunto, la respuesta fue obvia. Demasiado obvia. Invertí el mayor tiempo posible en volver a cargar mi revólver.

—Vuelve a llenar tu caja de esposas, Ned. Vamos a salir.

Como un buen policía, Ned no hizo ninguna pregunta. Al salir, cerré la puerta exterior y le entregué la llave a Ned.

—Toma. Es muy posible que seas el único que supere la prueba que hoy nos espera.

Para ir a la casa de China Joe di un gran rodeo con el coche, procurando alargar el viaje, tratando de descubrir otro modo de resolver la cuestión. No había otra solución. Se había cometido un asesinato, y su autor había sido Joe. Por lo tanto, tenía que detenerle.

Me detuve en la esquina para dar unas breves instrucciones a Ned.

—En aquel bar vive el individuo al cual seguiremos llamando China Joe hasta que dispongamos de tiempo para que me des un detallado informe acerca de él. Ahora no podemos entretenernos en eso. Lo que tenemos que hacer es presentarnos allí, detener a Joe y entregarlo a la justicia. ¿Entendido?

—Entendido —respondió Ned—. Pero, ¿no sería más sencillo detenerle ahora, cuando está marchándose en aquel automóvil, que esperar a que regrese?

El automóvil en cuestión pasó junto a nosotros a más de ochenta por hora. Apenas pude distinguir a Joe, instalado en el asiento trasero.

—¡Páralos! —grité, sin tener la menor idea de lo que podía hacer Ned para detener a un automóvil lanzado a aquella velocidad.

Pero, le había dado una orden, y Ned la cumplió. Asomó la cabeza por la ventanilla, y por primera vez me di cuenta del hecho que la mayor parte de su equipo estaba ubicado en su torso. Probablemente, incluso su cerebro estaba allí. Con aquel cañoncito en la cabeza, no debía quedar espacio en ella para nada más.

Un 75. En el lugar que tendría que haber ocupado su nariz se alzó una chapa, dejando al descubierto la boca del arma. Entre sus dos ojos. Para poder apuntar bien.

El BUM BUM casi me rompió los tímpanos. Desde luego, Ned era un tirador perfecto..., como lo hubiera sido yo, de haber tenido por cerebro una máquina de calcular. Los dos proyectiles destrozaron las ruedas traseras del automóvil, que empezó a zigzaguear peligrosamente, hasta que se detuvo en medio de la carretera. Eché a correr detrás de Ned. Esta vez, los bandidos no opusieron la menor resistencia, ni trataron de huir. La vista del humeante cañón que asomaba entre los dos ojos del robot resultaba demasiado impresionante. Y estoy convencido que éste había sido el efecto buscado por Ned al no ocultar la boca del arma. Probablemente había seguido algún curso de psicología en la escuela de robots.

En el automóvil había tres bandidos, con los brazos tocando la capota, como en la secuencia final de una película de «gángsters». Y el suelo del coche cubierto de unos interesantes maletines.

China Joe sólo refunfuñó cuando Ned me contó que su verdadero nombre era Stantin, y que la silla eléctrica de Elmira le estaba esperando desde hacía mucho tiempo. Le prometí a Joe Stantin que procuraría que la cita tuviera lugar lo antes posible. El resto de la banda sería juzgada en Ciudad Canal.

Fue un día muy ocupado.

Las cosas se han apaciguado mucho desde entonces. Billy salió del hospital y lleva mis antiguos galones de sargento. Incluso Fats reingresó en el departamento, aunque ahora está sereno de cuando en cuando y apenas se atreve a mirarme a la cara. El trabajo es escaso, ya que además de ser una ciudad pequeña, Nineport es ahora una ciudad honrada.

Ned se encarga de la patrulla nocturna, del laboratorio y de los archivos. Parece mucho trabajo, pero a Ned no parece importarle. Su tiempo libre lo pasa palpándose los arañazos que le produjeron las balas y sacándole brillo a su insignia. Sé que un robot no puede ser feliz ni desgraciado..., pero Ned tiene aspecto de ser feliz.

A veces juraría que le oigo zumbar para sí mismo. Pero, desde luego, se trata únicamente de los motores y de las cosas que lleva dentro.

Supongo que hemos establecido aquí una especie de precedente: el que un robot puede desempeñar perfectamente las funciones de un oficial de policía. No se ha presentado aún nadie de la fábrica, de modo que ignoro si el de Ned es el primer caso o no.

Y voy a decirles algo más. No pienso quedarme aquí siempre. He enviado ya algunas cartas, solicitando un nuevo empleo.

De modo que algunas personas van a recibir una gran sorpresa cuando sepan quién va a substituirme en el cargo de Jefe de Policía.